U0804348

陈焕新 著

安驾座

北京日报出版社

图书在版编目（CIP）数据

安驾庄 / 陈焕新著. -- 北京 ：北京日报出版社，2018.5

ISBN 978-7-5477-2941-0

Ⅰ. ①安… Ⅱ. ①陈… Ⅲ. ①自传体小说－中国－当代 Ⅳ. ①I247.5

中国版本图书馆CIP数据核字(2018)第053268号

安驾庄

出版发行：北京日报出版社
地　　址：北京市东城区东单三条8-16号东方广场东配楼四层
邮　　编：100005
电　　话：发行部：（010）65255876
　　　　　总编室：（010）65252135
印　　刷：北京宝昌彩色印刷有限公司
经　　销：各地新华书店
版　　次：2018 年 5 月第 1 版
　　　　　2018 年 5 月第 1 次印刷
开　　本：880 毫米×1230 毫米　1/32
印　　张：13.25
字　　数：330 千字
定　　价：39.80 元

版权所有，侵权必究，未经许可，不得转载

目录

引子

这个村子的名字叫作安驾庄。

安驾庄位于泰山西麓，肥城市南部。现在已近万余人口，几乎成了泰西最大的乡镇，素有泰西名邑之称。北部和西部均倚泰山余脉，绵延起伏，东面和南面则是沃野平畴，一望无际。过安驾庄十余里地，大汶河蜿蜒西去。济兖公路和泰平公路在这里交叉，实为通衢重镇。单按地势来讲，竟有些和首都北京相似。于是又有人叫它为“小北京”。

据史料记载，安驾庄已有四千多年的历史，自夏朝始即有人在此定居，曾经用过的名字有袁家洼、永安寨、古风丘等，安驾庄的历史几乎等同于中华民族的历史，其实，齐鲁文化本就是中华文明的重要组成部分，山东大地上最不缺的，便是拥有千年历史的村落。

安驾庄的名字始于何年，已不可考。比较可靠的说法倒确有一例，宋朝的宋真宗赵恒，在大中祥符元年（公元1008年）去泰山祭天的时候，曾经在此驻跸，此地或许以此得名。

既然曾经有皇帝驾临，理应聚起物华天宝，但却没听说村子里出过什么大人物，村子里既没有状元府邸，也没有御史匾额。乡民们倒也释然，四千余年的耕读劳作、绵延生息，绘就了安驾庄的壮丽图景，形成了安驾庄独有的一方文化。参天松柏，可作栋梁，崖畔和田际的榛莽，也是大自然万物生息的一部分，榛莽的葳蕤与勃勃生机，亦是对大自然生命力的诠释。“六亿神州尽舜尧，万千乡民皆俊彦”，便是乡民们的美好希冀。

本书中的主人公就从这座村镇走出，辗转山东、东北、北京，随大时代一路起落颠簸。而他一生的行为理念皆拜这座村镇所赐。

安驾庄已经不再仅仅是地理意义上的村镇名字，而是和齐鲁大地上千千万万的村镇一样，成为了山东文化的一个符号。

第 一 章

瑞田家的外甥

时值上世纪 50 年代初期，中华人民共和国刚刚成立不久。

安驾庄村西头张家街上一户普通的农家，土坯垒就的西厢房里，东窗的窗棂刚透过一丝曙色，随着一声火柴擦燃的声音，房间内亮起了灯光。年轻的母亲已经穿束停当，正在唤醒熟睡的儿子。

母亲叫陈桂枝，三岁的儿子叫张其昌。其昌睁开了惺忪的双眼，极不情愿起身，母亲不由分说，三下两下给孩子套上了衣服，拿起了旁边早已经收拾好的一个包袱，锁上了土坯房的木门，母子二人便急匆匆踏入了夜色之中。

天渐渐亮起来，房屋道路的轮廓渐次分明。时已深秋，地上有霜，踩上去发出轻微的声响，倘若遇到石板地，便会有些滑。天晴得很好，一弯斜月挂在西天，是下弦月，已近月底。

其昌几次张嘴要问，母亲都止住了他，其昌凭路径判断，这是通往姥姥家的路。

姥姥家住在陈家城宫，在安驾庄的东南方向，走直线，即所谓三角形的斜边，有十八里路，如果先往南，再折往东，即走三角形的两个直角边，则有二十余里。母亲现在走的就是第一个直角边，往正南方向。

母亲拽着其昌，走得很急，还不时地回头看，像是担心有人追上来。出村后，曾经一度仿佛听到了村子里有杂乱的声音，两个人停下脚步凝神谛听时，大地又复归寂静。天完全亮了，地表飘浮着一层薄薄的岚气，庄稼都已收割，有的地头垛着没有运走的玉米秸秆。种下的冬小麦还没有冒芽，偶有一畦晚收的白菜，绿油油的，点缀着深秋褐色的大地。直到离开村子八里地，快接近前边的李家村时，母亲的脚步才放慢下来。

进村敲开了一家的门，主妇迎出来，其昌才有些回过神来，他跟母亲下地的时候见过这人，这家人的地在李家村北，和其昌家的地相邻，两家有一个共同的地方——男人都不在家。其昌的父亲在关外当工人，这家人的男人在外做手艺，自然，庄稼活都落到了女人身上。几年相处，两家的女主人很是熟络，竟处成了姐妹一般。

“叫姨。”陈桂枝吩咐其昌。

“叫姨。”女主人从身后拽过来一个揉着双眼的男孩，同样吩咐道。

男孩高鼻梁，大眼睛，肤色稍黑，名字叫李向东，长其昌一岁。这次结识，令两人在半个多世纪里成为莫逆。

李家准备了早饭，两个孩子每人一碗面条，各放了一个鸡蛋，大人是面条汤就窝头，外加一小碟咸菜。

中午时分，陈桂枝母子二人才到了陈家城官。

这次逃难的原委，其昌过了好多年之后才知晓。在安驾庄聚族而居的张家，从其昌这一辈往上数五代有兄弟三人，其昌这一支是三支，二支传到其昌的上一代，已经没有男人了，长支人丁兴旺，因此，二支为了继承宗祧，就产生了过继的需求，按说，二支在长支和三支的孩子们中应该有选择的自由，众孩子中，二支偏偏就看中了其昌，认为他比其他孩子要聪慧一些。所以，二支的妯娌们频频向陈桂枝明示：

“赶紧再要个孩子吧，把其昌给我们。”陈桂枝只当玩笑话，浑没有在意，却有有心人将话听了去，就是长支的张文灿。

张文灿有文化，在村办窑场当会计。按辈分，他是其昌的二叔，并且是五服内。他认为过继应该就长不就幼，有长支的孩子在，就轮不到三支的其昌，他要维护传统宗法的正统性，就策划了这一次的上门寻衅事件，以使得三支的人知难而退，好在消息泄露，陈桂枝母子避过了。

过继的表象是宗祧子嗣，实质是家产，为了一处农家的房产，亲情被撕裂了。

事情很快平息，张文灿的行为受到了当时安驾庄中共党组织的批评和制止。

此事从此不再提起，但直到其昌离开安驾庄，他的整个青少年时期，始终伴随着二叔那一双阴郁的眼睛。

其昌在陈家城官一住就是半年，直到他七岁回到安驾庄读小学，每年的大部分时光都是在这里度过的。

陈家城官比安驾庄要小得多，但村子之间挨得非常紧，沿汶河北岸排开，陈家城官的西边是汪家城官，是个比较大的村子，东边叫郝家城官，大小与陈家城官差不多。这一片土地肥沃、雨水充沛、河网交织，是泰西有名的粮仓。

陈桂枝姐弟五人，姐妹中陈桂枝行二，大姐也嫁入安驾庄，在其昌还没有出生时病故，三妹和小弟都在外参加工作，大弟陈瑞田在家务农。其昌发现，姥姥家在陈家城官人缘很好。

那是其昌六岁的时候，一帮孩子聚在一起玩打瓦的游戏。真是十里不同俗，这个游戏安驾庄就没有。将石块的棱角磨去，或方或圆，持在手中，投出去击打远方的石块，击中时占为己有，最后依占有石块的多寡判输赢。这个游戏既锻炼了臂力，又练习了准确性，孩子们很是踊跃。

场地在一条小胡同里边，和姥姥家隔了一条街。胡同逼仄，两侧房屋的高墙成了天然的防护网，以保证石块不会扔到别处去。远处的地上画了一条线，被击打的石块就排列其上。孩子们也都远远地站在线的后面。应该说，一般是不会出现安全问题的。

但这次就不“一般”了。恰好轮到其昌投掷，他屏住呼吸，瞄了瞄，果断地投出了手中的石块，而就在石块脱手的一瞬间，胡同侧敞开的一座大门里，冲出来了一个小女孩，不偏不倚，直奔终点线而去。随着其昌的一声惊呼，女孩循声转过脸来，石块正中女孩的额头。

尽管一个六岁小男孩的臂力有限，尽管接近终点时其势已衰，并且中国还有句古语“强弩之末，势不能穿鲁缟”。但石块击中的不是一块布片，而是一个小姑娘吹弹可破的面皮。

时间突然凝固，其昌脸色瞬间变绿，一众孩子都怔住了。女孩“哇”一声哭出来，门楼里迅疾冲出来一男一女两个大人，显然是女孩的爸爸妈妈，一把将女孩搂在怀里，疾声问道：“谁？谁扔的？”凛冽的目光向其昌扫过来。

“瑞田家的外甥。”

“瑞田家的外甥。”一众孩子们回应。

其昌不愧是大地方出来的孩子，他居然没有跑。他迅速评估了形势，挨一顿打是跑不了了。要么是挨女孩父母的打，要么是挨舅舅的打，或者是挨双份的打，怕还要给女孩家赔偿吧。

也是一瞬间，女孩父母的脸色缓和下来。其昌这时才敢近前看了一眼小女孩，额头上肿起了鹌鹑蛋大小的一个包。女孩的妈妈很快将孩子领回了家，女孩的父亲走过来，摸了摸其昌的头，安抚道：“没关系，别害怕。”随即也回家了。

漫天的乌云刹那间无影无踪，光风霁月。

仅凭一句“瑞田家的外甥”就消弭了这场风暴，震惊了其昌，舅舅陈瑞田的口碑，威力如斯。他知道，舅舅不是村干部，也不是拿拳头打天下的人。他只是一个普通的甚至是有点木讷的人，这份“软实力”，需要几代人，需要舅舅的父亲、舅舅的爷爷还有家族的其他成员多年的经营才会形成。

回家后，舅舅告诉他，女孩一家并不姓陈，而是姓孙，是村子里为数不多的外姓之一。孩子的小名叫婷婷，按庄乡的辈分，其昌应该叫她小姨。她父亲是在乡政府上班，拿国家工资的。舅舅还说，婷婷的爸爸自视甚高，这次要不是看在其昌是客人的分上，换成别的孩子，恐怕会不依。

其昌明白了，陈家城宫这样的村子，一家的外甥就是全村的外甥，外甥进了村，见到成年男性公民，不是叫舅，就是叫姥爷，没错。他们呵护你绝对超过呵护自己的孩子。

其昌在姥姥家待的时间越长，感觉就越强烈。姥姥家共四口人，姥姥、大舅、大妗子，还有其昌的表弟陈彦山。外来人口除了其昌，还有一个，就是同样来自安驾庄的姨表哥刘宇新。由于大姨去世早，刘宇新住陈家城宫的日子比其昌还要早，还要多。其昌和陈彦山同岁，但陈彦山生日小，刘宇新则比其昌大四岁，从年龄上说，三个孩子算是一拨的吧。其昌记忆中的姥姥，总是慈祥和蔼的，倒是对孙子更严厉些。吃东西也同样，先是两个外甥，最后才轮到孙子。

院子里有几棵高大的树，臭椿树在院子的东南角，槐树靠近北屋，中间则是一棵楝树，东屋和北屋的窗前都栽了石榴树，院子南侧猪圈的东边是一棵合欢。五月，先开了雪白的槐花，满院子都弥漫着沁人肺腑的甜香，六七月，石榴花和合欢争艳，都是红颜色，榴花似火，合欢如霞。楝树的花期稍长，到秋天还有，淡紫色的小花，褪去后，会结出褐色的球状果实。有一对斑鸠，年年都到楝树上来做窝、孵卵，直到小斑鸠飞出来。小燕子也是每年的常客，窝做在堂屋的梁上，偶有排泄物落下来，需要人打扫，但它清脆的叫声抵消了打扫人的不快。

堂屋的右侧靠近门口的地方，放置一张春凳，类似现代沙发旁边的茶几，天气暖和了以后，这儿就是其昌的卧榻。表哥和表弟都愿意睡在床上，只有他像一只小狗一样蜷缩在那儿。他喜欢这儿，晚上的月光可以照到堂屋内的地面上来，白亮亮一片，像水一样。微风飘进来，轻轻地摩挲着全身。入睡前不着寸缕，可早晨起来时，总会抖落一条被单。

夏天，晚饭通常都是在院子里吃，饭后将桌子收拾到屋里后，太阳也已落山多时，白天的暑热开始消散，这时候，猪圈上方的平房屋顶成了三个孩子的乐土。带一领苇席上去，三个孩子一字排开躺下，仰面数着夜空里的星星，微风飒飒，树叶缝隙间的星星不停地眨着眼睛，使人恍然不知是星星在动还是树叶在动。

前院有笛子吹响，清越、高亢，一会儿，远处又有箫声唱和，呜呜咽咽，如泣如诉，三个孩子渐次沉入梦乡。

陈彦山的姥姥家在汪家城官，犹如其昌和刘宇新是陈家城官的常客一样，陈彦山也是汪家城官的常客。自然两个表哥便成了他的随行人员。于是其昌和刘宇新在汪家城官又认识了数不清的舅舅和妗子、数不清的姨。

两个村子相隔二里地，出陈家城官向西，扑入眼帘的全是茂密的庄稼，玉米又粗又高，绿得发黑，玉米棒子上已经顶出了一簇红缨。黄麻比玉米还要高，麻杆之间拥挤着，一畦黄麻就是一堵实实在在的墙。玉米地里人可以钻进去，黄麻地里除了畦与畦之间的垄背上可以挤进人去，麻畦里是进不去的。风过处，整畦的黄麻一起起伏，蔚为壮观。

三个孩子穿行在田间的小路上，宛如穿行于绿色的城堡。

汪家城宫可算作水乡，村里有一条小河穿过，另有三道沟渠。小河的水很清，可看到水底的卵石，河水的流速很快，在表面激起细碎的浪花。靠岸边长着蓟草，根部在水中，细长的叶子探出水面，随风摇曳着。沟渠的水由于流动性差，水面上长满了绿藻，这是好东西，可以捞了来喂猪喂鸭子，所以，沟渠里还可以看到村民自制的船，用来打捞绿藻。柳荫匝地，蝉鸣穿云。河边有妇女在洗衣服，捣衣杵挥得很高，上下起落，砧声清脆。洗衣服的妇女当中，或许也有陈彦山的妗子和姨？傍晚，月亮升上柳树的梢头，砧声多起来，很有些白居易诗句“清砧繁漏月高时”的意境，没有丝毫思念离人的愁绪，尽是生活的充盈和欢快。

三个孩子经常去的还有一个地方，就是陈家城宫正北方的李家林，两处相距四里地。这也是其昌和表哥刘宇新从安驾庄来陈家城宫的必经之地。溯着先前流经汪家城宫的小河，出村后向北，再转而东，就到了这儿，这是另一个村子，叫西高圩。这儿的河上建了一座石桥。平常推车可以从桥上走过，汛期的时候，河水会没过桥面，行人依然会脱下鞋袜，蹚水从桥面上过去。其昌和刘宇新就曾经赶上过，那一年，他刚过两岁，与表哥一起到陈家城宫来，恰遇汛期，河水没桥。看到河水在桥上形成的旋涡，哥俩起初有些踟蹰，从孩子的眼光看来，小河沟或为天堑，涟漪成了惊涛骇浪。怎么办？过不过？需要两个孩子自己拿主意。陆续有大些的孩子和成年人从桥上蹚过去，河水也就刚刚没过脚脖子，小哥俩下定了决心，手挽着手，战战兢兢走上了桥。一开始，不敢往两边看，河水真的比往常湍急得多，走了一会儿，平安无事，哥俩胆子大起来，敢于站在桥上不动，任由河水轻抚着他们的脚和腿。

这是其昌的第一次历险。

过河就是李家林。道路绕着林的西侧往南迤逦而去，人在路上就可以看到陵园的核心建筑。尚未接近就已经感觉到扑面而来的凉爽气息。一色的柏树，应该有几百棵。阴翳蔽日，莽莽苍苍。中间有一座坟茔，周长足有一二十米，高约三米，石头围圈，上置封土。前方是龟座的墓志石碑，像是记载着墓主人的身份与生平。再前方是一株参天古柏，枝桠所及，占地极广。树径需五六个人才能合抱，像其昌这样的孩子，要十几个才行。每次其昌路过这里，都要进来流连一番，他感兴趣的不是坟茔，而是傲视苍穹周围几十里地之内都没有能与之比肩的树中之王。他长大后在北京的天坛，及曲阜的孔林内看到的古柏，都没有这一棵壮伟。

农家少年不惧怕墓园，安驾庄的四周村边就有五处墓园，什么张家林、刘家林、梁家林等。孩子们玩捉迷藏，墓园是理想的游戏场地，每一座矗立的坟茔，都是天然遮蔽物。孩子们割草，也最喜欢去青草茂密的墓园，中午疲累了，倚在坟堆上打个盹，也都习以为常。

这一次又到西高圩来，是发生了打瓦伤人事件的两个月后。陈家城宫的十几个少年儿童，结伙来看电影。人群中有陈彦山和其昌，表哥刘宇新已经回安驾庄读书去了。

农村没有电影院，看场电影是件奢侈的事情。只有大一点的村子，才能请到电影队，当夜幕降临，村子的空场上竖起了两根木杆，中间固定一块硕大的白布，就是影屏。这时候，是孩子们的节日，也是全村人的节日。男女老少一早就搬了凳子出来，占据有利地形，等待着雪白的光束打到影屏上的那一刻。陈家城宫村子小，没有电影放映队来，只能等到别的村子放映时，他们才能享受节日。

十几个孩子叽叽喳喳出了村，一轮圆月早已跃出了玉米地。洒下一地的清辉。蛙鸣此起彼伏，路边是蟋蟀的低吟，人一走近，叫声便戛然而止。白天的青纱帐已不复见，大地变成了青灰色，转过一块玉米地，走近李家林时，黑黢黢一片倏地映入眼帘。有人惊呼了一声，立即遭到了别人的制止，这个时候，恐怖可以传染放大，绝对不能自己吓唬自己。一个瘦小的身形靠近了其昌，一只小手拉住了其昌的手。月光下，其昌看清楚了，是婷婷，被他击伤过额头的小姨。他不好意思地笑了笑，看来，小姨已经释却前嫌，并且接纳了这个异乡的外甥。

孩子们最大的乐趣不在于看电影本身，而是享受出村到回村的过程，他们见到了一个和白天不一样的世界。

经常见到大舅一早牵着牲口下地，而且还带着中午的饭，其昌不解，因为姥姥家的地没有远的，出村就是。于是他问姥姥缘由。

“那是去收拾你们家的地。”姥姥告诉他。

入社前的那几年，其昌家没有男劳力，那几亩薄田全仰赖大舅打理。其昌家的地在村子的南边，位于安驾庄和陈家城宫之间，但距离陈家城宫还是要有十几里地。无论酷暑寒冬，只要到了该下地的时候，比如翻地、施肥、中耕、收割，舅舅从来没有二话，和种自己家的地一模一样。牲口、工具自带，肥料、种子自带，而收获，无论是粮食还是秸秆，全部送到其昌家里。

童年的其昌，是姥姥家养大的，终大舅一生，都没有向其昌提过这个话题，没要过任何回报。舅舅两字的称谓，不是一个普通的亲戚符号，是等同父亲、母亲，是他生命的组成部分。舅舅赶着牲口帮母亲犁地的这一幕，足以令后世的那些为争产诉诸公堂的兄妹汗颜。

其昌回安驾庄上小学的前一年，开始往姥姥家的后院跑。后院住着赵家两兄弟，岁数和其昌的大舅差不多。其昌也按庄乡的辈分叫，分别叫他们赵家大舅、赵家二舅。二舅长得瘦高，但很结实，是村干部；大舅魁梧一些，有点络腮胡，相貌堂堂。两家都有孩子，二舅有四个，两男两女，大舅有两个，都是儿子。孩子们年龄也和其昌相仿，上下差不了许多。

两家都喜欢其昌，但吸引其昌的是大舅。

赵家大舅当过兵，当过谁的兵，其昌不甚了然。可能是国民党，可能是共产党，也可能先是国民党，后是共产党。反正新中国成立后，他就回村务农了。他偏偏又不喜欢务农，终日持一把鱼鼓，游走于四乡的集市，说唱鼓词，《隋唐英雄传》《三侠五义》，是他的主说曲目。集市一隅，数十人环列的中央，赵家大舅拍响了鱼鼓，鱼鼓有小碗粗细，一米多长，顾名思义，两头的蒙皮应该是鱼皮，用手拍响，铿铿然，锵锵然。他眯着眼，遥望着头顶上方的天空，讲述着千年以前的英雄们的故事，似乎他也穿越到了那个年代，唱的人神情贯注，听的人如痴如醉。

按现在的标准，赵家大舅就是一个流浪歌手，他的络腮胡子，落寞的神情，苍凉的声音，足可以迷倒一大群女粉丝。

遗憾的是，他生不逢时，那时，抢救文化遗产的工作还没有摆上政府的议事日程，宣扬忠孝节义、才子佳人的题材，都归类为封建糟粕，赵家大舅的鼓书，虽不在禁止之列，却也不在提倡和保护之中。村里人说他好逸恶劳，连赵家大舅妈都没有成为他的粉丝，反说他是“二流子”。赵家大舅妈人很漂亮，白白胖胖，皮肤细腻，本可以和大舅成为一对恩爱夫妻。

其昌独喜欢赵家大舅。不单是从大舅这儿知道了“秦琼卖马”“三十六路义军齐聚瓦岗寨”“程咬金做了混世魔王”“五鼠闯东京”“白玉堂大破铜网阵”等家喻户晓的故事，他还从大舅口中知道了苏秦、张仪、管仲、乐毅的名字。

当淅淅沥沥的秋雨下个不停的时候，其昌就会来到赵家大舅的柴房里。北风呼啸大雪飘洒的冬夜，一盏昏暗的油灯下，两个人偎依在灶间的火堆旁，伴随着赵家大舅讲述的故事，春秋战国时期波澜壮阔的历史画卷徐徐展开。

战国后期，燕、韩、齐、楚、赵、魏、秦，七雄中秦国已经崛起，对其他六国形成了压倒之势，秦国要吞并六国，六国要反吞并，抵抗强秦。这样的时势，造就了苏秦、张仪等一代纵横家。他们都是通过卓越的辩才，赢得了帝王的信任，被委以重任。张仪辅佐秦王，使得秦国越来越强盛；苏秦辅佐燕王，联合六国，成功挫败了秦国的吞并。

其昌听得懵懵懂懂，但他记住了两件事：一件是赢得帝王的信任凭借的是辩才，一介文弱书生，凭借一张嘴，傲睨群雄；另一件是苏秦曾经“挂六国相印”，确确实实掌握六个国家宰相的实权。

管仲和乐毅，生活在更早一些的春秋时期，管仲在政治上的建树，其昌没有记住，他只记住了友谊，管仲和鲍叔牙的友谊。管仲曾经和鲍叔牙一起做生意，在收益分配上，管仲做过手脚，鲍叔牙没有和他计较；管仲曾经从战场逃跑过，鲍叔牙也没有看不起他，还替他掩饰。因为鲍叔牙洞悉管仲的智慧，知道他有经天纬地之才，最后把他推荐给齐桓公，管仲才一展雄图，成就了齐桓公的霸业。管仲和鲍叔牙成为终生莫逆。结论是朋友应该这样交——要宽容，不要计较一时一地，要长久。

乐毅伐齐的时候，头衔是燕国的上将军，同时，挂赵国的相印。连下齐国七十余座城池，摧枯拉朽，气势如虹。

四个人，有文人，有武将。演绎的故事，有文韬，有武略。

这是何等令人血脉贲张又是何等令人悠然神往的故事啊。

男子汉大丈夫，不就应该这样吗？

赵家大舅是其昌的第一个老师。

赵家大舅的家庭，结局是个悲剧，后来，赵家大舅妈不堪人言，自缢身亡，赵家大舅带着孩子远走他乡。

一个被时代所误解、为艺术而牺牲的人。

陈家城宫往南，汶河的北岸，有一个小小的码头，所谓码头，就是草丛里踩出的一条小径加一条小木船。汶河的水量不大，从没有出现过樯桅林立帆影幢幢的景象。木船的功能，就是摆渡到对岸。枯水季节，甚至可以涉水过河。对岸是另一个乡，也是另一个县，陈家城宫不在交通要道，和对岸直接的物资交流很少。偶有串亲戚的，才会用到这条木船，平时的码头是清冷的。但孩子们却愿意到这里来玩。每有人上船过河，孩子们也争先恐后挤上船，遭到撑船老人的呵斥并驱赶，才会有几个孩子从船上下来，仍有脸皮厚的死活不下来，老人只得作罢。

孩子们是想过一下坐船的瘾，就像现在的孩子们喜欢坐过山车一样。坐船的感觉好得多，尤其是在这样没有风浪的小河里。河水清澈，近岸处游鱼可数。阳光照在水面上，白花花的亮眼。河道往西的方向笔直，直到地平线处，两岸的河堤上满植了杨树，组成了一道绿色的屏障，靠近码头的一段，则是一人多高的芦苇，有鸭子在它的根部游荡。

摆渡老人从没有收过钱，他并非以此为业，他也种地，也卖过鱼虾。所以，大部分时间，小木船都静静地躺卧在河边。这时候，孩子们还愿意坐在上边。坐在靠河的船头上，将腿搭在船外，脚丫子能够触到水面，滑滑的，痒痒的。靠岸的船帮上散坐着几个孩子，仰头数着目力所及的杨树上的鸟窝。还有一个孩子在盯着芦苇发呆。都说孩子们没有闲下来的时候，其实，他们也会沉思。

发呆的孩子是其昌。他就要离开陈家城宫。他已经七岁，过了这个夏天，再开学的时候，他就要回安驾庄读小学了。

学龄前阶段即将过去，他在这里度过了童年的大部分时光，陈家城宫的水和新鲜的粮食，造就了他强健的身体。他身体矫健，和大多孩子一样，蹿高伏低，上树爬崖，无所不能，他目力极好，以至于终生没戴过眼镜。姥姥家的村子，以它独有的文化——孝悌、包容、诚信、友善，仿佛融解浸润于水和空气中，滋润了他，成为了他的品德构成的最初基因。

这个阶段，他没有学过语文、数学，但他却有了梦，连克七十余座城池的乐毅，挂六国相印的苏秦，成了他的偶像，生活在这片土地上的先人，竟有着如此辉煌的业绩。有梦，就有目标，就有前行的动力。

第二章

安驾庄的传说

张其昌的父亲张文远，与水浒中的郓城县押司、插足宋公明和阎婆惜家庭的男小三张文远重名。估计给张文远起名字的人，未必看过水浒。等张文远逐渐长大，读了书以后，由厌恶水浒中的这位张押司的人品，到厌恶起这个名字来。于是就自己做主，将远字改成了元字。但原先的名字张文远已经使用了一段时间，档案材料有底，于是，好多年都是两个名字通用。但户口本上是张文远，最后，用得最多的还是张文远。后来当知道了三国名将张辽也叫张文远，他反倒有些喜欢上了这个名字。

水浒里的张押司和三国名将张辽都没有改变他的命运，安驾庄的张文远一生平凡而普通。

张文远参加中国人民解放军的时候，解放战争的大规模战斗已经结束，他所在的部队原本驻扎在山东半岛，后来集体入朝，刚进入朝鲜境内，就听说三八线已经缔结了停战协定，于是，部队奉命班师，又撤了回来。紧接着，部队集体转业，他所在的师都留在了黑龙江省，他做了林业工人。

他不止一次地对别人讲，他参加过朝鲜战争，是从朝鲜战场上下来的，赢得了不少人的敬意。细品他说的话，还真没有撒谎。

有那么几年，他从黑龙江省的林业局回到了安驾庄，据说是响应政府号召，减少国家财政供养人口。在安驾庄的几年里，他种过地，做过生意，但都不安心，最后还是回到了黑龙江省的林业局。林业局居然也接纳了他，告诉他，以前部队和林业局的履历都不再算，工龄要重新开始了。

张文远入伍前在曲阜师范读过书，也算是有文化的人，那个年代政府又缺文化人才，可他在部队时一直是普通战士，在林业局也一直是普通工人。偶尔他也流露出怀才不遇的感慨。

张文远人长得很帅，不要说年轻的时候，就是到了中年、老年，经历了岁月的刻蚀，都难掩他的英气。许是由于这个原因，刚结婚时的他，似乎对陈桂枝并不满意。在张其昌住姥姥家的大部分童年时间里，张文远基本上对家庭不管不问，不单对陈桂枝母子，对张其昌的爷爷奶奶也很少问津。二叔张文灿欲上门兴师问罪致使陈桂枝母子连夜逃离安驾庄的那一幕，就发生在这时。

陈桂枝的外表不如张文远出众，单一双脚，就拖累了她。说一句套话，真是拜万恶的旧社会所赐。她是裹了脚的。山东是革命老区，比全国解放得早，共产党掌握地方政权后，立即制止了这一陋习，所有裹脚的妇女全部放开，但为时已晚，有的人已经造成不可修复的损害，脚趾骨折，终身残疾。陈桂枝就在其中。陈桂枝说过，只废除妇女裹脚这一项，共产党就值得全国妇女感恩戴德。陈桂枝个子不高，身体匀称，挑担、负重、长途跋涉，她和其他天足的妇女没有任何区别。一天的劳作下来，将畸形的脚放进温润的水中，红肿开始褪去，疼痛开始蔓延，只有她自己才能知道，白天劳动时为了做到和众人无异，她必须承受常人难以承受的痛苦。她拖着这样一双脚，走过了几十年的大田劳动生涯。张其昌懂事以后，对母亲生出了由衷的钦敬。

生活的重负，好脚好身板的人有时候还吃不消，而她不仅承载了生活的重负，还使得这个家庭获得中兴。犹如玉米地里的一棵高粱，任凭风吹雨打，顽强地摇曳着叶片，展现生命的力量。瘦小的一副躯干，蕴藏强大的能量。

“我是山东高粱独一棵。”这是陈桂枝经常挂在嘴上的座右铭，道出了她对生活艰辛的自嘲，显露了性格的孤傲和倔强。

陈桂枝没有读过书，但是她异常聪慧。她知道很多典故，好些成语可以信手拈来。刚入合作社的时候，村里组织了学文化小组，给不识字的人扫盲，陈桂枝很积极，最多的时候，能认识几百个字。可惜没有巩固住，后来连学会的也忘了，一生引为憾事。

在张文远和陈桂枝夫妻二人中，张文远比陈桂枝要风流倜傥，但论到生活内涵，论处事，论担当，两个人却有霄壤之别。

上学后的张其昌，学到了两个新的名词——家庭出身，社会关系。

他才知道，他们家的家庭成分是贫农，爷爷带给他的。解放前，爷爷卖过豆腐，挨过饿，土改时家里分了一小块地，还分了一张桌子。

他还知道了，姥姥家的成分是富农。当初划分成分的标准有三条，分别是土地、房屋和雇佣人工的数量。姥姥家的土地不超标，也不曾有过雇工，就是房子多了一个院落。其昌经常去的赵家大舅兄弟二人居住的房子，原先就是姥姥家的后院。

于是，姥姥家的成分被定成了富农。

不知道从什么时候起，上学后的张其昌就开始填写家庭出身和社会关系了。无形当中，是非的观念，可以给他的头顶上带来荣耀或黯淡的观念在逐渐形成。他的社会关系无非是姑姑、舅舅、姨，他或者会忘记填写在安驾庄务农的大姑，却从来不会忘记填写在哈尔滨的军工厂上班的三姑以及政治面貌为中共党员的三姑父。

不知道什么原因，从安驾庄重新回到林业局的张文远开始顾家。

于是，安驾庄的张家街上，会不时地响起邮递员清脆的声音："陈桂枝，拿印章。"这表示，她有汇款单寄来了。

这一幕，一直持续了十几年。贯穿了张其昌的青少年时代。张其昌成长在一个工农混合的家庭，乡下，不间断的现金来源，使得这个家庭的生活水平略优于一般的农户，他得以免除冻馁，即使在三年困难时期，他也没有留下挨饿的记忆，影响到性格。他从没有过因生活的窘困而导致的自卑，信心没有受到过伤害。

汇款单给家庭带来的一个变化，是张其昌拥有的小人书明显多起来。小学四年级，家里的小人书就已经一百多本了。凭这自有的一百多本，加上其他途径，和别的小朋友互换阅读，从图书馆借阅的，从农村市集上租赁的，张其昌的小人书阅读量迅速膨胀。《三国演义》《西游记》《水浒》等名著，他没有看过一本原著，内中的故事情节和主要人物，却讲得头头是道。

同一时期，他接触到了小说。他阅读的第一本小说是在邻居家看到的，内容是解放战争时期国共两党的军事斗争，封面的书名有"1947年"的字样。照现在的文学分类，这种军事题材的叙事体还不能算作典型的小说，但就是这样的一本书，却让他痴迷，一口气读完了以后，一发而不可收拾，他像一个饥饿的人渴望食物一样，搜寻着他能够找得到的任何书籍。很快，《林海雪原》《青春之歌》《苦菜花》等当时的名著，都被他"大快朵颐"。

一开始，陈桂枝有过担心，孩子吃饭的时候看书，筷子往嘴里扒拉着饭菜，眼睛却瞄着摊在膝盖上的书，真是食不知味；孩子去茅房，拿着书；上下学的路上，也瞅着书。撞到了行人，撞到了车辆牲口怎么办？陈桂枝说过几次，张其昌依然故我。

说也奇怪，张其昌从来没有因为一心二用读书出过事故，也没有因为在行进途中看书出过事故。一双符合飞行员招收标准的眼睛，一直保持到晚年。

有一句成语叫“茅塞顿开”，有时候，一句话，一个点拨，可以让人茅塞顿开，对于一个孩童，能够让他茅塞顿开的，绝对是书籍。书籍可以给孩子展开一个全新的世界，也可以铸就他未来的一生。

现在，张其昌的面前，就展开了一个绚烂的多姿多彩的世界。知识的海洋，浩瀚无垠，以其细碎的浪花和清澈的溪流撩拨着他，又像是和煦的微风轻抚着他。他恣意地享受这份浸润，享受舒展。

安驾庄的张家街上属于孩子们的文艺沙龙有两处。出张其昌家大门往西，街道南侧，是一片宅基地空场，足够盖两处院落。靠大道堆起了一排岩石，显然是宅基地的主人用来盖房子打地基的石料，但不知为什么，这块场地一空几十年，历经风吹雨打，偌大的石块早就失去了棱角，变得光滑圆润。晚饭吃罢，皓月东升，一群孩子早早离开家，依着这一排高低错落的石头，依次就座，静候文艺沙龙的开场。

另一处文艺沙龙的位置要更往西，快接近张家街西端的尽头，一片空场上矗立着一盘石碾。碾盘上除碾子之外的空处，足可以坐得下四五个孩子。倘若孩子们赶到时正遇有妇女——在此劳作的通常是妇女——在碾磨粮食，他们就会站在四周，快快地围观，久等大人的碾磨完成；如果碾盘已经被他们占领，又有妇女端着盛满了粮食的簸箕来，他们也会乖乖地让出阵地，尽管不情愿。

孩子们盼望的这一刻，就是听故事。没有时政要闻，都是民间故事。一个大孩子讲，其他的孩子听，偶有提问，偶有插话。有的故事会讲好多遍，直到听故事的人也能完整地讲下来。田螺姑娘、刘海砍樵就是那时孩子们耳熟能详的故事。

田螺姑娘的故事里，小伙子从田间回到家，饥肠辘辘，掀开锅盖，竟发现了热气腾腾的饭菜，然后又出现了一位美丽的姑娘。每次讲到这个地方，孩子们都会瞪起惊异的眼睛。那是个粮食缺乏的年代，孩子们都是喝了几碗粥出来听故事的，冷锅空灶中会无端地升起袅袅的热气，飘出令人馋涎欲滴的饭香。遑论还有美丽的姑娘，单就这无中生有变化出来的饭菜，就令孩子们生出了无限的向往，生出了无限的遐思。迷惘中，孩子们几乎分不出故事里故事外，总忍不住猜想：当听完故事回家的时候，锅里会不会也出现热气腾腾的饭菜呢？

不同的故事，有不同的主人公和不同的情节，但结尾大致相同，那就是“从此，他们过上了幸福美满的生活”。

听完这句话后，孩子们打着哈欠，踏着一地“碎银”，回家去了。

后来的语文课上，张其昌学到了修辞中的“定语”，就是用来修饰限制名词的，其实，张其昌没有上学之前，就已经学会了好多定语，“幸福美满”的生活，“聪明勇敢”的孙悟空，这样的形容词，不都是定语吗？安驾庄街头的故事沙龙，就是安驾庄少年们的语文启蒙课堂。

张其昌读书的正规课堂在安驾庄的西分校。安驾庄设有一至四年级的小学共有四处，分别位于安驾庄的四个方位，以东南西北命名。无一例外，四个小学都设置在大姓人家的家庙里。解放后，宗族组织在基层社会治理中的作用淡化了，家庙，由原先一姓家族的私产变成了村子里的公产，用来办学，确乎是一件大好事。

西分校在张家街南面的刘家街上，就是原先的刘家祠堂，安驾庄的人都管祠堂叫作家庙。早先的刘家祠堂是什么样子，张其昌没有见过，他现在就读的西分校，有三处教室，每一处教室，都能容纳四五十个学生。最大的教室，就是刘家家庙的主建筑，坐北朝南，巍峨轩阔，半人高石材地基，青砖到顶，中间挑脊，布瓦灌缝。逢阴雨天气，靠街一侧的墙面上，爬满了密密麻麻的蜗牛，这两年，从院内的山墙上蔓延过来的爬山虎占据了半面墙壁，看势头，另半面墙壁很快就会沦陷，郁郁葱葱，风过处，响起哗哗的声音。这间教室比另两处高出一倍，墙也厚一倍，加之屋顶又厚，即使暑热天气，屋子里边也凉意森森。院子里靠西墙有两棵大槐树，午后老早就覆盖了大半个院子，东墙根和东南角都有树，都不如西边的槐树高。另两处教室，一南一北。琅琅的读书声，就是这里的主旋律。

教张其昌的老师叫夏兴，男性，接近三十岁。他是荣转军人，在战场上失掉了一条右臂，但左手练出了一手好字，他眉宇坚毅，面庞英俊，可能是战场上见惯了生死，所以不苟言笑。从一年级到四年级，他始终是张其昌这个班的班主任。他教语文，也是从一年级教到四年级。他从没有打骂过学生，生气的时候，对学生最大的惩罚，也不过是将粉笔头掷向学生的课桌，很少有失了准头，将粉笔头掷在学生身上的情况。他全身满是男性特有的阳刚，战场上滚打过的阅历，使得其授业解惑的职业睿智中又透出几分沧桑。

那个时候的小学老师，大多是男老师，不像现在，几乎成了女老师一统天下。

靠近西墙，最大的那间教室的西头，辟出来一间办公室，是老师们的活动场所。夏日午后，蝉鸣盈耳，经常会出现这一幕：办公室门口，支起了一个茶水炉，两个赤膊的男生争相拉动风箱的拉杆扶手，火苗越过烧水壶的壶底，燎了上来。两个男生满头油汗，听着火苗蹿起的啸声，脸色愈加兴奋，另有个男生站在两个拉风箱的男生后边，很想掺乎进来，但又插不上手，心有不甘，却也无可奈何。夏兴老师坐在旁边，仅有的左臂摇着一柄蒲扇，注视着三个学生，一脸慈祥。

全班同学，羡慕死了风箱旁的三个男生，每个人都想成为其中的一员，去拉动那风箱，和自己喜欢又尊敬的老师来个近距离接触。有一首王洛宾的民歌曾唱道："我愿做一只小羊，跟在她身旁，我愿她拿着细细的皮鞭，不断轻轻打在我身上。"歌词是表现小伙子对姑娘的倾慕，实际上，歌词也是对这幅"树下童子鼓风图"的真实写照，孺子对师长的倾慕以及依偎，满布油汗的脸上流露的儒慕之情，与姑娘面前的小伙子完全一样。

这幅画面，张其昌几十年都没有忘记。后来，他在北京的报纸上发表了一篇文章，题目叫作“我的小学老师”，他在文章的结尾缅怀道：“我在北京就读的高校里，聆听过多位到访外国元首的演讲，都如过眼云烟，已经忘却，只有小学老师，却永远活在我的心中。”

文章提到的小学老师，就是夏兴。

张其昌从一年级开始，上下学就没有人接送，不独他一人，整个安驾庄的学生都这样。几十年下来，从来没有发生过丢失学生的事情。

张其昌所在的班级，姓张的就有十人，按辈分跨越三代，由于还都是孩子，侄子顶撞了叔叔，孙子踹了爷爷一脚，都是平常的事情，过后谁也不计较。二叔家的女儿张亚莉，比张其昌低一个年级，有时候跟在他后边一起去学校。孩子们全然不管大人们的恩怨，张亚莉待张其昌像亲哥哥一样，张亚莉受到欺负，张其昌也一定会出头。

张其昌还有一个小一岁的堂弟，自从张其昌回到安驾庄之后，两个人就黏在了一起。堂弟名叫张其河，小小年纪，独对养殖业拥有浓厚的兴趣，家中除了喂养的鸡鸭鹅猪，张其河还单独养了一只羊和一窝小白兔。兔子的繁殖很快，一窝可以生七八只甚至十几只。于是，有一天张其昌家也出现了两只小白兔，堂弟送他的，不要都不行。

在堂弟的指导下，张其昌开始了兔舍的基建工程，先在院子里觑准一块空场，用铁锹挖出一个锅灶大小的圆坑，再挖一条引道和圆坑连接起来，从上面俯视，就是一把放大了的勺子。圆坑的周边用砖砌一个规整的多边形，上边交错压缝，逐渐收缩，采取拱形施工方法，直至封顶。最上端留一个碗口大小的通气孔，用一块石板盖上，掀起来，就可以看到兔舍内的景况。引道也是用砖砌就，外端是一块石头封堵，也是兔舍的门。弟兄俩忙活了小半天，一个崭新的兔舍即告竣工。

四个月后，原先的两只变成了八只，一次繁殖就生了六只。

院子里热闹起来。兔子也是日出而作，日落而息，早晨，搬开兔舍门口的石块，长长的耳朵，红红的眼睛，依次从引道里探了出来，然后，蹦蹦跳跳，跑向院子的四面八方，将生命的活力也带到了院子的四面八方。它们食性很杂，绿色的叶状物，无论是蔬菜还是庄稼叶子，它们都吃，胡萝卜对它们来说该是甜点了吧。

一年之后，兔子还是八只，但已经繁殖了好几代，有送人的，有出售的，也有自己改善生活的。一个微型的养殖场粗具雏形。

天有不测风云，第二年夏，一天半夜时分，张其昌突然被雷声惊醒，细听屋外，已是大雨如注。他突然记起了小白兔，赶紧穿好衣服打开了门，不由得叫了一声苦。闪电照耀下，雨脚如麻，院子里的积水已经没过了脚面，还在继续上涨。他首先冲到了院子的大门口，直通大街的排水沟就在那儿，拨开了堵在沟口的枯草腐叶，水流开始加速，院子里的积水迅速消退。他又冲到了兔舍那儿，搬开了兔舍上方的石块，借助闪电，发现景象惨不忍睹，兔舍里全部是水，几个白色的躯体漂浮在上面，小白兔全家无一幸免。

张其昌号啕大哭，守在兔舍旁边，久久不愿离去，任凭大雨浇注，直到陈桂枝把他硬拽回去。安驾庄当时没有抗旱防汛指挥部一类的机构，乡民们也没有进行过防灾抗涝的知识培训，不似现在的城市里，地下室的门口在汛期都会有一摞沙袋。张其昌建造的兔舍入口与地面同高，即使院子内不积水，雨水也会流到兔舍里去，这是发生在设计阶段的错误。

就像鸟儿的巢被侵害以后，比如鹊巢鸠占，比如被蛇吞吃了正在孵化的卵，受害的鸟会重新衔枝衔泥，让日子重新过下去。张其昌没有倒下，他痛定思痛，开始了兔舍的二期建设，他将兔舍的基础提高了三个砖的厚度，倘非几十年一遇的大洪水，决不会再出现类似的水淹兔窟的惨剧了。

小白兔的尸体，触动了张其昌心灵的柔软部位，他开始反思自己对待小动物的态度，他善待这些生命了吗？不久前，他就曾经虐待过一条蛇。

蛇在当时的安驾庄很常见，农人栖息的地方、居住的房间内、院子里，都有蛇出没。至于大田里、沟渠旁，就更多见了。蛇从不主动向人发起攻击，而且，在安驾庄，张其昌从没有遇到过毒蛇。那时，他已经知道了毒蛇的典型标志，头呈三角形，尾巴突然变细。后来他才知道，有毒的蛇大多生活在山区，安驾庄属于平原，鲜见毒蛇。

当院子里的鸡发出咕咕的叫声，同时，昂起头，半天不动，颇有些人类的面面相觑，张其昌就知道，院子里有蛇出没了。仔细搜寻，两房相间的狭窄夹道里或者柴堆旁，一定会发现蛇的踪迹。它缓慢地爬行，和院子里的鸡鸭兔相安无事，哪怕是刚出生的小兔崽，也没有遭到过它的祸害。

蛇好像只吃老鼠。

那是张其昌还小的时候，一天晚上，他正要从床上跳下来，母亲一把拦住了他，并且扳过了他的头，阻止他往地上看，他眼睛的余光还是瞥见了，窗户底下，床头旁，顺墙根，一条蠕动的躯干正徐徐没入桌子底下，前半部已经看不见了，仅从后半部判断，也有擀面杖粗细，这是张其昌在家中看到的最大的一条蛇。母亲也没有任何惊慌的表示，就好像一只鸡从她的脚旁走过。

大人们都说，有蛇的房子是好居室，冬暖夏凉；有蛇的院子是好宅子，日子会过得无病无灾。

许是由于蛇长了一副狰狞恐怖的外表，它从未得到过人类的宠爱。那时的安驾庄，小学生也没有受过人类应该和动物和谐相处的教育。于是它和老鼠一样，落了个人人喊打的地步，孩子们如果遇到过街的蛇，通常会一拥而上，纷纷朝蛇身上投掷石块，直到蛇不动了为止。张其昌虽然没有参加过围攻，但却多次目睹过这样的场面。

几天前的一个下午，一阵大雨刚过，还没有完全停下来，时值张其昌的姨表哥刘宇新也在他的家中，被雨所阻，不能到院子里去，憋在屋里，两个孩子有些百无聊赖。

“蛇。”刘宇新叫了一声，两眼直视室外。

张其昌随着望去，不知道从什么时候，院子里出现了一条白蛇，在水洼里翻滚，看不出它从哪儿来，要到哪儿去。它要么是身体有恙由于痛苦而翻滚，要么是喜欢雨后的清新因愉悦而翻滚，两个孩子看不明白。刘宇新突然抄起了门后的铁锹，冲表弟喊道：“走。”

街头孩子们围殴蛇的陋习复萌了。

张其昌也随手拿了一把扫帚跟了出去。白蛇见有人来，停止了翻滚，朝南墙根爬去，但爬得并不快。刘宇新并非用铁锹的锋刃砍下去，也不是高举铁锹拍下去，他是想用铁锹按住蛇，这时，张其昌的扫帚也按了上去。两个孩子的心思相同，他们是想与蛇缠斗，而不是置蛇于死地。

问题没有这么简单，白蛇有一米多长，力气很大，在两般兵器的进攻下，仍不落下风，两个人根本按不住它。脱离了铁锹和扫帚，两个人再追上去，重新按下。这条蛇真的很善良，它只想逃跑，从没有试图回头反噬。几经反复，战场向南墙根挪移，终于，蛇瞅准墙基石缝中的一个洞，钻了进去。可能是石缝内的空隙有限，不管这条蛇如何努力，还是有一截尾巴露在了外边，怎么也进不去了。

两个孩子还不肯罢手，刘宇新扔下铁锹，双手攥住蛇尾，使尽了吃奶的力气往外拽，哪儿能动得了分毫。

“拿火去。”刘宇新吩咐表弟。

张其昌拿来了燃着火苗的麻杆，递给了表哥。刘宇新开始炙烤蛇的尾巴，蛇身动了一下，似乎要退出洞穴，但立即又停住了，之后，无论刘宇新如何炙烤，甚至他们都闻到了焦糊的味道，这条蛇都没有退出半寸。

刘宇新有些恼怒，最后，用铁锹切下了那一截烧焦的蛇尾。

当时，张其昌只感到兴奋和新奇。

后来，他面对漂浮在巢穴里的兔子的尸体时，悲伤之余，开始感到心灵深处有一丝隐隐的痛，连带想起了他曾经虐待过的蛇。生平第一次，他为了动物忏悔。

人之初，性本善。

人的道德也有自我修复功能。

从此以后，他不再与蛇为敌。

堪称安驾庄地标的建筑物，是位于安驾庄南北中轴线上的两座门楼，分别叫作南皋、北皋。安驾庄建镇四千余年，自然经历了无数次的硝烟战火，它也像无数个北方的城镇一样，建设了围墙和城门，安驾庄是村镇，规格要低，城门就成了门楼。解放初期，围墙早已不见了踪影，只剩下两座门楼孤零零地矗立在中轴线的南北两端，它没有古城的城门高峻，又比普通人家的大门气派，依然具闬闳之势。底部为五级青石基座，外墙的砖体已有残皮脱落，房顶上摇曳着茂草，犹如飘扬的旗帜，南皋的房顶上还有一棵细细的小树，相同的是，两座门楼都悬挂了铜钟，想是警示敌讯的工具。

它应该是凭吊历史的地方，斑驳的墙壁，颓败的屋瓦，都向南来北往的人们讲述着古镇的过往。孩子们喜欢这儿，纯粹是这里有着无限的趣味。

四面墙原先都有窗户，不知什么时候，木窗全已卸掉，剩下了四个豁口，每一个豁口上都可以坐两个孩子，居高俯视外边的世界。往村外看，一望无际的田野，夏天是黑绿黑绿的青纱帐，冬天是茫茫雪原；往村里看，从南皋可以直接看到北皋，一条大街，永远是热热闹闹的市肆，也表演着永远不会结束的安驾庄乡民的婚丧嫁娶。

孩子们可以爬到钟的顶端，更进一步爬到吊挂钟的木梁上。就是在北皋，张其昌见到了安驾庄乡民传说中的蛇。

安驾庄的乡民传说，北皋和南皋，各有一条蛇，北皋的是雄蛇，南皋的是雌蛇。多年以来，它们吸收日精月华，已经成了气候，能够呼风唤雨，保佑一方风调雨顺。孩子们都喜欢这个故事，听了无数遍之后，还亟欲知道，安驾庄的这一对蛇，已经修炼到了何等层次，是否已经能够变化人形，没有人能够回答他们，大人们只搪塞，传说不详。

还说，鲜有人看见过这对蛇。

那一次是张其昌和堂弟一起去北分校，找一个叫梁尚礼的小朋友还书。其时，学校已经放学，三个孩子一起走出了校门，北皋就在北分校的南门外，三个孩子正犹豫着该如何打发下午的剩余时间，一眼就望见了北皋里边悬挂的大钟，一声呼哨，奔了过去。

下午四点来钟，强烈的阳光从西侧的豁口照进来，门楼里形成一道金黄色的光柱，尘埃在光柱里飘浮旋转。张其昌坐在了北侧的豁口，刚看倦了北分校上空的老鸹窝，转过头来，透过光柱，将目光投向大钟的上方，看到了一双金黄色的眼睛。

悬挂大钟的木梁，上方还有一层木梁，要短一些。张其昌看到的一双眼睛，就在最上面的木梁上。张其昌坚信，那是一双只有通灵的大蛇才会拥有的眼睛，和它刹那间的对视，穿透光幕，原本木梁上方看起来很模糊，但那双眼睛灼灼如电，令人无法忽视。

张其昌赶紧招呼堂弟和另一位小朋友，转瞬间，那双眼睛就消失了。堂弟说看到了，梁尚礼摇了摇头，说什么都没有看到。

梁尚礼告诉他们，安驾庄来剧团了。

安驾庄有自己的戏园子，位置应该属于东分村，东西大道的北侧，坐北朝南，也就能容纳五六百人，一圍高高的土墙将其封闭起来。园内沿东西两边的围墙，栽植了两排杨树，围墙外边也有树，但稀稀落落，高低不一。

张其昌第一次光顾安驾庄的戏园子，应该在五六岁的时候。几个年龄差不多的孩子，相互邀约，早早吃过晚饭，就离开了家。那个时候买张门票是一毛钱，档次高一点的剧团，比县级剧团还要高一个级别的，也不过两毛钱，陈桂枝知道他要看戏，早就塞了两毛钱给他。

来到戏园子门口，一盏汽灯高悬，亮如白昼，大人孩子都有，人声嘈杂，售票处窗口前已经排起了长队。小伙伴一拉张其昌的胳膊，将他拽出了人群。几个孩子开始了围绕戏园子的徘徊。

墙外又是一个世界。戏园子里边灯火通明，透过杨树叶子洒出来的光，映出了树丛中孩子们攒动的头顶，以及一双双兴奋而警觉的眼睛。他们像搜寻猎物的野兽，伺机而动。说穿了，他们是逃票党，想穿过这道围墙，进入到戏园子里边去。

不一会儿，就见孩子们都往一个方向走，张其昌等几人急忙跟了过去，原来是一条戏园子的排水沟，孩子们正鱼贯往里边钻，后面的孩子只能看见前面一个孩子的屁股。排水沟口很小，但几岁大的孩子比小猫、小狗大不了多少，一会儿的工夫，钻进去了十好几个人。

轮到张其昌的时候，前边的小孩屁股不动了，随即，围墙里边响起了呵斥的声音。前边的小孩钻进排水沟口的头也赶紧退了出来。不用说，"偷渡"被发现，渠道被截断了。

张其昌颇懊悔自己的机会不好，离成功只有一步之遥，却止于戏园子里边的巡逻人员。旁边的一个孩子朝他摇了摇头，似乎告诉他不必泄气，好戏还在后头。

没有进去的几个孩子继续在围墙外边逡巡，不一会儿就盯上了一棵杨树，不粗不细，距围墙不到二十公分。爬树是男孩子的看家本领，几乎是从会走路时就能爬树。当头一个孩子三两下就上了树，踩上了墙头，在墙头上横走了五步，顺着一棵紧贴围墙的树，哧溜就滑下去了。一眨眼，几个孩子全部站在了戏园子里边。

巡逻人员发现了异常，有一个人朝他们走来，孩子们大模大样，反而径直朝那个人走去，都是在戏园子里边，凭什么单觉着我们是没买票进来的？巡逻人员最后还是走开了。

没有看戏以前，他们先当了一回演员。

当晚的戏剧是什么，讲述的是一个什么样的故事，张其昌全没有记住，戏未终场，他就困得睁不开眼，和别的孩子结伴回家了。第二天一整天，小伙伴兴奋交谈的都是这件事情。

他们的胆子越来越大，以前他们爬上墙头便赶紧找机会下来，后来已经能够站在墙头上仪态娴雅地俯视戏园子里边，还能够在墙头上跑来跑去，如履平地。再到后来，还能蹲在墙头上，坐在树杈上欣赏戏园子里边的表演，全不似当初的小心翼翼，简直将这座围墙视作无物。

道高一尺魔高一丈，他们与戏园子巡逻人员的战斗未有穷期。

又是一个晚上，他们选择了以前钻熟络的洞，与往常相比格外顺溜，转眼间，墙外的十几个人都不见了。张其昌最后一个，刚从洞里探出头来，不由得叫了一声苦，先前钻进来的十几个孩子一字排开，背后是四个威严的壮汉，有一个人手中还拿着棒子，孩子们噤若寒蝉，显然受到了威胁。

他们中了埋伏，全军覆没。

孩子们不怎么害怕，他们不止一次被抓住，知道不会有接受不了的严重后果。戏园子的工作人员也都是安驾庄的乡民，不是被抓住孩子的叔叔，就是孩子的哥哥，都能论得上亲戚或者是家族的辈分，对待这些孩子，他们从不打人，最常见的是喝斥，极端情况下也骂人，揪住孩子的耳朵将其扯到大门外边去。再有一点，他们从不把事情捅到家长那儿去，不告状，不记黑名单。

终极目的，就是驱离。

细想，双方的关系，和现代的城管与小贩的关系有些相似。

又一个晚上，张其昌从围墙内的杨树上滑下的时候，突然闻到了一股恶臭，回首树身上，才发现涂满了粪便，自身的衣服已经沾染，有好几个孩子中套，在那里用最恶毒的语言破口大骂，他们太愤慨了，怎么能够采用这种下三烂的手段呢？其卑劣程度几乎等同于战场上交战的一方使用了毒气弹。孩子们那时候不知道有联合国这个机构，如果知道的话，一定会去那儿理论。

士可杀，不可辱。当晚的戏是看不成了，孩子们从另一处爬树翻过了围墙，离开了戏园子。他们也知道，大概没有一身臭烘烘从大门走出去的“士”吧。

张其昌和他的小伙伴们上学后，突然对他们原先与戏园子看门人的斗争不屑起来，原先自视为壮怀激烈的英雄事迹，竟是那么不堪一提。他们长大了，他们背上了书包，成了读书郎。高年级学生脖颈上飘扬的红领巾，成了他们新的召唤。

梁尚礼给他们带来了新的消息，聊城地区的一个豫剧团来到了安驾庄。张其昌到底也没有弄清楚，安驾庄所在的泰安地区是山东省的腹地，山东的代表剧种是吕剧，但这里却是豫剧的地盘。

当然是买票进的戏园子。

戏名没记住，故事情节记了个差不多。

从前，有一个员外。员外，是说家庭比较富裕吧。这家有个女儿，聪明、美丽。不幸的是，女儿患上了恶疾，麻风病，在当时几乎是不治之症。又不知从哪儿得到了一个治病的方子，说只要和一个青年男子结婚，生活在一起，女子身上所患的麻风病就会转移到男子的身上，女子便能痊愈。这时，一个潇洒英俊的年轻书生出现了。是进京赶考路过此地，还是走亲串友误入此地，剧情交代不清楚。或者是剧情已经交代清楚，而张其昌没有看懂。总之，书生被员外请到了家中，热情招待之后，向他提及，愿意将女儿许配于他，并且当面唤女儿来到客厅，令其向书生斟茶，实际目的是展示女儿的容貌。其时的员外女儿，虽然患病，却是初级阶段，还没有在外表显示出来，依然是风华绝代，书生惊为天人，自然高兴得很，但嘴里还是客气了一番，说了些"父母之命，媒妁之言"一类的话。在员外的劝说下，书生答应了这门婚事，也同意了"择日不如撞日"，当日成婚。

当赞礼的喜乐退去，红烛高烧，一对新人进入洞房。故事并没有按照员外夫妇的设计发展下去，员外的女儿良心发现，她不愿意将自己的幸福建立在别人的痛苦之上，不愿意将麻风病传到书生的身上，于是，她和盘托出婚姻背后的阴谋，大红喜字的后面，有着不可告人的目的。最后，她劝青年书生立即逃走，离开这虎狼之地。

书生顿时感慨万千，他没有想到人世间会如此险恶，没有想到员外的女儿如此善良，说了许多感激的话，匆匆逃离了员外家。

第二天一早，得知真相的员外大发雷霆，他的女儿放弃了求生的唯一机会，决心走自己选择的路。员外将她置于一间柴房内，任其自生自灭。

这时的员外女儿已经毒疮发作，麻风病进入晚期，生命即将殒灭，她深切感悼生命短暂，留恋人生美好。巧的是，这间柴房兼作库房，柴薪堆在四周，房屋中间放置着几大缸酒。意想不到的事情发生了，房梁上出现了一条大蛇，大概为酒香所吸引，它将尾巴卷在房梁上，探下头来，想啜吸缸里的酒。可是房梁离酒缸太远，大蛇就将卷住房梁的尾巴放开一点，将头往下伸一些，还是够不着，便再将尾巴放开些，于是，"扑通"一声，整条蛇掉进了酒缸里。翻腾了几下，酒缸波平如初，柴房复归寂静。

员外女儿亲眼目睹了全过程，她已经心碎，抱定了求死的念头，只求快点解脱，她认为有大蛇的这缸酒肯定有毒，于是，饮下了她认定的毒酒。

奇迹发生了。这缸酒成了药酒，治好了她的麻风病，疮痂尽脱，她又恢复了冰肌玉肤，依然光彩照人。

还有一个重要的情节，书生后来寻了来，他不能忘怀这个救过他性命的姑娘。自然，结果皆大欢喜，有情人终成眷属。

这是一个凄美的故事。

舞台上的女演员，将员外女儿的美丽、善良、缠绵、凄婉表演得淋漓尽致。即使重病以后栖身于柴房，卸去铅华，荆钗布裙，仍不失妩媚与温婉。在雪白的汽灯照耀下，满舞台都是她袅娜的身影，绕梁尽是她激越清亮的唱腔。

张其昌突兀地有了一个想法，长大了娶媳妇，一定要娶一个像这个演员一样的女子。

这该是男孩子最初的性朦胧吧。

聊城的剧团还带来了另一出戏，张其昌记住了名字，戏的内容却颇为草草。

戏名叫作《泪洒相思地》。也是一个青年公子和一位小姐在花园里邂逅，小姐的父亲是本地的县令。两个年轻人互相倾慕，小姐为公子的花言巧语和海誓山盟所惑，遂结为秦晋之好，后公子回家迫于家庭施压，另娶豪门之女。不料小姐已经怀有身孕，悲愤难抑，最后，始乱终弃的公子受到了惩处。

张其昌不太喜欢这出戏，儿童明朗的心地接受不了忘恩负义，也理解不了只有成人世界里才会存在的卑劣与丑恶。他不喜欢悲剧，他更喜欢“从此，他们过上了幸福美满的生活”。

第三章

林子大了什么鸟儿都有

张其昌和梁兴业的结识，缘于一瓢之饮。

一个盛暑的中午，张其昌和表哥从陈家城宫回安驾庄，离家还有五六里地时，张其昌就已经口渴难耐。他几次央表哥停下来找水喝，表哥也想不出好的方法，往常，一路上大田里的抽水机会轰鸣不停，不要说水井旁，就是灌溉沟渠里的水，也清澈甘甜，可以直接掬起来喝。现在的时间点，正是吃饭时间，四野一片阒寂。

走过一片玉米地，一条小路通向大田深处，茂密的玉米丛里，出现了一座小小的窝棚，犹如饥渴的旅人看到了旅舍上方飘扬的酒旗一般，哥俩顿时高兴起来。

窝棚里走出来一个少年，问明了两人来意，立马从窝棚里端出了一瓢水，递给了张其昌。张其昌都没有顾得上寒暄，一饮而尽。凭水的温度，可以判断，刚从井里汲上来不久。这之后，他才来得及端详眼前的少年。

少年叫梁兴业，比张其昌大一岁，他长得清秀，皮肤也白，有些像女孩。夏日里男孩子大都穿一件背心，他却穿了一件平展的短褂，多了一点与其年龄不相称的斯文。

张其昌喝完了水，却没有当即放下水瓢，作为盛水的器具，大一点的如铁皮制作的水舀子，小些的如各色各样的搪瓷缸子，已经很普及，鲜见水瓢。

水瓢的边沿很光滑，已经有了些年份，可以看出来，当初的葫芦质地细密，堪为上品。

张其昌听说过“一饭之德，一瓢之饮”的故事，和梁兴业聊了一会儿，两个少年竟有些惺惺相惜。

自此，两个人遂成为朋友。

梁兴业在安驾庄有两个家，一个是他父母的家，一个是他爷爷奶奶的家。他的父母住在北分村，离北分校不远；他爷爷奶奶住在东分村的辘轳把子胡同。张其昌成为梁兴业的好朋友以后，梁兴业的两个家他都去过多次。他更喜欢辘轳把子胡同，因为胡同口有安驾庄的著名景点，叫作“三山夹一井”。

这处景点很简单，三处房屋的山墙围起来一座水井，又起了一个文雅的名字，居然就被列入安驾庄的著名景点，这招致好多人的质疑。其中的奥秘，只有孩子们清楚，那是关于杏子的甜蜜记忆。

水井旁有两棵树，一棵是合欢树，一棵是杏树。合欢树大半年的时间都是一片火焰，早晨，当农人半睁着惺忪的睡眼，走出辘轳把子胡同，蓦然一片火焰映入眼帘，火焰与朝霞争辉，农人慵懒顿消；傍晚，当农人归家时，拖着疲惫的身躯看到和晚霞同映的这片火焰，对家中炊烟的渴望油然而生。当杏花凋谢，满树青涩的果实慢慢变成紫红，再到满树金黄，该吸引孩子们多少次踅到树下，流下多少涎水啊。

再往东走，是一个叫作漫潭的池塘，也可以算作一个湖。其他的三个分村各有池塘，但都不如漫潭大，安驾庄人管所有的池塘都叫作湾坑，独这一个有自己的名字，方圆占地近百亩，岸上绿柳成荫，湖面上绿波荡漾，是孩子们戏水的好地方。

传说漫潭的水面下有一处地方很深，地下水与村西的河流相通。

确曾发生过溺毙儿童的事情，更使得这一处水面增添了新的传说，安驾庄有不少家庭禁止自己的孩子到漫潭游泳。张其昌后来到大学读书，成为班级里唯一不会游泳的人，甚至遭到同学的奚落，追根溯源，原来竟是童年时期安驾庄的漫潭发生的安全事故。真是“楚国亡猿，祸延林木；城门失火，殃及池鱼”。

原先，张其昌的活动半径只是到张家街，现在拓展到了安驾庄全村。两个孩子都是西游记迷，有一次两个人打趣：“孙悟空一日之间遨游四海，我们两人一日间走遍安驾庄四村。”

他们结伴玩转安驾庄的活动就是割草。农家的孩子参加劳动很早，而最早参加的劳动就是割草。有的孩子四五岁就能背起草筐，有的是割草喂自己家养的羊和兔，鸭子也吃草，但要剁碎了喂。有的是割了草卖给生产队喂牲口，通常这要十岁以上的孩子才行，一般情况下，称重后按照斤数记工分，也有时直接给现金，一筐草能换几分钱。

这时的张其昌和梁兴业已经能够挣工分了。

草筐快满的时候，他们两人就躺在草地上，仰望天穹，天空一碧如洗，白色的云朵变幻出山川村落，变幻出形态各异的人物走兽，真感谢大自然的鬼斧神工，在天幕上描绘出如此瑰丽的画卷。瞬间栩栩如生，瞬间风云流散。也只有这浩瀚无垠的天穹，才能容得下一个筋斗云十万八千里的孙悟空驰骋。他们揣摩着想象着孙悟空是如何将金箍棒舞得如风车一般，在天地间纵跃。也只有目睹过白云堆叠的壮美，对小说中所描写的孙悟空的叛逆与无畏、洒脱和自由，才会有具象的理解。

草多的地方，并不在庄稼地里边，勤劳的农人，不会让荒草在庄稼地里蔓生。草多的地方，在田间地头，在水井四周，在沟渠旁。还有一处地方，就是河边。

安驾庄村西就有一条小河，常年流水不断。一年中有一半的时间，成年人都可以涉水过河。河对岸的两个村落分别叫作南石沟、北石沟，安驾庄通向这两个村子分别有石桥相连。两座桥相隔也就二里地，真正涉水过河的人很少，两座石桥之间充斥于河床内的大多是戏水的孩子们，再就是洗衣服的妇人。

张其昌在还没有和梁兴业结识的时候，就已经是这里的常客了，捞鱼、捉蟹，什么都干过。捞鱼，而不是钓鱼，小孩子可没有垂钓的耐心，将三根木棍用铁丝固定起来，或者是用一根柳条圈成圆形，底下用绳结网，再安一个长长的把手，就是捞鱼的工具，在水里立起，以逸待劳，自有鱼儿撞进网里来。躺在水底下等待人来捉的螃蟹少，多数的螃蟹都躲在自己的洞里，蟹洞在河岸的土坡上，洞口与水平面相平。即便很小的孩子也会判断螃蟹的洞穴所在，瞅准了蟹洞，将手臂伸进满是烂泥的洞内，手指只要触碰到硬硬的一团，拽出来，保准就是螃蟹。极少的人会从洞里掏出水蛇来，遇到这种情况，赶紧甩掉。掏螃蟹的时候，要小心它的两个大钳子，搞不好，手上就会挂彩。印象里，提着一长串螃蟹回家的孩子很少，半天下来，有两三只的收获就不错了，好像孩子们的兴趣多在捉螃蟹的过程，很少在意回家后对美味的品尝。

通往北石沟村石桥的北面，有一块两人多高的石头，突兀地立在河床正中。周围不与任何基岩相连，大家都说是飞来石。乡民们言之凿凿，说这是一块神奇的石头，再大的洪水也不会淹没它。可惜张其昌和梁兴业都没有经历过洪水，无法辨别真伪。

岁月在两个孩子对安驾庄的游历中流逝，两人升入了安驾庄高级完全小学，简称完小。

当时，四个分校各有一个四年级班，而完小的五年级只有两个班，再加上这两个班还招收了外村的学生，算下来，有一多半的学生辍学了。

张其昌和梁兴业分到了一个班，张其昌当了班长。六年级，张其昌被选为安驾庄公社少先队大队长。他曾经在全公社的少先队员集会上领头宣誓，誓做共产主义事业的接班人。鲜艳的少先队旗映照下，他在主席台上慷慨陈词，意气风发。同时期，他的作文曾在全公社的小学传诵，他被当作学习的榜样。

那是他的学生生涯中最为辉煌的阶段。那个历史时期，基层的吏治是清廉公正的，那时的人们清贫而不气馁，饥饿而不生穿窬之心，青山绿水，天空湛蓝。

张其昌就是例证，一个极为普通的农家子弟，没有任何背景，没有采取过任何贿选手段，以自己的学业赢得文声，坐上了全公社小学生学生领袖的位置，足证教育界的清明。

张其昌开始有些膨胀，日子过得顺风顺水，少年内心固有的叛逆在蠢蠢欲动。张其昌与梁兴业等几个要好的同学开始策划，总要做一点事情来打破现状，以显示他们的与众不同。

什么事情才能惊世骇俗呢？梁山好汉啸聚山林打家劫舍的行径，他们想都没想过，如孙悟空一般腾云驾雾，遨游九天，他们知道违反重力的物理规律，也是不可能的。绞尽脑汁的结果，想出来的所谓惊天之举，按照今天的标准，不过就是同学之间的一次派对。

初冬时节，下午刚放学，暮云四合，走在路上，即有凉凉的颗粒打在脸上，放眼望去，天空有极细的雪花在飞，不大一会儿，地上已铺了一层白色。

掌灯时候，张其昌和梁兴业等四个同学按照事先的约定，分别来到了学校，来到了他们白天读书的教室。另两个同学是李大海和刘文山。安驾庄乡民的姓氏，没有上百个，也有几十个，但大姓只有四个，就是梁、张、刘、李，巧合的是，四个少年占全了安驾庄最大的四个姓氏。

梁兴业首先点亮了一盏油灯，是从家里拿来，带有长条玻璃罩的那种。屋子里顿时明亮，在白墙上投下四个黑黢黢的影子，忽而拉长，忽而聚合。他们从书包里掏出了自己带的东西，堆在桌子上。

一捆柴片，一饭盒玉米粒，一书包地瓜干，一只搪瓷缸子，这就是全部。

将教室里的桌子往四周搬移，靠近讲台的地方腾出了一个空场，燃着了柴片，四个人席地而坐。

四个少年很有些像魏晋时期的知识分子，如果再有茶的话，围炉煮茗，也是一桩风雅事。

火堆越烧越旺，从室外带进来的寒意已经驱除，也是由于兴奋，四个少年的脸上红润起来。他们争相说话，没有主题，话锋游移不定，一会儿谈论某个老师的糗事，一会儿又谈论班里某个同学考试时作弊，李大海说他们家又生了一窝小兔崽，有六只；刘文山说，前天下午他去村东割草的时候，在玉米地里捉到了一只刺猬……都是少年们感兴趣的话题，没有国家大事，没有时政要闻。

晚上十点来钟的时候，李大海的父亲来了，叫他回家，李大海说什么也不回去，他父亲看其他三个少年举止文雅，不像鼠窃狗偷之辈，又认识其中的两个，就放心地回家去了。其他几人的家长并没有来寻，可能是都已经给家里打过了招呼。

这时候，屋子里的柴片已经所剩无几，张其昌和梁兴业对视了一眼，一起走出去。雪还在下，仍是那样不紧不慢，地上已可以踩出脚印来。偌大的校园，寻出些烧火的柴片，那是轻而易举，平时垃圾堆放的地方，他们也熟，很快就捡了一抱，放到自己的教室。又走出去搜寻了两间教室，从墙角旮旯捡了些残破桌椅的腿，估计足够一晚上烧的了。

这时，才是派对的重要内容——就餐，肚子也开始咕咕叫了。

火堆旁立两块砖，将通红的木柴灰烬扒拉到两砖之间，铝质饭盒架在砖上，一个简易的锅灶呈现在他们面前。先是把几块地瓜干放进去，一会儿，白色的地瓜干就变成了焦黄色，随之，一股粮食的香味弥漫开来。四个人每人取一片，放在嘴里慢慢咀嚼，许是来之不易，许是由自己亲手烹制，感觉分外香醇。

一锅地瓜干吃完，再撒一把玉米粒进去，这时候，要做两件事情：第一件，灶里的火，要撒一些死灰覆盖，以使火势减弱下来；第二件，饭盒里的玉米粒必须不停地搅动。不一会儿的工夫，噼里啪啦的声音响起，玉米粒变成了玉米花。

和地瓜干同样的香醇。

轮番吃过了几锅之后，李大海首先喊口渴。于是进入了烧水的程序。

教室的角落本来就有一个水缸，由每天的值日生置换新水，上覆木盖。学生们口渴时，直接舀缸里的生水喝，还有一个功能，每天早晨扫地后，用缸里的水洒地，抑止尘土。

现在，两块砖上面的饭盒换成了搪瓷缸子，一会儿，就升腾起袅袅的热气。梁兴业像变戏法一样，居然从口袋里摸出来一袋白糖，撒在了搪瓷缸子里边，四个人如品尝葡萄美酒一般，轮流执杯，轮流啜吸。

一会儿，李文山嚷嚷着尿尿，他似乎忘记了这是学校，是教室，离开火堆，就要解衣。被其余的三个人喝止后，才向门外走，张其昌说了一句：“离门口远一点。”话声未落，教室门口已经响起了哗哗的声音。

后半夜，几个人的兴奋渐渐消去，眼神逐渐迷离，慵倦袭来。

不知道由谁开的头，众人的话题竟然转到了自家的财富。

“我家还有满满一窖地瓜。”李大海说。当时，一窖地瓜，足够一家人吃一个冬春，也就是说，到明年五月份新麦下来，李大海的家庭无饥饿之虞。另几个少年的眼睛开始亮了，想不到，李大海的家在安驾庄竟是富裕之家。

“我家有三缸咸菜。”刘文山说。这句话引起了更大的惊异。普通人家只有一缸咸菜，有的人家上下顿还接不上，要知道，咸菜就是农村青少年的乡愁。儿童时期，望着撒满了咸菜碎末的一碗粥，转着圈地喝，喝完了碗周边的咸菜末，再盯着碗中间，那是多么美好的记忆。咸菜之于农家，重要性不亚于过年吃上猪肉。三缸咸菜犹如三枚炸弹，轰晕了刘文山之外的三个少年。

“我们家的院子里有四十多棵树。”梁兴业嗫嚅道。显然，他自己也认为自家院子里的树不足以对抗三缸咸菜，所以说起来底气不足。

“我有一百本小人书。”张其昌想了半天，实在想不出他家有什么财富可以拿出来把其他三家比下去。

应该说，没有一个固定的参照物，财富的多寡无从比较，每一个少年都认为自己家富可敌国，并且，少年们讲出自己家财富时的满足、自信、磊落，本身就是不可计量的财富。他们说出的每一块地瓜、每一块咸菜，都是他们的父辈用汗水换来的，干干净净，没有一点污渍，所以他们才可以大声地讲出来。四个少年嘴上谁都不让，谁都不愿意把最富有家庭的冠冕让出去。

但是，内心深处，刘文山之外的三个人还是隐隐有了共识，四个人中，以财富论，首推刘文山家。

他们继续推理，刘文山成了四个人的首富，由于他们的姓氏具有的代表性，刘文山家岂不成了安驾庄的首富。

怀揣着对于未来的美好憧憬，四个少年酣然入梦。

早晨，他们是被人吵醒的，上早自习的同学已经到了，他们还在梦中。很快有同学叫来了老师，教室里一片狼藉，灰烬赫然堆在讲台下。更有同学向老师告状，说他们在教室门口撒尿，有辱斯文。

班主任老师勃然大怒。一边命令四个人站在讲台上，罚站；一边安排同学们重新摆放桌椅，扫除地上的垃圾。老师数落他们一顿，不外是破坏公共卫生，破坏教学秩序，这些罪名都很抽象，另外再无不可赦免的大错。

这件事情在班里内部了结，没有捅到学校去。

张其昌自上学始，这是第一次罚站。平时当班长风光无限，这一次灰头土脸，自尊心受到了伤害。

连续几个学期，班主任老师写给张其昌的学期评语兼寄语，都告诫他要谦虚，不要骄傲。对于这个评语，他抵触过，他也确曾认真地检视过自己：举止方面，他和其他同学一样，有过蹦蹦跳跳，但不是高视阔步；他不曾炫耀，实际上也没有什么可以炫耀的，安驾庄的书记和村长都不是他的家人，所以，他不会像现代人一样，张口说出“我爸是张刚”这样掷地有声的话来。

后来，他有些感悟，他认为老师的评语不太确切，他不是骄傲，是自负。骄傲和自负的区别在哪儿呢，他也说不清楚。项羽自负力大无穷，自负到“恨地无环”的程度。张其昌对自己的未来自负，他认为，将来他要当将军，一定会像乐毅一样，连下七十座城池；他要当科学家，一定会得诺贝尔奖。

这实际上就是一个少年儿童的梦。有梦就有未来。

自负也是一把双刃剑，它固然可以成为不断前行的动力，但不切实际的膨胀，也可以使人遭遇灭顶之灾。

不久之后，张其昌差一点断送了他的求学之路。

小升初的语文考试。作文题目是《谈谈我的爱好》。

张其昌的作文已经在其他小学传诵，他不惧怕作文，相反，他喜欢作文，因为可以让他展露才华。要害在于，他太渴望展露了，他急于让别人知道他的雄心壮志，他有着和别人不一样的远大目标。他要独出心裁，标新立异。

他略加思索，一挥而就，写下了如下文字：

我长大了以后要当一名科学家，当一名从事核物理研究的自然科学家，当一名研究和制造原子弹的科学家。

在我很小的时候，我就听说了美帝国主义的种种罪行，他的手伸到了世界上的每一个地方，他欺负亚非拉的弱小国家，他纠集联合国的一众喽啰，在朝鲜战场上打到了我们家门口，将战火燃烧到了我们的国土上。遭到了我们中国人民志愿军的沉重打击后，他又扬言要对我们使用原子弹，对我们进行核讹诈。

我知道，原子弹威力巨大，曾经在广岛造成了十几万人的死亡。但是，原子弹本身没有阶级属性，谁掌握了它，它就会为谁所用。

我们国家目前还很穷，我们的科学还不发达，但只要我们咬定目标不放松，就一定会达到目的，好多过去没有的东西，我们现在都有了，汽车、火车、轮船，我们都研究制造出来了。原子弹，我们也一定能够研究制造出来。那个时候，我们再也不怕美帝国主义的核讹诈了。我们国家一定会屹立于世界的东方，我们民族一定会屹立于世界民族之林。

我从现在起就要好好学习，将来做一名制造原子弹的科学家。

张其昌自认为文章写得淋漓尽致，一抒胸臆，不等下课，就交了试卷，潇洒地离开了考场。

如果这份考卷的作文题目不是《谈谈我的爱好》，而是《谈谈我的理想》，那么，这应该是一篇优秀的作文。

如果这篇作文没有题目，那它就是一篇优秀的策论，如果这篇策论有幸被送进政治局，如果还有部分政治局成员囿于我们当时的国力，对于进行原子弹研制还有犹疑的话，这篇策论一定会打消他们的顾虑，坚定他们的信念。

我们国家的第一颗原子弹爆炸于1964年10月16日，在这个日子的两年之前，就有一个农村少年抒发了制造原子弹的志向，可谓是庙堂与江湖的高度统一。

遗憾的是，这篇文章不是策论，没有被送入中南海。作文的题目也不可能变换，一词之差，谬之千里。爱好是指过去和现在所从事的，理想是指未来。审题应该是作文的基本功，文不对题的结果可想而知，作文得不到分数，语文卷子的分数也可想而知。

张其昌小升初的结局应该是在孙山之后了。

可笑的是，直到放榜，他也没有觉察到作文中所犯的错误。

奇怪的是，张其昌居然被录取了。

张其昌就读的中学初中部叫肥城六中，就在安驾庄村东。

新生入学后的第一次校会，在六中的大操场召开，教导主任主持大会，人很文静，戴一副眼镜。致辞中，他对新生入校表示了热忱的欢迎，他说："安驾庄人杰地灵，俊彦辈出，这一届新生是学生中的精英，希望同学们努力学习，将来六中能够以这一届学生为荣。"

台下的新生听得热血沸腾。教导主任总结了考试当中存在的问题，最后，他讲了一件趣事："我们这一届考生中还出了一枝奇葩，出了一名战争贩子，有个考生在作文中声称要制造原子弹，真是不可思议。"

教导主任扶了扶眼镜，又补充了一句："林子大了，什么鸟儿都有。”

鸟儿就在台下。

张其昌至此方才明白，教导主任所说的奇葩就是他。他才悟出，他的作文犯了一个多么大的错误。

教导主任也万万没有想到，他口中的战争贩子居然踏进了六中的校园。

之后很多年张其昌都苦苦思索，他是怎么被六中录取的。排除了所有的不可能之后，那唯一的可能就是他占用了保送的名额。他是安驾庄公社的少先队大队长、三好学生，如果当时存在保送制度的话，他应该是第一顺序人选。

如果没有权势或者金钱的参与，保送制度还是有其存在的合理性。

第四章

一箪食，一瓢饮，不改其乐

教导主任在校会上夸奖安驾庄人杰地灵，还真有些以偏概全，这一届的新生，来自肥城县南部四五个公社。新生共有两个班，张其昌分在了一班，梁兴业也被录取，分在了一班。张其昌高兴的是，童年时期的小伙伴，逃难时候对他有一饭之恩的李向东，也考取了六中，分到了一班。李大海分到了二班，刘文山落榜了。

数了数，张其昌在班里年龄最小。第一届班干部是老师指定的，张其昌位列其中，担任生活委员。

六中的师资队伍甚为齐整，根据往年的中考成绩，六中在肥城县初中部的排名，始终未脱前三。任课老师教学水平高，师德更堪为楷模，学校的风气相较于安驾庄完小又是一番新景象。

张其昌这一届学生几乎是贪婪地吸收着老师们传授的知识。

张其昌作为生活委员，没有多少工作可做，只是统计一下同学们购买的菜票。大部分同学都是自己带饭，全班只有两个人例外，一个是公社书记的公子，一个是烈士的女儿。他们两个人是拿粮票在学校的食堂订饭，和老师的待遇一样，班里的同学管他们叫作“吃国库粮的”。

安驾庄的学生走读，只中午带饭，在学校吃一顿，外村的同学住校，一个星期回家一次，回校时就带够一个星期的干粮。张其昌担任生活委员，比别的同学更早地察觉了同学们所带干粮的差异。

安驾庄人管东部一带村庄，统称为东乡，因其地处平原，农作物大多为小麦和玉米，而安驾庄以及安驾庄以西的村庄，地瓜的产量几乎占到全部农作物的一半。班里同学们带的干粮，基本上按地域划分，来自东乡的同学，带的干粮都是玉米面煎饼，其他同学，多为地瓜干，而且是生的地瓜干，偶有带煎饼的，也是地瓜面和玉米面掺和了的。东乡同学那焦黄酥脆的玉米面煎饼，羡煞了东乡之外的学子。

生地瓜干不能直接嚼着吃，需要在笼屉上蒸熟了。每个同学都备有一个网兜，用麻绳结成，课间操的时候，必须把装着地瓜干的网兜送到学校的食堂去，过时不候。记忆中同学们都是直接将网兜扔在笼屉上，但是地瓜干应该有一个用水浸泡的过程，是食堂的师傅将网兜拿出来放到水里边，还是将整个笼屉放到水里边，由于不曾目睹，不敢妄断。

有一件事情令人惊讶，打开笼屉时，氤氲的白汽散尽，同学们一拥而上，瞬间拿光，一个笼屉盛放有三十多个网兜，竟没有一个同学拿错。从没有听到同学叫喊："谁拿了我的饭？"

网兜几乎一模一样，极少有同学做记号，比如拴一个红布条，在那么短的时间内，同学们是怎么做到精准无错的，始终是一个谜。

以地瓜干作干粮的同学还有一个差异，有的同学往食堂交玉米面，中午吃饭的时候便能喝到粥，这是境况比较好的同学。其他的同学只能就白开水。

现代的人将地瓜宝贝得不得了，说它是绿色食品，又防癌，又有保健功能，或许都是真的。但那时却让张其昌吃够了苦头。虽然张其昌的午饭也有粥喝，但也架不住天天地瓜，最直接的后果就是胃酸分泌太多，直漾酸水，食管和胃整日隐隐作痛。

欢快的日子还是有的，甚至偶尔会天上掉馅饼。

夏天的一个早晨，头天夜里刚下过大雨，空气清新，地上还很泥泞，张其昌一早就背着书包离开了家。一出村东口，就发现了异常，往日干涸的直通村北水库的泄水渠，突然涨满了浑黄的水，裹挟着泥沙枯叶和柴枝，翻卷着水花，急流而下。其中竟有无数尾的鱼，遇到泄水渠的沟坎时，冲撞、跳跃、翻滚，俨然一幅活生生的鲤鱼跃龙门图画。跳跃在空中的鱼的肚皮，在阳光照耀下，白花花的耀人眼目。

这是水库泄洪，或是水漫堤坝。

张其昌看了一眼自己的书包，显然不能装鱼，里边有课本。他略一思忖，迅疾向辘轳把子胡同跑去，梁兴业的爷爷家是离这儿最近的地方。五分钟以后，他已经提了一只小桶返回了泄水渠。

人渐渐多起来。张其昌先从水渠的岸边捡了几条还在蹦跳的鱼，而后直接跳到水里，水势已弱，鱼儿更无法藏匿，张其昌感觉到鱼儿擦过腿际的滑腻和轻痒，他自己都诧异，双手何以如此敏捷，不大一会儿，小桶便满了。他不再留恋，也不再贪婪，急匆匆走回了家。

他把鱼交给陈桂枝的时候，忽然涌起了一股复杂的感情，往时，都是他从母亲那儿索取，现在，他第一次体会到了回报母亲的感觉，温馨而儒慕。

回到学校时，只耽误了半节早自习课。

后来，他还曾经在北石沟的石桥上钓起过一条一斤重的鱼，两次与鱼有关的经历，组成了不连贯的画面，多次进入他成年后的梦乡。

在学校，他喜欢上了打乒乓球这项运动。体育课没有这项内容，学校里也没有乒乓球运动队。学校食堂的东端，有一间空房子，安置了一张乒乓球桌，专供老师用。张其昌等同学久久围观，老师们歇下来的时候，他们便一拥而上，挥舞拍子，照葫芦画瓢，几次下来，也有些模样，渐渐地，竟上了瘾。经常打乒乓球的老师有三人，两个体育老师，一个历史老师，多在课间或者中午打球，放学后，这间房子便空了，不知道张其昌采用了什么手段和老师套近乎，他竟然说服老师放学后将房间的钥匙交给他，几个月以后，连星期天他也可以支配钥匙了。

他球技提升很快，练得一手推挡，且速度极快，和老师对阵，偶尔也能扳回一局，更增加了他的痴迷。

可惜，他毕竟只是围观学艺，从没有得到过老师的真传，没有过扎实的基本功训练，虽然有一手快速推挡，但毕竟属于防守，在竞技体育中，有单靠防守赢得胜利的吗？没有。他一生都酷爱乒乓球运动，同样，在这项运动上，他一辈子都是一个末流角色。

有一段时间，他往姨表哥家跑得多，在姨表哥家，他发现了一个好去处，那就是刘爷爷的书房。

刘爷爷是姨表哥刘宇新的爷爷，张其昌从小跟着姨表哥一起叫，也叫爷爷。第一次见面他看到的刘爷爷，就已经蓄起了长须，身材魁梧，面目清癯，很有些仙风道骨。他待自家的孙辈总是峻颜厉色，但张其昌眼睛里的刘爷爷，却是慈眉善目，脸上总漾着一团笑意。

刘爷爷是知识分子，这是张其昌从刘爷爷书房里的藏书得出的结论。刘爷爷是私塾出身，还是读过现代学堂，张其昌都不知道。他只知道，刘爷爷知识很渊博。

刘爷爷有六个儿子，人物都很齐整，聚族而居，都在安驾庄务农。六条汉子，齐刷刷站在一起，不怒自威，颇有几分虎狼之势，偏偏六兄弟又都是朴实本分人家，与邻里间从未发生过睚眦之争，成为邻里间友好相处的典范。这都是刘爷爷的教导有方、家风绵亘所致。

乡里对刘爷爷也有訾议，刘爷爷秉承“好铁不打钉，好男不当兵”的古训，让儿子固守田园。他帮助儿子们逃脱了国民党军队的抓丁，也不鼓励儿子们参加共产党的军队，安驾庄乡民惋惜，老头子太不识天下大势，大好男儿，囿于土地，本可以踏遍四方，闯出一番事业来。

早先，张其昌就曾经进入过刘爷爷的书房，书柜里放满了一排排的书，张其昌不感兴趣，都是线装书，既没有《林海雪原》《青春之歌》，也没有《十万个为什么》。后来，同样还是那些线装书，在已经是中学生的张其昌看来，竟是一处宝藏。

有好几个版本的唐诗、宋词，张其昌翻看之下，不忍释卷。他又发现了一本叫《平妖传》的小说，讲述神怪，一个人物叫九天玄女娘娘。还有一本薄薄的册子，书名是《论语》，类似于现代的语录摘编。记述的是孔子和他的弟子们的言论。

孔子的名字，张其昌早就听说过，知道孔子是个学问家。他还知道，孔子的家乡曲阜距离安驾庄也就百十里地。对外人，他可以将自己忝列为孔子的老乡。对这位老人家，他基本没有好恶感，既没有如封建社会的皇帝那般，将孔子推崇为“大成至圣文宣先师”，从而顶礼膜拜，也不像有些人将孔子的主张说成封建糟粕，恨不得踏在地上。实际上，张其昌对孔子没有好恶感是由于无知，他没有读过孔子的任何著作，他的孔子观完全是人云亦云，道听途说。

现在，孔子的著作，孔子的主张，就摆在他的手上，他要读一下，验证以前的认知。

孔子说：“既来之，则安之。”

孔子说：“已所不欲，勿施于人。”

孔子说：“欲速则不达。”

张其昌很惊异，这些耳熟能详的语句是孔子说的？这些如大白话一般普及，又如醍醐灌顶般精辟的话语，竟是孔子说的？一个老人说的话，历经两千多年的历史，还是如此鲜活。

张其昌的母亲不信鬼神，她经常说的一句话就是我不信“怪力乱神”。母亲不识字，张其昌是知道的，因此他不好问母亲“怪力乱神”是哪几个字，出处是哪儿。现在他知道了，这是孔子说的，陈桂枝主张的不信“怪力乱神”，也是孔子的主张。

张其昌看不懂的地方，就问刘爷爷，刘爷爷也不厌其烦，有问必答。

孔子说：“一箪食，一瓢饮，在陋巷，人不堪其忧，回也不改其乐。贤哉，回也。”

刘爷爷说，这是孔子称赞他的弟子颜回的话。就是说，一竹筐饭，一瓢子水，居住在破败的小巷里，多数人都受不了这种苦楚，而颜回却能够苦中作乐，多么贤德的颜回啊。

这分明就是乐观主义教育。张其昌感到孔子的这句话说的就是他们这一届学子。每天的午饭就是一网兜地瓜干，就着一碗白开水，可他们没有一个人感觉凄惨，快乐地度过每一天，始终憧憬着未来。芸芸学子不都是颜回吗？

孔子说：“四时行焉，百物生焉，天何言哉？”

刘爷爷说，这是孔子和他的弟子子贡对话时回答子贡的话。四季运行，万物生长，天又何尝说过什么？

这话说得豁达，说得潇洒，而且气势磅薄，只有杜甫的诗句“无边落木萧萧下，不尽长江滚滚来”才能与之相呼应。人生在旅途上遇到沟沟坎坎，为一时一地的困厄阻滞，想想自然界的运行规律，还有过不去的坎吗？

两千多年的历史距离没有了，一个老者就站在张其昌面前和他对话，孔子的形象，变成了和刘爷爷一样的邻家爷爷。孔子的主张已经融入中华民族的血脉，任谁也分割不开了。

安驾庄对张其昌施加影响的还有另一个人，那就是堂弟张其河的父亲张文宏。

1937年发生了卢沟桥事变，日本侵略者的铁蹄践踏了我国华北的大地。同时期山东各县受共产党的影响，不少年轻人参加了八路军，奔向了抗日前线。张文宏就是其中之一，在抗日时局最为艰困的1942年，一次战斗中，张文宏所在的部队遭受重大损失，牺牲殆尽，张文宏是在昏迷三天之后被老乡救醒的。其时，八路军主力部队已经撤离，根据地大面积沦陷，张文宏失去了与党组织的所有联系。几番找寻组织无望，家乡肥城又被日军占领，张文宏只得远赴东北大连，投靠亲友打工度日。全国解放之后，张文宏方才回到家乡，但他的身份却有些尴尬，组织上不再承认他的共产党员身份，却也认可他的干部经历，就这样，战场上九死一生的抗日志士张文宏，做了一名普通的小学老师。

张文宏开明善良、乐观恬适、淡泊名利，是安驾庄张家街上有名的智者。

上世纪30年代张家街上参加共产党领导的抗日队伍的还有几人。

张文韬，其母舅家为祖传郎中，尤擅疮痍切割，张文韬濡染日久，也成了半个郎中。参加八路军后，很快成了极为稀缺的外科大夫，新中国成立后，担任石家庄一所解放军医院的院长。

张其佐，1944年在一次与日寇的战斗中牺牲，时任八路军某部连长。

张其达，1938年（时年13岁）加入中国共产党，同年入伍。16岁担任肥城县青年救国会主任，20岁时担任卫河县委书记，后成为南下干部。新中国成立后调任中央工作。1957年后被打成右派下放山西，颇为张家街乡亲惋惜。

以上四人，被称为安驾庄张家街“四杰”。

每年清明时节，学校都会组织同学给烈士扫墓，安驾庄没有单独的烈士陵园，张其佐的陵墓就坐落在张家林中，和张氏家族的其他先辈的陵墓错杂在一起。张其昌每年都会凭吊这位不曾谋面的兄长，也是与他有着血缘关系的兄长。春风猎猎，大地泛青，张其昌遥想先烈的英风浩气，遥想父兄们创下的丰功伟绩，胸中产生的豪气与两千年前管仲、乐毅的英雄主义激励迥然不同，要切实得多，现实得多。

1964 年的冬天，张其昌即将在六中度过最后一个寒假。

生产队长通知他，寒假期间他要出河工。

现在看来，农村的学生似乎是双重管辖，上学的时候归学校管理，放假后就是准社员，由生产队支配。农村的中学生可以从事好多种农业劳动，也算准劳动力。

出夫的工地说是外地，其实并不远，就是安驾庄南边十余里的漕浊河，是当时倾全县之力整治的一项水利工程。安驾庄承担的河段在肖家村，距离李向东居住的李家村有一公里，在李家村的东南方。

陈桂枝有些不放心，这是张其昌第一次出夫，要连续多天离开她的视线。洗漱用品包好后，她开始打点出门的衣服。当时张其昌冬天的着装就是一身单裤褂，外套棉裤棉袄。陈桂枝准备了两套单裤褂，张其昌嫌多，说那儿反正不能洗衣服，换了也没法洗。陈桂枝坚持带两套，说不能洗不要紧，脏衣服攒起来一块儿带回家，也比出了汗没有衣服换要强。

最后，包裹里又加了一顶带两个护耳的棉帽，平常，张其昌嫌它不好看，从来没戴过。陈桂枝说："又不是串亲戚，出门干活，要什么好看不好看。"

离家的时候，母亲送到门口，不再说话，张其昌发现，母亲的眼圈有些发红。

张其昌和同生产队的一个社员一起离开安驾庄，时值下午，一轮太阳有气无力地挂在西天，冬天的天空泛出青白颜色，大地一片寥廓。

到肖家村后，张其昌以为要带他去工地，谁知两人七拐八拐，来到了一个农户人家。原来这里就是安驾庄西分村的河工们吃饭和歇宿的地方。院子里支一口大锅，上面的笼屉有四五层，正冒着热气，灶下的劈柴在爆响。锅的旁边有一个大盆，盛满了刚炖出来的白菜。

一会儿工夫，河工们纷纷收工回来，小院里顿时热闹起来。有洗涮的，有换衣服的，叽叽喳喳一片。只有同生产队的几个人和张其昌打了招呼，他的帽檐几乎压到了眉毛，其他人都没有注意到新来了一个半大小子。

张其昌期待着笼屉揭起的那一瞬间，里头是金黄色的玉米面窝头，比自己家的饭食要好。家中的主食要么是蒸地瓜，要么是两合面的煎饼，很少是纯玉米面的窝头。由于窝头的香甜，连清汤炖的白菜也没有吃出寡淡。工地上吃饱为止，没有定量。

冬日天黑得早，洗好了饭盒，工棚里已经掌起了油灯。说是工棚，实则是三间腾出来的西厢房，门窗俱备。靠西墙搭了一整排通铺，都是木板搭在条凳上，足可以躺下二十余人。先是一阵喧哗，后来，众人的话题逐渐归向一个统一的主题，或者是国内大事，或者是台海局势。

张其昌由衷地佩服他的乡亲。这些农民，识字不多，但他们语言的机敏、幽默，他们洞见问题的先知，他们对国家大势的侃侃论道，绝不次于所谓的专家。张其昌有时恍如置身于学者队伍之中。

屋子里人多，连带着热气也多，张其昌离家的时候，陈桂枝特意给他带了一条厚的棉被，所以他不感觉冷。屋子里弥漫着脚臭、汗臭，他都不在乎，他受不了的是烟味，基本都是劣质烟草，越感觉难受就越往你的鼻子里钻。靠西北角的屋顶有一个洞，拳头大小，隐约能看到外边的星空，他忽然想到了白居易的《卖炭翁》，内中有一句“心忧炭贱愿天寒”，他也有了类似的想法，愿意房顶上的洞再大一些，以使房间里的污浊都能够飘散出去。

第二天一早，张其昌来到了工地，发现了宣传栏，他只浏览了片刻，便已经对工程有了大致的了解。

漕浊河的上游原本有两条河，分别是漕河和浊河，一条发源于泰安，一条发源于本县，在安驾庄的东部，两条河汇而合一，更名为漕浊河。漕浊河与汶河平行西去，至堽城坝汇入汶河。现在的工程有三部分内容：增高增厚原先的堤坝；疏浚原先的河床；开挖新的河道。新河道是为了将漕浊河注入汶河的入河口下移，调剂汛期时汶河的洪峰。

这也是读书人的好处，对信息的摄取，迅速而全面。

他震惊了，他没有见过如此壮观的场面。

宽阔的河床里，两堤之间足有一百多米，密密麻麻站满了河工，河床的两端，都望不到尽头。工地上红旗招展，人声鼎沸，连同扩音器大喇叭的鸣放，河工们心旌摇动。

这一段河工们的职能是开挖新的河道。

两岸的河堤已经比中间的河床高出了十几米，从河床底部往河堤上运土的步道沿河堤的斜坡倾斜而上，减少了上坡的陡度。运土的工具是清一色的独轮车，车轮两旁的木架上放有两个荆条编织的筐，铲土的河工几分钟便装满了筐，这时，推车的人便将拴在两个把手上的车襻搭在肩上，一弯腰，一车土便起来了，稳稳地前行，临近斜坡步道，反而加速，这时，前面的牵引发力了。车子的前面有四条绳子相连，四个人在上面同时拽拉，车子像飞起来一般。到了河堤上，推车的人一低头，脱出车襻，两手前送，潇洒地站立，一车土稳稳地扣在了地上。

张其昌记得幼时的独轮车还是木质轱辘，几年时间，已经变成了胶皮轱辘。据说，独轮车起源于三国时期诸葛亮创制的木牛流马，张其昌固然感佩古人的聪明才智，也感叹社会发展的停滞，一件工具，居然能够丝毫不变地延续千年。

斜斜的步道，呈平行线排列，一直排向望不见的远方。视野内，同时有上百辆车在斜坡上运行。

张其昌的工作是用铁锹往车筐里铲土，装满一车，可以喘口气，扶着铁锹把站立片刻。又一辆空车过来，再挥锹重复，如此循环往复。

半天后，张其昌对推车产生了兴趣，他想试一试。别人见他长得瘦小，毕竟才十几岁，阻他不要冒险，他执意要试。

因为是他推车，铲土的人只装了半车土，他摇摇晃晃地起身了。

车轮和人的两只脚构成了三个点，形成一个平面，可是人走起路时，只有一只脚着地，构不成一个平面，就像骑自行车一样，需要平衡的技巧。

他几次要摔倒，但都拗回了，终于把半筐土倒在了河堤上。他成功了。这时他才发现，他穿在棉袄里边的褂子湿透了。湿透了的衣服很不舒服，黏黏的，风一吹，又凉凉的。

下午，他已经不再摇晃，能够平稳地前行了。但别人还是只给他装半筐土。

晚上，他换上一件干松的褂子，发觉棉鞋里面的袜子也湿了，于是脱下来在火上烤，他不再嫌屋子里空气污浊，因为空气中也有了他的袜子释放出的味道，他已经和其他的河工们“同流合污”，和他们打成了一片。

白天推车的兴奋还在，他不想即时睡去。当大家在通铺上拥被抵足、消磨临睡前的无聊时，张其昌也竖起了耳朵，静俟他们进入今晚的主题。

河工们中有一个三国通，自诩三国的内容无所不知，众人亦很佩服，看来已经不止一次解惑答疑。张其昌听了一会儿，也感觉这个人知识广博，三国的事情无所不晓。

三国通刚刚讲完了老将黄忠定军山斩夏侯渊的故事，接下来进入了自由提问阶段，张其昌忍耐不住，提出了一个问题："刘备为了请诸葛亮出山，曾经三顾茅庐，第一次刘关张去卧龙岗的时候，刘备对诸葛亮的门童自报家门、自述名片，讲了十六个字，门童说，太啰唆，我记不住。请问，刘备讲的十六个字是什么？"

屋子里出现了片刻的宁静，三国通思忖了一会儿，没有回答。这大概是他开办"三国讲座"以来第一次遇到的尴尬。他反问道："你说是哪十六个字？"

"汉左将军，宜城亭侯，领豫州牧，皇叔刘备。"张其昌应声答道。其实，张其昌至今都没有读过原文的《三国演义》，他就是小人书水平，偏偏记住了这一段。六十集的《三国演义》连环画，他一本都不缺。

门口响起了两声鼓掌，继而有人赞道："好秀才，不愧是六中的学生。"

众人这才发现，不知何时，门口进来了两个人，于是纷纷招呼。

进来的两个人张其昌也认识，长得瘦弱，眉头上有核桃纹的是安驾庄中共党总支书记房庆山，另一位身板结实，长胳膊长腿的是安驾庄大队长梁上喜。张其昌之所以认识他们是因为以前村里开会的时候见过，但从来没有说过话。

"听说工地上来了一位六中的中学生，还没有对上号，原来是你啊。"房庆山一脸和气。

自这一次相识，三个人惺惺相惜，结成了一辈子的纯真友谊。尽管相差一代人的年纪，他们还是成了忘年交。张其昌钦佩他们两人刚正不阿，能够识人于风尘潦倒中，能够尊重知识，尊重人才；房梁二人则欣赏张其昌的聪慧和气度，断定张其昌非池中之物。

之后的晚上，大通铺上的故事会，偶尔也由张其昌主持。他幼时在陈家城宫已经得到过鼓书艺人赵家大舅的亲传，什么时候快，什么时候慢，何时甩包袱，他都受过点拨。所以，《聊斋》的故事，从他的口里讲出来，多了几分书卷气，多了几分扣人心弦的紧张。

几天以后，竟然下了一场雪。虽然雪不大，但还是白茫茫一片，覆盖了整个工地，雪花继续飘洒，漫空飞舞。这样的天气不足以停工，而且临近春节，河工们返乡心切，急于赶工，早些回家。

工地上又恢复了往常的嘈杂，积雪被铲除，裸露出黑色的河床。现在，张其昌也能够推起独轮车，飞也似的攀上河堤了。

忽然响起了一阵异样的声音，是喝彩声、口哨声，众人回头，一片“红云”冉冉向他们这方飘移过来。口哨的声音就跟着这片红云，漫天的飞雪中，红云格外显眼。

走近了才发现，是几个女性河工走过来，其中有一个身穿大红锦袄。工地上有女性，他们早就知道，但从来没有见过有谁身穿红衣。张其昌眼尖，穿红衣的就是他们生产队的李翠兰。

李翠兰是北乡山村人，她当姑娘时，选择对象，自恃姿色，放出话来，非要找一个吃国库粮的，还真不负有心人，最后如愿嫁了个工人，就是安驾庄张家街上的杨大春。大春虽然是煤矿工人，却是国家编制，挣工资，吃国库粮。李翠兰结婚的时候，张其昌曾经和小伙伴去闹过洞房，他们闹洞房不是为了看新媳妇的脸，也不是为了看新媳妇的腰，他们是为了凑热闹，讨几块喜糖。但即使是孩子们的眼光，也看出李翠兰不是一般的标致，真难为山沟里出落了一只金凤凰。

李翠兰真不该到这里来，她本就身材窈窕，眼角眉梢自然含春，偏又在漫天飞雪中穿了一件大红锦袄，这不是在男人的眼睛里点火吗？

李翠兰周围簇拥着一堆小伙子，她推车时，车子略有歪斜，马上有人抢上去，帮她纠扶，有人吹口哨，她也不愠不怒，一如现代的明星，习惯了众多粉丝的追随与欢呼。

许是慑于她的美丽，没有小伙子敢对她动手动脚，尽管农村的青年男女嬉闹、搂抱经常出现。

快到春节时，张其昌见到了他的同学李向东，原来学校放假后，他也来到了工地。两个人同处一个工地好多天，居然谁也不知道，见面后自然多了几分感慨。当晚，李向东带着张其昌回了一趟家，吃了一顿面条。

离过年还有两天，河工们收拾行李，准备回家，工程没有完，只能待来春。头一天的晚上，张其昌和李向东相约来到了工地。

繁星满天，地上景物依稀可辨。河堤上寂静无声，不复白天的喧嚣。近万人几个月的劳动，改变了地貌，人类真的可以做到让河流改道、山川移形。

张其昌想到了劳动的伟大。劳动不仅创造财富，还能够使人由浮躁变为沉静，由虚妄变为现实。只有置身于万人工地，才能意识到个体的渺小，从而产生对群体的敬畏。

两个人站在河堤上，都在想着各自的心事。临走时，李向东扔下了一句话：

“他日我若为一方州牧，必当不负这方土地上的父老乡亲。”

第五章

蛇诱惑了夏娃

张其昌的中考没有再犯小升初时的错误，没有不着边际地抒发自己的志向，而是一步一个脚印，踏进了肥城县中的校园。安驾庄村被肥城县中高中部录取的新生共有五名，张家街就占了四名。除了张其昌，其余几人都是张家的族人。

李向东被肥城的另一所中学录取。肥城县设有高中部的中学一共有两所。

张其昌的好朋友梁兴业止步于这次中考。

开学的时间还不到，生产队的农活正忙，张其昌已经算是一个整劳动力了。

这一天他们劳动的地点在南洼。安驾庄正南方向有几十平方公里的一片大田，或许是由于它的广袤，或许是由于地势低洼，容易积水成涝，久而久之，这片土地就被叫成了南洼。

从济南到兖州的公路，由北到南，笔直地穿过了这片平原。这条路旧时已是官道，足有上千年的历史，新中国成立后，才铺上碎石路基，成为现代意义上的公路。他们生产队的大田分布在公路的两侧，而今天他们要铲草的玉米地是在路东，玉米已经一人多高，叶片绿得发黑，一片地足有上百亩。

在快要吐缨的玉米地里铲草，是农村比较辛苦的活计之一。时间上，是一年中最热的中伏季节，暑热熏蒸，即使坐着不动，也会汗流浃背，更何况还要在密不透风的玉米地里舞弄锄头。另一个原因，这时的玉米是最茂盛的时节，叶片肥厚，边沿长有锯齿状的绒毛，锋利如棘刺，会在人的手臂上毫不留情地划出血痕。尽管天气炎热，农人还是身着齐腕的长褂，不敢把胳膊裸露出来。

这项劳动的正式称谓应该是“中耕”，即用锄头翻遍垄沟里的每一寸土地，而不管是否有野草。除草是一个目的，翻土则是为了保墒。豫剧《朝阳沟》里栓宝教授银环的“前腿弓，后腿撑”，就是中耕除草的典型动作。

生产队一共来了八个人，五男三女，有一个人岁数稍大一些，张其昌管他叫三大爷，妇女当中有李翠兰，因为有她在，大田里的气氛轻松了不少。八个人的衣服各异，统一的是每人一顶竹篾片编织的草帽。

一垄地足有三百多米长，铲完一垄，从玉米叶子里钻出来，站上地头，顿感凉风扑面，张其昌想起了一句农谚：“什么地方最凉快，高粱地头，厨房门口。”现在，他有了切身的体会。

早晨离家时，三大爷就说过一句话，今天要下雨。当时还是晴空万里，众人也没有在意，一垄地铲完，西北角的天际就涌起了一片黑云，第二垄地刚刚进去了十几米远，一阵凉风刮来，黑云竟铺天盖地，布满了整个天空，瞬间，豆粒大小的雨点，噼里啪啦，稀疏地砸落下来。

真是六月的天，孩儿的脸。在农村长大的张其昌也知道，风是雨头，大雨顷刻间便会来临。众人发一声喊，四散开来，分头寻找避雨的地方。张其昌一眼望出去，抽水机的机房尚在一里地之外，他也明白，大雨之下，三五步便会成落汤鸡，机房是赶不过去了。

彷徨的一瞬间，一只手抓住了他的胳膊，向公路边飞快地跑去。近前张其昌才发现，公路两旁均挖有排水沟，沟上架有一座座的简易石桥，石桥的下边形成了一座座的涵洞，公路东侧的涵洞，已经满满蹲踞了避雨的人，无一处空闲。

没容张其昌犹豫，抓住他的人又带他越过了公路，觑准一个空的桥下，两个人哧溜滑下排水沟，钻进了涵洞。也就在这时，麻杆一样的雨点像从天上泼下来一般，天地顿时间白茫茫一片。涵洞的两头像挂了两幅水做的帘子，隔出了涵洞内的一方空间，往外望出去，咫尺不能辨物。

这时，张其昌才发现，拉他躲到这儿来的是李翠兰。他投过去一个感激的微笑。

涵洞的两侧并不对称，靠公路一侧，桥墩下方有一个土质斜坡，避雨的人背倚桥墩，可以坐在斜坡上，对面则不可，陡直的桥墩下就是流水，只一会儿工夫，平时干涸的排水沟就已经形成了哗哗的水流。

两个人并排坐在了靠近公路一侧，等待暴风雨的过去。

一会儿又刮起了风，雨挟风势，忽左忽右，从涵洞的两头交互往里扑。张其昌原本坐在靠外的地方，不一会儿，靠外的半个肩膀就已经打湿，李翠兰见状，一把将他扯到里边来，自己往桥墩挪了挪，张其昌就坐到了李翠兰的前边。地方窄小局促，排水沟的水流几乎够到了张其昌的鞋。

天地更加昏暗，不时有闪电划过，紧接着就是雷声贴地滚响，震耳欲聋。张其昌瞥见一条筷子长短的小蛇在脚下顺着水流爬过，不由自主地缩了缩腿，身子往后靠了靠，恰在这时，一团火球没入近处的大地，随之一个惊天动地的霹雳炸裂，仿佛地面都为之一震。李翠兰惊吓之余，一把揽住了张其昌的腰，将脸面贴住了张其昌的后颈，再也不动一丝一毫。

风雨如磐，两个人就这样蜷缩在涵洞里，忘记了时间的流逝。

惊吓过后，张其昌发觉，他陷入了温柔乡里。

出于礼貌和读书人的自负，张其昌从来没有直视过李翠兰的胸，现在他的背部切切实实感觉到了女人胸部的凸凹有致。夏日，只着一层单衣，使得李翠兰的丰满无可藏匿，几乎要破衣而出。

农村的妇女很少用化妆品，李翠兰应该也不例外，但汗水和雨水都没能够掩盖李翠兰发髻散发出的一股幽香，像丁香，像茉莉，淡淡的，似有似无，沁人心脾。

似乎低强度的电流从张其昌的身体流过，似乎有一个声音在遥远的地方向他呼喊。原本藏在内心深处的种子开始苏醒，一种朦朦胧胧的感觉开始清晰起来。

随着背后的两团耸起渐渐地由温润变为灼热，由柔软变为硬挺，张其昌也跟着两座山峦的变化，浏览了他过往不曾窥视的另一个世界的九天风光。他在山腰听到了松涛，在崖壁看到了海日，耳际有笙箫管弦萦绕，天际有霓裳羽衣飞来。

《圣经》记载，耶和华在伊甸园里创造了亚当和夏娃，两个人无羞耻心，无善恶念，过着无忧无虑的日子。后来，罪恶的蛇诱惑了夏娃，使夏娃偷吃了禁果（知善恶果），夏娃又把亚当也拉下了水，两个人不复原先的懵懂无知和清纯，遂被耶和华逐出了伊甸园。

现在，蛇又诱惑了谁？

有一度，张其昌产生了将身体反转过来的冲动，他也感觉到了滚烫的口唇在他的脖颈上的寻觅；有一度，他确乎察觉到李翠兰双手的抖动，他甚至期待着这双手在他腰际的游走。但是，直到大雨停歇，两个人始终保持了雕塑一般的身形。

一条流动的小河永远不可能再回到原先的状态，经过了这一番遭际，李翠兰和张其昌的关系也发生了变化。李翠兰似乎拥有了戏弄张其昌的权利，劳动时节，刚栽下的地瓜秧苗需要浇水，两副水挑子擦肩而过；收获的麦捆需要运回打麦场，装车时的上下传递，她可以很随意地碰触张其昌的身体。

早晨，张其昌还在半睡半醒，陈桂枝在准备早饭，一个人慑息走进张其昌的屋里，将一片口唇印上张其昌的嘴唇，一股甜蜜的汁液随即流入口中，一粒糖块塞了过来。张其昌不用睁眼，单凭那股似丁香又像茉莉的幽香，便断定是李翠兰。

度进嘴里的不都是甜蜜，有时候竟会是一块咸菜。

亲近而狭促的关系一直保持到李翠兰离开安驾庄到煤矿定居，两个人终不及乱。

张家街的四个新生第一次赴县城到学校报到，用了一辆两个轮子的平板车。安驾庄到县城有三十六公里，他们走了几乎一天，一早出发，下午三点多才赶到学校。到底是县城的中学，规模和气势都不是安驾庄的六中能够比拟的，他们这一届的高中一年级招收了三个班，这样算下来，连初中部在内，初中部肯定比高中部的学生还要多，在校的学生就有上千人了，六中连它的一半都不到。

校园的面积从南到北，占了整整一个街区，估计能有六中的三四个大。学校整体的位置是在县城的西北角，毗邻济兖公路，教学区和公路之间还有一大片农田，位于学校西北角的操场则紧靠公路，有一排钻天白杨相隔。公路的西边是田野，再往远处，则是连绵起伏的群山。操场的北边是古城墙遗址，只剩了些残垣断壁，吸引了不少青年学子到这里凭吊，抒发思古之幽情。

有趣的是，肥城县城的地形竟又和安驾庄相似，西部、北部是丘陵山脉，南部是平原。

安驾庄本已是泰西方圆百里的大村镇，所以，张其昌小时候到陈家城官，就以大地方的人自居，面对一众小朋友，颇有睥睨之势。现在来到县城，才有了井底之蛙的感喟，安驾庄人怎么能算得上是大地方的人呢？

几天之后的一个晚上，安驾庄的几个新生走上了县城的街头。县城最主要的街道是一条南北大道，从北关始，止于南关。北关的地理标志不甚清楚，也不如南关繁华，顺大街往南走，走到丁字路口，路南有座夫子庙，就是南关了。

这条主要的大道，有三四公里。

几个人很兴奋，他们惊异于明亮的电灯。街道两旁的店铺和住家，都有柔和的灯光洒出来，路灯将人的影子长长地拖在地上，随着人的走动，影子也在变换着长度。街道两旁都是高大的梧桐树和槐树，路灯依然能够透过密密匝匝的叶子，在路面上印出一地的斑驳，风过处，晃出一地的婆娑。

沿途有几处饭店，都是国营的，有的已经打烊，有的尚在营业，有一家的窗户上写着“清汤面八角，炝锅面一元”。农家少年很会捂紧自己的钱袋，他们努力不往饭店的方向看，并且加快脚步走过去，但炝锅的葱花味道还是飘溢到街道上来，让人想起了自己的家。

中间路过一座青石板桥，只十几步远，桥面没有拱起，基本和前后持平，在桥上听不到下面水流的声音，桥两侧有矮矮的石栏，连同桥面石板上的踏痕，都可以看出来，这不是近代的工程。

临近南关，路西有一个小院，有鼓乐弦管演奏，应该是肥城县山东梆子剧团驻地，曾经到安驾庄演出过。

走到丁字路口，时间已近晚上八点，往西方望去，可以看到天际的地平线，上方隐隐约约有一抹玫瑰红的亮色，整个天空深蓝如宝石，缀满了亮灿灿的星星，回首往北，灯火通明，真的是亮如白昼。

夫子庙，只能白天来参观了。

后世的肥城人曾经这样描述，说肥城东倚泰山，西有牛山、布山拱卫，极言肥城之雄，而张其昌几个人这一晚上看到的肥城，却是它的美丽、宁静、安谧、温馨。

张其昌分到了一班，安驾庄的四个张姓子弟，有三人分到了一班，另一人分到了三班。

县中的老师质朴、诚笃。张其昌的语文老师两鬓已白，并且掉了一颗牙，但他仍努力吐气发声，力求说出来的话能够字正腔圆。物理老师来自福建厦门的鼓浪屿，人很文弱，戴一副眼镜，是男老师，看样子不到三十岁，讲起话来绵绵的。

张其昌很喜欢物理老师，由此，也盼望着每周两次的物理课。

张其昌还喜欢上晚自习。以前，他从一年级读到初中毕业，从来没有上过晚自习，也从来没有将作业带到家中。六组日光灯的照射下，又加上雪白墙壁的映照，教室里比白天还要亮堂。晚自习时的课桌椅摆放与白天上课时不同，可以自由拼接，便于学生相对而坐，也可以围成一个圈子，易于互相交流切磋。

教室的晚自习很静，甚至可以听到纸片翻动的窸窣声音，同学之间偶有交流，也是喁喁而语。

一班有七八个同学是非农业户口，开学没有几个星期，其中两个男女同学就谈上了朋友，显出亲密状态，全班同学都视而不见，背后偶有评论，都说大好时光正是学习时节，怎么能浪费在谈情说爱上呢。

自从张其昌到肥城县中读书以后，张文远增加了对儿子的财政支持，张其昌没有感到过拮据，他甚至可以吃上老师才能吃到的菜。午饭时候，他最喜欢购买一毛五分钱一份的猪肉炒黄豆芽，菜里的肉和豆芽几乎是半对半，这是老师们吃的小灶，不是大锅炖的菜，所以味道也不一样。那个时候县中的食堂大师傅也质朴，不懂得克扣，不懂得偷工减料。多少年之后，张其昌都不能忘记县中食堂所做饭菜的味道。

他有一个本家哥哥叫张其亮，在肥城县城的中医院里当医生，开学不长时间，安驾庄的几个张姓子弟就去了张其亮家中拜访。

按理说，安驾庄的几个张姓子弟都是张其亮的本家，张其亮也视这几个学生为张家的骄傲，待他们几个人一样的热情，但过了一段时间之后，与另外几人的交往渐渐稀疏，经常上门的只剩下张其昌一人。

张其昌的这对兄嫂的年龄比张其昌的父母还要大，两个人膝下没有子女，早些年张其亮在医院捡回来一个男性弃婴，也是多灾多病，但还是养大了，后来又捡了一个女性弃婴，女主人将她全部的母爱都给了这两个弃婴，张其昌在兄嫂的家里目睹了嫂子不厌其烦地照料才几个月大的病孩子，费尽周折，但是小一点的弃婴还是没有挽救回来。

张其亮是肥城中医院的著名医生，在常见病和妇科疾病方面多有建树，尤擅长肝病治疗。肝炎、肝腹水、肝硬化、肝癌，他都有涉猎，且卓有名声。特别是肝癌，治愈不敢保证，但控制病情发展，延长患者的存活年限，却颇见成效。

有一次，这位兄长向张其昌透露，他治疗肝癌的秘方就是在处方里边添加砒霜，以毒攻毒是众所周知的中医理论之一，大凡中医都知道，但是，砒霜怎么放，何时放，放多少，这可是大有学问。需要多年病例的积累，需要医生的胆魄，需要医生敢为天下先的勇气，而勇气，又来自对于中医理论的洞识。

所以，中医多如过江之鲫，而名中医却如凤毛麟角。

张其昌很佩服兄长，他才知道，兄长是凭真本事行医，不是浪得虚名。

此时的张其亮四十多岁，身材高大魁梧，浓眉，眼睛炯炯有神。

年龄悬殊的兄弟二人拥炉对酌就成了常见的一幕。这时，已经超脱了本家血缘的联系，还有着识见的相同，气质与趣味的相互吸引和欣赏。

张其昌学会喝酒就始于兄长之家。

张其昌成了兄嫂家的常客。有时候这一次回校时，就约定了下次吃饭的时间，通常这样的约定，意味着会有佳肴，而这佳肴，多半不是野鸡，便是野兔。

张其亮唯一的业余爱好是打猎。

当时的肥城已经没有大型动物，虎豹豺狼难觅踪影，能够满足张其亮爱好的猎物就是野鸡和野兔。

多次品尝佳肴后，张其昌有点心痒，他想见识兄长狩猎的风采。

一个星期六的下午，二人相约在张其亮的家门口集合，张家就在县中南面，隔马路相望。张其昌不懂猎枪，只看见枪筒将近有一人多高。那个年代，持猎枪是合法的。

张家居住的地方本身就是县城的边缘，所以没走多远，就是庄稼地。张其亮选择了一大片棉田，端详了半天，放下背包，取出了猎枪。

他对张其昌说，这儿可能有野兔。

已是深秋时节，棉花早就摘光，棉株的叶子也已干枯，只剩了棉花棵子也就是棉柴仍杵在地里，有半人多高。张其亮在棉田的北端选择了一处可站可卧的地形，交代张其昌到大田的南端去蹚垄。

所谓蹚垄，就是在大田的垄沟里来回走动，惊起可能藏伏的野兔。兔子胆小，它不会往大路上跑，只会往大田的深处也就是大田的北端方向跑。这样，大田北端的张其亮正好以逸待劳。而张其昌的工作则是为渊驱鱼，为丛驱雀。

太阳还是温热的，没有蹚几个来回，张其昌已经冒汗，但他心疼的却是一条半新的裤子被扯了一道口子，棉柴很硬，扎在衣服上毫不留情。张其昌隐隐有些埋怨兄长，如果早些告诉他会到棉花地里来，他会换一条旧些的裤子。心疼归心疼，他还是尽职地做着这项工作，嘴里不停地发出吆喝声。

也就是半个多小时的时间，张其昌正在地里走动，忽然身后“腾”一声，他回首一望，一道黄色的烟雾从地上弹起，一只野兔像离弦的箭一般，飞快地向大田的北端跑去。野兔蹿起的地方，张其昌刚刚走过，没有发现任何端倪。大自然赋予了动物们天然的伪装，野兔的毛皮颜色和枯黄的棉花叶子、黄褐色的大地几乎完全融为一体。

几秒钟之后，大田北端响起了枪声，随即传来了张其亮的声音：“打中了。”

张其昌看清楚了，兄长不是卧射，不是跪射，是站立击发。受惊的野兔只会沿大田的垄沟而逃，这可以使它的速度发挥到最快，可狩猎人未必就站在野兔逃跑的垄沟里，需要狩猎人随时调整自己的位置，以选择最佳击发角度。这也给狩猎人提出了更高的要求。

站立射击运动的物体，不就是现代体育项目中的飞碟射击吗？它一定是起源于枪支发明以后人类的狩猎活动。

张其昌近前去看中弹的野兔，很肥壮，是一只成年公兔，头部和颈部中弹，鲜血殷濡，毛皮触手温热。

张其亮招呼道：“回家吧。这块地里不会再有了。”

张其亮不喜欢将猎物装在包里，而是将猎物挂在枪筒上，一任它在肩后荡来荡去。

是不是所有的猎人都有这样炫耀猎物的习惯？

太阳还有一竿子高，圆圆地悬在西方的天上。张其昌走在前边，回过头来，由于张其亮背对太阳，张其昌看不清他的脸庞，只看到一人一枪的黑色剪影，圆圆的太阳也挂在了枪筒上。

一股美好的情愫突然涌上张其昌的心头，他说不上是一种什么样的感觉。他看到了一个和职业医生迥然不同的兄长，作为猎人，自有他的威严，张其昌甚至想起了苏轼的狩猎诗句——“会挽雕弓如满月，西北望，射天狼”。但张其亮猎枪担着日头的画面所显露出的安适、恬然，又分明是“虽南面王不易也”的平民满足感。

盛着野味的锅放置在煤炭炉子上，沸腾得咕嘟咕嘟响，热气和香气同时飘溢出来，张其昌由衷地感喟，得到兄嫂的佑护，是一件多么幸福的事情。

兔肉固然鲜美，可惜了张其昌的一条裤子，被棉柴扯得稀烂。

张其昌在县中还有一件挂在心上的事情，就是寻找乒乓球室。

县中的乒乓球室设立在教学区，有两张球桌。在这里，张其昌见到了学生乒乓球队，也见识了何谓正手攻球。球队里有一名队员也姓张，叫张连生，个子不高，左手持拍，那时候，几乎看不到横拍，都是直拍。张连生打得一手漂亮的正手攻，可以连续起板几十下，直看得张其昌目瞪口呆，乒乓球还可以打到这个样子。听说张连生在学校打比赛属前两名，和另一名同学在伯仲之间。县中的乒乓球队经常出外比赛，和县机关、各厂矿单位的球队都打过，已经闯出了些名头。

张其昌很羡慕，也极想加入这个球队。但是他和其他队员比试的时候，他习就的单纯防守的打法便落了下风，很难赢取对方。自然，入队的想法也就没能如愿。

他还是坚持不懈，终于以编外队员的身份混迹于这个队伍，和他们打成了一片。和外单位比赛的时候，或有队员缺席，他还曾作为板凳队员上过场；队内打比赛，他甚至还罕见地赢过张连生。

在乒乓球队里，他结识了一个要好的朋友，叫刘连柱，是高中一年级二班的一个同学，两个人关系很好。有时候确实一个人可以毫无来由地喜欢另一个人，不知道为什么，也不问为什么。或许，他们深层次共同追求的节操，彼此互相欣赏的风度，还不为他们自己发觉吧。

一天下午，乒乓球室来了两个初中部的女生，占据了另一张球桌。两个人都是一身运动装束，利落飒爽，打球的动作也较男运动员柔婉，别具一番风采。

张其昌和另外一个球员正坐在下边聊天，打球的一个人下来了，招呼道："张其昌，上。"

张其昌闻声站上了球台，刚要挥拍，另外球桌的一个女生走了过来。

"你是张其昌？"

张其昌转身一看，问话的女生穿一条白底蓝道的运动裤，上身是白底红格的运动衣，一张精致而生动的脸，辞色虽不峻厉，但语气咄咄逼人。

张其昌瞬间坦然，他肯定不认识这个人，一定是她认错了人。于是漫应道："我是张其昌。"

"是安驾庄的张其昌？"女生还是穷追不舍。

这下张其昌真的有些疑惑了，他又看了一眼，确实不认识。女生除了长得靓丽，让他不敢迎视以外，也看不出她有什么恶意。自思行为坦荡，从不曾得罪任何女生。便回复说："我是安驾庄的张其昌。"

女生的脸上现出了一抹笑容，迅即说道："我是陈家城宫的孙婷婷。"好像是为了提醒张其昌，又用手撩起额头的发髻，问："还记得你做过的事情吗？"

望着女生白皙明净的额头，往事如电，童年时期在陈家城宫一众儿童戏耍的场景倏然出现，当初投石击中的女孩竟然是她。张其昌脱口而出："小姨！"

一声小姨，两个人完全抛却了局促，孙婷婷的手已经拉住了张其昌的胳膊，孙婷婷望着张其昌，已经是一脸灿烂，她一边晃动着手臂，一叠声地说了好几遍："真的是你啊！"

陈家城宫的场景一幕幕浮出——打瓦的逼仄胡同，汶河边渡口的小船，晚上去邻村看电影，玉米地上头又圆又亮的月亮，一路都在陪伴着他们，那是童话一般的世界。

孙婷婷讲了自己的经历，她们一家早就搬离了陈家城官，她的父亲调到了公社驻地吴家村上班，家也就搬到了吴家村。因为婷婷的姥姥住在县城，婷婷读初中就来到了县中，她现在是初中部二年级的学生。

张其昌还是有些恍惚，如在梦中，他怎么也做不到将当初流着鼻涕的黄毛丫头与面前亭亭玉立的少女联系在一起。

孙婷婷的年龄属于初谙人事，她没有年龄再大一点的女生才会具有的矜持与羞涩，那样的女生看人是游移躲闪的，而且可以瞬间移开投注在别人身上的目光。现在，孙婷婷目光灼灼，一眨也不眨地盯在张其昌的脸上。

孙婷婷有一双令其他女同学嫉妒的凤眼，为一排长长的睫毛遮护着，她自己都不知道她的眼睛有多么会说话。

张其昌从她的眼睛几乎可以看到她的内心，清澈而纯真。她是一个对环境、对异性、对世界都不设防的女孩。她由于自己的善良认为周围的人也善良，她由于自己的幸福认为整个世界都充溢着幸福。

孙婷婷似乎很得意寻回了孩提时期的玩伴，也很愿意展示给别人。于是经常到高中一年级的教室前招呼张其昌，她从来不进教室，在外边直呼其名。有时候，刚刚下课，同学们的书包还没有收拾，外边就响起了叫声，引得不少同学侧目，特别是发现外边是一位漂亮的女孩，更将狐疑的目光转向了张其昌。张其昌赶紧解释："这是我小姨。"

孙婷婷招呼张其昌并没有什么大的事情，她的球拍的蒙皮脱胶了，这确实是一个女孩子解决不了的事情，张其昌带她去找体育老师，那儿有胶水，补上就行。但有的事情她自己就可以解决，比如钢笔的墨水不流畅，书包的背带不够长，需要放出一截来，她也要来找张其昌。

她很满足当"小姨"的颐指气使，她甚至挥霍着这份权利。

时间在不知不觉中流逝，转眼间，已经是来年的五月份。

一天晚自习后，张其昌送孙婷婷回家。胡同里飘荡着槐花的香气，街上行人渐稀，小城安谧而温馨。一路上，两人话很少，孙婷婷用脚踢着石子，非要把石子踢到她的连衣裙印在地上的影子里。她不像往常那样叽叽呱呱说个不停，而张其昌一直以来都是一名听客。

“小姨，走过了。”

听到了张其昌的话，两人才站定，发觉已经走过了孙婷婷家的胡同口。孙婷婷有些愠怒：“以后不要小姨小姨的老挂在嘴上。”

说完以后，她自己也觉得有点强词夺理，缓了缓口气说道：“下个星期，我有话要给你讲。”

走出好远，张其昌回头发觉孙婷婷还站在胡同口，望着他返回学校的方向。

遗憾的是，张其昌始终没能听到孙婷婷要讲给他的话。

第六章

多少楼台烟雨中

没有等到下个星期，一场搅得周天寒彻的风暴就席卷了华夏大地。

一时间，学校停课，工厂停工，机关单位停止办公。满世界红旗招展，大字报铺天盖地。人人高举拳头，挥舞“红宝书”；个个发誓，誓死捍卫毛主席，捍卫无产阶级的革命路线。

捍卫无产阶级革命路线的前提是必须打倒“走资本主义道路的当权派”，这话原本没有错误，可后来不知道为什么，只要是当权派，不管是各级政府、各企事业单位，还是学校厂矿，都成了“走资本主义道路的当权派”，都在被打倒之列。打倒之后，还要踏上一只脚，叫他们永世不得翻身。学校的老师似乎算不上当权派，但因为是知识分子，也成了革命的对象，被戴上了“牛鬼蛇神”的帽子。于是，斯文扫地，社会秩序荡然无存，天下大乱。

亿万人口的国家，人们没有丝毫的思想准备，全被裹挟到了这场运动当中。

书是读不成了。到八九月份，红卫兵“大串联”已经席卷全国。孔夫子云：“道不行，乘桴浮于海。”

于是，张其昌和同班的另三个同学古乐田、刘鹏飞、孙继伟策划，他们打算离开肥城，到外边去见见世面。

当时的红卫兵倡导重走长征路，四个人自然也是豪气干云。每个人草草准备了一副行囊，其实就是一床被褥，别无他物，匆匆上路了。

没有凄凄惨惨的送行，也没有风萧萧兮易水寒的悲凉，当时他们背得最熟的语录就是："世界是你们的，也是我们的，但归根结底是你们的。"世界的主人要出门，毫无畏惧。

他们的长征路和过去红军的长征路可谓天地之差。既没有围追堵截，也不用吃树皮草根，他们离开肥城的第一天就发现了，只需要胳膊上缠一道红卫兵的红袖章，怀揣着一纸学校的红卫兵组织开具的介绍信，就可以走遍华夏，通行无阻。

当时有一个口号，红卫兵都是毛主席的客人。这可是给了红卫兵至高无上的地位，所到之处，吃饭、穿衣、交通，一概免费。无论城乡，只要到了该处地方的学校，就等于到了驿站，米饭、馒头随便吃，衣服短缺的还发军大衣，被褥更不在话下。

初时，四个人还算虔诚，坚持徒步，坚持体验旧时的长征，从肥城到济南，七十公里的路程走了三天，到达了济南西郊的段店。

这一时期活动的主要阵地是各地的大专院校，学校设置的联络处、接待处所面向的也主要是大专院校的学生，像他们四个这样的十几岁的中学生，有关院校的接待单位未免就显出了轻视和冷眼。

看来，参加革命也并非易事，当初阿Q的革命热情在赵庄就受到了冷遇。豹子头林冲那么大的本领，要落草梁山，不也受到了白衣秀士王伦的排挤？

自此，四个人不再寻找接待单位，反正凭借佩戴的红卫兵袖章，吃饭住宿不成问题，还是自主革命吧，于是，他们向着一个个的大学走过去，满校的大字报一路路地看过去。

即使没有监督，立场依然坚定，只去大专院校，只看大字报，从不去风景名胜景区，亦不去宗教庙宇寺院。

不几天，济南的主要大学已经踏遍，山东大学、山东师范学院的“走资派”以及他们犯下的“反革命罪行”，四个人已经耳熟能详。尤其是批判“走资派”的大字报千篇一律，没有新意，没有文气，比起当初骆宾王讨伐武则天的檄文可差得远了。

四个人的心态有些落寞，革命的热情没有得到重视，日子过得又有些倦怠。商量之后，看来济南的革命用不着他们来拯救，那就将革命的火种撒到南方去。

南方的第一站设定了南京，如何往南京去，四个人进行了热烈的讨论。经过了从肥城到济南的三天徒步，四个人对于徒步走到南京，均有些畏惧。

“体验并不等于照搬，体验长征并不等于我们今天还要用脚步去丈量长征的路程。”

“重走长征路主要是学习长征的精神，而不是重复过去长征的每一个细节。”

“时过境迁，时势易也，我们的古人燧人氏曾经钻木取火，难道生活在今天的我们还要钻木取火？”

“毛主席教导我们：多少事，从来急，天地转，光阴迫，一万年太久，只争朝夕。”

议论的结果，没有任何分歧，四个人的意见如出一辙，放弃徒步，改为乘火车。

既然乘车不用买票，自然也不指望环境的舒适，可真实的车厢现状依然让他们吃惊不小。平素三个人的座位可以挤上五个人，过道里全部站满，座位底下躺着人，头上方的行李架上也坐了人，将双腿悬在空中，几乎触到座位上人的脑袋。车一到站，基本上没有“君子”，大多从窗户上下。

四个人在济南上车的时候，就是先由两个人从窗户钻进车厢，占据了靠窗的位置，再将行李递进去，把剩下的两个人拽进去。安顿好之后，虽是深秋天气，四个人已经汗湿重衫。

车厢内如此拥挤不堪，从济南到南京的路途中，列车上居然提供过一次开水。实在令人想象不出，列车员是如何使出浑身解数，提着一大壶水，穿过这一长串水泄不通的人墙。

一夜无话，黎明时分，列车到达南京。

“南朝四百八十寺，多少楼台烟雨中。”南京，六朝古都的南京，杜牧诗句中的南京。

北方已经一片萧索，江南还是绿意盎然。

到达南京后的第一天，四个人宿在了南京大学。观看大字报的时候，已经没有了初到济南时的兴奋与专注，但四个人又不知道以后的革命道路应该怎么走下去。这时候，他们遇到了一个人。

第二天，在南京理工学院的大字报专栏前，四个人随着人流一边挪动脚步，一边低声交谈。许是他们浓重的山东口音引来了关注，旁边路过的一位年轻人插话了：“你们是山东的？”

“对。”四个人回过头来，问话的人不到三十岁，男性，细高个，清秀和蔼，文质彬彬。

“山东哪儿的？”

“山东肥城。”

“老乡。我也是肥城。”

这位老乡姓魏，是本校的青年教师。一口绵软的普通话，没有任何山东口音，他的父辈很小就离开了肥城。尽管如此，大家还是感到很亲切。

魏老师将他们四个人领到办公室，每个人面前放置了一杯茶水，这也是他们离开肥城后第一次喝上茶水。然后魏老师询问他们都到了哪儿，都做了些什么。

“到南京了，就好好看看。南京是历史文化名城，有好多名胜古迹，都是中国的骄傲，瞻仰这些地方，也是爱国主义教育。不要光盯着学校的大字报看，大字报只能热闹一时，不能持久，不能传世。停课也不能永远停下去，书还是要读的。”面对四个小老乡，魏老师这样说。

这些话，当时是极难听到的，好多年之后，张其昌才品味出其中的深意。

四个人正困惑以后的路应该怎么走，他们已经厌倦了每日到大学的赶场，但又都不好意思说出来，怕被人扣上革命立场不坚定的帽子，怕被人指责为出来游山玩水。魏老师的话，颇为清新，像是给他们打开了一扇窗扉。

原来参观名胜古迹也是接受爱国主义教育。

之后在南京的日子，四个人就有声有色多了，他们收拾起了原先的小心翼翼和假正经，心地坦荡地走向了南京古城。他们到过长江大桥的桥头，体会了火车呼啸而过的轰鸣和大桥的震颤。他们到过雨花台，凭吊了松柏苍郁的烈士陵园。

四个人还去了中山陵，中山陵岗峦沃野前列，碧峰屏障后峙。数百级台阶拾级而上，气势恢宏。只是整个中山陵景区空空落落，连工作人员都难得见到。

出了中山陵顶部的祭堂，放眼东望，绿树掩映中，一抹绿色琉璃瓦的檐角隐隐显露，似乎还有风铃响起。四个人正要找人询问，才发现，不知何时，四个人身后跟了一个小姑娘。

小姑娘有十岁大小，晃荡着一双小辫，一双眼睛乌黑发亮，说话口齿清楚，声音甜美。她告诉四个人，他们看到的绿色琉璃瓦檐角，是南京最高的灵谷塔，并自告奋勇，说如果他们要去那儿的话，她愿意带路前行。

四个人自然很高兴。于是一行人离开石级，拨开竹丛，顺林间小径往东而行。林壑幽静，空谷清爽。

灵谷塔九层八面，每一层都有石砌栏杆相围，可以供人流连远眺。四人沿塔内的旋转扶梯依级而上，每至一层，必沿石栏逡巡一周。每一方有每一方的景致，每一层有每一层的视野，一层之差，眼底就是另外一个世界。正应了王之涣的诗句：“欲穷千里目，更上一层楼。”

四个人都爬到了顶层，时近傍晚，山间有雾岚升起，四人如在云端。一轮夕阳腾跃在林海的顶端，悬浮在城市的上方。往下看，塔下等待的小姑娘翘首仰望，只剩下了一个模糊的黑点。

和小姑娘分手的时候，天已经快黑了，小姑娘并没有马上离开，欲语又止，众人问她还有什么事情，她指了指四个人胸前佩戴的毛主席像章，问能不能送给她一枚。

张其昌当即摘下了自己的，给了她，小姑娘喜形于色，连声说：“谢谢叔叔，谢谢叔叔。”转身翩然离去。

四个人与小姑娘共处半天，均有些不舍。小姑娘是四个人到达南京之后深度相处的第二个人。这一段时间，他们见惯了大字报背后的人与人之间的冷漠，见惯了人们游行的激愤和振臂声讨的仇恨，突然出现了一张天真无邪的面容，无异圣女临世。

他们深度相处的第一个人就是魏老师。几天来，四个人一直得到他的照拂，特别是他的指点，颇有些警世的味道。张其昌第一次品味乡土的文化意涵，仅凭一方水土的共同养育，仅凭一声“老乡”的称呼，人与人之间就可以抛却隔阂与戒心，肝胆相照，直陈利害。魏老师对他们的劝告“书还是要读的”给他们懵懂无知的造反热情降了温。

之后好多年，张其昌和魏老师都有书信往来，互道别后情景和问询平安，后来张其昌离开安驾庄，丢失了魏老师的联系地址，不胜扼腕。

下一站的目的地是上海，可他们在南京的火车站待了大半天，也没有挤上开往上海的火车。夜已深，白天熙熙攘攘的站台冷清了许多，经过询问，下一列发往上海的火车要等到明天早晨了。他们目睹了白天的拥挤不堪，明天会不会又是一个今天，又有人告诉他们，南京是大站，不好上车，小站可能会好一些。于是，他们离开了车站，找了个地方住下来。

他们打算明天顺着铁路往前走，走着瞧，照今天的说法就是摸着石头过河。

晨光熹微，四个人踏上了路途，旁边就是平行的铁路线，不时有列车呼啸而过。路两边的田地大多种着绿色的蔬菜，空气清新湿润，几个人被城市里的大字报淹渍已久，陡然间来到野外，均感觉精神振奋。

然而，脚步渐渐沉重，前方的车站依然渺茫。

一直走到太阳落山，他们才来到一处火车站，看站台上的标牌，是句容站。他们不知道一天里走了多少公里，只感到两条腿像灌了铅一般的沉重。他们决定在这里守株待兔，等待载运客人的列车停在他们的面前。

可惜不是每一株树前都能等到兔子，从这个小站经过的列车也是一样，大部分呼啸而过，并不停留。

夜幕降临，车站的灯亮了。由于人少，越显出车站的空旷和寂寥，这时候，他们反而怀念起南京站的拥挤和嘈杂，人虽然多，但车也多，不像这儿，只有四个人蜷在一起，与长长的影子相伴。

每隔一段时间，就有列车从这里路过，这些列车一遇车站，就会习惯性地减速，开始给他们带来不少希望，以为列车终于要停靠了，他们甚至可以清楚地看到车厢里的细节，看到小桌上的水杯冒出的热气，他们可以想象出车厢内的温暖。可是转瞬间，一骑绝尘，火车不见了踪影。

四个人不甘心坐以待毙，将眼睛离开了脚下停靠客车的铁轨，打量站内的其他地方。他们发现，站台另一侧的铁轨上，停放了一列货车，车厢上部凹陷，没有苫盖，不知道装载的是什么货物。

古乐田朝车站值班室走去。

他回来的时候，带来了以下消息——

这是一辆发往上海的煤车。

具体什么时间离开句容站，工作人员说不知道，但就在今天夜间。

这些信息足够他们做出决定，搭乘货车也总比在这里坐等强。

四个人马上付诸行动，刘鹏飞先爬上了货车车厢，将四个人的行李接过去，然后，另外三个人逐一翻了进去。

煤是经过加工的细碎颗粒，装满了车厢的三分之二，上部形成了一个平面，正好供人坐卧。刘鹏飞端详之后，立即又跳下了车。

当他从车站值班室的屋侧阴影里走出来的时候，他的肩膀上多了两张草帘子，众人齐齐喊了一声好。铺垫好之后，四个人才坐上去。四周高出的车厢挡板正好可以挡避风寒。天气没有变化，四个人已经感到了温暖。至此，紧绷了一天的身心才松弛下来。

应了一句话，天无绝人之路。

交通工具的问题解决了，肚子饿的问题又出现了。

刘鹏飞说，他刚才寻找草帘子的时候，曾经看到过有一间屋子的门口挂着红卫兵接待处的牌子，那儿肯定有吃的东西，他要去看看。

孙继伟自告奋勇，要陪他一块儿去。

两个人离开不到五分钟的时间，车站里响起了汽笛的声音，表示有火车要启动了。到这时，车上的张其昌和古乐田还没有感到任何危机，张其昌只是奇怪，为什么站台边上的房子会缓缓地向后退去，瞬间，两个人明白了，是自己乘坐的火车开行了。

两个人大叫，叫喊什么，连他们自己也不知道，是叫喊火车停下来，还是叫喊刘鹏飞和孙继伟赶快上来，不管是叫喊什么，都无济于事。面对火车这样的庞然大物，他们两个人太渺小了。转眼间，句容站被抛到了后边。

星空灿烂，一弯上弦月挂在西天，北方的大熊星座粒粒可数。远处有灯火闪烁，那是城市，两片灯火之间则是广袤而深邃的原野。

张其昌和古乐田根本没有心情欣赏夜景，还在一叠声地叫苦。他们担心车下的两个同学，挂念他们的安危，不知他们能不能找到去往上海的交通工具，即使他们顺利到达了上海，两拨人又怎么会合？

真是数不清的担忧。

天下的事情竟有那么巧，这列火车一整个晚上都趴在车站里不动，偏偏就在刘鹏飞和孙继伟离开的几分钟时间里启动了。早知道这样，即使肚子再饿，也不会让他们两人下去的。

第二天黎明时分，火车到达上海站。

两个人灰头土脸，背着四副行李卷，迷惘地汇入了上海站的人流，茫茫人海，何处是归宿。

他们并不急着出站，希冀遇到奇迹，在站台上徘徊的时候，他们发现了一块留言板，矗立在正对出口的醒目位置，两个人近前一看，几乎全是寻人启事，原来和他们遭际一样的大有人在。

两个人依葫芦画瓢，张其昌找了一张大字报纸，取其一半，饱蘸浓墨，写下了三行字：

肥城刘、孙

到复旦找我们。

张、古

三行字当中，最大号的是“肥城”两个字，最小号的是“到复旦找我们”。写完之后，贴到了留言板的右上部位置。

张其昌端详着这幅作品，似乎很满意自己的创意，尤其是措辞和版式的设计。两个人这才走出了上海火车站。

大上海，中国东部最大的城市。

早先，张其昌不知道从哪儿看到一份资料，说中国的财政收入中，上海市贡献了其中的五分之一，也就是说，五元钱当中，就有上海人贡献的一元钱。

凭这一点，张其昌就为上海人骄傲。又有人议论上海人的毛病，说上海人自视甚高，看不起外地人，听到这些议论，张其昌独能秉持宽容态度，上海人是有资格骄傲的，不服气的话，也可以把国民经济做到和上海一样，也能赢得其他地区人们的尊敬。

在复旦安顿好之后，张其昌和古乐田一整天都在外边转。晚上回到住处后，两个人几乎不相信自己的眼睛，刘鹏飞和孙继伟赫然站在宿舍的床前。四个人拥在一起，喜极而泣。他们以为再也见不着了，在这个几百万人口的大城市里，又没有现代通讯工具，居然不到一天的时间，就重逢在一起，他们实在是大喜过望。

只要敢闯，什么人间奇迹都可以创造出来。

刘鹏飞和孙继伟夸奖他们的留言写得好，第一眼就看到了“肥城”两个字，然后循迹来到复旦，到红卫兵接待处一查，就找到了他们的住处。四个人发誓，再也不分开了。

上海的活动依然是四个人的集体活动。

先是参观了几所大学，几天后的一个上午，他们来到了南京路。

铅灰色的天空，阴沉沉的，黄浦江岸有风吹过来，凉飕飕，似乎要把人的衣服穿透。四个人都已经穿上了军大衣。当地人的冬装大都是毛衣，再着一件薄呢外套，这样的天气，也显出了几分瑟索。

南京路靠近黄浦江的丁字路口，应该是最繁华的地方。四个人看到的景象，并没有他们想象中的巍峨，大理石基础的建筑物底层被贴满了大字报，附带也遮蔽了建筑的雄伟。这一带建筑之所以闻名遐迩，缘于历史的久远，而非建筑物的高度。不同的历史年代，外国人留下了不同风格的各色建筑，构成黄浦江外滩的文明。这需要历史知识和基本的建筑美学知识去品味，去鉴赏。

这一时期，这些条件都不具备。四个人在南京路看到的，不过是水泥丛林而已。

江水浑黄，全不理会两岸的人类社会所发生的变迁与动荡，千百年来亘古不变地流淌着。四个人在江边倚着石栏，望着滔滔不绝的江水，努力回味着陈子昂发思古之幽情的名句："念天地之悠悠，独怆然而涕下。"也想挤出几句诗来，可惜意境萧索，诗意全无，只得作罢。

四个人回到肥城的时候，已经接近 1966 年的年底。张其昌的第一次"串联"，历时四个月，他最大的变化是身高蹿上去半个头，豆芽菜的体形也粗壮了许多，全拜四个月的大米馒头所赐。

这是张其昌第一次丈量祖国的河山，尽管这河山满目疮痍，遭受着人类的荼毒，但却掩不尽河山固有的壮丽与秀美，特别是江南，风雅到骨子里的柔媚与旖旎，更撩动了一个青年学子的魂梦。

四个人在上海重逢的时候，曾经发誓以后永远不再分开。回到肥城后才发现，这只是一个良好的愿望。肥城的运动已经如火如荼，浪潮冲击之下，四个人顿时作鸟兽散。

张其昌的第二次"串联"，已经是一年后的秋天，"串联"队伍还是四个人，换做了在肥城县中读书的四个张姓子弟，目的地是此时期的焦点城市——北京。

四人中，有两个人的父亲在北京工作，所以，相较于张其昌的第一次"串联"，这次的北京之行少了些艰辛和困厄，多了些温情与照拂。来了以后才发现，北京竟有如此之多的安驾庄乡亲。仅安驾庄张姓一族，就不下十几家。

张其昌到北京的第一晚就宿在了张姓本家的家中，按辈分张其昌管老人叫二大爷，二大爷是一个退休的学校校工。老人看到安驾庄来的本家子弟，兴奋异常，吃饭时喝了几杯酒更增加了他的谈兴，凡是安驾庄的事情，事无巨细，他都再三盘诘，张家街上的哪一家添了几个孩子，他都一一问到。看得出，即使再过多少年，他也不会忘记安驾庄的乡土之情。

第二天上午，张其昌先来到红卫兵接待站，办理了住宿手续，下午就来到了北京大学，这是第一张大字报产生的地方。大学里的大字报张其昌已经看得多了，北京大学的大字报和其他大学相比，也没有什么特别的地方，不过是更加密密麻麻。

转来转去，张其昌逐渐走到了学校的北部校区，他顺着一条小路，来到了一处竹丛掩映的小院，尽管也有大字报，但小院幽雅僻静，极少有人来往，和人员川流不息的南校区有着天渊之别。小院位于土坡之上，对周围占据了俯瞰之势，建筑虽不巍峨，却使人敬畏。张其昌在此流连忘返。

出小院再往北，张其昌眼前倏地一亮，一方不大不小的湖泊静静地躺卧在土坡之下，夕阳照耀，湖面上波光粼粼，气象万千。湖中心有一座小岛，小岛中间亭子倾颓，旁有枯枝斜横。岛的东边拴着一座石舫，好像预备岛上的主人随时解缆。

张其昌感觉好贵气，好落寞。

过了好多年他再次来到这里的时候，才知道他看到的这片湖泊叫作未名湖，是北京大学的智慧地。而他先前看到的小院，叫作临湖轩，是北京大学的灵魂地，曾经住过著名历史人物——担任过北大校长的司徒雷登，还住过担任北大校长的马寅初。这里的枝枝蔓蔓都牵连着重大历史事件，每一条小径，每一片草地，都留下了伟人的足迹。

陈独秀曾经做过北京大学的文科学长，李大钊曾经做过北京大学图书馆的主任，毛泽东曾经做过北京大学图书馆的管理员。凭借这三个人与北大的渊源，在人文科学领域，足以决定了北大在中国无出其右的最高学府位置。

进入这里的校园读书，该是中国多少青年学子的梦，这个梦，又激励了多少寒家子弟。就好像我国的藏传佛教信徒一样，一步一叩首，徒步跋涉上千里，就为到拉萨的大昭寺瞻仰圣地，圆满功德。

在清华大学的校园，张其昌就没有看到如北大的临湖轩和未名湖这样的点睛之作。清华的建筑系独步中国，在世界上都屈指可数，唯独没有在自己的校园里留下珍品，也是一件遗憾的事情。

游览北京的天坛，由在京的张姓本家兄弟相陪，颇不寂寞。

路线是这样设定的，由天坛公园的东门进入，至中线北端的祈年殿，再顺丹陛桥往南，过皇穹宇，至圜丘台，最后返回丹陛桥往北，出西门结束游园。

天坛的建筑给人的第一感觉就是气势宏大。作陪的兄弟说，所有的皇家园林建筑都有气势宏大的特点，天坛尤甚，因为这里是皇帝祭天的地方，所以也是老天居住的地方，理应比人间的天子居住的地方要大，皇帝居住的故宫房间近万间，宏阔无比，但天坛比故宫还要大出好几倍。

祈年殿的建筑工艺，令人叹为观止，二十八根立柱和三十六根枋桷，无梁无檩，竟矗立起了这样一座宫殿。三重蓝色琉璃瓦顶与蓝天相衬，虽是不到四十米高的建筑，却给人以直接云天的感觉，丹陛桥由于高出地面近三米，漫步其上，犹在云中，让人切切实实地体会到，这是一处祭天的场所。

皇家建筑的气派，意在昭示皇权的至高无上，震慑那些有反叛之心的臣民。实际上，像刘邦、项羽看到秦始皇的车辇威仪，发出“大丈夫不当如是也”“彼可取而代之”的感慨、觊觎九五之尊的人，毕竟少之又少。

绝大部分国人看到宏伟的皇家建筑首先会为自己民族的瑰宝而自豪，并会随之产生为了保护这些瑰宝不受异族入侵者的蹂躏与掠夺的同仇敌忾之心。

张其昌听说，八国联军打入北京的时候，英法联军的司令部就设在天坛，令人唏嘘。

确实，就像南京的魏老师所说的，中国国土上的每一处名胜古迹，都是爱国主义教育的场所。

不知道过了多少天，有消息传来，毛主席又要接见红卫兵了。

这是毛主席第七次接见红卫兵。

1967 年 11 月 11 日，下午 2 点 45 分，张其昌在东长安街的北侧，距离中心线第三排的位置，见到了毛主席。

当检阅的车队还只是个圆点从长安街的西向上出现的时候，长安街两侧的人群就沸腾起来，人们翘首以望，睁大了眼睛，唯恐错过。车队行驶得并不快，驶过面前时，却只有一瞬间。张其昌眼睛一眨也不眨地紧盯着最前方的车，他看到了毛主席伟岸的身躯，和前几次接见红卫兵一样的招手的标准姿势，面庞严峻而坚毅。

张其昌从小就无比景仰无限爱戴毛主席，现在在呼吸可闻、音容笑貌清晰可见的近距离见到了，他几乎不相信这是真的，怀疑是在做梦。

张其昌自小就崇拜英雄，他崇拜管仲、乐毅，崇拜苏秦、张仪，他们都是中国历史上声名显赫的英雄人物，可是他们和毛主席相比，都成了沧海一粟。是毛主席，使中国人民从此站起来了，是毛主席，使中华民族摆脱了近两百年的积贫积弱，屹立于世界民族之林。

这一次见到毛主席，是张其昌英雄崇拜情结和情绪的集中释放。

北京，使得一个自以为站得很高的人看到了更高更远的风景，给一个身在云里雾中不着边际的人隐约指出了一块实实在在的可以脚踩的土地。

第七章

“洪太尉误走妖魔”

当时，肥城县城的中学生红卫兵组织主要分为两派，一派的观点是“打倒一切”，行为比较极端。另一派则宣扬保卫无产阶级革命路线，反对“打倒一切”。

当时普通学生的态度也可以分为两派，一类是参与派，一类是逍遥派。逍遥派大都闲居在家，不参加任何组织。当然，后来的情况变得复杂，参与派和逍遥派之间的界限也不再泾渭分明，即使参加了组织的人也有很多变成了逍遥派。

看起来，逍遥派要飘逸、潇洒得多。逍遥派的鼻祖庄子的代表作就叫作《逍遥游》，他讲述的故事——“鹏之背，不知几千里也；怒而飞，其翼若垂天之云……鹏之徙于南冥也，水击三千里，抟扶摇而上者九万里，去以六月息者也。”——听来让人神往。

但是，并不是每个人都有资格做逍遥派。张其昌就做不到。

张其昌做不到闲居在家。他是农家子弟，他的口粮是生产队提供的，因此，学校放假的农忙时节，生产队就有指派他参加生产劳动的权力。生产队不管他的年龄有多大，身体状况如何，都拿一个高中生当作整劳动力了，举凡生产队的农活，如收割、推车、打场、扛麻袋，所有这些重体力劳动，都有可能指派到他的身上。张其昌根据以往的经验，判定自己不是一个好劳动力，也不会成为一个好劳动力。他先天身材瘦弱，没有山东人通常的魁梧，他也还没有成年，所以无论是劳动技巧，还是身体素质，应对重体力劳动，都感到了勉强。

而生产队又不能无视一个劳动者在家的闲居。

张其昌只能住到学校，无论学校是风平浪静，还是疾风骤雨，他别无选择。

住进学校不全是逃避，他委实也离不开学校。他正是读书的年纪，这一时期砸烂一切的成果之一也包括砸烂了肥城县中的图书馆，应该说是砸烂了图书馆的大门。一多半的图书风流云散，剩下的少半部分对于张其昌来讲，还是一座宝库。他每天出入于图书馆，如饥似渴地阅读着能够搜罗到的一切。后来，他在一个尘封的角落发现了一套完整的《鲁迅全集》，如获至宝，他还发现了一套《中国文学史》。

鲁迅冷峭孤傲的面孔，尖刻犀利的语言，对于世俗权威的藐视，对于风雨如磐的旧秩序所提出的批判和挑战，在同样处在大批判时代的张其昌身上引起了共鸣。不论是鲁迅的语言，还是鲁迅的观点，张其昌都佩服得五体投地。

不过介于当时的大环境，张其昌也没办法独善其身，虽然后来表面上戴上了红卫兵的袖章，加入了比较不极端的那一派，但实际上还是处于“逍遥”状态。

张其昌除了读书之外，就是和老师们待在一起。这时候，老师们都被迫离开了讲台。抛却了老师和学生的身份，张其昌与老师们的交往就变成了普通的人与人的交往，并且是没有功利成分的平民之交。于是，在这风雨飘摇的孤岛上，竟形成了一处宁静的港湾。外边是纷纷攘攘喊打喊杀的世界，这儿却充溢着满满的春意。

与张其昌过往密切的老师有两人：一个是教物理的杨老师，尚还单身；另一个是教化学的李老师，已经成家。两个老师每人住一间学校宿舍，而且相邻。

张其昌经常在这两间宿舍与老师们搭伙吃饭，几个人之间也是无话不谈。杨老师曾经向张其昌谈起他在厦门鼓浪屿的女友，她是印尼的归国华侨，两人早就由双方的家长定下了婚约。问及杨老师已近三十岁为什么还没有结婚，杨老师语焉不详。

事后，李老师告诉张其昌，有些事不能穷根究底。

李老师的夫人是城关小学的校长，人长得美丽、端庄，且有大家风范。李老师夫妇两个结婚多年，膝下尚虚，张其昌总感到李老师的夫人看觑他的眼光，含有母爱的成分。

一天，四个人坐在一起吃饭，李夫人怔怔地望着眼前的碗，两行清泪潸然而下，李老师赶紧解释，说上午夫人在学校受到了冲击，被揪到台上批斗，受到了委屈，只有回到家才能哭出来。

张其昌的泪水夺眶而出，他体会到了撕心裂肺的疼痛。

学生宿舍位于学校的最北端，在东西方向上与老师宿舍并列。恰在半年前，张其昌当医生的大哥也搬到了学校的北面，与学生宿舍仅一墙之隔。原本北墙有一座小门，现在常年落锁，很少开启。张其昌去兄嫂处，经常是翻墙而过。

张其昌遂日日埋头读书，去老师处，去兄嫂处，均在咫尺之间。正应了鲁迅的话："躲进小楼成一统，管他春夏与秋冬。"

转眼间已经是 1967 年的春天。一天，有人通知张其昌，要他参加一个宣传交流这一时期"大好形势"的活动，这种活动的另一个目的就是发展队伍。张其昌不愿意打破目前的平静生活，面有难色。来通知的人又做工作，说他长期不过问组织的事情，已经招致訾议，这次活动的地点是汶阳公社，和安驾庄公社相邻，张其昌执行此项任务，又兼地利之便。

说来说去，张其昌似乎都没有理由拒绝。

第二天一早，一辆绿色军用大卡车载着十几个学生驶出了县城，张其昌等人沿车厢的边框，站了一圈。公路两侧的房屋墙壁刷满了标语：“为有牺牲多壮志，敢叫日月换新天。”“可上九天揽月，可下五洋捉鳖。”车上的人为标语所鼓舞，都兴奋起来。张其昌忽地想到，两千多年以前，乐毅从燕国伐齐的时候，是否也曾经踏过脚下的这片土地。

汶阳公社是肥城县最著名的产粮区，阡陌纵横，人口密度大，三五里就是一处村庄。绝大部分田地都种的小麦，麦苗已经返青，从麦苗的颜色就可以看出土地的肥沃，沿途经过的几个公社的麦田，有的还带着过冬的枯叶，不像这里的麦苗，又黑又绿又密，整个大地像铺了一层绿毡。河边的柳树已经抽芽，远看蔚然一片鹅黄色，近看却又透明一般，叶片油亮亮的，像用蜡染过一样。

天气晴好，无风。汽车的行驶兜起了风，吹在脸上凉凉的，但不冷。日头晒在头上，暖暖的，正是“暖风熏得游人醉”的时节。

汶阳公社是张其昌的姥姥家所在的公社，踏上这块土地，张其昌不可能不想起陈家城宫，那是他的无忧无虑的伊甸园。整个村庄善良的大人们，淳朴友善的小伙伴们，任何时候想起来，都会使张其昌的胸臆充满温馨与甜蜜。现在陈家城宫的外甥来了。

汶阳公社的驻地吴家村，还是孙婷婷的父母居住的地方，孙婷婷的父亲就在吴家村上班。想起了孙婷婷，那一双灼灼的目光便出现在了张其昌的眼前——她还好吗？自从运动开始，张其昌还没有见过她。她住在县城还是住在吴家村？如果就在吴家村，这次会见到她吗？

离吴家村还有三五里地，张其昌还在遐想着姥姥家所在的这方土地将如何迎接他这个外甥的时候，意想不到的事情发生了。

一声锣响，数不尽的人突然从四面八方拥了出来，手持棍棒，直奔他们的汽车。

这不是和旧小说里描写的强盗剪径一模一样的场景吗？一声锣响，众喽啰围上来，大呼留下买路钱。

车上的众人从瞬间的错愕中清醒过来，这不是拍戏，不是表演，是实实在在的围攻，来者不善。

张其昌几乎不相信自己的眼睛，这哪里是姥姥家的地盘啊，这哪里是对外甥的待客之道啊。围上来的人全是凶神恶煞一般，男女老少都有，手中所持，除了棍棒，还有铁锹锄头，离汽车还有二三十米远的时候，听得一声唿哨，漫天的鹅卵石雨点般向汽车砸了过来。

孔夫子早就教导过："知命者不立于岩墙之下"，"不蹈险地"。可惜他们醒悟得太晚了。

汽车司机早就看到了前方密密麻麻的人群，再往前走，无异自蹈死地，在对方攻势稍缓的刹那间，司机已经将车头掉转了一百八十度。事后证明，司机的这一举措，是他们得以死里逃生的关键一步。

同一时间，对方的人也已到了车的跟前，将车团团围了起来。

面对面，他们终于看清楚了来人，全是乡民。近距离接触，双方反而停止了石块的投掷，但敌意却写在脸上。

双方素不相识，素无仇隙，竟为了所谓的革命路线的不同，要置对方于死地。

司机欲往来路上逃遁，汽车的前方挡了五六个人，用手撑拒着，坚持不让离开。发动机发出震天的嘶吼，汽车在一步一步地向前挪动。挡在前方的人开始用棍棒击打发动机车盖和驾驶室的前挡风玻璃，后边围攻的人也开始用铁锹锄头往车厢里砸。

"哗啦"一声，前挡风玻璃碎了。情况万分危急，一车人将不能幸免。

司机只能缓慢推进，他不想造成伤亡，但情势发展到危及一车人的生命时，司机的态度也发生了变化。他加大油门，试图冲出罗网，否则就是他们这一车人任人鱼肉。

人终究不能和机械对抗，前方撑拒的人分开了，汽车绝尘而去，一任后方人群呐喊与叫骂。

一直驶出汶阳公社的地界，来到安驾庄，一车人才惊魂稍定，直如重新来到了人世。此时，车上的人才来得及感谢司机，要不是他，不是他的勇敢、坚毅、果断，这次汶阳公社之行的后果不堪设想。

司机是个转业军人，二十多岁，他似乎在部队经历过比这更惊险的场景，不像一车人那样面色如土，他双眉微锁，面对众人的一叠声感激，没有丝毫骄矜，话语不多，脸上竟波澜不惊。

可惜没有留下这个人的名字，后来张其昌几次寻觅此人均无果。

去汶阳公社的宣传活动以半车人的负伤而告终。

张其昌在安驾庄盘桓了几日，去看望刘爷爷的时候，张其昌讲了去汶阳公社的遭遇，刘爷爷当然也目睹了安驾庄的乱象，他摇着头，一连声说了两遍“洪太尉误走妖魔”。

这个典故张其昌知道，这是《水浒传》开宗明义第一回的题目“张天师祈禳瘟疫，洪太尉误走妖魔”。说的是大宋仁宗年间，因瘟疫流播，仁宗皇帝派遣太尉洪信至江西信州龙虎山，召请张天师祈禳瘟疫。洪太尉在游山时误揭了上清宫伏魔大殿的封条，结果放出了三十六员天罡星和七十二员地煞星，这一百零八个魔头将大宋江山搅得天翻地覆。

洪太尉放出的魔头，也仅一百零八人而已，而这一时期放出的魔头，却是每一个人内心深处固有的人性的恶，数以亿计。

也就是几个月的时间，“城头变幻大王旗”，肥城县中门口已经易帜。张其昌也改换了派别，他还是舍不得离开学校北端那一处宁静的港湾。

外边的世界风声渐紧，人们变得愈加暴戾。张其昌蛰伏于学校，日子倒也过得平安。

有一个奇怪的现象，两个组织的成员平日在大街上相遇，并不像想象中的那样怒目而视，照样打招呼，唠些家常。张其昌本就很少上街，偶尔出去，也极少碰到同班的同学，大概同学们都逍遥了吧。

已经是夏天，一个下午，张其昌因为要买支牙膏，和几个同伴一起出了学校，来到了大街上。久不出学校，陡然间踏入市肆，几个人有些兴奋，不免走动的时间就长了些，不知不觉来到了南关。迎头遇到了一伙对方组织的人，内中竟有张其昌的好朋友，乒乓球队的球友刘连柱。两个人欣喜非常，细想，两个人竟然有一年多的时间未曾谋面了。

两伙人中还有人是认识的，大家驻足聊了一会儿，才分手道别。

刚走出没有几步，刘连柱站住了，似乎犹豫了一下，又好像忘了事情，折返回来，重又向张其昌问道："忘了问你，你现在住在哪儿？"声音并不小，足可以令同伴听到。

"我住在学校啊。"张其昌答道。

"我记得你有个大哥就在学校旁边，为什么不住你大哥家呢，我去找你也方便。"说完，不等张其昌回答，径直走了。

晚饭后，张其昌来到了学校西边的操场上。夏天的夜本来就降临得晚，已近八点钟，还是一片明亮，操场上有人打球，有人散步，一派祥和景象。

操场和公路中间的杨树上落满了归鸦，聒噪不停，不知道触动了张其昌的哪一根神经，他忽然想起了下午刘连柱向他说过的话。

刘连柱为什么问他住在哪儿呢？他为什么提到大哥家的住处呢？他分明是建议张其昌住到大哥家，这个建议真的是为了找人方便吗？

他越寻思越感到事情可疑，细思刘连柱说话时的举止表情，越发坚定了自己的怀疑，如果推断不错的话，合乎逻辑的结论就是刘连柱向他暗示：学校有危险。

看来，刘连柱煞费苦心。他既想忠于组织，不暴露组织的机密，又想全朋友之义，令朋友脱于险地。

这样一来，刘连柱的举止和说话的表情就都可以理解了，张其昌的推断也就顺理成章了。

归鸦的聒噪似乎也在印证他的结论，古时候，宿鸟惊起，不就预示着偷袭的敌方将士正向这里靠近吗？

西方的天际还剩下最后一抹亮色，血红色的火烧云显得比往常更为诡异。

事不宜迟，张其昌决定立即向组织汇报。

组织的司令是一位高三的同学，没有架子，既不需要秘书预约，也没有警卫的盘诘，张其昌推门即入。

司令听完了张其昌的话以后，问除了对方组织的那位同学说的话以外，还有没有别的证据证明对方的偷袭近在眼前。张其昌知道归鸦的聒噪和火烧云的诡异是说不出口的，经不起科学的检验，他只能说，坚信自己的直觉。

张其昌的直觉没能说动司令，司令说己方有完整的情报系统，目前其他方面的情报尚不能支持一场进攻迫在眉睫的结论。当然了，他会提高警惕，做好防范措施，以防不测。

司令亲切地握了握张其昌的手，拍了拍他的肩，以示嘉勉。张其昌感觉出来，司令不是客套，不是作秀，他是真心感谢自己组织的成员。

进入暑期以后，天气闷热，好多人都睡在了室外。张其昌等人则睡在了自己教室的前边，每人一张席子，一床被单，为了消暑，天黑以后，还在教室前洒了水。

仰面躺下来，正对着满天的繁星，张其昌却没有丝毫的睡意，白天的一幕幕场景像过电影一样在他的脑际闪过，他越想越坚信自己的判断。他已经向组织汇报，该做的都做了，已经没有遗憾。

或许司令是对的，司令的视野应该更广，掌握的情报应该更全，司令做出的行动应该是综合分析所有情报之后的决定，分析情报的过程中自然会有去伪存真的步骤，那么说，司令还是将他的情报给滤除了。

如果他的情报是真实的呢？

他越是翻来覆去地折腾，越是睡不着。已经是翌日的凌晨两点，夜已深，校园仍是一片寂静，连一声犬吠都听不到。

张其昌突然坐起来，他做了一个决定，卷起了席子，回到了学校北端的宿舍，他实在困极了，头刚挨上枕头，就沉入了梦乡。

张其昌在深沉的睡梦中惊醒的时候，外边人声鼎沸，一片喊杀声。张其昌感觉被人拽了一把，睁开眼睛，宿舍里的人已经跑光了。他赶紧爬起来，随手抄起了被单，跑出了宿舍。

他好像还没有完全清醒，出了宿舍，居然往南迎着人声和枪声而去，走了十几步，斜刺里冲出来一个人，几乎和他撞在一起。

张其昌惺忪的睡眼被路灯一晃，看东西还不分明，他只看到了来人头上戴的安全帽，压到了眉际，五官都不甚分明，但那人手中扬起的棍棒，张其昌却没有看错。

张其昌至此方才完全清醒，但为时已晚。自己赤手空拳，对方全副武装，而且对方的身后还有人冲过来。张其昌绝望了。

两个人觑见的一瞬间，奇怪的事情发生了，那个人收回了高高扬起的棍棒，转头就走，而且手一扬，阻止了后方赶来的援兵。张其昌也趁机回头往北跑去。宿舍的后边就是学校的北墙，翻墙出去就是玉米地，对方即使胆子再大，也不敢追到这儿来。

张其昌来到墙边，才发现，墙头上站满了一排人，有人伸出了手，将他也拉了上去。

第二天，张其昌才知道，遭遇对方偷袭，己方完败，伤者无算，损失惨重。头一天晚上和张其昌一起在教室前边睡觉的人无一幸免。

多少年之后，他一直都记着这位搭救过他的刘连柱。因为他与刘连柱结识于乒乓球，连带他也愈发珍惜后来结识的每一个球友。他一生打球结交球友无数，竟都成为至交好友。说来也奇怪，对弈的人有愤而掀掉棋枰的，打乒乓球却鲜见有摔拍子的。张其昌遇到的球友全都善良，全都淳厚。人以群分，是乒乓球这项运动将这些人聚到一起了吧。

遗憾的是，毕业之后，天各一方，张其昌和刘连柱竟再也没有见过面，刘连柱究竟家住哪里，后来的工作和家庭状况如何，张其昌均无从知晓，更不要讲，张其昌连一句道谢的话都来不及说。

还有一件困惑张其昌的事情，那就是相觑之际放过张其昌的人是谁？显然他没有看清对方，对方却看清了他，被人施恩却不知道施恩者是谁，是一件折磨人的事情。后来的岁月里，张其昌无数次地在心中默祷："知名的和不知名的朋友们，愿一生平安，张其昌这厢有礼了。"

最后一处偏安的港湾被打碎，学校也住不下去了。

第八章

曲肱而枕之，乐亦在其中矣

时间到了1968年，张其昌取得了肥城县中的高中毕业证书，他毕业了，尽管他只读了不到一年的高中课程。

一切还在继续，大学停止了招生，张其昌是农家子弟，只有一条道路——回家务农。

张其昌回到了安驾庄。

两千多年以前，孔子的学生樊迟向他请教如何种庄稼，如何种蔬菜，孔子很不高兴地回答“吾不如老农”，“吾不如老圃”。待他的学生走后，孔子说：“小人哉，樊须也。”

孔子的这一段话，很多年来都被用作孔子轻视农桑的证据。其实，真实的情况未必如此，孔子的学生，应该算作知识分子，在当时的人口中所占的比例，远比现代少，是名副其实的社会精英，不像现在，满地都是。孔子可能认为，社会精英应该做他们在社会分工中应做的事情，比如去辅佐君王，比如去领兵打仗，比如成立研究机构、提供咨询，不一定要亲自躬耕于农田。

实际上，这是孔子关于社会分工的见解，孔子的主张照现在的话来讲，就是每个人走一条适合自己的路，何来对农桑的轻贱？

但毕竟，孔子曾经将有志于农桑的樊迟斥责为“小人”。

现在，不管张其昌愿意不愿意，他只能做“小人”了。

他生在农家，生来就带有农民的印记，现在他重回土地，没有怨愤，没有社会不公的感觉。田地里的农活，他假期里差不多都已经身体力行，唯有两样农活，他还没有碰触过。

一种农活是耙地。

被犁头翻过的土地，凸凹不平，有大块大块的泥土颗粒，裸露在阳光下，风吹日晒，有利于益生菌的生成，土地变得肥沃。但这样的土地，不能直接播种，在庄稼播种以前，必须有一个平整土地的过程，把大田里土壤的颗粒弄碎、弄细，去掉土壤的起伏与褶皱，使大田如镜面一般平滑。这时候，农人就可以像艺术家一样在上面描画了。

这个平整土地的过程就是耙地。有一个成语叫作深耕细作，耙地就是细作。

所用的农具也称作耙，是一个长方形的木制边框，由厚重的硬杂木构成，长两米多，宽不到一米，边框朝下的一面都镶满了铁质的钉齿，耙被牲畜牵引，从土壤上划过，犹如梳子滑过发际，土地变得细腻平滑。

牵引的牲畜通常是一头牛，但必须健硕，或者是两匹马、两匹骡子、两匹驴，也可以是它们的混编队伍。

单纯依靠耙的自重，不足以使钉齿深入土壤，达不到粉碎土壤颗粒的目的。于是人站在耙的上面，既弥补了自重的不足，又给指挥、驾驭前方的牵引牲畜带来了方便。

人站在耙上，是前后两腿分开跨立的，一只脚踩着耙的前边框，一只脚踩着后边框。系着前后边框的绳索攥在农人的一只手里边，另一只手持一杆长长的鞭子，一声吆喝，长鞭挥起，驮载着农人的耙缓缓起行，越过了起步时的迟滞，耙的前行就变得轻松而流畅。

宛如一叶轻舟越过水面，耙过土地的细碎颗粒，就是轻舟过后水面的波纹。耙上面站立的举重若轻的农人，不就是棹一叶扁舟的气定神闲的船夫？

这是具有飘逸、浪漫气息的为数不多的农活之一。

不仅是浪漫，这件农活还具有很高的技术性，需要极强的身体协调能力。

在耙的前行中，如果遇到大块的土壤板结阻挡，需要站在耙上的人身体后倾，前脚稍微抬起，同时将手中系着前边框的绳索提起；如果耙的中间部分积累了不少的秸秆和枯草烂叶，则需要耙上的人身体前倾，后脚稍微抬起，同时将手中系着后边框的绳索提起，使得耙中间的蓄积物得以放出去。危险的是，如果耙的后边框抬得过高，很容易使耙兜翻过去，将人扣在下面。

只要想一想这件农活的难度，就会有许多人却步。

如果评定职称的话，干这件农活的人，至少应该是农人中的副高级吧。

张其昌从来没有站到过耙的上面去，也从来没有见过安驾庄有人因为耙地出过工伤。

第二件农活就是收割黄麻。

现在，不要说肥城，就是整个泰安市，黄麻种植都已经绝迹，可是上世纪的五六十年代，黄麻却是肥城南部几个公社的主要经济作物之一，只要符合水资源充沛条件的平原地区，没有不种植黄麻的。夏日的平原，随处可见黑绿黑绿的农作物，矗立在地平线上，随风荡漾着波浪。

黄麻的播种是一件如绣花一样细腻的农活，先备好一条平整的畦子，放水洇湿，用手均匀地播撒一层黄麻种子，这些种子比芝麻粒略大一些，呈圆球状。第二条相邻的畦子里已经备好了细土，用木锨铲起土，均匀地撒开去，在黄麻的种子上薄薄地覆盖一层。

如法炮制，一畦一畦地种下去。

没有几天的时间，绿色的小苗就覆盖了大地。

当小苗长到四五公分高的时候，进入了黄麻生长期的第一个管理阶段：间苗。

所谓间苗，就是将多余的孱弱的苗株剔除，保留长势茁壮的苗株，要求苗株之间的距离均匀、合理，合理的标准没有数字量化，全凭经验判断。

承担间苗农活的全是妇女，有一些在哺乳期的，就将几个月大的孩子放置在地头草编的蒲团上，间苗的妇女人手一个小板凳，两只脚分别踩在畦子两侧的垄背上，屁股下面的板凳则在畦子里往前挪动。手里边攒满了拔起的苗株，随手放在垄背上，一畦到头，再顺着垄背把拔下的苗株收回来。

地头蒲团上的孩子咿咿呀呀，不知道是呼喊自己的妈妈，还是和其他的小朋友交流。蔚蓝的天空，和煦的春风，绿色的视野，清新的空气，是现代城市幼儿园的孩子绝对享受不到的。

再以后的管理就简单了，按时浇水即可。黄麻苗株长到一人多高的时候，几乎每隔三五天就要浇一次水。

黄麻长到两人多高时，最下边的叶子开始枯黄，苗株的根部由绿泛白的时候，表示黄麻成熟，应该收割了。

农人对于黄麻的收割从来不说割麻，而是谓之“杀麻”。

从收割诸种农作物的称谓上可以看出细微的区别——割麦子、割豆子，砍玉米秸秆、砍棉花柴，再到杀麻。由割到砍，再到杀，反映了农人对于收割不同的农作物重视程度的升级，也反映了劳动技能和劳动强度的升级。

收割而用“杀”字的农作物，只有黄麻。

张其昌回到安驾庄的第一个夏季，就参加了杀麻。

杀麻通常开始于下午三点多钟，这时中午最热的时段已经过去，离天黑足还有四个小时的劳动时间。黄麻地头一字站定了十几个男劳动力，每个人对着一条麻畦。最右边的人先动手，推进两米后，相邻的人跟进，依次呈雁行展开。梯次前行的目的是为了给后边的人腾出场地，使得两米多高的黄麻能够放倒，能够撂地，给出舞弄的空间。

张其昌也和其他人一样，长裤长褂扎束，袒出右臂，左手从右前方圈转，揽一抱黄麻在臂弯里，左腿前伸，抵住这一抱黄麻的底部，右手的镰刀挥出去，嚓嚓嚓，从黄麻的根部逐一削断，全部离地后，抱在怀中顿挫一下，令一抱黄麻根部变得齐整，再将黄麻撂在地上。

杀麻的镰刀比割麦子的镰刀的锋刃短一些，但更锋利。每推进几十步就需要在磨刀石上磨砺一次，成熟黄麻的苗株有手指头粗细，细一点的也和筷子差不多，必须时刻保持镰刀的锋锐。

这个时候就能看出劳动技艺的高下之分了，熟练劳动力的镰刀贴地划过，茬口平整，不夸张地讲，光脚站在收割完的麻畦里，也不担心脚被扎破。像张其昌一样初次杀麻的人，残根高出地面足有一指，而且斜指向天，尖锐如箭簇。这样的茬口，不要说光脚踩在上面，穿鞋尚需谨慎，一不小心，就会从鞋帮里刺穿进去。

一大抱两米多高的黄麻揽在臂弯里，足有几十根，几十斤重，用镰刀逐一削断的时候，必须保证臂弯里的这一抱不离不散，待最后一根割断，才能整体放下。不一会儿工夫，张其昌就感到了手臂的酸麻，这才体会到为什么这项劳动叫作杀麻。

这是一项需要搏斗的劳动。

黄麻地里充满了各式各样的飞虫，包括蚊子，在人的周际飞来飞去。好在长衣长裤，全身防护严密，裸露的身体部位处于运动状态，也不怕蚊虫叮咬，讨厌的是飞虫经常被脸上的汗水粘连，需时常用手拂去。

一抱黄麻放到地上后，抬起左手，用衣袖擦一擦额头的汗水，往前看，依然是密不透风的绿色屏障，周围不闻喧声笑语，只有嚓嚓嚓的镰刀切割声，复又弯腰，将镰刀挥出去，开始下一抱的收割。

一畦黄麻收割到头，“青纱帐”被打出了一条通道，金黄色的夕阳照过来，晃人眼睛。大地褪去了它绿色的衣饰，裸露出了原本粗犷的肌理。

劳动的时候，前有领导，后有追赶者，人无暇四顾，亦无暇念及其他，连疲累都顾不上感知。一门心思想着把活干好，不要落在别人的后面，待到了地头，告一段落，可以直一直腰喘一口气的时候，才突然感到腰部的酸痛，就像骨架断裂了一般。而地头的凉风又像对农人辛劳的抚慰，送来了沁人心脾的舒惬。

收割后的黄麻经过晾晒、捆扎，四小扎打成一个大捆，俗称麻箭，接下来便进入了沤制的阶段。

沤制需要将麻箭在水里浸泡几天，直至成熟。浸泡的水塘有两种，一种是村子里天然的池塘，一种是人工挖掘的水塘，四壁和底部用砖石砌就，石灰水泥抹缝，人们叫它麻池。沤过麻的水又黑又绿，发出刺鼻的臭味，等于受到了严重的污染，人们多不愿意用天然池塘来沤麻，多少天都不能自然更新水质，大多使用麻池，污染过的水由抽水机排出。

黄麻沤制的成熟与否，要看池水的颜色和有没有气泡逸出来，判断成熟以后，必须马上起池，将黄麻从水里捞出来，须臾不可耽搁。时间的提前和延后，都直接影响到皮麻的产量和质量。哪怕遇到风雨交加的恶劣天气或者是天降冰雹的极端天气，只要到了黄麻沤熟的时间节点，也要立即起池。

农作物的收获，通常都具有抢收的特点，一地沉甸甸的麦穗，丰收在望，如果在收割前遭遇风雨大作，会造成倒伏，严重的会颗粒无收。即使收到了打麦场上，码成了麦垛，如果遇到淫雨霏霏，连月不开，收到手的小麦依然会霉掉烂掉。所以只有当粮食入仓以后，农人悬着的心才会彻底放下来。黄麻的收获也是一样的道理。

张其昌他们运气不好，该起池了，却适逢大雨如注。

雨大得几乎让人睁不开眼睛，雨水从人的脸上流过，如瀑布一般，几米之外不能视物。麻池周遭赤条条地站了七八个人，张其昌不习惯这个样子，裆部围了一条毛巾，还惹得别人讥笑。

农村，黄麻起池的时候，麻池周边是男人的地盘，绝对不会有妇女前来，男人可以肆无忌惮。有两个人跳下了麻池，解开了上层束缚的绳子，将一个麻箭拨弄到池边，顺池边站立。两个人微蹲，借助水的浮力，将麻箭举起来，同时，上边立即有两个人抓住了麻箭的梢头，四个人同时用力，一个一二百斤的麻箭就从麻池里拽了上来，或者说被下面的人抛了上来。一会儿，又有两个人跳到麻池里，加快了起池的进度。上边的人觑空将麻箭背到稍远些的空地上，以腾出麻池周遭的空场。麻箭上布满了绿苔，滑腻异常，再加上如注的雨水，更让人手脚无所借力，上边有两个人滑倒，一个坐在了地上，屁股着地，另一个跪在了地上，膝盖当即变得瘀青。

天地间一片混沌，充斥的尽是哗哗的雨声，天际偶尔有闪电透过厚厚的雨雾，接着从很远的地方传来低沉的雷声，之后，原野复归雨声哗哗。在大自然雷霆万钧般的声势之下，麻池边忙碌的几个人变得如蚂蚁一样微不足道。

平常时间遇雨，人们可以戴草帽遮挡，黄麻起池的时候，两米多高的麻箭都是贴身起落，草帽反而成了累赘，只能任凭大雨浇注，即使雨水影响了眼睛视物，也不可用手去拂，因为麻池里的水万万不可溅到眼睛里。

不到半个小时的时间，一池麻箭罄尽。雨势亦缓。

有人吼了一声，其余众人也随着大吼，他们是向劳动的标的物示威，向大雨如注的天气示威。同时，这也是雄性的示威。

张其昌周身酸痛，麻木到已经感觉不出疲累，他充盈的只是紧张。跟着众人大吼之后，他站立在麻池之上，一阵风吹过，掀起了围在他裆部的布片，凉意袭来，裆下有物累累然垂至股际，他突然意识到他也是雄性，接着长啸一声。劳动唤起了他的力量。

冲洗掉麻池里的污垢，揩抹净身上的雨水，换上干松的衣服，起池的人们团团围坐在一起，开始享受美食。

在干最苦最累的农活时，生产队对待自己的社员从来不吝啬。两盆菜，一盆是蒜泥拌熟猪肉熟豆角，肉块足有一指多厚；一盆是韭菜炒鸡蛋，老远就闻到了窜鼻子的香气。主食则是男人们最爱吃的葱花烙油饼，焦黄的饼面上，满布着爆张脆裂的纹理，点缀着绿色的葱花，包裹着几欲要滚落的油滴，尚未近前，人们的眼睛已经亮了。

只有经历了类似搏斗的劳动，掏空了男人的体力，再在雨后斜风的照拂下，享受这顿野餐，才能品味出粮食的香醇、蔬菜的甘美。这是农人最惬意的时刻。

沤熟的黄麻再经过晾晒和硫磺熏蒸（起漂白作用），就进入了收获的最后程序，剥麻。

顾名思义，剥麻就是将皮麻纤维从黄麻的茎杆上剥离，这是一项男女老幼都能参加的劳动。张其昌四岁时就已经在陈家城宫实践过了，这也是他最早参加农业劳动的记忆。

剥麻有两种劳动方式，一种是大家都聚集在生产队的场院里，每人领取数扎黄麻。这时的黄麻已经过熏蒸，且处于半干半湿状态，很容易将纤维从上面扯下来。从根部扯开部分纤维，约有一臂长后，在手中合把攥住，垂下这一段，另一只手一扯直到梢头，这一根纤维就完全剥离了。上下反转黄麻茎杆，将已经剥离的一侧朝上，“啪”的一声撅断，剩下的纤维也被扯到了梢头。

剥离了纤维的黄麻茎杆雪白颜色，不一会儿，每个人的面前都堆起了白花花的一片，这是农村中的上等烧柴，火力旺，且持久。

到最后皮麻纤维留下，剥离的茎杆大家自己拿走。黄麻茎杆就算是剥麻的劳动报酬了。在那个季节，几乎家家的院子里都堆着这种白色的烧柴。

另外一种方式就是领取黄麻带到自己家中，剥完后向生产队交回皮麻。

人们从事剥麻的时间大多是晚上，除非遇到连阴雨天气，白天人们不能下地，也可以从事这项劳动。所以夏季总有几十天的时间，每当夜晚降临，就如约定好了一般，整个村子都充满了噼里啪啦的黄麻茎杆折断的声音，堪称一道风景。

如果遇到天上有月，风景将更为完美，村子里几乎是人人参与。每当此时，张其昌总会想起王维的诗：“长安一片月，万户捣衣声。”只要把“捣衣”二字换成“剥麻”，就是王维诗意的再现了。

至于其他的农活，张其昌也都做过。

农历五月份，当布谷鸟开始鸣叫，正像白居易所描绘的“夜来南风起，小麦覆陇黄”，这时，小麦就要收割了。

小麦是安驾庄的主要农作物之一，从头年秋后播种，直到麦收，倾注了农人大半年的呵护。种下以后就关注着土壤的墒情，最欣喜的就是冬天能够给麦田覆盖上厚厚的积雪。开春以后，密切关注麦苗返青的颜色，若现枯萎模样，则需及时补水和追肥。籽粒灌浆的时候，要紧的是水和充足的日照。这时候如果连续下雨，农人的心便会提起来，固然满足了雨量充沛的条件，但罕见阳光，小麦籽粒依然不能饱满。最好是风调雨顺，下一天雨，来一天烈日当头、碧空如洗。

在还没有实现农业现代化时，农人对于天气的关注，就是对于生命的关注。

头一天晚上是早早睡下的，凌晨三点钟，张家街上就响起了敲门声，不知道谁最先起来，已经在挨家招呼下地的人们。十几分钟后，一群人迤逦走上了去南洼的路。

夜色深沉，星光熹微，没有人大声喧哗，有的人还没有完全清醒过来，仍在回味着酣睡时的梦境。夜色微凉，出门时还感到皮肤发紧，不一会儿就舒展开来。

走到待收割小麦的地头，东方才露出一线鱼肚白，天亮了。

割麦子和杀麻的动作基本类似，一手揽小麦一手挥镰的步骤都一样。小麦苗株齐胸，没有黄麻的压迫和震慑感，怀抱中的重量也比黄麻轻，但割麦子需要把腰伏得更低，这就增加了农人的疲累。另一个不可轻觑的是麦穗的芒刺，越是熟得充足甚至是过分的麦穗，芒刺越是坚挺锐利，被夜露润过的麦芒，只要在阳光下暴晒十几分钟，当即恢复其桀骜本色。胳膊不加防护的话，一个上午下来，满胳膊都是红色的斑疹，皆为麦芒的杰作，被汗水一浸，针扎一般疼痛。

也有岁数稍大些的农人不穿长衣，袒露双臂，毕竟已经是酷热季节，也没见他们的双臂有何异样，庄稼无语，难道也会欺软怕硬?

割下的几堆小麦足够捆成一个大捆的时候，农人会就地取材，用一小把麦穗，分开来，穗头缠绕，结成一段简易草绳，捆扎麦堆，一个麦捆就宣告完成。前方依然麦浪滚滚，后方则是均匀散落的麦捆，这是农人的成就、农人的安慰。

评价农人技艺的标准依然是麦茬的高矮，又低又平的是好手。另一个标准就是看有无遗漏抛撒，有的遗漏是麦株根本没有割下来，通常这样的麦株长得又矮又细，回首身后，竟有星星点点的麦株在那里摇曳，连自己都不好意思。有的遗漏是麦株虽然割下来了，但手里的活不过硬，没有都放在麦堆上，零零落落，身后依然有散落抛撒。

三年困难时期，生产队还组织少年儿童和成年劳动力捡拾麦穗，后来经济向好，收割小麦时，不论有无遗撒，都没有捡拾麦穗这道程序了。

一直到早上八九点钟，太阳升起有一竿子多高，人们开始频频直起腰来，往村子的方向张望。真是望眼欲穿，等待送饭的人。

早饭是一罐子稀粥，白面饼，豆角菜。白面饼的厚薄和现在市面上看到的煎饼差不多，略小一些，煎饼是摊出来的，而饼是烙出来的，白面饼的主要吃法就是卷菜吃，豆角菜就是它的辅料。当然了，如果是在家宴客，白面饼可卷的菜就多了，最常见的是炒鸡蛋，最佳是炸过的小鱼，又香又脆。

早饭后的劳动顶多两个小时，十一点钟以前收工，然后进入了长长的午休时段。

所有能够遮蔽太阳的地方都是农人休憩的场所。抽水机房是最好的，它最大的长处是凉爽，屋顶阻挡了太阳的暴晒，南北两面的门窗形成了自然的通风廊道，粗壮的水龙头不断喷溢的水花犹如空调一般，将本已比室外凉爽的空气又降低了几度，从骄阳似火的田间骤然来到这里，舒惬至极，真不啻人间仙苑。

缺点是噪音太大，抽水机的马达震耳欲聋。

再就是容纳的人数实在太少，于是公路两侧的白杨树下，就成了绝大多数农人的休息场地。中午时分的公路两侧，横七竖八躺满了人，有的人拿块砖头作枕头，有的人脱下自己的鞋枕在头下，草帽通常盖在脸上，此时，人们都成了“大槐安国”的嘉宾。

躺下时，整个身体全在树荫里，一觉醒来，半个身体已经暴露在阳光下。高大的白杨之间，是一人多高的紫穗槐灌木丛，偶尔有蛇出没，但与人从不相犯。

不论是抽水机房轰鸣的马达，还是公路上来往汽车的呼啸，都没能打扰休憩的人们沉睡入梦乡。

那时从没有听说过哪一个人患过神经衰弱的毛病，非得靠安眠药才能佐梦。

下午三点钟以后再开始劳动，七点钟以后收拾回家，一天下来，不计算来回路途的时间，仅在麦田里的劳作就超过十个小时。

一个小麦收割季节短则七八天，多至十几天，天天如此。

麦收初开始的几天，还感觉到腰酸背痛，麦收的后期，好像身体经过了淬炼，疲累的感觉反而没有一开始强烈。农人向来安贫乐命，也从来不认为在田间劳动就比其他社会分工低人一等。烈日暴晒的劳动条件固然艰苦，但一顿美食，甚至是自然界廉价的凉风，都是对他们的慰藉与回报。他们看待日常劳作，就像看待日出日落一样平常，一样自然。

傍晚，最后回去的人，帮忙装车的人，还可以搭乘运输麦捆的大车。

运输麦捆的大车，照现代城市的交通规则，都属超高超宽之列，摇摇晃晃，巍巍哉，但很少有翻车的事故。搭车的人从车的后部攀绳而上，顶部则是一个柔软的凹陷，在上面俯瞰四野，苍茫大地尽收眼底，太阳已经落到了地平线以下，暮色四合，星星和月亮开始亮了起来。

只有农人才是披星戴月的人。

相对于小麦收割，收获玉米的劳动强度则要轻一个量级了。

收获玉米是在秋天，是金风送爽的季节，没有了割麦子时的暑热。收获玉米分两个步骤：先掰玉米棒子，最后砍下玉米秸秆，这两项劳动都不需要弯腰，玉米穗子的挂果处，正与人的手臂抬起等高，倘若那个时候也开办了郊区游或者农家乐，这两项劳动都可以开辟成城里人的健身活动。

掰棒子令人感到趣味盎然。手握住玉米棒子的上端，往外往下用劲一按，“咔嚓”一声，玉米棒子就掉了下来，要么放在筐里，等筐满了倒在玉米堆上，要么直接将玉米棒子扔到堆上。整个玉米地里都是“咔嚓咔嚓”的声音，又脆又响。偶见几个硕大的玉米棒子，带给农人的那份惊喜，只有参与栽种的人才能体会到。每当这个时候，人们总会记起“黑瞎子掰棒子”的故事，想象一个憨态可掬的庞然大物在玉米地里一路走过去，伴随一路的“咔嚓咔嚓”，每掰下一穗玉米，夹到胳肢窝下，原先夹的就掉落地上，走到地头，黑瞎子身上还是只有两穗玉米，而身后却是一地散落的棒子。

想起来令人莞尔。

掰下的玉米堆得像小山一样，生产队的大车运了一天，还不及一半，这就产生了一个问题，生产队需要留人值夜，看护集体财产。

什么样的人才能适合值夜呢？生产队的干部，需要回去安排第二天的生产，不能留下；中年男子，是家中的顶梁柱，而且孩子尚小，家中离不开，不宜留下；结婚不久的青年，不愿意让新婚的妻子独守空房，不愿留下。排除了这些人之外，剩下能够留下值夜的只有老年鳏夫和未曾成家的小青年。

这一天的玉米地里没有老年人，张其昌成了不二人选。

众人都回家以后，张其昌首先要做的事情就是搭一座晚上栖身的窝棚。

从地上砍下的玉米秸秆，几十根绑扎成一个大捆，满地都是这样成捆的玉米秸秆。只十几捆，梢头斜斜相抵，就搭成了一个窝棚。内中再铺上一层散碎的秸秆，容得一个人睡卧，宽绰有余。一床被褥是下午着人捎来的，虽是旷野，夜里御寒已经没有问题。

张其昌不想早早睡去，便来到窝棚外边。

一轮圆月升起在东方，大地铺满了一层白霜，地上有薄薄的水汽氤氲腾起，似水在缓缓地流动，蟋蟀和不知名的秋虫一起鸣叫，远方的天际有火光闪现，该是其他值夜的人在准备晚饭，西北方向白天清晰可见的山脉冈峦俱隐没在了夜色当中。张其昌仰躺在玉米秸秆上，望着正上方的星空，静静地想着心事。

天空湛蓝，星月皎洁，似乎触手可及，此情此景的两句写照油然而出：“星垂平野”，“野旷天低”。

这两句分别源自于杜甫的著名绝句“星垂平野阔，月涌大江流”以及孟浩然的“野旷天低树，江清月近人”。

两句诗句的意境差不多，都是写出了天空星辰与大地江河的互动。气势宏大，捕捉精准。安驾庄没有江河，与月亮的互动自然谈不上，但两句诗句的上半阙，却是像极了张其昌所踏之处的情景，非身临其境之人，写不出这样的传世名句。

张其昌由衷叹服华夏民族先人的伟大，叹服中华文明的瑰丽与璀璨。

他躺在玉米秸秆上，头枕在双手的臂弯里，长时间保持这个姿势，使他想起了孔子的话。

“饭疏食饮水，曲肱而枕之，乐亦在其中矣。”

这句话的意思就是：“吃粗粮，喝白水，弯着胳膊当枕头，乐在其中。”

张其昌没有想到，他目前的这个状态和姿势，居然会受到两千多年前的孔子的欣赏。

他想到了目前的处境，小时候做的如苏秦一样“相六国”的梦又隐隐浮现出来，但他现在已经不在孩提时代。小时候凭借朴素的英雄主义激励产生的无数绮丽的梦，大多都经不起以后的岁月里现实生活的磨砺。不要说将来“相六国”，做政治家，就是走出这块土地，脱下这身农民的外衣，都希望渺茫。

难道就在这块土地上老死牖下，他似乎心有不甘。

夜已深，他才回到窝棚里睡下。夜风从窝棚的两端穿过，发出呜呜的声响。他将棉被往头上拉了拉，很快沉入了梦乡。

梦境中，他好像来到了异国他乡，一个武士装扮的人全身披挂，骑着一匹羸弱的瘦马，手持长枪，正在倾力与风车搏斗，张其昌知道这是西班牙作家塞万提斯笔下的堂吉诃德，走近了看，和塞万提斯的原著不同的是，梦中的堂吉诃德的腰间，赫然挂着六颗印绶。

第九章

窈窕淑女，君子好逑

忽一日，张亚莉走到张其昌跟前，告诉他：“哥，我订婚了。”

这一刻，张其昌才意识到，他的族妹长大了，再不是去安驾庄西分校上学时跟在他身后的黄毛丫头。张亚莉亭亭玉立，一双眼睛透着聪慧，睫毛又密又长，不只在张家街上，就是整个安驾庄镇，都是数得着的女孩子。和从小下地的女孩子不同，张亚莉青少年时期的大部分时光是在学校度过的，气质中多了些如菊如兰的清素和淡雅。她平时话语不多，包括和她的父亲张文灿，有些事情，她宁愿和张其昌交流。

“哪家的小子有福，能娶我们张家的公主？”张其昌高兴地问道。

“你猜吧，反正是你认识的一个人。”张亚莉在卖关子，亦可以看出她对这桩婚姻的满意。

张其昌将他认识的青年男子梳理了一遍，仍猜不出究竟是谁赢得了张亚莉的芳心。

不忍张其昌继续困惑，张亚莉还是告诉了他，同时一抹红霞袭上脸颊，难掩她的喜悦。

“李家村的李向东，认识吧？”

张其昌万万没有想到张亚莉的白马王子竟是李向东。

张其昌和李向东虽不在一个村，却算是发小，两个人几乎相识于襁褓，可溯至早年由于张文灿的发难导致张其昌在李向东家的避险。初中时期，两个人同校，高中时段虽然分开了，但两人一直书信往来，指点时政，激扬文字。直到前不久，两个人同在漕浊河工地，还曾经一起月下漫步，远眺星空。

世间事真是难以预料，张其昌由于张文灿认识了李向东，到头来李向东却成了张文灿的东床。

李向东的学识、素养，张其昌一直钦仰，近闻李向东已经做了村里的副支书，前途无量，张其昌对于这门亲事——他的族妹嫁给他的好朋友，由衷地感到高兴。

由于历史的积怨，二叔张文灿看觑张其昌的那双阴郁的眼睛始终没有改变，所以在这桩婚姻上张文灿没有向张其昌透露信息和征求意见是可以理解的，但张其昌不解，好友如莫逆的李向东，为何也对他隐瞒至深？

张其昌也不清楚，李向东和张亚莉的恋爱关系始于何时。孩提时代，李向东到张其昌家的时候，肯定见过张亚莉，初中时也同在一个学校读书，只不过张亚莉要矮一届。他们两个是经人介绍的呢，还是自己结识，如果是自己结识，也算是青梅竹马了。

由于是自己的妹妹，张其昌反而不好细问。

张其昌向张亚莉提起了李向东说过的话：“他日我若为一方州牧，必当不负这方土地的父老乡亲。”张亚莉很高兴，央张其昌再继续讲述李向东的故事，只要与李向东有关的情节，张亚莉都喜欢听。

张其昌感觉到，张亚莉洋溢在幸福之中。

令人高兴的事情接踵而至，几天之后，堂弟张其河告诉张其昌，有人给张其河提亲了。

姑娘家所在的村子叫周家疃，距安驾庄有三十里地。从安驾庄往西北方向望去，云雾缭绕山峦起伏的腹地，就是周家疃之所在。据介绍人讲，姑娘名叫周玉凤，聪明美丽，初中文化，是百里挑一的人物。张其河听了介绍后，有些动心。一般人可能会认为两个村子的距离有些远，张其河倒不介意，他反而搬出了优生的观点，说是两个人生活的区域距离越远，下一代就会越聪明。

“那还有什么可说的，见面认识一下吧。”张其昌听出来堂弟已经满腹愿意，就表态支持。

“但是……”张其河吭哧了半天，才说出了心里话，他担心介绍人的话掺杂水分，什么“姑娘聪明美丽，百里挑一”云云，会不会是溢美之词？连京剧《沙家浜》里给胡传魁介绍的对象也说是百里挑一，哪儿有那么多的百里挑一。

“这也简单，”张其昌说，“一见面不就什么都明白了吗？”

“那多不好意思啊！”张其河说，“现实与期望出现落差，会令人沮丧，见面后再拒绝对方，也伤害人家姑娘的自尊心。”

张其昌发现弟弟也有着一颗与人为善的心。

最后，张其河才露出了自己的真实想法，在人家不知情的情况下相看姑娘一番。这个想法，说起来容易，真要付诸实际，却有一定的难度。倘若在本村，机会多得是，但要潜入一个遥远的封闭的山村，简直天方夜谭，那地方几乎是进入一只陌生的猫都有可能被发现，更不必说去相看一个正值韶年的姑娘，难度可想而知。

张其昌提出了质疑。

堂弟又退而求其次，说不一定非要见本人，打听打听人品也行。

“那你就去吧。”张其昌只得同意。

“我要你和我一起去。”图穷匕首见，堂弟亮出了底牌。绕了半天，他要拉哥哥和他一起去相亲。

"这可不行，"张其昌赶紧摇头，"这头亲事要成了，姑娘以后就是我的兄弟媳妇，传出去，说大伯子曾经相看过兄弟媳妇，成何体统！"

"八字还没有一撇呢，怎么连兄弟媳妇都认下了。要是有其他人陪我去，我才不求你呢。"

堂弟软磨硬泡，张其昌就是不答应。

"你有一个别人不能替代的作用，"堂弟不愠不火，继续说，"你想啊，咱们怎么进人家的村子呢？这就需要有一个内应，你不是有一个高中同学在周家疃吗？"

经此提醒，张其昌才记起，他的确有一个肥城县中的同学在周家疃，名叫周家鸣。

至此，张其昌再也不好推脱。两人遂商定，进入周家疃的名义就是"顺道路过，拜访同学"。最好是周家鸣不在家，二人效仿孔子见阳货的故事，可以见机行事。倘若恰逢周家鸣在家，那就直抒来意，交由周家鸣安排。不过这样一来，剧情演绎的主动权就不在兄弟二人的手中了。

夏日的上午，两辆自行车驶出了安驾庄，兄弟二人踏上了去往周家疃的路途。骑出了十几里地，过了三个村庄，便开始进入山地，道路也变得蜿蜒崎岖，自行车依然可以骑行，偶遇因大雨导致的山石滑落道路堵塞，两个人才下车绕行。

太阳渐高，按道理天气也该热起来，但越往前走，越感觉凉爽，微风飒飒，爽人脊骨。春天时满坡烂漫的山花早已凋谢殆尽，代之现在满目的苍翠，路边的崖壁上爬满了牵牛花，在太阳的照射下，花朵上的露珠熠熠闪光。突然听到阵阵松涛，直到转过一个山坳，才看到满坡的苍松翠柏。兄弟二人边走边聊，面对目不暇接的美景，直呼过瘾，只这一路翠色，已经不虚此行。

途中问了两次道，估摸着三十里地将尽，应该是快到了。山路转过了一个弯，视野豁然开朗，绿树掩映中，一个小山村静静地躺卧在山坳之中，随之听到了犬吠鸡鸣，看到了村子上空升起的炊烟。那就是周家疃。

快接近村子的时候，兄弟二人看见前方有一个白发老婆婆，曳杖踽踽而行，后背上还负着一个口袋。张其河心慈，最见不得老人危困，紧走几步，就接过了老婆婆肩上的口袋，放到了自行车的后座上。老婆婆连声道谢，说口袋里是去邻村刚磨的新麦，不足十斤，身板还扛得动，也就图个活动活动筋骨。

听闻二人要找的是周家鸣，老婆婆说太巧了，正是她的邻居，跟着走就行。一老二少絮絮而语，宛如家人。张其昌忽然感觉到了陈家城官一般，村庄越小，亲情越浓，一家的客人，就是全村的客人。

孔子见阳货的故事没有演成，周家鸣在家。

碎石砌就的墙，进到门里，院子比较凌乱，有鸡在跑，圈里有猪，一只不大的狗见有生人来起先叫得很凶，被人喝止后又变得很温柔。周家鸣当然想不到会有老同学来访，但讶异之色瞬间就变成了同学重聚的喜悦，热情招待。

张其昌将周家鸣拉到一旁，直道来意，末了寒暄道："除了弟弟的事情，也确实想来看看你。"

周家鸣连连答应："没问题，我来安排。"

"关键是不要说破，说破了就尴尬了。"张其昌一再叮嘱，并询问周家鸣的安排计划。

一番思忖后，周家鸣讲出了他的剧本。因为周玉凤是村里的果树技术员，可以把张家兄弟说成是其他村子的技术员，慕名前来讨教和交流，这样的话，张家兄弟甚至可以直接到周玉凤的家中，冠冕堂皇地进行考察，当然，也可以把周玉凤约出来，安排在生产队的办公室或者是周家鸣的家中与张家兄弟交流。张家兄弟可以是任何一个村子的，但不能来自安驾庄。

张其昌听完周家鸣的讲述，倒也没有发现破绽，只提出了一个问题，他和堂弟没有丝毫的果树栽培知识，既然是慕名向周玉凤讨教，不能没有起码的基础知识吧。三句话没说完，就露出马脚，表演也太拙劣了。

一旁站立的张其河也摇头，看来，他对于和一个果树技术员交流也没有信心。如果是交流家畜家禽的养殖经验，张其河就自信多了。

周家鸣也认为张家兄弟的担心有道理，想了一会儿，又给出了第二版剧本。

周家鸣认为最实用的方法就是最简洁的方法。剧本的第二个版本就是兄弟二人直认前来周家疃相亲，只不过相亲的对象换成了另一个姑娘，这个姑娘由周家鸣酌定，条件和周玉凤差不多。二人前来不要求当面相看姑娘，只打听一下姑娘的人品和口碑。为什么找周玉凤打听呢？这是出自周家鸣的推荐，因为周玉凤是女孩子当中的领袖。当然，在这个版本中，兄弟二人除了隐瞒来自安驾庄，还不能声称自己姓张，那太敏感了。至于张其昌和周家鸣的同学关系，不必隐瞒。

三个人周详了一番，认为这个版本基本上还能够自圆其说。

沏好茶水后，周家鸣嘱咐兄弟二人宽心饮茶，他要去周玉凤家告知此事，至于周玉凤打算在哪儿接待张家兄弟，由周玉凤决定，但周家鸣尽量把周玉凤动员到这儿来。

因为是周家鸣的客人，是年轻人，所以周家鸣的父母各自忙各自的营生，周家鸣的爷爷奶奶也在另外的房间，北屋的客房里只剩下兄弟二人。他俩一边啜吸着茶水，一边打量着房间，房梁上挂着编织的玉米穗，南墙上还有蒜辫，地上放满了农具，总的感觉是凌乱，虽然干净但不齐整。空气清冽，毫无一丝暑气。院子里的狗进屋来逡巡了一周，没有发现主人，又踱了出去。

兄弟二人啜吸茶水，看似悠闲，但竖起的耳朵始终听着门外的声响，期待周家鸣的归来，带来周玉凤的信息。

大门声响，是周家鸣回来了？

进来的却不是周家鸣，是一个女子。

“有客人来啊。”人尚未进屋，声音先传了进来，又脆又甜，带一丝咬舌音，又娇又憨。

兄弟二人同时站起来，同时判断，这是周玉凤无疑。若不是周玉凤，周家疃怎么会有这样出色的女子。

一刹那，张其昌感觉进来的女子和安驾庄的美人李翠兰有些相似，一样的高挑个儿，一样的眉梢眼角带俏，不同的是，李翠兰多了些出嫁女人的淡然和恬静，这个女子多的则是姑娘才有的调皮和促狭。

“我叫四杏，是周家鸣的堂妹，我哥到周玉凤家去了，叫我先来家照应客人。”

姑娘言简意赅，显然此人不是周玉凤。

姑娘不仅说话脆，手头也利落，不停地捡起放下，也没看出来她是怎么收拾的，不大一会儿，屋子里已经焕然一新。原先的地面几乎插不进脚，很快放置的杂物就被整齐地码放在一边，腾出了桌前一片偌大的空场。一块毛巾在她的手中拂来拭去，桌椅顿时显出了黑色的漆光。

周家鸣回来后，带来了周玉凤的消息，周玉凤一大早就去了公社（当然不是安驾庄公社），说是去领取果树栽培的技术资料，据周玉凤的母亲讲，下午早早就会回来的。

张其河马上就有些落寞，与张其昌交换了一个眼神，下一步该怎么办，是去是留，希望张其昌拿个主意。如果留在这儿吃午饭的话，这可是兄弟二人当初计划之外的内容。

“当然是下午再回去，”周家鸣见状，挽留道，“即使周玉凤上午在这儿，我也不会让你们回去，老同学之间，还担不起一顿饭？我让四杏来，就是准备午饭的。”

只能如此了，兄弟二人重新落座，继续喝茶。张其昌有些后悔，早知道在这里吃饭，就应该带些礼物来，上两辈的老人都在，空手显然缺了礼数。又一想，倘若真的带了礼物来，与原先拟好的来周家瞳的名义“顺道拜访”却又矛盾，显得刻意为之了。

院门“吱扭”一声，有人来了。坐在屋里的人都抬起了眼睛。

影壁后闪出了一个姑娘，一个和被张家兄弟误认为周玉凤的四杏不相上下的姑娘。

张家兄弟又同时判定，是周玉凤提前回来了？转头看周家鸣，他也是一脸讶异，可以排除，这个姑娘不是周家鸣的安排。

姑娘径直走进屋来。

“三春，你怎么来了？”周家鸣问，又转向张家兄弟，“这是我们邻居家的三春。”

原来不是周玉凤。

叫三春的姑娘有些羞赧，未曾说话，一片红晕先飞上了脸。面对着周家鸣，又有意无意地瞟向张家兄弟。

“我奶奶让我过来的。奶奶说，刚才客人帮她背口袋，要谢谢人家。怕你这里忙不过来，让我过来，看有什么要做的。”

张家兄弟这才明白，原来三春就是村头遇到的老婆婆的孙女。

三春的眼神娴静温婉，没有四杏的活泼和大胆。她从来不直视客人，但偶尔一瞥，却使人不能忘记。她的眼睛如平湖一般，却足以在别人的心里掀起涟漪。三春最惹人注意的是她乌云似的一头黑发，以及背后一根又粗又长的独辫，长可及腰。张其昌走南闯北，从来没有见过这样长的辫子。她像其他山里的姑娘一样，有着丰腴的臀，偏又有着一副细腰，虽是粗布衣服，但像贴身裁剪出来似的，将她的袅娜身形活色生香地展现出来。

三春给客人斟过了一遍茶，就到厨房里去了，但仍不时地到堂屋里来取东西。随着三春的进出，那条粗长的辫子就在她的腰际荡来荡去。如果说四杏的眼睛会说话，那么三春则是用腰肢传神。张其昌一则见过世面，二来也是事不关己，自顾和周家鸣高谈阔论。张其河则不同，他是局中人，自打三春出现，他的目光就没有离开过那一挂荡来荡去的辫子，竟有些意乱情迷。

张其昌见状，咳嗽一声，意在制止堂弟的失态。

院子里的影壁后传来了叽叽喳喳的声音，几个姑娘微露半面，向堂屋里窥探，有的姑娘被后排的人推出来，又赶紧缩回去，随之传来一阵嬉闹声。

张其河知道姑娘们在看什么，也知道自己代表了安驾庄小伙子们的形象，于是正襟危坐，打起精神，格外注意举止。他本就一米八五的身高，不像张其昌和周家鸣，都只有一米七，所以三个人在一起，独张其河玉树临风，兼又剑眉星目，很有些轩昂之势，直把院子里的一群小姑娘看得如痴如醉。

下午，周家鸣出去了两趟，说是到周玉凤家看她回来了没有，两次带回来的消息相同，都是还没有回来。

快接近四点来钟的时候，倒是张其河先提议："我们该回去了。"

想到来周家疃的初衷，连策划到编剧，大费周章，竟还是没有见到周玉凤，张其昌也觉得意兴阑珊。

"再等一会儿吧。"周家鸣挽留道。

张其河执意要走，周家鸣只得送客。

下午，四杏早早就回了家，三春一直在周家收拾。二人要走时，三春和周家鸣的父母一直送出家门。张其昌劝周家鸣也回去，周家鸣说："我不放心，你们得罪了我们村的小伙子，我怕你们走不出这个村子。”

当然这是戏言，下午的山村格外静谧，直到村口也没有遇到一个人。告别了周家鸣，兄弟二人才骑上自行车。

翻上一个山头后，二人小憩，回望周家疃，已隐在绿树丛中，几片红瓦尚可辨识。张其昌还在为周家鸣一家人的淳朴善良感动，张其河却讲起了三国：“三国时候，水镜先生司马徽曾经向刘备推荐：伏龙、凤雏，二人得一可安天下。”

张其昌马上猜到了张其河下面要说的话，索性替他说了出来：“你是不是说，周家疃二姝，你只要娶任何一人回安驾庄，心愿足矣。”

“知我者，兄长也。岂止是心愿足矣，虽南面王不易也。”张其河豪气答道。

“那周玉凤呢，还见吗？”张其河没有回答。

回到家中以后，再想起周家疃之行，张其昌隐隐觉得哪儿有些不对，但究竟什么地方不对，他又想不起来。几天之后，他收到了一封信，打开来，却是娟秀的女生字体。

两位张家哥哥：

你们好。我是周家疃的四杏，也是周玉凤。请原谅我的促狭，也请原谅我的堂兄周家鸣没有向你们明言。他告诉我你们的来意时，是我出主意反转剧情的。现在的社会是男女平等，既然青年男子可以相看姑娘，那么姑娘当然也可以相看小伙子。

我在读初中的时候，已经处了一个对象，是我的同班同学，他家所在的村子，是一个比我们周家疃还要靠近深山腹地的山村，所以我的父母一直不同意这桩婚事，力主要让我嫁到平原上的大镇安驾庄。我处的对象，家族没有张家显赫，人长得也没有其河哥哥出众，但我们两个人心心相印，他发誓非我不娶，我发誓非他不嫁。

其河哥哥仪表堂堂，谈吐不凡，自是人中龙凤，小妹无缘，但那一天已经有人芳心暗许，想必来周家疃一趟，也不虚此行了。

其昌哥哥，听我堂兄讲，好像还没有意中人，窈窕淑女君子好逑，陪弟弟相亲，当哥哥的也丝毫不动心吗？

小妹　周玉凤

七月十六日

读过之后，张其昌扼腕叹息，想不到兄弟二人机关算尽，自诩聪明，反被一个山村女子玩弄于股掌之中。张其昌继而又想到，自己自幼立志，长大了要挂六国相印，现在就凭这份心智与应变，还不如一个山村女子，何谈将来的睥睨天下。想到此处，满腹的豪气干云不免黯淡了许多，还是老老实实种地吧。

一段时间之后，相亲的事情逐渐淡下，就介绍对象的话题，张其河再也没有来找过堂兄征求意见，张其昌囿于身份，自然不好意思主动去问。

张其河结婚的时候，张其昌已经离开安驾庄，没能够躬逢喜事，也不知道新娘子为何人，直到再次回到安驾庄，见到了弟媳，才发现果真是三春嫁到了张家。

听说，三春嫁到安驾庄后，陆续又有七八个周家疃的姑娘成了安驾庄的媳妇，且成了夫家人前炫耀的谈资，安驾庄的青年男子，竟以娶得周家疃的姑娘为无上荣耀的事情。到后来，“周家疃出美女”，竟和“肥城出桃”的俗语一样流传至广。

但是周玉凤在来信中所讲的“窈窕淑女，君子好逑”却也撩起了张其昌的思绪，正所谓“哪个少女不怀春，哪个少年不多情”，他开始考虑自己。

渐渐地，一个形象清晰起来，是孙婷婷。

她在哪儿，她还好吗？肥城县中读书时节，无数个晚自习结束之后，孙婷婷在教室外呼唤他的声音宛如就在他的耳际；孙婷婷似嗔似怨指挥他的神态仿佛就在眼前。

想起来，张其昌的心中有一丝隐隐的痛。或许是他孩童时代投向孙婷婷额头的那块石片，就已经带走了他身体里的某些东西，形成的残缺时过多年，才开始咬噬他的内心。

他做了一个决定，瞒过了自己的母亲陈桂枝，前往陈家城宫，求助舅舅陈瑞田。

到了陈家城宫以后他才知道，因为家庭出身是富农成分，舅舅陈瑞田也受到了冲击。张其昌听后非常难过，舅舅那么好的人缘竟也遭受荼毒。

他委婉地向舅舅说明了来意，央舅舅去孙家提亲。尽管他知道孙家早已搬离了陈家城宫，但同村多年，舅舅应该有资源找到孙家现在的住址。

舅舅沉吟了半晌，才说出了一句话：“咱们是农业户口，孙家是非农业户口，合适吗？”

舅舅的话还真让张其昌怔住了。他脑际萦绕的一直是孙婷婷的音容笑貌，从未考虑过双方户口的差异。在他读过的爱情小说里，青年男女两情相悦，也从来不会询问对方的家庭出身。爱情是那么高尚，门第和财富是苍白的，在《白蛇传》的故事里，许仙和白素贞即使分属异类，也没能成为他们之间矢志不渝的爱情的障碍。

当然张其昌没有和舅舅讨论爱情，只央求舅舅去一趟，不管结果如何，只要带回一个信息即可。张其昌认为，喜欢一个人，就要努力尝试，即使人家不同意，自己也不会留下遗憾。换成现在的话，就是不管结果，只注重过程。

陈瑞田本来还想问，两个人之间是否谈到过情感，是否有承诺，但甥舅之间，在这个话题上的交流，多少存在窒碍，忍了忍，终于没有问出。

陈瑞田不忍拂外甥的意，答应去提亲。

回到安驾庄后，张其昌度日如年。

他不知听谁说起，孙家好像居住在一条河边。河的名字他不知道，河流的方向也不知道。他一次次地描摹想象，犹如身临其境一样，无端地认为，孙家居住的河岸陡峭而高峻，岸基是岩石，三五座院落连绵接续，都为绿色藤蔓覆盖，独孙家的院子里满植了向日葵，染黄了半个河岸。早晨的曙色以及黄昏时节的晚霞，第一缕异彩总是先透过孙婷婷所在房间的窗棂，房间因了孙婷婷而生动，河岸因了孙宅而生动。

等了半个月，没有舅舅的信息，又等了半个月，还是没有舅舅的信息。

张其昌按捺不住了，自己又来到了陈家城宫。

舅舅在家，告诉他正要去安驾庄。这些日子，舅舅说已经去过两次吴家村，孙婷婷的父亲就在那里供职，舅舅去的时候，孙婷婷的父亲已经调离，调往何方，两次都没有打听出来。

张其昌曾经设想过最坏的结局，孙家直接拒绝或者是说“年龄还小，先不予考虑”等，他都不会感到意外，但像这样，居然连孙家的人都没有见到，是他不曾想到的。

舅舅安慰他，孙婷婷的父亲是正常工作调动，不是犯错误，新的工作单位早晚会打听出来，一旦有了消息，他马上会来安驾庄的。

张其昌怏怏而回。

回到安驾庄的家中，张其昌又一次梳理舅舅的话，发现其中确有疑点。

舅舅应该是去过孙家的，张其昌确信，舅舅不会骗他。即使舅舅不赞成不看好外甥的动议，他答应了张其昌，肯定会去孙家的。但是，舅舅所讲的孙婷婷的父亲已经调离，未必真实，调离的话，必然有接收方，光天化日，怎么会失去一个人的行踪，甚而是一家人的行踪？看来，舅舅隐瞒了什么。

很有可能，舅舅去了孙家，得到了否定的回答，为了不伤害外甥的自尊心，才谎称没有见到孙家的人。这是一个善意的谎言。

张其昌又设身处地替孙婷婷的父母着想，女儿是非农业户口，政府自会给她安排一份工作，女儿会享受朝九晚五的作息时间，星期天是法定休息日。设若让她嫁入农家，遇到星期天，当别的公职人员夫妇一起在公园漫步的时候，女儿会怎么办，她是从生产队的大田里把丈夫拽出来，陪她去逛公园，还是随同她的丈夫，去生产队的大田里参加劳动？

这是一个煞风景的想象。

这样想下去，竟有些不寒而栗。

再反过来想，如果男人真爱着个女人，会将她置于这样的境地吗？

他原先一直以为，在爱情面前，门第是苍白的，他自信，凭他的才华，他的倜傥与风度，足以抵消门第的差别。现在，在阶级壁垒面前，在户口差异这一冰冷的现实面前，爱情变成了苍白的。

他愈发相信，舅舅去孙家提亲，连孙婷婷的父母这一道坎都没有过去，很有可能，孙婷婷压根就不知道这回事。

他宁愿相信孙婷婷压根不知道这回事，这样还能稍减心头的酸楚。

张其昌这时想起了鲁迅在他的杂文《“硬译”与“文学的阶级性”》里说过的一句话：“贾府上的焦大，也不爱林妹妹的。”

张其昌认为，这句话的后边还应该续上一句话：“贾府上的焦大，也不应该爱林妹妹的。”

第十章

申申如也，天天如也

一日上午，有人捎话给张其昌，让他到安驾庄中学去一趟。

这时候的安驾庄中学，就是昔日的安驾庄完小。此时的教育改革令人眼花缭乱。学校的校舍没有变，师资没有变，但学校门口的招牌却变了。小学变初中，初中变高中，教育迎来了“大发展”。同时也导致了师资的严重不足。

果真，到了安驾庄中学，校长告诉他，学校已经聘请他为代课老师。

校长很和蔼，说：“你是从这个学校的前身安驾庄完小走出去的，当初就是学生干部，后来在六中和肥城县中的学业也很优秀，现在很高兴你能成为人民教师的 员，希望你不要辜负学校对你的厚望，做一名合格的教师。”

张其昌当然很高兴。从繁重的大田劳动中解脱出来，回到他所挚爱的书香翰墨中，与代表着祖国未来的像早晨七八点钟的太阳一样的学子们同处，感染他们的朝气与活力，这是张其昌多么向往的事情啊。

成了代课老师，农业人口的身份虽然没有改变，但有了固定的薪水，张其昌第一个月就领到了十四元钱，这是生产队的工分远远不能比拟的。

走上人民教师的讲台，是张其昌人生历程中颇为关键的一步。他虽然拿到了高中毕业的文凭，但他自己知道，他只读了不到一年的高中课程，有赖于自此之后的教师生涯，他才完成了高中课程的学习。和张其昌同龄的无数学子，在数年的煎熬中，有的沉沦，有的蜕变，有的放弃了生命中那一丝向上的希望，也即是放弃了那一丝坚持下去的动力。而张其昌独依赖教师的职业，虽是涸泽之鱼，但依靠学校里老师们和学生们的相濡以沫，依靠了翰墨书香的滋养，依旧保留了他童年时就已经树立的梦想，使得他后来终于等到了霹雳炸响、甘霖沛然而降的那一天。

当时只顾了高兴，张其昌却从没有念及这样一个问题，究竟是谁把他送进了教师行列，把他推到了教室的讲台之上?

固然，那个时候代课老师的需求不小，固然，安驾庄中学的校长在接见他的时候夸赞了他，说学业优秀云云，但他知道，那是客套话。他真的那么优秀吗?同样从肥城县中回来的四个高中毕业生可谓不分轩轾，为什么只有他被推荐进了学校呢?

几十年之后，当张其昌回到肥城，有机会翻看《肥城县志》，才知道当时的教育体制改革，安驾庄中学是归安驾庄村镇管理，也就是说，安驾庄中学的人事管理，当然不包括校长的任免，但像代课老师的推荐，应该是由安驾庄党总支来决定的。奇怪的是，当时乃至以后的几年，张其昌和安驾庄党总支书记房庆山、大队长梁上喜，均有多次独处的机会，甚至房庆山的大儿子结婚聘请的傧相就是张其昌、梁上喜，但从无一人向张其昌提及此事。

对张其昌功德无量的一件事情，一直无人认领，无人示惠。

醇厚的安驾庄。

没有经过任何培训，张其昌就走上了讲台，而且一开始就担任了一个班的班主任。

其实，如何做老师，张其昌心中是有楷模的，那就是他的小学老师夏兴。那个一身正气、将所有的爱心都给予了他的学生的复转军人。张其昌尝试着模仿夏兴的做派，最主要的是，他也将他的一腔爱心都倾注到了学生身上。当然也有不同，夏兴不苟言笑，张其昌多了几分幽默，也多了几分书卷气。

从小的时候起，张其昌就听到过“天地君亲师”的古训，将老师和君王父母相提并论，并且和包括日月的天地大自然并列，老师的地位是何等崇高。其实，老师与天地君王的等同姑且不论，只需要做到与父母等同就可以了。只要当老师的接受并认同这一观点，好多教育界的乱象就可以迎刃而解。

这一古训已经存在延续了两千多年，事实证明，对于中华文明的绵延与传承行之有效，至今仍没有过时。在师德教育中，它仍应排在前列。

这一古训，是对教师身份的定位，也是对教师行为的约束，更是对教师“不可以作为”的禁锢。

分给张其昌的是初中二年级的一个班，张其昌教授物理课。

张其昌面对讲台下的几十双眼睛，犹如看到了夜空中晶亮的星星。

有人说，当老师的心是浮躁的，看出去满眼是全班同学的顽劣；当老师的心是澄澈的，看出去满眼是同学的聪慧和创造性。这话似乎有些禅机，但却不无道理。

农村的孩子稚拙、淳朴，尽管当时是特殊历史时期，读书无用论甚嚣尘上，同学们的眼睛还是透出了对于知识的渴望。

很快，张其昌形成了自己的教学风格。

他语速不快，但抑扬顿挫，在教授物理课的时候，会自然而然地冒出几个成语来，不会令人感到突兀，而是随着物理课的讲授自然流泻，并且他还会用粉笔在黑板上书写出来。这一刻，同学们聚精会神，他们感到很新鲜，物理课上能够学到语文知识，是他们先前不曾识见的。

他知道，他用成语用中国文字诠释了物理规律，加深了同学们对物理知识的理解，同时，学生们的新鲜感，则是对于全班注意力的重新凝聚。

这样的教学对于教师的要求是对中国文字的自如驾驭。这时张其昌原先的涉猎群书就显出了他的文字功底。

之后，不论是什么课程，数学、化学，更不消说语文课，张其昌在课堂上的成语都是随口而出。

他从不对学生疾言厉色，他不靠语音的高亢和语速的频密来引起学生的注意，更多的是用眼睛和学生进行交流。眼神并不峻厉，满含着关爱、期许，所以有时候瞬间的对视胜过无数的语言。

技术细节，比如课堂上遇到思维开小差或者打瞌睡的同学，他对夏兴老师的做法也进行了改良。他没有如夏兴老师一样，将粉笔头掷向那位同学的课桌，而是暂时中止讲授，改而提出一个问题，这个问题和刚才讲授的内容有关，又简单到全班同学除打瞌睡的那位以外任何一个人都能回答得出。他清晰地表述完以后，用平缓的语调，叫出那个同学的名字，要他回答问题。

那位同学正在自己的世界里神游，被邻桌的同学捅一下，才知道老师要他回答问题。他站起来，茫然四顾，因为不知道老师问的是什么问题。

老师一句责备都没有，叫起了另外一位同学，当然，回答很顺利。

老师示意两个同学都坐下，继续讲课。

打瞌睡的同学这才知道，老师问的问题如此简单。有时是“1+2等于几”，即使是小学一年级的学生也能回答得出，有时是背诵勾股定理，直角三角形的两个直角边的平方和等于斜边的平方……这些他平时可以背诵得滚瓜烂熟。

这样的问题他居然没有回答得出，而且老师也没有一句批评。

他感到了沮丧，班里同学们的笑声也给了他压力，他以后还敢在课堂上打瞌睡吗？起码，在张其昌的课堂上，他不会再到自己的世界里神游了。

其他的同学，目睹了这一幕尴尬，谁也不愿意做第二个被叫起来的同学了。

教室复归圣殿，知识在流淌，滋润到了每一个同学。

此时的张其昌二十岁出头，比他教授的学生大个七八岁，应该没有很大的代沟。平时的习惯用语，所关注的话题，感兴趣的游戏与活动，也没有太大的差别，这也先天地拉近了他与同学们的距离。操场上他和同学们一起打篮球，场外的人谁也看不出他是老师，身形一起晃动，碰撞时有发生，只有球赛结束后，同学才会围簇在他的周边。

下午放学之后，也有一些同学不愿意离开他，围聚在他的办公室里。他若要到安驾庄的分村去办事，身旁总有几个同学跟随。

慢慢地，他对威严与平等的关系有了自己的理解。教师的职业是授业解惑，教师必须具有一定的威严，否则，学生怎么能够接受教师的教育呢？但威严不是单方面树立的，更不是靠力量树立的，是在与学生的互动中树立起来的。

这个互动，关键的是平等与爱心。你越是平等地对待他们，像兄弟姐妹一样地关心他们爱护他们，就越能赢得他们的尊敬，越能树立老师的威严。

就像部队里边带兵的首长，越是将普通士兵视若自己的兄弟，珍惜他们的生命胜过自己，越能赢得他们的尊重。当有战事发生，首长一声令下，士兵们会不惜牺牲，义无反顾地冲上前线。

没用多长时间，张其昌带的这个班，就显示了崭新的面貌。平时还看不出，只要是和其他班级一起并列，一起在操场上出操，一起参加社会活动，这个班级就会显示出很强的纪律性，更主要的，是这个班级昂扬向上的精神风貌。

张其昌开始在学生当中小有名气。

有的家长也会把他请到家中，就家里的纠纷或者琐事向他咨询。

他的影响力开始向安驾庄村里转移。

不久，在一次殡葬活动中，张其昌担任了治丧委员会主任。

死者是张其河的爷爷，也即是张家街四杰之一的张文宏的父亲张广才。当时农村的风俗，逢红白喜事，亲友及乡邻是要送礼金的。溯其根源，在经济尚不发达的贫困时期，可以看作是互助，但长此以往，此风愈演愈烈，附送的礼金数目也越来越高，给农民造成了沉重的负担，成了农村的一大陋习。政府也提倡改革这一陋习，但谈何容易。试想，几十年来给别人的礼金都送出去了，现在轮到自己操办，正是回收礼金的机会，又怎么会舍得放弃呢？

总得要有一个人来中止这个循环，打破这个循环。

张文宏就要做一个这样的人，做安驾庄改革婚丧陋习的第一人。

张文宏的确识见不凡。他决定，老爷子的丧事照办，通知众亲友，举行一个追悼会，风风光光地送走老人，但不收礼金。

这样做的后果使得张文宏不仅承担了经济损失，还可能要承受舆论的压力。

按理说，不收礼金，节约了当事人的钱，是一件好事。可偏偏有人反对，一部分人是“得了便宜卖乖”，瞎起哄；另有人是内心拙朴，感觉不公平，对不住当事人。总之都是不赞成。往亲友家送丧帖的时候，这个意见就已经反馈回来了。

估计到可能会有人闹事，治丧委员会主任的人选就非同寻常，特别是在追悼会上的悼词，更被赋予了遏制事端的功能。

主任的人选，张文宏没有找村子里德高望重的长者，也没有找村干部，而是找到了张其昌。

丧礼如期举行。地点就在张文宏的家门口，张家街上的一处空场。张家是大族，亲友自然不少，安驾庄是大镇，乡邻亦不少。孝衣孝帽，缟素一片，足有几百人。

当司仪念到“下面由治丧委员会主任致悼词”时，张其昌登场了。

主席台是一个半人高的台子，他站在上面可以俯视全场。来宾们谁也没有想到主任竟是这样一个小伙子，包括意欲闹事的人也都屏住了呼吸，想听听这个年轻人说些什么。

悼词如下：

各位亲友，各位乡邻：

感谢大家今天来到这儿，参加张广才先生的追悼会。为张广才先生送行。张广才先生生于1885年，卒于今年的4月16日，享年87岁。张广才先生耕读传家，睦邻乡里，他的一生，是勤劳的一生，是善良的一生。张氏家族为他而骄傲。

抗日战争时期，张广才先生很早就把他的儿子送上了打鬼子的前线，彰显了一个普通的中国人抵御外族侵略的骨气，将彪炳安驾庄的史册。今天，这位老人去世了，安驾庄群山上松涛阵阵，汶河的水也在呜咽，山河与我们同悲。

张广才先生弥留之际曾经明确表示，他生前获众亲友众乡邻帮助多多，不愿意他的丧事给亲友和乡邻带来困扰，嘱咐后辈丧事从简，不收礼金。张广才先生这种处处念及别人的高风亮节值得我们钦敬。

孔夫子也曾说过，三年无改于父之道，可谓孝矣。让我们尊重老人的遗愿，尊重家属的安排。

张广才先生的品德和精神永在。

宽厚而仁慈的地母，将永安张广才先生的魂灵。

谢谢。

张其昌的致辞，一气呵成，而且没有讲稿，当然他是打了腹稿的。站在高台上面对众人侃侃而谈，对于一个教师而言应该不是困难的事情。致辞的结尾，他还引用了鲁迅先生在文章中说过的话。

台下鸦雀无声，没有任何人提出异议。好家伙，连孔夫子都搬出来了，这一方土地上的人们，对孔夫子还是敬重的。况且不收礼金又是死者的遗愿，死者为大，还有什么好说的呢?

丧事顺利地结束了。

张其昌有些得意，他得意治丧委员会主任的头衔。他从报纸上看到，国家领导人去世的时候，治丧委员会的主任往往由总理担任，不管逝者是谁，总理都是治丧委员会主任。同样的头衔，他竟然做了国家总理曾经做过的事情，不胜荣幸。

过后，张其昌才意识到，这次事件中，睿智的是张文宏。能够抵御金钱的诱惑，为了改革陋习，不收礼金，需要大境界和大定力；选用新人，应对多变的局面，需要魄力；而做到慧眼识人，则是综合素质的体现。

历经这一次事件，张其昌对家族中的这位长辈由衷地钦敬。

下一个历练张其昌才干的事情，发生在自己家中。

张其昌的爷爷承继的祖屋，只有东西厢房，没有北屋，也就是说没有正房。张文远很早离家，盖房的事情就耽搁了，现在轮到了张其昌，张其昌心气很高，张家要中兴，盖房子的事情就提上了日程。

农村，年轻人订婚成亲，男方家如果没有一处北房，也说不过去。

现在的农村盖房子简单多了，自己家备好料，委托一家施工单位就行，或者是连建筑材料都不管，统统委托给施工单位。新农村建设中由村集体统一建设的别墅，只需要你搬进去，什么心都不用操。

这种如今司空见惯的事情，对于上世纪 70 年代的农村来说，该是种怎样的奢侈和幸福。

那时的农村建房，没有专业的施工队伍，都是自己家动手，亲戚邻居相助。施工材料也是从好几年前就开始积攒，即便这样，到盖房子的时候，大部分家庭还是要借贷。不少父母为了给儿子盖一处新房愁白了头。

这就是那个时期的生产力水平，那个时期农村的经济现状。

张其昌没有让父辈给他盖房，他要自己盖房。

远在东北的张文远为他提供了强大的后盾，张其昌不必为钱而发愁。他要做的事情就是把钱花出去，花到点子上。

这个时候，陈桂枝平时对儿子的教育就显现出来。陈桂枝的教育方法是放手让儿子接触社会，放手让儿子参与家庭的财务管理。早在张其昌十三岁那一年，陈桂枝对于家庭的财务开支就已经征求儿子的意见了。

盖房子时，陈桂枝完全放手。

设计的北房一共四间，正房三间，一间门楼。正房与门楼之间是头墙，所以三间正房只需要两架木梁，檩条若干。

没有任何设计图纸，不管是平面的，还是立体的。开工挖槽的时候，就是依据张其昌在地上画出的一条线。当然，房屋的长和宽，木梁和檩条的长短，这些数据，都在张其昌的心中。

张家的院子里原先有几十棵树，多为槐树、榆树、椿树，都是硬木，是盖房的好材料。一年前，就砍伐了二十多棵，最粗的一棵榆树做了木梁，椿树做了门窗，其余的做了檩条。又从安驾庄的集市上买了一架木梁。这样，木料初备。

石料取自南石沟西山脚下的石场，砖瓦则是购自安驾庄村镇的窑厂。

万事俱备，只欠南风。

1972年春天，当南风中带有一丝暖意的时候，张家的房屋开工了。

当时农村新盖的房屋，墙体大都还是土坯，条件稍好些，土坯与砖共用，条件再好些，则一砖到顶，完全不用土坯。依照张家当时的财力，可以做到一砖到顶。但张其昌和陈桂枝商量的结果，还是决定土坯和砖混用，留有余地，不想把钱都花出去，以免影响到以后的正常生活。这一理财观念一直影响了张其昌一生，他一辈子都没有受过钱财的困窘。

墙体上土坯与砖混用，是内层用土坯，外层用砖。砖的码放，又有两种，一种是将砖立起来，一种是平卧。立放用砖量最小，相当于给墙贴了一层薄薄的外壳，很像是现在的墙体外装修。平卧的用砖量要大，自然，也起了承重的作用。这种墙，有一个名称，叫作“里生外扶”。

张家房屋墙体的砖是平卧的。

砖与土坯混用有一个问题，那就是它们的沉降不一样，沉降的幅度和速率都不一样。如果在盖房起始就混用，由于沉降的不同，很容易造成外墙鼓胀，农村常见到这样变形的外墙。张其昌凭借自己的物理知识，不经人指点，也已经明白了个中缘由。他是在自家的房子落成半年之后，土坯沉降已实，才敷了外层的砖。

张家盖房，生产队给予了大力支持，安排了三四个固定劳动力到场，副队长自始至终都参与了施工。开工那一天，到场的人数出乎意料，远远比预想得要多，不仅有来自本生产队的，来自张家的，更多的是来自外生产队、来自其他姓氏的家族。张家街的东半条街多是梁姓人家，竟来了七八个人，还有东分村、南分村的。之前，张其昌所教班级的学生也曾问询，说家长捎话，如果人手不够的话，打个招呼，他们会过来的。

那个时候农村的帮工，不支付任何工钱，只中午和晚上招待两顿饭，不外是馒头窝头，外加几大盆菜，远远不如平时宴客的丰盛。

施工过程当中，发生过一次险情。

整个工程已经接近尾声，房子快要竣工了。中午，将要吃饭的时候，一个人跑到张其昌面前，惶急地说："不好，门楼有问题。"

问题还是出在土坯的沉降上，门楼的外墙，也就是整个房子的山墙，也是用了土坯，而张其昌偏偏又坚持半年以后再敷外层的砖。但他忽略了一个问题，那就是门楼处墙体的承重比别处要大，门楼的正面有外挑檐，房顶上还有人字形的压脊，这些部位都是由砖建构，分量可想而知。

众人闻声赶过去时，门楼的外墙正在簌簌地落土，那是土坯被压碎后的粉末。情况万分紧急，如果不采取措施，门楼马上就会塌下。

众人中有一个梁姓工匠，张其昌按照庄乡辈分叫他二哥，实际他已经五十多岁，是老工匠。二哥马上站了出来，指挥众人用木板托住门楼外墙的上层，又拿四根立柱顶住了托板。霎时，簌簌而落的灰土停止了。然后，从底部的石头基础开始起，一层一层，将门楼外墙的土坯掏掉，换成砖，直至封顶。　场危险消弭。

盖房的施工期没有超过十天，期间，每天一二十人的饭菜，陈桂枝安排得井井有条。

另有一人，功不可没，是张其昌从童年时就交往的朋友梁兴业。从房子的设计开始，到建房材料的采购，梁兴业都参与其中。施工期间，他不仅是参谋，还是劳动力，卸载砖石，搅灰和泥，都有他的身影。他还提供了他的人脉和社会关系，东分村和南分村来的帮工，大多是他的朋友。

照现在的说法，出来混，没有几个朋友是不行的。

盖房子的事情，还使张其昌意识到了信用的作用和价值。施工期间，遇到材料短缺，必须紧急采购，否则会影响工期，造成怠工，砖瓦和灰石等材料，都遇到过这样的问题。紧急采购，难免会出现口袋里的钱不够支付的情况。回家取，又耽误时间，这种情况下，令张其昌感到惊讶的是，几处销售场所像商量过的一样，都是一样的回答，先签字挂账，把货拉走，有时间了再来结账。

张其昌很感动，在安驾庄他居然可以赊欠，而且赊欠的不是一两瓶酱油醋，是大宗的建筑材料。赊欠是信用的体现，信用的建立却不是一朝一夕的事情，固然，张文远的工人身份以及邮递员不时送达的汇款单提供了经济担保，但是张其昌在安驾庄的作为、他的人品和口碑的流播也是信用的重要构成。

几十年之后，张其昌再回到安驾庄，来到那已经属于别人的他的旧居，想起当初盖房子时的情景，想起半条街邻居的相助，不禁感喟唏嘘，张其昌何德何能，累乡亲们倾力相帮，而他对乡邻对安驾庄又毫无回报，一念及此，竟止不住满眶的眼泪。

房子落成，免不了还有一些装修、装饰的活计。那个时候基本上没有现代意义的装修，居室的内墙用白灰抹平以后，既是基建的结束，也是装修的结束。

装饰还是有的。

通常的人家，会在进大门后的影壁上写一个大大的福字。张其昌在县城读过书，他不想落别人的窠臼，他自然要有新颖的创意。他没有设置影壁，因为影壁的设立，是不想让进入院子的人一览无余，给人留下想象的空间。张家的院落，进门是一棵大树，然后是厨房的墙壁，天然具备了影壁的作用。张其昌将挥洒的地方放在了门楼。

门楼靠街的一面，门楣处，张其昌大书了五个字：人民公社好。进入门楼后，过道上方的正面墙壁上，张其昌书写了毛泽东的《满江红·和郭沫若同志》中的一段：多少事，从来急；天地转，光阴迫。一万年太久，只争朝夕。

两处字，都是临摹的毛泽东的草书体。

毛泽东的书法，当然大开大阖，飘逸潇洒，有人奇怪，张其昌是怎么写上去的。其实，说起来非常简单，在纸上把毛泽东的题词格式化，横线和竖线都标上序号，然后将这个格式化的方框照搬放大到墙壁上，按照方框的序号描摹题词的笔顺，于是，遒劲的毛泽东手书就飞到了墙上。

“人民公社好”几个字，张其昌用了红漆，衬在粉墙上，格外醒目。不管是从张家街的哪一端走来，老远就会看到那逸兴遄飞的字。

这曾经是张家街上的一道风景线。

张其昌没有停下来，他还想在堂屋里悬挂一幅中堂。

北墙是没有空间了，下部是条案和桌椅，上部是窗户，中间绝对挂不了中堂。东墙是绝佳的地方，足有四米多高的空间，丈余长的中堂都可以舒展得开。张其昌早就想好了中堂的内容，是毛泽东的《沁园春·雪》，著名的“北国风光”那一首，而且要全文。中堂两侧的对联，也已经想定，就是唐朝诗人刘禹锡的名句：沉舟侧畔千帆过，病树前头万木春。

为什么选用这副对联呢？张其昌钦佩诗人面对困厄时的骨气和乐观主义精神，尤其佩服诗人的气度。他似乎能从诗句中听到呼啸的江涛，看到江岸上苍茫的森林。

找谁来写呢？他想到了他就读过的肥城县中的教导主任。教导主任是肥城县城著名的书法家，县城里多处都留下了他的墨宝，张其昌在学生时代就已经非常钦敬。

张其昌没有直接和教导主任打过交道，谈不上交情，更谈不上友情。倘若开口遭拒，事情就没有转圜了。于是，他转而央求教物理的杨老师到教导主任那里替他求索书法。

反馈回来的信息竟是不妙，对这件事情，教导主任表示为难。他说，他教过的学生太多了，他记不起来这个索求作品的学生。他不知道这个学生的人品，他甚至不知道他在台上挨批斗的时候，这个学生是否在台下挥舞过拳头，或者冲他的脸上吐过唾沫。其次，这个学生以后的道路充满变数，倘若成为社会上正在清理的某类人，而他的家中又悬挂着自己的书法作品，这是教导主任不愿意看到的。

一番话，张其昌看到了一颗被蹂躏的知识分子破碎柔弱的心。

看到张其昌的落寞和失望，杨老师反倒不忍，转而安慰他："你别着急，先等一等，我再想想办法。"

杨老师拉了化学李老师，又去找教导主任，两个老师共同为张其昌担保，说这个学生人品正派，在肥城县中的时候没有任何劣迹；现在也是人民教师，不是社会上清理的那类人。年轻人喜欢中国传统文化和书法，应该予以奖掖和鼓励云云。

不知道是教导主任不耐烦了两位老师的聒噪，还是两位老师又采取了其他的措施，最后，张其昌如愿以偿，得到了教导主任书写的介乎于楷书与草书之间的书法作品：毛泽东的《沁园春·雪》全文以及刘禹锡的对联。

也是好多年过后，张其昌才意识到，这件事情，他委实强人所难了。社会上有高官和强梁硬索书法家作品的事情，但学生硬索老师的作品却极为罕见，张其昌居然做了出来。他极想有个机会当面向教导主任表达他的歉意，可惜离开安驾庄之后，他再也没有回过县中。老师健在的话，也该是接近九十岁的高龄了。

不愧是书法家的作品，恢弘、大气。三米多长的中堂，等长的对联，蓝色云纹的边幅条衬，背景是一整面雪白的墙壁。真真应了一个词，蓬荜生辉。

有意思的是，全套作品没有题跋，没有署名，没有日期，当然也没有通常书法作品所惯见的书法家的印鉴。教导主任还是没有放下戒心，他不愿意留下与这个学生有关联的任何蛛丝马迹。

张其昌全然没有注意这些细节，他追求的本就不是这些细节。他陶醉于对中堂的欣赏，他会长时间地伫立于东墙之下，描摹书法笔画的走向，神游于诗词的意境。他想，以后的冬日，当彤云密布，窗外的雪花开始飘洒的时候，他足不出户，于斗室之中就可以遨游天宇，俯瞰那山舞银蛇、原驰蜡象的北国大地了。

陈桂枝在院子里养了一盆玉簪，已经好多年，也没见施加什么肥料，竟一直枝繁叶茂，每至夏季，满院子都是玉簪的馨香。晚饭后，张其昌多会搬了板凳，坐到院子里来，月光在北屋的门前洒下一片水银，屋子里油灯的玻璃灯罩擦得雪亮，隔窗犹能望得见东墙上的中堂。张其昌将一架收音机置于身旁，把音量放到最大，于是豫剧《朝阳沟》中高亢的唱腔以及朝阳沟新农村的新气象从这个院落飘逸出去，弥漫了整个张家街。

一起飘逸出去的，还有这个院落满溢的活力。

此时，张其昌通常摇一柄蒲扇，着一件新买的的确良衬衫。的确良是一种化纤，当时刚刚流行，看上去薄如蝉翼，但穿在身上又看不见肌肤的纹理。张其昌买的这一件，近乎纯白，但又似乎是浅蓝，号码也比他的身高应该匹配的大了一两个号。

张其昌素来崇尚孔子的学识，进而也崇尚孔子的着衣及日常做派。《论语》载："子之燕居，申申如也，夭夭如也。"

就是说，当孔子不上朝堂、在家闲居的时候，看上去一副舒展齐整、轻松和畅的样子，给人这种印象的衣服必然宽敞肥大。

张其昌不是公务员，不必上朝堂，他生活的大部分时间都是“燕居”，于是张其昌也喜欢宽敞肥大的衣服，他喜欢上衣的袖口没过手背，喜欢上衣的下摆长可及膝。当他在安驾庄的街道上行走的时候，长袖飘飘，体会到了“夭夭如也”的拖曳感。

这段时间，他生活得舒展和畅，生活得飘逸张扬，“申申如也，夭夭如也”正是他生活状况的写照。

第 十 一 章

望北山而流涕兮

此时发生了一件事情，打破了张其昌平静的生活。

1973年的夏初，传来了一个消息，大学又要恢复招生了。这个消息，对于渴盼高考犹如大旱之望云霓的莘莘学子，不啻一枚炸雷。

张其昌有些麻木的心也开始复苏了。

消息不断地传来，大学招生的细则也逐渐明朗。这次招生，采用文化课考试加推荐的方式，一个“加”字，说明了文化课考试和推荐是大学招生的两个必备条件，并非是有的采用文化课考试，有的采用推荐。至于文化课考试和推荐在招生中各占多少权重，当时大家谁也不知道。

从得悉招生的消息到举行文化课考试，时间很短，不足一个月。

张其昌接到通知，他属于可以参加考试之列。但他懵懵懂懂，不知道这是否意味着他已经通过了推荐关。询之其他考生，也都说不清楚。

没过几天的时间，这伙懵懵懂懂的考生，掺杂着兴奋与激动，走向了考场。

肥城县只设了一处考场，就在肥城县中。令张其昌没有想到的是，他所在的考场，居然是他当初读书时的教室。门窗依旧，不知道为什么，黑板反转了方向，他读书的时候，黑板在教室的东端，现在却置在了西端。

试卷一共两张，语文、政治一张试卷，数理化一张试卷。上下午各考试一场，一天的时间，文化课考试就结束了。

上午的考试，监考老师就注意到了张其昌，因为他早早就端坐在了位子上。那个时候考场规定，考生不允许提前离场，出现了考生提前端坐的情况，应该有两种可能：一种是考生畏难于试卷，索性放弃；另一种是考生提前完成试卷且信心满满，连检查都懒得做，端坐静俟场终。一开始，监考老师是在考场里巡视，后来就伫立在张其昌的身旁，扫视了张其昌的试卷后，判断应该属于第二种情况，于是向张其昌投过去一个会意的微笑。

下午的考试，那位监考老师似乎忘记了巡视的职责，竟长时间站立在张其昌身边，监督变成了欣赏。好在考场中还有另外一位监考老师，不至于紊乱了考场纪律与秩序。

没有几天，文化课考试的成绩就传了出来，张其昌不在县城，不知道县城是否张榜公示，但是，他知道了与自己有关的消息。

不明白为什么采用这样的计算方法，两张试卷的满分总和为 100 分。这次文化课考试的第一名是 92.2 分，张其昌的分数是 92.1 分，以 0.1 分之差屈居肥城县第二名。

考试前，他已经填报了志愿。那个时候，不是你想上哪个学校就可以填报哪个学校，可以就读的大学采取定向分配。张其昌浏览了肥城县的考生可以报考的大学，发现最好的学校是天津的一所全国著名高校，张其昌毫不犹豫，填报了这所大学。

工作人员告诉他，他是唯一报考这所学校的考生。

获知考试成绩后，张其昌并没有陶醉。原因就是二叔张文灿。

他和二叔张文灿并不经常见面，但张文灿一双阴郁的眼睛始终萦绕在他的脑际，童年时母子二人奔窜于安驾庄荒野的那一幕，深深地烙在了他的心中。之后，他又经历了好多“但愿如此，而结果却偏偏不如所愿”的事情，每当此时，他总会想起张文灿来。

张文灿成了他的“忧患意识”，每当他春风得意时，一想到张文灿，便会惕然自醒。

张其昌又回头审视自己的政治面貌，他是贫农出身，历史清白，中小学阶段一直是三好学生、学生干部，可以说是白璧无瑕。

如果硬要找出瑕疵来，那就是他的社会关系，姥姥家是富农成分。可姥姥家的家庭成员，他的小姨、小舅都早年参加革命工作，有的还在保密的军工系统，本人尚且无碍，又怎么会影响到他们的外甥？

思来想去，竟想不出有什么会在招生过程中成为他的障碍。

时间在等待中慢慢地流逝。

如果不出意外的话，文化课考试成绩全县第二，政治面貌又自认为白璧无瑕的他，应该可以顺利地踏进大学的校门。

没想到，此时偏偏出了一个叫张铁生的考生所引发的“白卷事件”，直接的后果是——这一年大学招生的“考试加推荐”的两个条件就变成了一个条件，两条腿走路就变成了一条腿走路。

只剩了推荐。

多少年之后，拂去历史的尘埃，张铁生也只是在历史大环境中被那些别有用心的人用来拍人的砖头。这也是中国历史的运数使然。当时，尚不具备拨乱反正的条件，还没到扫清雾霾现出一天澄碧的时刻。承载着中国命运的航船，还在惊涛骇浪中颠簸，“高考”的夭折，只是汹涌波涛中的一股暗流。

身居安驾庄的张其昌，一个农村的年轻人，当然看不了那么远，也看不了那么透。他却实实在在地体会到了他的同宗这枚砖头的厉害。

这一年，肥城县送走了七十多名大学生，考试成绩位列全县第二的张其昌不在其中。

送走的大学生，被叫作工农兵大学生。

坦率地说，这一批人，不乏优秀人才，甚至是经天纬地之才，但也确有一些人不足小学文化水平。

张其昌是被大潮的旋涡吞没的人，文化课考试的成绩还算不算数，没有人回答他。

推荐的标准是什么，没有人回答他。

一种说法，他是被公社卡住的。当时，张文灿的内弟在安驾庄公社的文教机构上班，依照张文灿和张其昌的关系，这个说法比较可信。

一种说法，他是被县里卡住的，但仔细分析，似乎有些高估了他，他的影响力只及安驾庄村镇，除了县中的老师，县城里鲜有他认识的人。给他使绊子与他有嫌隙的人，他费尽脑筋，也想不出来。

现在探究这些已经没有任何意义了。

他只感到悲怆、愤懑！

他本已经心如止水，快要熄灭心中的最后一丝期盼高考的火星了，但是，忽如一夜春风来，偏偏传来了高考的消息，复苏了他几近僵死的心；又偏偏祭出了文化课考试的大旗，引他奋勇争先。一步一步激起了他的斗志，一步一步勾起了他的欲望与期待。

就在他满怀期望的时候，又突然宣布考试不算数，并且在推荐的过程中以莫须有之名将他关在了门外。

这不公平。正所谓“不患寡而患不均”，没有均等的机会，就是不公平。

年轻人的心在滴血，尤其是来自有着血缘关系的同宗的中伤，更将对他的打击变成了公开的羞辱。他犹如一头中箭的野兽，却找不到一处供他藏匿、舔舐伤口的草丛。

早先，张其昌阅读屈原的作品，读到屈原遭人谗毁和中伤从而被楚怀王放逐时的心境，还不能理解屈原的悲怆和忧思。

“心郁郁之忧思兮”；“悲秋风之动容兮”；“临流水而太息”。胸中饱含无尽的忧思，屈原由于自己的政治主张不能实现，忧思中满怀着对于故土和人民的眷恋。

“长太息以掩涕兮”；“望北山而流涕兮”；“揽茹蕙以掩涕兮，沾余襟之浪浪”。人都说男儿有泪不轻弹，屈原却已号啕大哭。这绝不是知识分子的矫揉作秀，不伤到极处，不会这样痛彻心扉。

“何所独无芳草兮，尔何怀乎故宇。”至此时，屈原还是清醒的，这也是一个出路嘛。此处不留爷自有留爷处。当时除了楚国，还有另外六个国家。当时优秀的政治人才先后服务于不同的国家，或者同时服务于几个国家，都是很平常的事情。苏秦的“相六国”就和屈原发生在同一个时代。

如果屈原止于此，就没有后来的端午节了。

“临沅湘之玄渊兮，遂自忍而沈流”；“卒没身而绝名兮，惜壅君之不昭”。屈原为了他的政治节操，不愿意离开故国，不愿意离开故国的人民，毅然选择了投向汨罗江，完成了他政治理想的升华。

此时的张其昌，重温了一遍先贤屈原的心路历程，于他“中箭”之后的疗伤不无益处。

初时，张其昌亦如受到谗毁、中伤的屈原一般，产生过临江涕洟、披发入山的冲动，但最后，他什么也没有做。毕竟，张其昌生活的年代和屈原所处的时代已经大不相同。自屈原以后，中国的历史又发展了两千多年，中华民族更加成熟。

屈原在他的作品《离骚》的首句就表明了其出身——

“帝高阳之苗裔兮。”

屈原是皇室贵胄，是月宫里的桂树。

张其昌是一介布衣，是农家子弟，他是安驾庄大地上的榛莽和蓬蒿，这种植物，几乎一生都伴随着风雨。他又是遍布于崖畔的野草，历经践踏，依然不屈地伸展摇曳着茎叶。几时见过被践踏后自戕的野草？

二叔张文灿不时照拂到他身上的阴郁的眼神，没有使他委顿、颓丧，反而激起了他对于命运的抗争。长此以往，他性格里就多了些不甘凌虐、孤傲倔强的成分。这一次张其昌在击打中没有倒下，张文灿功不可没。

张其昌没有投江，他甚至连痛哭流涕都没有，他每日依然要走上讲台，面对他的学生；依然要走过安驾庄的街道，面对乡邻的注视与问候，那是些友善的眼神。

但他的心已经开始被摇动了。

被录取的大学生陆续走出这块土地，奔向城市。其中就有他的好友李向东。

他本来是应该祝贺李向东的，他确乎由衷地为李向东高兴。但是，他不仅没有祝贺李向东，反而大骂李向东为“中山狼”。

李向东在改变了农民身份成为了大学生以后，解除了与张亚莉的婚约。

当他看到族妹张亚莉哭得那一双桃子似的眼睛时，他的心都碎了。他暂时忘记了自己的苦痛，他知道，张亚莉受到的打击一点也不亚于他，张家街上最出名的美女，就因为李向东身份的改变，被抛弃了。

据传来的消息，李家的退婚最早是家里人的主意，开始李向东是抵触的，但经不住家里人做工作。说实在想不出将来的日子怎么过，一个在城里，一个在乡下，会长期两地分居；如果都在城里，农业户口的人怎么办？还有，听说孩子的户口随母亲，为了下一代考虑，也不应该建立两种户口体制的家庭。难道让孩子再继续农业户口的身份?

家里人还说，长痛不如短痛，趁现在还没有结婚，一切都还来得及。

在李向东犹豫彷徨时，消息已经散布出来。

张亚莉像无数的少女一样，对未来的婚姻充满了美好的憧憬，对恋人满是钦佩和欣赏。突如其来的退婚消息，对她不啻惊天霹雳。李家的人说了那么多的话，似乎头头是道，但她想不明白，为什么为了李向东的幸福，就必须要她做出牺牲，仿佛不如此，她就是不识大体，就是不顾全大局。男人的幸福就真的需要建立在女人牺牲的基础之上吗，而且这个女人还是他所深爱的人。

张亚莉不会忘记，在肥城六中的校园里，在安驾庄，在李家村，无数个花前月下，两个人一起欣赏落日，一起畅谈未来。两个人信誓旦旦，让泰山和黄河来见证他们的爱情，他们甚至不止一次地共同背诵那首著名的作为爱情誓言的汉乐府民歌《上邪》：

上邪，
我欲与君相知，
长命无绝衰。
山无陵，
江水为竭，
冬雷震震，
夏雨雪，
天地合，
乃敢与君绝。

那个时候，他们相信没有任何力量能够把他们分开，就正如他们相信汉乐府民歌里的五种自然天象永远不可能发生一样。

现在不可能发生的天象没有发生，只发生了一件并非惊天地的事情，一个人身份发生了改变，两个人就要分开了。

张亚莉没有做出任何恳求，去挽回婚约，也没有采取任何抗争，对李家予以胁迫。她的自尊以及她读过的书都告诉她，爱情和幸福不是靠乞求得来的。女人的幸福不能完全建立在男人的基础之上，只有女人的自强自立，才会赢得一切，包括爱情。

张亚莉以泪洗面的日子仅仅过了两天，她就恢复了常态。

她的平静，令李家人感到吃惊，也令张家人感到吃惊。

腊月将尽，时值岁末，几天以前，就已经有鞭炮炸响在安驾庄的上空，街道两旁、墙根处，常可看到鞭炮的碎屑。下午放学后，张其昌批阅完学生的作业回到家中，见时间尚早，便泡了一壶茶，感觉空气凛冽，又在室内笼起了一盆炭火，一个人独自品茗。

前几日落过一场雪，南墙根的残雪至今没有化完。夏日里曾经贡献了满院子馨香的玉簪，茎叶早已枯萎，也顶了一层薄薄的雪。几只鸡在院子里踱步，显出几分慵懒，全不似早晨刚出鸡舍时的踊跃。

日子祥和而平静。

屋子里的炭火开始发挥威力，已经没有刚进屋时的清冷，再加上热茶，张其昌感到了暖意。他从院子里收回目光，重又投向了东墙上的中堂，起首的“北国风光”几个字还是那样遒劲，以前，他都是神游北国风光，最近一段时间，一个想法越来越强烈，能不能不止于神游呢?

他更多想起的地方，是他的父亲张文远工作生活的黑龙江省正方林业局。学生时代，他去过那个地方，莽莽苍苍的森林，直入云霄的参天红松，阳光透过树隙洒下的一缕金黄，曾经给了他极大的震撼。那个时候，他感觉这个地方是如此遥远，正如距安驾庄数千里的路途，坐火车要几十个小时给他的感觉一样。

他不曾想到他和这个地方会有交集。

离开安驾庄，到另一个地方去，这个想法开始萌动。他也不赞成暴虎冯河，不想莽撞地乱闯。自然，父亲工作的地方，成了他的优先考虑。至于这条路能不能走得通，他没有顾及，也不想顾及。

男人的血性开始萌动。

脚下养育他的这块土地，给了他极大的恩惠，但在这块土地上，他也受到了极大的屈辱。他想离开这儿，去寻觅新的世界，去寻找给予他公平的地方。老辈人不也说过，树挪死，人挪活。

即便是一介布衣，不平的时候也会冲冠一怒。

近代史上，无数的山东人，也包括张其昌的先辈，前赴后继地拥出关外，奔向那块黑土地，讨一条活路。现在，张其昌也要步山东先人的足迹，到关外去了。不是为了糊口，是为了自由，为了公平。

一个冬日的下午，张其昌坚定了出走的决心，犹如 1935 年，中国工农红军在遵义做出了北上的战略转移的决定。张其昌当然不知道闯关东的后果，1935 年的红军也不可能想象得出北上后的局面，不还是义无反顾地踏上了北上的路途吗?

四面的墙壁依然雪白，房子刚落成不到两年，夏天的月夜下在院子里乘凉的一幕仿佛就在眼前，还有院子里那二十多棵葳葳蕤蕤的树，都要舍弃了。

1974 年的春天，安驾庄的张家街上走出了两个年轻人。先是张其昌和他的母亲陈桂枝委托邻舍照料院落，弃家出关；一个月以后，张亚莉也离开了安驾庄。张家街的人都知道张其昌母子去了黑龙江省正方林业局，至于张亚莉去了哪儿，谁也不知道，多少年都是一个谜。

第十二章

莫小瞧了山里人

张文远工作的正方林业局，位于长白山支脉的张广才岭。

正方林业局的机关所在地叫作穆镇，是松花江边的一处码头，距离正方县县城有四十公里。原先只有几户渔民居住，后来随着林业局的设立，逐渐形成了一座市镇。听人说，早先的名字叫木镇，叫来叫去，就成了穆镇。

穆镇上公检法俱全，从幼儿园到高中，教育系统完备。它虽在正方县境内，却不归正方县管辖，宛然一个独立的社会系统。

正方林业局的行政级别，与正方县同级。

林业局的生产部门，主要有两大类：一类是原木的采伐，由位于山上的林场承担；另一类是木材的加工和储运，由储木场承担。正方林业局在山上的林场有五到七处，不同时间的统计数字，林场的数目是不确定的。因为一片森林采伐完毕，林场就要转移，或者建立一个新的林场，或者并入其他的林场。所以正方林业局的林场数目，始终在五到七处之间徘徊。

储木场则不然，它必须设立在江边。

正方林业局和正方县都不通火车，大批量木材的运输，全靠松花江这条黄金水道。由山上采伐的林木先是在储木场经过初级加工，除去枝丫，截成不同尺寸的木段，扎结成排，沿江顺流而下，直抵下游的佳木斯市，然后装火车运往全国各地。此时，这些生长在原始森林里的已有数百年树龄的精灵，方才成了社会主义建设的栋梁。

穆镇是松花江上的码头，所以穆镇也有一座储木场。但它却不是正方林业局唯一的储木场。

正方林业局的林业作业辖地不都在正方县境内，它跨越了三个县。它的另一处储木场叫作四道岔子储木场，就位于林口县境内，坐落在牡丹江边。

四道岔子是林口县有名的乡镇，上世纪日本人侵占东北时，四道岔子就曾经是抗联部队的根据地。再往前数，18 到 19 世纪，这里也曾经成为绿林人士盘踞的地方。

现在的四道岔子，四面环山，一江如带，碧野蓝天，风景如画。

张文远就在四道岔子储木场上班，是一名库工。

自然，投奔张文远而来的张其昌母子也来到了四道岔子。

张文远由于是单身职工，在储木场没有家属住房，张其昌母子来后，张文远在镇上临时租了一间房，才安置下两人。

房东姓孙，待人和蔼，心地也很善良。这家人究竟是抗联的后代，还是绿林的后代，或者是后来迁居的新户，均不得而知。

说是租了一间房，实则是一间半。东北的农家房屋，中间的一间都盘有两个灶台，另两间房屋则盘有土炕，灶台里生火，一是为了煮饭，二是为了里间土炕的取暖。即使是暑天，也能感觉到土炕的温热。

既然同在一个屋子里做饭，免不了互相交换烹煮的食物，或者聚在一个桌子上一起喝一杯，气氛很是融洽。

张其昌发现，张文远在镇子上有不少朋友，他们都很热情，几乎毫无例外，都称呼张其昌为大侄子。刚来的几天，还有人带礼品来家为他们暖灶，委实热闹了几天。

客人散去，夜阑人静，三个人才议起了今后的打算。

张文远也为张其昌在家推荐上大学时的不公遭遇感到气愤，安慰了儿子几句，接着讲了他为张其昌做的安排。

原来，从早几年起，为了解决老职工与配偶的两地分居问题，以及子女的就业问题，国家就出台了家在农村的配偶和子女的落户政策。正方林业局也开始实行，已经落户了几批。张文远去年也登了记，据穆镇传来的消息，张其昌母子今年落户的可能性还是很大的。如果遂愿，张其昌的就业也自然解决了，根据林业局的政策，所有职工家的适龄子弟，都算知识青年，一律上班，和正式工人一样拿工资。

这当然是一个好消息。完成从农业人口到非农业人口的跨越，当时的落户政策是两个阶层之间为数不多的通道之一。张其昌由于生于斯，长于斯，并且经历了试图脱离这个阶层的挣扎与苦痛，他才能够深味身份改变的含义。

陈桂枝还是有些不放心，问道："如果落不了户，怎么办？"

张文远的回答很潇洒："现在已经是农民了，再差还能差到哪儿去，大不了在四道岔子再当农民。天下之大，哪儿不能安身立命？"

这句话很大气，也很朴实。农民，无路可退！这是农民最大的劣势，也是最大的优势。

初到四道岔子的一段时间，张其昌是在闲逛中度过的。他很快就喜欢上了这个地方。四道岔子也是一个公社，房屋建筑略逊安驾庄，但风物迥异。安驾庄每一家的院墙都是实坯实砖砌就，这里却全都是木篱为墙，将院子里的一片绿色尽情泼洒出来。玉米地的叶子又厚又宽，黑亮黑亮的，炫耀着黑土地的肥沃。村西的白桦林，接续着远山的松涛，直送到镇子里人们的耳际，似乎是对人们的抚慰与摩挲。

储木场与镇子只一街之隔，职工宿舍就排列在江边，在靠江边一排的院子里，收拾菜田的间隙，抬头就可以看到滚滚东去的大江。张其昌奇怪的是几天来没有看到过只帆片影，丰沛的水量却没有通航，询及乡人，才知道上游几十公里处，修了拦河大坝。

靠近储木场一侧的江岸，只有一处由石头砌就的小路通下来，为在江心扎结木排往下游输送用。其余的路段都是土岸，相隔不远就有一截圆木，好像是供人们乘坐休憩的。张其昌就喜欢坐在圆木上，长时间地眺望江水，眺望江对岸的青山。江水略显浑浊，但并非污染，是激流携带泥沙冲撞所致。江面并不宽，对岸的山就像在眼前，没有参天的红松，也没有成片的森林，都是灌木，偶有几棵白桦，鹤立鸡群一般，招摇着它们的叶片。目力所及，看得出有五六道山梁，并行排列，起起伏伏，有人从山梁上下到谷底，肩膀上的背篓，可以看得清清楚楚。尽管没有大树，无一处岩石裸露。

储木场的人说，山梁的那一边，有镇上的农人开垦的菜地。江对岸的青山，早先也不是这个模样，都是一眼望不到边的原始森林。30年代日本人侵占东北以后，就开始了掠夺性的采伐，至今没有恢复元气。张其昌看到的江对岸山梁上出没的人影，就是采拾蘑菇的人，既有镇上的，也有储木场的。这里的土地就是神奇，一场雨过后，齐刷刷就会冒出一地的蘑菇来。

张其昌反正闲着无事，极想和他们一起去采一次蘑菇。想象一下，出门的时候空筐空篓，回家时却满载而归，他作为农民，虽然无数次地享受过丰收的喜悦，但那些采摘的果实，都经过了平时农人汗水的浇灌，像这样的采摘蘑菇，却纯粹是东北黑土地的奉献和大自然的恩赐。

采蘑菇的计划还没有成行，另一件事情引起了张其昌更大的兴趣。

晚上，家里来了两个串门的人，都是储木场的职工。一个是赵师傅，张文远的工友，年龄和张文远也相仿，且是老乡，原籍是山东东平。另一个是浙江来的知识青年，年龄和张其昌差不多，人皆称他为小夏。

几个人盘腿坐在炕上聊天，一边喝着茶水，一边磕着瓜子。其实土著东北人是不喝茶水的，还是山东人将这一习俗带了过来。

赵师傅讲，过几天他想用休假的时间，和四道岔子镇上的孙把头一起去放趟山，他知道张文远这儿有一挂军用帐篷，想借着用一用。

张其昌原先一直在旁边静静地听，不禁插了一句："什么叫放山？"

没等赵师傅讲，张文远先说话了："放山就是去山上挖掘野生人参。"

张其昌的眼睛倏地亮了，小时候听过的人参娃娃的故事瞬间复苏，在美丽的民间故事中，单是蕴含天地灵气的人参娃娃就已经令张其昌歆羡不已，现在又把这个故事放到了广袤幽邃的森林里边，凭空又添加了几多究秘探险的成分。

张其昌悠然神往。

赵师傅讲，到目前为止，放山的人已经纠集了四个，四道岔子镇上有孙把头和他的侄子，储木场有他和知青小夏，现在还缺一个，正在物色。

张其昌按捺不住，不禁又插话："为什么说还缺一个？难道放山还有人数的规定吗？"

这次轮到赵师傅回答了："我来告诉你吧，也给你普及一下放山的知识。放山的人数不一定是五，但必须是单数。有个说法叫作单进双出，就是说进山的时候是单数，挖到了人参，出山时就成了双数，这是讨一个好彩头。另外的含义，要诡谲一些，以前确实出过这样的事情，进山挖到了宝贝，有人心生歹意，想独占，想减少分配的人数，必然要结伙，如果是双数，就有可能分成势均力敌的两伙，容易火并，酿成惨剧。假如是单数的话，有一个人可以在两个团伙之间斡旋，不至于发生极端情况。当然，这发生在早期放山时，那个时候，有些放山的队伍仓促组成，谁也不认识谁，人员素质不齐，或有杀人越货之徒，这才形成了克制的规章。现在的放山队伍都是大家熟识的人，自然不会出现极端情况，但以前形成的规制却也保留了下来。”

一席话，张其昌肃然起敬。放山人数的约定俗成，一件普普通通的小事，却满含了大国制衡、大国博弈的智慧。如果这些放山人进入政坛的话，没准他们会成为优秀的政治家，成为一方巨擘。

真是莫小瞧了山里人，个个都是谋略家。

一句话张其昌脱口而出：“你们还缺一个人，我去可以吗？”

屋子里顿时静了下来，几个人面面相觑，谁也不说话。

张文远和陈桂枝没想到儿子会提出这样的要求，进山几天虽然不是去闯什么龙潭虎穴，但在山上风餐露宿，肯定有苦头要吃，万一碰到野兽，也不能说一点危险没有，二人心思一样，都是护子心切，自不肯轻易表态。

赵师傅人至中年，人情世故熟络，孩子的父母都没有表明意见，他更不会贸然答应。

张其昌知道父母是担心他的安全，他又问赵师傅：“前几年你们进山，遇到过老虎、豹子和黑瞎子没有？”据他所知，在整个东北地区对人类构成威胁的野兽也就这些了。

“没有。”赵师傅回答。

“这不就得了，现在整个东北三省想找一只野生虎都难。怎么会那么巧，我们上山的时候会碰上？”

继而张其昌又转了话题：“我和小夏的年龄差不多，他能去，我为什么不能去？”

最后一句话连赵师傅都有些不好意思了。张其昌继续说：“该不会是担心分你们的钱吧，我可以提前声明，不管你们挖到了多么值钱的宝贝，我都不会伸手。我只是想跟你们去玩一趟。”

话说到这个份上，赵师傅还说什么呢？他与张文远对视了一下，张文远算是勉强答应了。

出发的那天，张其昌才见到孙把头。孙把头有五十来岁，是这群人当中年龄最大的，面貌清瘦，略显古风。他的侄子是一个一米八多的大个儿，又粗又壮，叔侄两人好像不是一个家族的人。相同的是，二人对储木场的三个人都很热情。

原先已经说定，张其昌在队伍中的分工是负责做饭，也就是火头军。所谓做饭，就是煮点热粥、热汤，主食都是自带，大多是煎饼，也有馒头。所以张其昌除了自带的十斤煎饼，另外就是他司职伙夫的做饭工具，一只铝锅，煎饼正好全部装在了锅里，倒显不出行囊臃肿。五个人一致的是每人都带了一个薄薄的铺盖卷，虽然是夏天，山里的夜晚还是很凉的。

张其昌发现，除了他以外，每人都携有一根齐人高的短棍，有酒杯粗细，通体无节，质地坚硬，张其昌也不知道是什么材质，显然是硬木。一个人手持短棍，是一件很平常的事情，但四条短棍聚在一起，长短粗细整齐划一，骤然间添了些军旅气氛。张其昌马上想到，当年的宋太祖赵匡胤，打遍南北扫平天下，不就是手持一条这样的杆棒吗？

后来张其昌才知道，其他人所携的短棍，是放山人的标准装备，叫作索拨棍，长五尺二寸，它的主要用途也不是防身、格斗，而是用来寻找野生人参。

野生人参大多混迹于灌木蓬蒿之中，或者是枝丫藤蔓覆盖之下，要想发现藏匿于其中的人参，必须剥去伪装，挑开屏蔽，这就是索拨棍的主要用途。当然，没有路径的时候，用它来拨开荆棘，或者是打草惊蛇，都是顺手的工具。真的遇到了野兽，五尺杆棒在手，和赤手空拳大不一样，自然平添了太祖皇帝的豪气。

张其昌还发现，从他家借出的军用帐篷，背在了小夏的肩上，赵师傅的后背上，多了一杆猎枪。赵师傅说，打到兔子或者山鸡的话，可以改善这一趟放山的伙食，如果运气好，遇到狍子——说到这里，赵师傅眯起眼睛，脸上现出了无限向往和陶醉的神情。看来，赵师傅真正的兴趣并非是进山寻宝，而是在享受放山的乐趣。

路径是设计好的，穿四道岔子境内的岗子山，过海林县的锅盔山，然后绕道林口县城，再坐汽车回到四道岔子。真正的山路，也就一百多公里，预计五到七天，就可以完成这次放山。

离开四道岔子不到一个小时，他们就进入了林区。很快到了岗子山，岗子山是张广才岭北段的最高峰，主峰海拔有 1357 米，呈东北—西南走向。一行人并没有攀爬主峰，而是沿着北侧山腰的小路，迤逦向西南方向走去。

此时，张其昌才真的看到，森林是什么模样。

中国有句古话，叫作“物以类聚，人以群分”，张其昌在岗子山有了新的体会。小兴安岭的知名乔木，有二十多种，有红松、落叶松、樟子松，有云杉、冷杉，还有水曲柳、黄菠萝、胡桃楸、杨、椴、桦、榆等。除了在极少数的采伐过几年的作业地段，能看到不同的树种混搭招摇在一起。真正的树龄在百年左右的林区，偌大一片山，只有一个树种。应了中国的一句古话：卧榻之侧，岂容他人鼾睡。

现在他们就进入了一片红松林区。触目所及，皆是红松，而且粗细大致相等，最细的需一人环抱，粗的要两人合围。赵师傅讲，这片红松的树龄起码在六十年以上。红松几无枝丫，四十多米的高度，顶天立地一般，从地面往上，大部分的树干上一片叶子都没有，只在顶端靠近天穹的地方，才会稀稀落落有叶片点缀，真不知道它的光合作用是怎么完成的。仰首能看得见蔚蓝的天空以及飘动的白云，中午时分还会看到洒在林子里的阳光，幻成一道一道的光柱，就像童话里的境界。地面上就像有人打理过一样，极少看到野草，全是褐色的落地针叶，覆盖着下面厚厚的腐殖质，人踩在上面，犹如踏在地毯上。林子里万籁俱寂，使人都不忍心打破这儿的静谧。

张其昌感到了震撼。以前他只知道只有站立危崖鸟瞰平野的时候，才会感叹大自然的宏大以及人类的渺小；只有伫立于江河之畔，才会发思古之幽情甚至怆然而涕下。现在张其昌依然感触到了大自然的造化神奇。这是一个瑰丽的世界，置身于森林之中，犹如置身于传说中的西王母的瑶池里沐浴一般，不仅身体得到了洗涤，心灵也荡涤一新。有种脱胎换骨的感觉。

红松林区里，赵师傅他们手中的索拨棍自然派不上用场，而且他们只顾赶路，眼睛都不往两边看。他们说，这样的地貌，是不会生长人参的。张其昌询问什么样的地貌才会生长人参时，上来就得到了孙把头的纠正："不要老说人参人参的，要说棒槌。棒槌是人参的小名，它是有灵性的，就像小孩一样，你能叫出他的小名，就说明你和他熟络、有缘，他就会跑到你的跟前来。"

这个说法有点像民间故事了。张其昌半信半疑，鉴于孙把头的年龄和阅历，张其昌想，还是姑妄听之吧。

孙把头的另一个说法，张其昌就有些质疑了，孙把头说，每年从山上下来了多少山参，政府是知道的。

张其昌想，如果每年挖掘的人参都能够卖到政府那儿去，政府自然会统计出数据来，如果采参人不出售的话，政府怎么会知道呢？再一个，政府是指哪一个机构呢？按照孙把头的说法，好像冥冥中有一个人站立在九天之上，注视着下界，而且特别计数着下山的人参。那么，这就不是政府，而是神仙了。

走出红松林，眼前又是另一番景象，没有了占据优势的树种，灌木丛杂，藤蔓交织，偶有几棵钻天的白杨，顶部还筑有鸟巢。视野也开阔起来，望得见远处另一片林子黑黢黢的边缘。这时，孙把头等人的眼睛开始发亮，明显放慢了脚步，不再沿着那一线踏痕赶路，而是变成了左右逡巡。有时候，嘴里还喊着棒槌，真的就像在呼唤自家的孩子。

刚离开四道岔子的时候，还能不时地碰到乡民，越往大山深处走，人迹越来越少，整整一个下午，竟是一个人也没有遇到。

第一天，一行人一无所获。在一处地方，倒是发现了一大片野生的松蘑，大个的能有几斤重，张其昌比发现了人参还要高兴。孙把头告诫他不要采摘，说不可能带回家去，鲜蘑需要及时晾晒，等背回家去，早就腐烂了。

晚上，并没有用到他们自带的帐篷，而是宿在了一座小木屋里。孙把头说，这是过去林区的采伐工人废弃的住房，可喜的是，居然还有现成的锅灶。张其昌发现，不止是行走的路径，就是歇宿的地方，都是孙把头预先设计好的。

晚饭后到睡觉之前，是聊天的时间，小夏先提出了问题："人参真的有灵性吗？"

"呼喊棒槌，它真的会跑到你的跟前来？"张其昌补充问。

孙把头没有直接回答，他好像深谙迂回之道："生长在野外的块茎植物，存活能够达百年甚至上千年的，只有人参和何首乌等寥寥可数的几种。想想看，花果山上的一块顽石，常年吸收日精月华，尚且能蕴育生命，原本就有生命的人参，数百年地吸收日精月华，而且还有大地的精华，能不具有灵性吗？"

张其昌还是感觉孙把头的话将想象与现实混杂在了一起，有些不着边际。

“有些现象不好解释，多年的野生人参，头、颈、躯干、四肢俱备，和人身的部位完全对应。人参的种子形状，和人的肾脏形状相同，人参的叶子，边缘有五个尖端突出，和人的手掌一样，人参的种子从开始孕育到生命诞生，和人类婴儿的孕育周期一模一样，都是280天。依你们在课堂上学到的植物学知识，给我解释解释。”孙把头同时向小夏和张其昌提出了要求。

两个人自然谁都解释不了。

张其昌对孙把头有些刮目相看了，他不再把孙把头看作只是一个讲故事的人，孙把头的话，他也开始半信半疑，周围有点响动，他会扭过头来，看一看是不是有一个白白胖胖的人参娃娃走了过来。

第二天还是这个样子，少部分时间赶路，大部分时间寻找。一行人走走停停。每至一地，孙把头总是伫立片刻，手作帽檐，双目游顾。赵师傅说，孙把头这是在观察地貌。

张其昌禁不住又问昨天已经问过的问题，什么样的地貌才会生长人参呢？

赵师傅的话有些答非所问，但也不能说完全没有关系。赵师傅说：“人参是喜光怕光，没有阳光，它不能生长，它要的是散射光，又不能直晒暴晒。人参还有一个特点是喜水怕水，没有水，人参和其他植物一样，是不能生长的，但人参生长的地方不能让大水漫灌，不能让水浸泡。对土壤的要求也是这样，过于贫瘠不行，太肥沃也不行。”

综合赵师傅的话，张其昌隐隐约约勾画出了一幅适于人参生长的地貌图。

孙把头又插话了：“人参是山林间的隐士，它愿意独自修行，不喜欢拜访。如果它受到践踏或者受到野兽的啃噬，它会隐藏所有的生命体征，在长达一年的时间里处于休眠状态。期间，它的叶子枯萎，不开花，不结果，让外界无视它的存在。来年春暖花开的时候，它又重新焕发出生机。这个避开危险环境的功能，连人类都不具备。”

张其昌想，这也是人参对恶劣的自然环境的抗争，可以说它是山林间的隐士，是品行高洁的隐士。

孙把头说：“隐士并不是拒绝所有的人，它只接待有缘人。”说完这句话，孙把头扫视了一眼大家，自言自语地说了一句话：“不知道谁是有缘人，不知道我们这个队伍里有没有有缘人。”

声音很轻，几不可闻。

第三天的傍晚，出了一件意外。

刚走出一片林子的边缘，眼前豁然开朗，看得见太阳渐渐地消失在远方的树梢上。一大片空旷场地呈现在面前，一排排大树的根部森然排列，地面上出现了好几道车辙，显然，这是不久前刚刚采伐过的一个片区。

大约半个小时之后，天已经完全黑下来，他们也差不多走到了这片场地的中间部位。突然，孙把头停了下来，他竟然迷失了路径。

起先，众人都望着孙把头，还以为他在开玩笑，后来看到孙把头的迷惘，才知道是真的迷了路。往四面看，都是一样的地貌，虽然豁朗，竟看不到路在何方。原地转了几个圈之后，连太阳落山的方向以及刚才从何处而来，统统辨识不出。

不只是迷失了路径，也迷失了方向。

张其昌悄悄地问赵师傅，为什么不带指南针。赵师傅低声解释：“孙把头太自信了。他放山几十年，视这一代山林为他们家院子里的菜地。他闭着眼睛也能摸到他要去的目的地。如果带指南针进山，他会认为是对他的藐视，对他经验的挑战。”

孙把头的自信，源自于他对路径的熟悉。多年进山，他会在不同的地方留下记号，某些特异的地貌也会成为他记忆的标记，一段枯木，甚或一个地段的特殊的气味，都是他关于路径的标示。但是，他独独没有想到，人工采伐会中断了他的记忆链条，抹去了他所有的记忆标记。

正是智者千虑，必有一失。

仰首苍穹，银河横亘，繁星满天。

孙把头说："只要找出方向来就行，路径没有关系。"

谁都知道，北极星是永远在正北方向的，找到了北极星，自然就解决了方向的问题。可是满天璀璨，哪一颗星星是北极星呢？

张其昌知道得更详细一些，从人站立的位置出发，划两条线，一条沿地面伸向远方，一条垂直向上，构成一个九十度的角，那么，北极星大概就在四十五度的位置上。另一个辨识的标志，北极星亮度中等，但它的周围没有比它更亮的星。

按照这两条去寻找，符合条件的张其昌居然找到了三个，看看这个也像，看看那个也像。张其昌知道，还是没有找到。

他忽然记起了小时候读过的《十万个为什么》，书中曾有讲述，如何利用大熊星座寻找北极星。北极星相对于地球是不动的，但是大熊星座一年中要绕北极星一周。找到了大熊星座，就容易寻找北极星了。

大熊星座好找得多，它又叫北斗七星，又叫勺子星。任谁都能从天上把这七颗星找出来。勺子柄由三颗星组成，剩下的四颗星组成一个近似的四方形，算作勺子碗。书上是这样讲述的，将勺子碗中远离勺子柄一侧的两颗星连接起来，在它们的延长线上量出五倍的距离，就是北极星的位置。

再加上北极星的辨识标志，张其昌很快就确定了方位。

初开始孙把头有点不相信，张其昌把寻找北极星的方法讲了一遍，他才打消了疑虑。只半个小时，他们就走出了这块空旷的场地，又半个小时，他们就抵达了原本要歇宿的地方。

经过这件小事，孙把头虽然没有说什么感谢的话，明显地待张其昌亲近了许多。

有一个问题，张其昌在肚子里攒了好几天，他极想知道，孙把头放山几十年的成果如何，或者换句话讲，放山人进山找到宝贝的几率有多大。

当晚睡觉前，张其昌将这个问题向孙把头提了出来。

话一出口，张其昌就有些后悔，自己也感觉到有些突兀。涉及隐私，尤其涉及财富的隐私，会令别人为难。就像现代人询问他人的薪资等收入状况，是一件极不礼貌的行为。

好在孙把头并没有介意，也没有愠怒，但也没有直接回答："你们老说进山寻宝，知道什么样的山参才能称得上宝贝吗？"

看到大家专注的神情，显然都想知道答案，孙把头继续说下去："生长着的山参的品相，从它的叶子上就可以看出来，一个叶托上有四个叶柄长出来，这棵山参就叫作四匹叶，有五个叶柄的，叫作五匹叶，以此类推。三个叶柄的叫作三花子，已经不上数了。四匹叶以上的，都叫作宝贝，五匹叶已经很难得，六匹叶嘛，可谓价值连城。按生长年限说，四匹叶的山参，不少于六十年，五匹叶的在百年以上。据说当初努尔哈赤献给明朝万历皇帝的那棵参，是一棵七匹叶，属千年老参，这才获得了让他管理部族的封赏。"

"咱家都挖过什么样的参？"孙把头的侄子问。

孙把头抬起头来，陷入了沉思，似乎回到了过往的岁月，半天才说话："我放山三十多年，只采到两棵四匹叶。五匹叶，在别人那儿见到过一次，至于六匹叶，至今还没有缘分见到。"

孙把头的话很慢，似乎在回味，又有些感喟。三十多年的放山经历，弹指一挥间，但其间会有不少的艰辛和难忘的记忆。足足五分钟之后，孙把头才从回味中走出来，继续山参的话题："人们只知道长白山是山参的产地，但长白山已经被人们挖了四五百年，最开始女真人为了进贡给明朝皇帝，最多的时候一年能挖四五万斤，到清朝末年，已经不足千斤。于是人们就将眼光投向了长白山的北方，作为长白山余脉的张广才岭，就是咱们脚下的这块土地，甚至再往北，松花江北岸的小兴安岭，都有山参，都是宝地。近五十年来采到的高品级的山参，有一多半出自长白山的北方。”

“听说有宝贝的地方都有毒蛇猛兽保护，是真的吗？”小夏插话道。

“不都是传说，有一定的道理。”孙把头接过了话茬。

“有一种说法，山参会发出一种奇异的气味，这种气味为蟒蛇所喜欢，所以会有山参和蟒蛇共居的现象。放山人遇到蟒蛇的时候，也是又喜又怕，喜的是可能左近就有生长多年的山参，怕的是蟒蛇对人类的袭击。当年努尔哈赤发现山参的时候，据说就是先看见了蟒蛇的麟甲发出的金黄色的光。”

临睡前，好像是为了安慰大家，孙把头说道：“放心吧。放山有一个规律，几乎没有放山人空手下过山，这也是老天爷对人的眷顾。采不到宝贝，也会采到三花子、二齿子（长有两个叶柄），山参找不到，也会让你找到一点别的贵重药材，总之，不会让你空手。睡觉吧，面包会有的。”

“面包会有的。”是他们不久前在四道岔子看过的电影《列宁在十月》里的台词，这几天成了大家的口头禅。

第二天，依然一无所获。行程已经过去大半，他们早就走出了岗子山，走出了林口县，连海林县的锅盔山也即将穿出。人们的面部表情越来越凝重，失望的气氛开始笼罩队伍。赵师傅虽然背着猎枪，至此却一枪未放，有几次明明见到野鸡在眼前踱步，晚间在篝火旁还曾经看见过一双好奇的眼睛，赵师傅说那是来拜访的狍子，面对这一切，赵师傅都没有端起枪来。张其昌猜不透他是出于爱惜生命的悲悯心肠，还是在等待一个时机，或许打算等挖到宝贝再鸣枪庆贺，就像人们喜庆的时候燃放爆竹一样。

为了冲淡压抑的气氛，这两天张其昌捡拾柴火准备做饭的时候，总是采集几束野花，装点在灶台的周围，大多数的野花他都叫不出名字，有的平淡婉约，有的红得像要滴血，鲜艳得灼人眼目。有一次赵师傅指着一朵花对他说："知道这是什么吗，这是罂粟花。"

休息时，孙把头坐到了张其昌旁边，说道："大侄子，我们是来寻宝的，你有没有宝贝的故事给我们讲一个，也带个彩头来。"

张其昌想了想说："寻宝的故事我没有，和财富有关的我倒可以说一个。春秋时期，越国的大政治家、军事家、谋略家，辅佐越王勾践卧薪尝胆十年雪耻的那个人——"

"范蠡，我们家乡的故事。"小夏应声说。这时，大家才记起了小夏是浙江的知青。

"范蠡功成名就以后，"张其昌继续道，"知道与帝王只能共患难，不能共富贵，于是就悄然离去，来到了齐国，但还是没有能够退隐江湖。齐国仰慕他的才华，又请他做了宰相，做了几年之后，当然政声显赫，最后才隐居山林。隐居的地方就是山东肥城，离县城二十多公里的一个地方，叫作陶朱，后来，范蠡被称为陶朱公。退隐后的范蠡，致力于经商，大获成功，成为一方巨贾，富甲天下。后来，陶朱和陶朱公都成了财富的代名词，人们形容一个人的财富之多，就说他富比陶朱。"

"范蠡怎么富起来的？他也挖过山参吗？"孙把头的侄子问道。

"没有听说范蠡采过人参，也不知道他的第一桶金是怎么来的。但是他的经商理念至今为人们所尊奉。范蠡曾经说过，贱取如珠玉，贵出如粪土。"

"什么意思？"孙把头的侄子又问。

“经商的人谁都知道货物的价格降下来的时候买进，价格涨上去以后再卖出去，这样才能盈利。但是实践起来却很难，价格下来了还想再降，涨上去了还想再涨，不管是买还是卖，这个出手的时机很难选择。而范蠡就给出了答案，也是忠告，降价的时候，要把降价的货物看作珠玉一样珍惜，果断买入；涨价时，要把货物看作粪土一样，毫不吝惜地抛出去。真正能做到这一步，才能成为成功的商人。”

“佩服。”众口一词。

“肥城人都会经商吗？”

“不敢说，但我们以作为范蠡的老乡为荣。”

最后一天，按照孙把头的计划，下午就会走出林子，踏上通行公共汽车的大道，开始返程。谁都知道，一个大家都不愿意讲出来的事实，这一趟，他们真的是无功而返。而且，连孙把头讲的放山人通常都不会空手下山的话也受到了挑战，他们这一行，连一棵低品级的山参也没有采到。

当这个局面真的来临时，大家反倒平静了，气氛也没有前几天那样的低沉和压抑，小夏还唱起了歌。小夏有些玩世不恭，对储木场的工作也不安心，也是，想一想江南的山清水秀、杏花烟雨，和这里北国的粗犷也确实形成了极大的反差。况且，远离父母和亲友，这份寂寞本就令人难以消磨。

中午吃饭的时候，张其昌正啜吸着稀粥，忽然听到孙把头“咦”了一声，抬起头来，发现孙把头眼睛怔怔地盯在了张其昌的身后，张其昌疑惑地回头，除了灶台旁插着的一束他采集的野花，别的什么也没有。

“这花你是从什么地方采的？”孙把头询问张其昌时，声音都有些变了。

“这是棒槌花。你知道吗！”孙把头指着其中的一朵说。

场面顿时大乱，众人都放下了饭碗，纷纷站立起来，要张其昌带领他们去寻找采集这朵花的地方。

张其昌是随手采集，早已记不得这朵花从哪儿摘来，孙把头说："那还不好办，把上午走过的路再全部走一遍，不信找不到。"

于是，林子里又响起了"棒槌"的呼喊声，此起彼伏，调子轻松而愉悦。

转悠了几个地方之后，终于在一处陡崖边上，找到了棒槌花的出处。一处有二十米见方的平地，一棵红松突兀地直入云霄，树径需两个成年人合抱，平地的边缘处有三棵白桦树，都不甚高，几棵树木围簇的中间平地上，一丛茂密的灌木及野藤掩映中，就是张其昌摘取那朵"棒槌花"的地方。

近前后，孙把头脱口而出："五匹叶。"众人都惊呆了，五匹叶的山参，可是孙把头一生中只在别人那儿见过一次也是他一生中魂牵梦萦的宝贝，目前，却真实地出现在了众人面前。除了孙把头之外，其他几个人还是只看到了茂密的灌木和蓬蒿，看不出任何山参的庐山真面目。

孙把头做的第一件事情是从衣服兜里掏出了一截红绳，两端各系有一枚铜钱。他插脚走进灌木丛里，将红绳挂在了一棵植株上，想来，那就是人参的植株了。

"拿我的快当斧子来。"孙把头吩咐他的侄子。他把三个年轻人屏在外围，只他和赵师傅两个人动手，小心翼翼地砍伐荆棘与藤条，剥离了所有的屏蔽和缠绕之后，一株孑然屹立的山参植株呈现在面前。微风飒然，植株的茎干粗壮结实，有大拇指粗细，叶片黑绿，随风摇曳。

倏然间，一首古诗词映上张其昌的心头：

"北方有佳人，绝世而独立。一顾倾人城，再顾倾人国。宁不知倾城与倾国？佳人难再得！”

这是汉武帝时期的宫廷乐师李延年的作品，张其昌感到目前所见，像极了这首诗歌的描述。这棵五匹叶的参龄，按照孙把头的说法，当在百年以上，日精月华养成了她的雪肤冰肌，承蒙同样生长了百年以上的红松的庇佑，使她躲过了无数的如磐风雨。她超然出众，娴雅幽处，淡然婉约，一百多年的漫长岁月，她没有感到寂寞吗？

张其昌浮想联翩。

其他人全部沉浸在激动当中。孙把头以山参植株为圆心，以两米长的距离为半径，在地面上画出了一个圆，然后，沿圆圈的外围挖出了一条壕沟。再然后，弃锹镐不用，掏出一根兽骨磨成的签子，在壕沟的四周向内里的方向，逐层剔除土壤的颗粒，以裸露出山参的根须。

在张其昌看来，孙把头就像是在施行某种仪式。孙把头说，先用红绳搭在山参的枝干上，有灵性的山参就不会跑掉了。他在所有挖参工具的名称前面都冠以“快当”二字，比如快当斧头、快当铲子等等，他说“快当”二字是满语吉祥的意思，这是放山人的传统用语。即便是他用来剔除土壤颗粒的签子，也不是普通的兽骨，名字叫作鹿骨针，是放山人的专用工具。山参的根须非常发达，一棵五匹叶的山参，根须可以长达两米，倘若斩断了它的根须，哪怕是毛细的根须，它的浆液也会流出来，品相就会大受影响。所以清理根须的时候要像做外科手术一样的精微细致。

有些许神秘感，但孙把头是虔诚的。

足足用了一整个下午的时间，才把这棵山参起出来。按照孙把头的话说，叫抬棒槌。孙把头又削了桦树皮，将山参层层包裹，他说，这样做的目的是保湿。

显然是高兴的缘故，孙把头的话也多起来，他说，今年来早了，如果晚一两个月，人参会结籽，放山人会把人参籽撒到地面上，希图以后再继续长出人参来。他说，他会在这一带留下记号，通常，有这样一棵参王的地方，不会只生长着一棵参，来年他还会来这儿寻找。

“那为什么我们这一次不继续找，还要等到来年呢？”小夏问。

“缘分至此，不可奢求。”孙把头语带禅机。他说：“放山人还有一句话，叫作抬大留小，即使我们在下山的途中再看到小一些的山参，也不会采了。”

“我们这次要是采不到这棵五匹叶，如果遇到了山参秧子，比如说生长二三十年的，当然也会值些钱，会不会采呢？”又是小夏问。

孙把头面现羞赧，没有回答，看来，在诱惑面前，他也未必把持得住。

张其昌想，还是孔夫子说得对，衣食足方知礼仪，再好的理念，也要人吃饱了肚子才能遵守。

果真如出发前的估计一样，这一趟放山，他们用了整整七天的时间。

这一年的岁末，腊月将尽时候，赵师傅来到了张文远家中，递上了一个红包，说是大侄子夏天放山的酬劳，还说是张其昌这位陶朱公的老乡给他们带来了运气，不胜感激云云。

赵师傅走后，张家人打开红包，竟是两千元人民币。在70年代初期的普通人家看来，已经是一笔巨款，足可以抵得上张文远三四年的工资了。不要说在安驾庄，就是在小城市里，这些钱也能买得起一处普通的院落了。

那棵五匹叶一共卖了多少钱，张其昌始终没有打听，他只是有点困惑，两千多年前的范蠡，真的给他们带来了好运气吗？

第十三章

陈桂枝的困惑

放山回来的第三天，中午下班后，张文远从储木场带回来一个消息，陈桂枝和张其昌的户口在正方林业局落下了。同时，还有一纸送达储木场劳资科的通知——自即日起，四道岔子储木场增加张其昌为知青编制，工资待遇同其他知青，工龄亦从即日算起。

这是张家的重大事件，一家人高兴非凡，连中午饭都甚是草草，食不知味。

下午，张其昌为了平复激动的心情，走出了家，来到了江边，在一根圆木上坐了下来。牡丹江依旧如往日一般，无视两岸的山川与人物，顾自流淌，由于江水浑浊，江面上居然看不到对岸青山的倒影。

现在的张其昌有了两个变化——他成了非农业人口，他成了知青。

江面上没有帆影，但他分明看到了一叶轻舟在水面上箭一般穿行而过。画面的解说词油然浮出："即从巴峡穿巫峡，便下襄阳向洛阳。"

这是杜甫的著名诗篇《闻官军收复河南河北》的最后两句。杜甫的诗章，以雄厚沉郁见称，但这一首诗却被称为唐诗的第一快意之作。杜甫经历了唐朝的安史之乱，他目睹也亲历了内乱战争给人民造成的伤害，百姓流离失所，家庭妻离子散。正是由于杜甫经历了多年的战乱苦难，所以，当他得悉叛乱平定、失地收复以后，才会欣喜若狂，写下了这篇脍炙人口的诗章。

继而，杜甫这篇诗章的其他句子逐次浮现：

剑外忽传收蓟北，初闻涕泪满衣裳。
却看妻子愁何在，漫卷诗书喜欲狂。
白日放歌须纵酒，青春作伴好还乡。
即从巴峡穿巫峡，便下襄阳向洛阳。

通篇作品的调子喜悦欢快、轻松跳脱，是大欢愉、大畅快。

张其昌此时的心情就和杜甫的这篇诗章表述的一样。之前，张其昌曾经试图利用读书这一途径来完成不同阶层之间的跨越，但他失败了。时代导致的蹉跎给他的心灵造成了深深的伤痕，经历之艰难，伤痕之深刻，愈加使他意识到今天所获之珍贵与不易。千千万万的农家子弟，像他这样凭借偶然的机遇改变现状的，实属凤毛麟角。

所以他感到了大欢愉、大畅快。

所以他和杜甫的这篇诗章产生了共鸣。

他真想对着滔滔的牡丹江以及江东苍茫起伏的山峦大声地喊出来：“我成为知青了！”

翌日，张其昌到储木场去上班，才得悉自己被分配到了木材加工厂，而且当即被任命为所在班组的班组长。班组内连他在内共有八个人，也就是说，他成了其余七个人的领导。

他有些惶惑，这官职来得也太容易了吧，怎么连考察都没有就直接任命了？到班组后见到了他的下属，他才明白，这班组长非他莫属，七个人全是本场的职工子弟，五个丫头片子、两个小小子，张其昌都怀疑他们是否过了十八岁，甚或十六岁。他又成了孩子王。

那个时候储木场的职工子弟，只要初中毕了业、不再继续读书的，一律轰到场子里上班，储木场本身就在山上，大家就都成了上山知青。

这些年轻人的父兄都是本场职工，彼此也熟悉。张其昌又成了哥，全班组没有一个人叫他班长，都叫哥。

别看这些人年龄小，又多是小姑娘，但干起活来却不含糊。圆木从山上的采伐场运来的时候，已经经过了第一道加工，截成了六米、八米的长段。有时候看运材车后面拖出长长的一段，怕得有十米长。张其昌的班组就负责把卸下来的圆木抬到车间里，放置到圆盘锯的工作台上，去掉树皮，再切割成不同尺寸的板材，按照尺寸码放到货场里。

诸多工序中，最重的活是将圆木抬到车间里。他们班组加工的板材几乎都是四米的，虽然短，但抬起来依然令人感到吃力。大家齐心，倒也能应付。这个活计最能考验大家的协作精神，如果有人藏奸耍滑，效果立马就会显现出来。这个时候，也让张其昌见识了这些职工子弟的淳朴，看起来瘦弱单薄的小丫头，在粗逾半米的圆木面前，竟没有丝毫的惧色。号子声中，一根根的圆木被抬到了厂房里。

夜班的时候，加工厂的里里外外，亮如白昼，厂房内顺着房脊吊起了一排大瓦数的白炽灯，院子里也是灯火通明，一直延伸到江边，一眼就能看到扎放木排的龙门吊，灯光映照下，依稀还能看到江对岸东山的轮廓。至此，张其昌才感受到了国有大企业的规模与气势，同样是参加集体劳动，他在安驾庄从事的农业生产劳动就没有这般震撼，没有这等场面。

张其昌是班组长，又是哥，在弟弟妹妹面前，自然要身先士卒，没有几天，肩膀就肿了起来，晚上他在睡梦中难免会忍不住哼出几声，这惹起了陈桂枝的怜惜。陈桂枝竟要张文远到场子里交涉，希望场子别让这些孩子们干那么重的活。张文远说干活哪有不累的，一开始肩膀肿，等磨出茧子来就好了。

张其昌没感到多么苦，比这苦和累的农活他也干过，他就是受不了夜班。加工厂是三班倒，当然会轮到夜班，每当夜班之后，张其昌一整天都会昏昏沉沉，怎么睡觉都补不回来。

张其昌上班后才知道，小夏在储木场的工种是司机，从山上往储木场运输圆木，有时候也放排，将扎好的木排放到牡丹江的下游去。四道岔子储木场，外省来的知青好像只有小夏一个人，听说他从初始就不安心，一直闹着要回去，最近他母亲身体不好，他更是忧心忡忡。小夏的家乡是浙江余杭，张其昌知道，那是清朝四大奇案之一“杨乃武和小白菜”的故事诞生地。每当小夏谈起他的家乡，总是无限向往。他说：“你都想不到我们那儿的山有多么绿，水有多么清，天有多么蓝。”

没过几天，张其昌就认识了更多的外省知青。

穆镇有通知下发到储木场，正方林业局要举行知青代表会议，部署进一步开展“批林批孔”政治运动的有关事宜。储木场共有知青几十个人，大家脱离生产第一线，到穆镇轻松几天，固然是内心情愿的事情，但这样的会议，要求大家必须发言，而且有时候还必须是书面发言，就不免令有些人发怵，所以，通知发下来，知青们并不踊跃。

小夏因为要到局里的知青办去蘑菇回浙江老家的事情，已经占用了一个参加会议的名额。另一个名额，居然落到了张其昌的头上，不知道是其他知青的推荐，还是场部领导的赏识，反正是说，既然当过老师，自然能说会道，又多读过几年书，而储木场其他的职工子弟，有的连初中都没有读完，四道岔子储木场在知青会议上发言的任务，就由张其昌担当吧。

去穆镇的一路，乘坐的是运材车，空载的运材车将三面的厢板拴锁后，与一般的货车无异。手扶车厢的栏杆，沐浴着夏日山林里饱含负氧离子的清新空气，一路上眺望斑斓的山林景色，乘车的人都感到了兴奋与舒惬。

东北地区的山林颜色，斑斓陆离是基调。除了银装素裹的冬日，春天的山花烂漫、秋天里金黄色的果实与树叶，呈现在人们面前的都是遮挡不住的五彩斑斓。就是夏天，也不似南国的一片翠绿，不同林带接壤的灌木蒿艾处，间或露出一簇簇红黄色的花朵来，如火焰一般，映亮你的眼睛。

汽车在石横林场停留的时候，又上来了三个人，一男两女，大概也是去穆镇参加会议的知青吧。小夏碰触了一下张其昌的胳膊，轻声告诉他，上车的人当中有全局知青里最出色的美女。张其昌做漫不经心状，但眼睛却觑向刚上车的两位女性，两个姑娘虽然穿着工作服，却都是身材窈窕，亭亭玉立，但头上裹着的纱巾将头发和面容都包得严严实实，实在看不出哪一位是国色天香。

张其昌自视不低，以为自己是曾经见过世面的人，周家疃本就是肥城县最有名的出美女的地方，而三春和四杏这样的绝色他也都见过。曾经沧海难为水，除却巫山不是云。难道这里还会有和三春四杏一样的绝色吗?

还没有到达穆镇，中午吃饭时候，汽车停在了一个叫作“七公里”的地方，这里也是正方林业局的一个检查站。姑娘们摘下头巾，在一个水龙头旁边洗脸。一路行来的公路是沙土路，汽车本身的扬尘足可以灌进每个人的耳朵和脖子，一袭薄薄的纱巾自然也挡不住，因此，一下车，爱美的姑娘们的第一件事情就是盥洗。

此时，张其昌才真是大跌眼镜。

此时，他从小夏口中知道，小夏所说的美女叫楼忆娥，是苏州人。

张其昌发现自己犯了一个错误，他不该把周家疃和苏州放在同一个坐标系里，这是两个根本不同级别的行政区域。他对自己原先自信满满的审美也产生了质疑，他太孤陋寡闻了，简直是井底之蛙。

目睹了除去纱巾又濯洗过的楼忆娥，张其昌才明白了什么才是古人形容美女的“巧笑倩兮，美目盼兮”，什么才是“蹀躞之间，意动神流”。

都说女人是水做的，其实，只有见识过江南女子之后，对这句话才会有全面的理解。这句话不只是说女子肤白胜雪、温莹如玉，它还有另外一重含义，即是由水的流动特性反映在女性身上的无处不在的灵动。举手投足，惊鸿一瞥，在在显出妩媚，给人以动人心魄的震撼。

女性的美，不是装饰而来，也不是刻意做作而来，它是女性的自然流露，有人或许会说，后天的学养与气质也是女性美的组成部分，但是都比不上也不可能替代没有任何雕饰的淳朴的原始美。它是大自然和老天爷给予女性的恩赐。

之后几天的知青代表会议，楼忆娥的“巧笑”和“美目”并没有抛向任何一位男性，确切地说，她没有对任何异性假以辞色。小夏说，她原本就有“冰美人”的绰号。

知青代表会议的内容，就是批林批孔，大会发言和小组讨论，都是这个内容。林彪和孔子生活的年代，相差两千多年，两个人原本不相干，此时的林彪，已经摔死在温都尔汗，并且被确认为“反革命集团案”主犯，清理林彪遗物的时候，在林彪的客厅里发现了林彪和他的妻子叶群互相书写题赠的条幅，皆为“悠悠万事，唯此为大，克己复礼”，有一个条幅居然是“悠悠万事，唯此、唯此为大，克己复礼”，连续用了两个“唯此”，可见林彪夫妇对于“克己复礼”的青睐与重视。

“克己复礼”是谁说过的话呢？是孔子。林彪对孔子的话看得如此郑重，推为悠悠万事之首。

“克己复礼”是什么意思，当年的孔子是在什么样的背景下说的这句话，参加会议的知青们均不甚了了。但发言的人个个慷慨激昂，炮火四射，硝烟弥漫。

就在大家有些倦意的时候，轮到张其昌发言了，他的第一句话就引起了众人的注意："我来自孔子的家乡。"

这句话果然有效果，批判的对象是孔子，而来自孔子家乡的人说的话应该有些分量，有些新意。

克己复礼，语出《论语》："颜渊问仁。子曰：克己复礼为仁。一日克己复礼，天下归仁焉。为仁由己，而由人乎哉？"

当年，安驾庄的刘爷爷曾经给张其昌详细地讲解过——孔子的学生颜渊请教孔子什么是仁德，孔子说，克制自己的私欲，使自己的语言行为都符合礼，这就是仁德。一旦做到这个样子，天下的人就都会归于仁德了。要做到仁德全在于自己，哪能依靠别人呢？

刘爷爷还特别解释，所谓的礼，不仅是指礼节、礼仪，还代表社会的道德和行为法则。对此，人应该具有敬畏之心。

放到今天来看，克制自己的私欲、敬畏规范、敬畏法制，这句话是没什么可批判的。张其昌的发言基本上没有提到林彪，他只是讲了克己复礼在《论语》中的出处，他读了《论语》中的原文，又按照现代的语言解释了一遍。当然，他也按照当时报纸上的论调，说了几句孔子的目的是为了维护奴隶主阶级的利益，是为了复辟周天子确立的奴隶制。

周天子和孔子的年代又相差了千余年，为什么将这两个人扯在一起，孔子怎么就成了复辟狂？他也不明白，只是报纸上这样说，他也人云亦云罢了。

可以说，他批判的力度不强，但也没有颂扬。他操一口带山东口音的普通话，不疾不徐地侃侃而谈，效果明显要强于那些念稿子的人。

不承想却引发激烈的争论，一些人说张其昌的发言批判性不强，火力不够；一些人夸赞张其昌的发言有深度，只有研究透了敌人，才能彻底地打倒他。

令张其昌想不到的是，赏识他的人中竟然有楼忆娥。他发言完毕坐下的时候，楼忆娥向他投来了一个会意的微笑，那是他第一次正面目睹到了楼忆娥的明眸皓齿。休息的时候，她还走到张其昌的近前，说她曾经去过泰山，那该是离孔子的家乡不远了吧。

楼忆娥走近的时候，张其昌感到了局促与紧张。张其昌清晰地看到了她明净的额头，对视了她的眼睛，她的双眸犹如晴朗的夜空里镶嵌在苍穹的星星，深邃而旷邈，引起人无限的遐思。

知青代表会议结束的时候，小夏对张其昌说了一句话："卖油郎独占花魁。"

张其昌想了想，还真是这样。在几天的会议过程当中，他真想不出楼忆娥还和哪一位男性这样近距离且和颜悦色地说过话。

回到四道岔子后，张文远提议，利用星期天休息日，陈桂枝母子应该到哈尔滨去一趟，张其昌的姑姑一直惦记着侄子的户口和工作，现在都有了结果，去当面告诉她们，也好让她们放心。

张其昌的三姑叫张玉芬，在哈尔滨平房区的一家兵工厂上班，姑夫是转业军官。张其昌从山东几次到正方林业局，都在哈尔滨的三姑家落脚，也都在哈尔滨中转。张玉芬孩子众多，张其昌有四个表弟、一个表妹，姑舅表兄弟是最亲的亲戚，每一次张其昌到来，表弟表妹都像过节一样高兴。

平房区位于哈尔滨市的南郊，因了兵工厂的存在以及另外几个大的国有企业，繁华程度几乎和市里没有太大的区别。市里有的大型商场和剧场，这里都有。由于已近农村，农副产品的价格比城里还要便宜，夏天，两毛钱就能买一簸箕西红柿，切实使张其昌体会到了黑龙江的富庶。只是从市里的火车站到平房的38路公共汽车，沿线要经过大片的农田，一眼望不到边的玉米和大豆，蔚为壮观，这才让人意识到平房的郊区属性。

陈桂枝母子来平房，事前没有打招呼，算是不速之客，母子二人原来的意思也是想给她们一个惊喜。他们的到来，自然受到了热情的欢迎。大表弟和表妹，围簇在张其昌身边，张玉芬则张罗茶水，和陈桂枝互道平安。

陈桂枝和张其昌两个人都隐隐察觉，在他们踏入家门的前一刻，这家人正有什么不愉快的事情发生，因为张玉芬脸上余愠犹在。

陈桂枝没有顾及这些，她只是急于想把张其昌成了知青的消息告诉张玉芬，跟她分享喜悦。

“玉芬，这下你该放心了吧，你侄子成了知青。这知青可好了，每月都有工资，星期天还可以休息。前些天林业局召开知青会议，你侄子还当了知青代表……”

“你不要老是知青知青的好不好！我现在一听见知青就烦，脑袋瓜子都大了。”张玉芬竟然不顾礼节，抢白道，“知青有什么好？你四个外甥有两个知青，你三外甥在兵团当知青，还好是在本省，也不知道是怎么回事，钱老是不够花。每个月都管家要钱，不知道是你三外甥胡乱花钱，还是兵团里不发工资。在家的时候，你三外甥可是没有胡乱花钱的毛病啊。

“还有你四外甥，下乡去了内蒙古的一个什么鬼地方当知青，他倒是没有管家里要过钱，可是，那么大个人了，倒是好好照顾自己啊，偏偏去年冬天冻了脚，冻了脚也不打紧，东北冻脚的人多了，擦点药也就好了。可偏偏咱们家的孩子倒霉，不知道是孩子懒，还是他们那里就没有药，硬是发炎溃烂到需要做手术，竟然截去了一个脚趾头。这不，前两天刚寄到家的伤残鉴定，你外甥好好一个人，成了残疾人。我和他急，说做伤残鉴定干什么，你外甥说回城有用。可自己不想一想，年纪轻轻的，顶了一个残疾人的名，以后可咋处个对象啊？”

张玉芬说着说着，竟然流下了眼泪，看来心中的愁苦已经郁积多时，又没有人能倾诉，现在好不容易找到了一个说话的人，胸中块垒一泄而出。

张玉芬话也说了，泪也流了，心中轻快了不少。旋即，她发现了自己的失态和不妥，嫂子和侄子是报喜来的，进门伊始就遭到了她的抢白，她感到了不安。

好在彼此之间是至亲，没有说不开的话，甚至有些解释都是多余的，很快就消除了尴尬。陈桂枝安慰张玉芬，说三外甥和四外甥也都会好起来；张玉芬也祝贺了侄子，说终于熬出来了。

可受过抢白的陈桂枝终觉不解，她感到了困惑。

同样是知青，姑嫂二人对其的认知和评价怎么会有霄壤之别。

张其昌成了知青，一家人是高兴的，他由农业户口变成了非农业户口，而且还有了工作，这是农村青年自幼憧憬梦寐以求的。按照人往高处走的说法，张其昌确实上了一个台阶。但身在哈尔滨的两个外甥当了知青，怎么就给这个家庭带来了愁苦和阴霾呢？

城里的孩子金贵，当知青是受了苦，可农村的孩子也同样是父母生父母养，在父母的眼里，他们也是金贵的。如果说到聪明能干，农村的孩子一点也不比城里的孩子差，而且农村的孩子远远要多于城里的孩子，怎么没有人为他们考虑呢？为什么不让他们都去当知青？

陈桂枝想不明白，甚至为农村的孩子们感到委屈。

不独是陈桂枝，连读过书的张其昌也解释不了。

之后的若干年里，知青题材的文学作品汗牛充栋，其中不乏精品。有的作品真实地记载了当时知青下乡的历史事件，为了响应政府的号召，不管这个号召是出于什么动机，为了消灭阶级差异还是为了解决城市青年的就业问题，城市青年义无反顾地走向了农村的广阔天地。

远离了父母兄弟，远离了城市的霓虹灯以及养育他们的城市弄堂和胡同，迎接他们的是大自然的榛莽和风沙，有的人被吞噬了，有的人得到了涅槃。但是很少有人站在农村青年的角度看待知青，因为从农村青年的视角看，不要说知青的叱咤风云豪气冲天，也不要说他们生命力的张扬以及人格的升华，即使是他们遭遇的坎坷、他们的身体和精神所经受的磨砺与苦痛，在广大农村青年看来，都是一种奢侈。

第十四章

赏心乐事谁家院

就在这个夏天即将结束的时候，小夏又一次找到了张其昌。

他说，他办理回城的事情，到了关键时刻，这几天，他正频繁地往来于四道岔子和穆镇之间，可他又赶上了一个往牡丹江下游放排的班次。听说木材加工厂这两天因为没有订单，大家都在轮休，因此询问张其昌，能否替他一个放排的班次，附带还说了一些感激的话。

张其昌说："你不用客气，替班可以，可是我从来没有放过排，我也没有撑过篙啊。"

小夏说："这个你不用担心，我已经和他们说好了，只要你能去，只负责做饭，晚上值个班就行，别的都不用你管。加工厂那边也由我去说。"

当他确认张其昌答应了之后，又恢复了他的诙谐模样，打趣道："你是福将，当初咱们放山时，多亏你发现了那棵五匹叶，这次放排，说不定还能从江里捞到一个聚宝盆呢。"

木排是个什么样子，张其昌从来没有见过。他只是从文学作品里读到过对于竹筏的描述，烟雨迷蒙中，平静的水面上有竹筏划过，蓑笠翁轻点竹篙，竹筏箭一般驶去，惊起岸边苇丛里的鸟雀，不时有鱼儿跃出水面。想来，木排和竹筏差不多吧。

扎排的工作，张其昌没有参与，直到临出发时，他才脚踏实地站立在了木排之上，与竹筏有些相似，但没有竹筏的轻捷与秀气，木排要厚实与凝重得多。竹筏上单支竹子的连接大多用的是竹篾，而木排上的连接则用的是铁钉与钢丝绳。十几根圆木并排用铁钉连接起来，组成一个单体，两个单体再前后串起来，这样的一个木排足有四五十个立方。

放排的工人讲，这还是因为牡丹江水小江狭，如果到了下游和松花江汇合之后，江面陡然宽阔，还可以把更多的木排串在一起，一次运输上百立方的木材，场面蔚为壮观。当然，串起来的木排，也不是越多越好，因为不是机械牵引，并不容易让木排停下来。单靠放排人手中的长篙，显然抵不住上百方木材的动能。松花江上多的是过往船只，木排如何做到躲让和规避呢，询及放排的人，对方回答得有些不耐烦："操那么多心干什么，松花江那一段不归我们管，到下游的合排所，我们就交差了。"

放排人口中的合排所，顾名思义大概就是将小排扎成大排的地方。

从四道岔子顺牡丹江而下，水流平缓，木排的体量又小，加之没有船只，自然没有任何风险。大部分的时间里，木排上持篙的工人动也不动，只是信马由缰，任凭木排随波逐流。

木排上共有五人，张其昌负责做饭，不参加轮班，另外的四个人分成两个班，虽然一个班要十二个小时，但因为只有两三天的路程，大家也没有感到有多么辛苦。

木排的前部搭了一个帐篷，四根立柱皆取自加工厂，都是硬木方子，粗逾成年人的手臂，下端牢牢固定在木排上，上覆一顶帆布，细密而厚实，江风拂过，猎猎作响。放排人讲，这个帐篷足可以挡得住八九级的大风。放排人说，这帐篷妙处无穷，可以遮风避雨，炎炎夏日又可以躲避骄阳，夏夜露重，也是放排人栖身的去处。简言之，它就是一座流动的房屋，但又胜过普通的房屋，四面八方的风景在这里一览无余，木排上的人又被温润而潮湿的水汽所拥围，真是人间仙境。

刚登上木排时，张其昌只感到好奇和兴奋，哪儿都是前所未见，哪儿都感到新鲜，过了小半天，他才静下心来，饱览两岸的景色。

木排行驶得很慢，比在陆地上步行快不了多少，唯其慢，两岸的景色历历在目，几乎看不到裸露的山峦，哪儿都是一片翠绿。有时候正对着一座山峰驶去，给人山重水复疑无路的感觉，但待木排驶到山前，却豁然开朗，依然是水天一色，竟是另一番天地。

木排上的五个人，只有一个是四十岁年纪，其余的都是二三十岁。张其昌着长衣长裤，他担心蚊子，其实他的担心完全多余，蚊子不可能驻足于行驶中的木排。另外的四个人的上身皆着白色的对襟短褂，下身为黑色长裤，张其昌猜不透他们这一身着装的来由，他知道这不是林业局的工作服，难道这是放排人的传统装束？四个人裸露的胳臂都是筋脉虬结，他们跑动在木排上虎虎生风，常赢得江岸上人们的喝彩声。

牡丹江水面不阔，岸上人的音容可闻可见。江的一侧是平原，另一侧是连绵起伏的冈峦，两侧都有沿江小路，不时可以看到行人。山坡一侧的行人多负背篓，应该是在采挖药草或者是捡拾蘑菇；平原一侧多见铲地的农人，不乏一群群的姑娘们，用她们的彩衣，给这绿色的大地平添了斑斓的生气。

但凡遇到三五人以上的一群人，放排人都和他们打招呼，方式也很奇特，手拢在嘴边，做喇叭状，随即传出了吆喝声：“吆……呵……喂……”

吆喝声中气十足，绵绵然，悠长旷远。

岸上人的应答，大都是欢呼，只有姑娘们才会摘下头上的纱巾，踮起脚来，起劲地挥舞。

没有出现对歌的场面，北人憨朴木讷，自有不同于南人的表达感情的方式。

木排出发的时候，张其昌没有发现同伴们携带什么渔具，只小半天工夫，却像变戏法一样，木排上就多出来半桶鱼。张其昌循迹发现，有一根钓丝从木排上垂到了江里，没过太长时间，当钓丝再被人从江里提上来，竟挂了七八条鱼，鱼体细长，比筷子稍短，白色的鱼腹熠熠闪光，不知何名。鱼儿拼命地扭动，试图挣脱。张其昌这才明白，半桶鱼就是这样来的。

在木排上做鱼，鱼不加剖洗，直接放在锅里，大家舀来江水炖煮，锅里除了葱姜，也没有别的调料。不一会儿，香味就溢了出来。初时，张其昌还拿不准鱼的味道如何，待到品尝时他才知道，鲜美无比，口颊留香。

一只小小的铁皮炉子构成了做饭的灶台，没有任何石化燃料，烧的是劈柴，在偌大的江面上，即使按照几十年后的标准，也可算是最低限度的碳排放了。

接下来的两天，丽日蓝天，山青水白，真如王维的诗句所写："舟行碧波上，人在画中游。"

第三日的傍晚时分，他们抵达了此行的目的地——正方林业局的合排所，按照行政区划，此处已经不属于正方县。合排所就在江边，这里也是牡丹江和松花江汇合的地方，水面顿时宽阔起来，有人指着远处的水面告诉张其昌，那就是松花江。张其昌望过去，水天浩渺处，果真有浪涛翻卷，并且隐隐有低沉的声音传来。

望着一轮即将衔山的斜阳，众人都很高兴，一路上顺风顺水，无惊无险，没出任何差错，交差后就万事大吉。但世间事偏多出许多拗折，他们询问值班员后方才知道，别看太阳尚未落山，但由于夏日昼长，现在已是傍晚七点钟，合排所的职工已经下班，负责检尺的材料员早就回家了。

没有人验收，木排的看管就还是他们的责任。

几个人对视了一下，几乎没有商量，径直吩咐张其昌道："晚上你看着木排吧，我们上岸去了，明天早晨再交验。"

张其昌无话可说，当初小夏跟他说，他的职责就是做饭和打更，最后一个晚上的值班，还是他的职责所在。

很快，几个人走得干干净净，港湾里恢复了沉寂和静谧。

说心里话，张其昌喜欢在木排上过夜，他不像其他几个人，他们在合排所都有熟识的朋友，甚至是女伴，他们可以通宵喝酒狂欢，张其昌在这里没有一个认识的人。更重要的是，他喜欢港湾的静谧，他喜欢谛听木排下的流水，喜欢独处时大自然的空灵给予身心的洗涤。

张其昌望了一眼西方的天空，残阳如血，四野一片。他在木排上踱了几圈，木排的拴接坚固异常，他童心忽萌，在一个角落蹦跳了几下，木排的另一侧丝毫没有翘起，就和踏在平地上一样。他想起了三国时期的赤壁之战，想起了庞士元给曹操献的连环计，将曹兵的战船都拴接在一起，使得将士们在上面如履平地。那稳固程度，该和目前他脚下的木排差不多吧。也就是在这样的战船上，才有了曹操著名的横槊赋诗。

他寻遍了整个木排，找不到一件可以充当槊的道具，撑排的长篙倒有些相似，但过于沉重，在手中不好舞弄，最后他无奈拿起了捅火炉的烧火棍，作势平端，站立于木排的前沿，朗声吟出了曹操当时诗作的首句："对酒当歌，人生几何？譬如朝露，去日苦多。"

"曹孟德如果拿着烧火棍赋诗，也忒煞风景了。"一个声音突然从岸边传来，声音娇媚而俏皮，显然说话的是一名女子。

张其昌循声望去，太阳已经有一半没入了地平线，平射的阳光有些刺眼，他模模糊糊只看到岸上一个修长的身影，着一袭白底碎花的连衣裙，阳光沿着她衣服的轮廓，描出了一个金色的晕圈。由于背光，张其易看不清来人的面庞。

“发什么愣啊！还不请我到排上去吗？”

来人说完话，提起了放在地上的竹篮，又往前走了一步。这时，张其昌看清了对方的面貌，他万万没有想到，来人竟是楼忆娥。

岸上的石阶与木排之间有一个高差，张其昌伸出了手，下一刻，手中所握柔软而温热。

他有太多的疑问，他有太多的话要问：“你怎么会在合排所呢？你又怎么知道我在这儿呢？”

楼忆娥没有马上回答，而是先在木排上转了一圈，自言自语道：“我还是第一次到木排上来呢。”说完，她坐到了帐篷下的小凳上，眼睛一眨也不眨，望向了张其昌，似乎在研究什么。张其昌仿佛又看到了夜空里的星星。

“现在我回答你的问题，我怎么知道你在这儿呢，是因为你们排上的人上了岸，我从他们的口中知道的。”楼忆娥停顿了一下，继续说道，“你问我怎么会在合排所，我本来就在合排所上班。”

“那天我分明看到你是在石横林场上的车。”张其昌诧异。

“在石横林场上车就是石横林场的人吗？那你们明天从这里回去，从这里上车，我就能说你们是合排所的人吗？”楼忆娥的话，从逻辑上讲虽然咄咄逼人，但从她的口中说出来，像是玩笑，又像是调侃，并不令人窘迫。

张其昌喜欢听她说话，即使她说的是带有质问语气的话。她的话，软软的，绵绵的，脆脆的，给人大珠小珠落玉盘的感觉。

“那一次我是提前一天去了石横林场，去看望一个朋友，就是你们在车上看到的我的同伴，然后就遇到了你们。”楼忆娥总算说清楚了。

楼忆娥将所携带的竹篮里的东西掏了出来，摆放在木排的灶台旁边，也就是那只铁皮炉子的旁边，有茄子、豆角，还有一包熟肉，最后，她居然还拿出了一袋用塑料口袋盛放的散装啤酒。她一边从竹篮里掏东西，一边对张其昌说，他们上岸的人都有热饭热菜吃，而张其昌这里冷锅冷灶，于是她就从职工的园子里摘了些青菜，也没有什么好东西。话语中颇含歉疚。

张其昌感动得眼睛都湿润了。楼忆娥是全林业局公认的美女，在男知青的眼里，楼忆娥是瑶台仙姝，寻常人都不被她看在眼里。在她面前，连张其昌都自惭形秽，现在却是玉人睹面，笑貌环伺，呼吸相闻。他也不理解为什么林业局的知青们给了楼忆娥一个冷美人的绰号。他眼前的楼忆娥活泼灵动、温婉热情，看不出丝毫的冷艳。

合排所有电，停靠木排的江边有闸，木排上原本就备有灯和线，接上了电源，顿时，木排上变得雪亮。

张其昌坚持不让楼忆娥动手，他要自己炒菜。楼忆娥静静地坐在旁边，饶有兴致地观看着勺子的翻动，偶尔，她会递过来一两样东西。夜色渐浓，薄薄的雾从四周涌上来，白炽灯泡的周围聚集了不少的昆虫，帐篷的外缘有一根亮着红光的草绳，不时有灰烬塌落，一股奇特的味道弥漫开来，草绳不知道是什么药草织就，用途是驱除蚊蝇的。

一方木排上，有了楼忆娥，充溢了无限的生气。

饭后，楼忆娥吩咐张其昌关掉了木排上的灯，顾自坐在小凳上，注视着辽阔的港湾。此时，张其昌才看出了楼忆娥独特的见地与审美。时值农历中旬的尾巴，乡下有“十七十八坐着等”的说法，薄雾渐渐散开，江面上逐渐亮起来，瞬时，一轮残缺的月亮跃出东山，大地一片通明。

两个人都被这通天彻地的月华所震慑，谁也不说话。

良久，楼忆娥开口了：“刚才你举着烧火棍吟诵的曹孟德的诗，其中还有两句，‘我有嘉宾，鼓瑟吹笙’。你愿意有人为你唱和吗？”

“求之不得。”张其昌答道。

原来，楼忆娥出身于昆曲世家。她的母亲是昆曲剧团的演员，很小的时候，她就在剧场的后台看着母亲演出。幼儿园时，她已经能够清唱昆曲的剧段，小学时，还得过表演奖。“文革”一来，一切都停止了。特别是来到北国当了知青后，楼忆娥再也没有开过口。

张其昌凭着自己在这一时期的经历，猜想楼忆娥的母亲一定也受到了冲击，这在一个幼小孩子的心灵中定会留下不堪的回忆。

张其昌没有听过完整意义上的昆曲，他幼时听过的戏曲有豫剧、山东梆子、河北梆子、吕剧等，此时期则是铺天盖地的京剧。他看过一部昆曲戏剧电影《十五贯》，那部电影曾经被周恩来总理赞誉为“一部电影拯救了一个剧种”，那是他对昆曲的全部认知。《十五贯》的主题是破案，是故事，并非为弘扬昆曲艺术，即使论及昆曲表演，也以做、念为主，几乎没有青衣的唱腔。

所以当楼忆娥站起身来，在月光下的木排上翩翩起舞，唱出以下段落，张其昌惊呆了——

原来姹紫嫣红开遍，
似这般都付与断井颓垣。
良辰美景奈何天，
赏心乐事谁家院？
朝飞暮卷，云霞翠轩，
雨丝风片，烟波画船。
锦屏人忒看得这韶光贱！

真如天籁之音，张其昌闻所未闻。

这是昆曲《牡丹亭》中“游园惊梦”场次里杜丽娘的一段唱。这出戏里，大家闺秀杜丽娘目睹了花园里的姹紫嫣红，妙龄少女的美与大自然的美产生了共鸣，情窦初开的她春情难遣，她不满意封建礼教的禁锢与束缚，遂向大自然发出了人性的呼唤，发出了渴求异性的心声。

张其昌叹服昆曲唱腔的旋律之美，抑扬顿挫，千折百回，旖旎婉约，荡气回肠。北方的梆子戏，包括豫剧，慷慨激昂，听来令人血脉贲张，而昆曲却如微风拂面，细雨润物，使人如痴如醉，但若论及警醒世人，昆曲依然有轰雷掣电、震人心魄的力量。

昆曲唱词，典雅古朴，再加上江浙的吴音，很难让人听得明白。楼忆娥一曲终了，又逐字将这段唱词读给张其昌听，并加以解释。楼忆娥幼承庭训，家学渊源，自是解释得明白；张其昌的长处则是涉猎驳杂，早先又读过汤显祖的《牡丹亭》，只是囿于年幼，只记得一个大概故事，至于杜丽娘这般伤春的况味，那时不可能体会到。

现在楼忆娥稍加点拨，张其昌便心领意会，后来，楼忆娥发现，解释已经是多余了。

楼忆娥又唱了一遍，比第一遍还要慢，吐字更清晰。木排上坎坷不平，楼忆娥的台步需要试探着走，踏实了以后，才能再迈出去。她的连衣裙，有些像舞台上大家闺秀所着的裙裾，可惜没有水袖，但这些缺憾都没有影响她台步的流畅与飘逸。她宛如夜空里的一个精灵。

虽然没有水袖，她裸露的一双浑圆而颀长的手臂，在月光下发出了象牙般莹润的光，另有一番风姿。

后来，张其昌发现了楼忆娥脸颊上一道隐隐的泪痕，他不明白泪水因何而流。或许是楼忆娥入戏太深，为剧中杜丽娘的伤春而叹；或许她为母亲作为昆曲演员在这一时期的遭遇而难过；或许她为自己昆曲梦的夭折而遗憾；亦或许是她因为自己在这大好月光之下，蹉跎青春，而感叹自己的身世和境遇。

有哪一位小伙子能够在女孩子的泪水面前心如止水而不萌生怜香惜玉之情？且眼前人，梨花带雨，人见人怜。

所以后来当楼忆娥在木排上趔趄欲倒，张其昌张臂去扶，她倒在了张其昌的怀抱里，就再也没有起来。

两个人厮缠在了一起。

初时，两个人慌乱急促，均不得要领，莽撞生涩，不窥门径，但很快，鱼水相谐，进入忘我状态，一个自是勇猛，一个娇颤相合。

这是张其昌男女意义上的成人礼，凭感觉，他认为这也是楼忆娥的成人礼。

这就是无数青年人日思夜想的盛典吗？这就是历史上无数的文学作品所歌颂的爱情吗？但张其昌切切实实地感觉到，无论先人们用了多少高贵神圣的词汇来描述，都不能罄尽他此时的快意与心灵的震撼。

他曾经无数次地憧憬过他的洞房花烛夜，或者是他的成人礼，他怎么也没有想到，他的这一天，会是蟾宫做月老，青山为傧相，一带江水成了他步入洞房的地毯，木排成了他的婚床，满天的繁星，仿佛是孩子们偷窥的眼睛。

稍歇，他才有暇注视身边的楼忆娥，她双眼迷离，偶尔有一丝一闪而过的惶惧，但眼睛却如婴儿一般莹澈。月光下，她的胴体如一副玉雕。

躺卧的时候，她蜷缩在张其昌的胸前，坐立的时候，她依偎在张其昌的腰间，她柔弱无骨，慵懒而娇惰。张其昌激动之余，很想说一些海枯石烂永不变心的话，几次张口，都被她用手掩住了嘴，或者用嘴抵住了口。

张其昌又极想知道，楼忆娥天仙一样的人物，究竟看上了他这样的穷小子什么。几经询问，终于引出了楼忆娥的一句话：“你有点像我们江南的读书人，蕴藉而儒雅。”之后，便不再作声。

楼忆娥所谓的江南的读书人，是舞台上的，还是现实社会中的，张其昌没有搞明白。

已经月上中天，夜色更浓，江面上却愈加明亮，波光粼粼，似银似雪。张其昌将自己的上衣披在了楼忆娥的身上，揽住了她的肩，他希望时间停滞，永远驻留在这一刻。

月光容易将人带回到洪荒年代，带回到远古。此情此景，张其昌记起了一首诞生于远古时代的民歌——《诗经》中的《郑风·野有蔓草》：

野有蔓草，零露漙兮。有美一人，清扬婉兮。邂逅相遇，适我愿兮。

野有蔓草，零露瀼瀼。有美一人，婉如清扬。邂逅相遇，与子偕臧。

这不正是张其昌和楼忆娥此刻的写照吗？青年男女，邂逅相遇，互相欣悦，共赴花间草丛，共享于飞之乐。没有功利的欲念，只是天性的流露。

人类的进化本应该有利于族群的繁衍，有利于人的精神少些羁绊，多一些轻松和浪漫，不知道为什么，现代人反而丢掉了原始的异性交往能力，丢掉了原始的淳朴与天性。

之后的若干年，华人圈唱红了一首歌，叫作《都是月亮惹的祸》，歌词的大意是说，月光照射的环境下，男女双方更容易互相爱慕，更容易激起交往的欲望，更容易打破日常自己设置的壁垒，包括物质的礼教的壁垒。如果有什么出格的事情，也不是他们自己的过错，都是月亮惹的祸。更有学者以“月亮与性爱之关系”为课题，用数据和曲线来证明它们之间的相关性。如果把张其昌和楼忆娥的案例引入的话，应该也是一个有力的佐证。

几度缠绵，直到两个人筋疲力尽，才相拥入睡。

凌晨，张其昌是被鸟鸣惊醒的，睁开眼来，才发觉臂弯已空，斯人已去。

有一度，他怀疑昨天晚上的经历是梦境，但楼忆娥的余香犹在，他身体的酸涩与舒惬同存，他才确信楼忆娥是真的来过，又在他未察觉的情况下离开了。

他逐一回忆，昨夜他曾经记起过曹孟德的诗，记起过《诗经》里的民谣，唯独没有想起过孔夫子所说的“非礼勿视，非礼勿听，非礼勿言，非礼勿动”。这可是礼教之大防。甚至整整一个夜晚，两个人都不曾谈及过婚嫁。看来，孔夫子的话也不能全部照搬。

在天性面前，什么三坟五典、天球河图，什么大成至圣文宣先师，各等权威，都会轰然倒下。

一个星期之后，张其昌乘车来到了合排所。他毕竟是安驾庄出来的人，自幼受到的教育就包括了男人的担当，他要为楼忆娥负责，他是来求婚的。他还带来了户口簿，如果楼忆娥答应的话，他们两人可以直接去穆镇登记。

一个消息令他失魂落魄，楼忆娥走了。不是去了近处，是回了苏州，而且是办完了所有的回城手续，不再回来了。

这怎么可能呢？他不相信。他再三盘诘，并向合排所的行政人员索要楼忆娥在苏州的通讯地址。对方的脸色渐渐不虞，反而问他是楼忆娥的什么人，凭什么索要一个姑娘家的地址。张其昌语塞，他能说什么呢？他能自称是楼忆娥的恋人吗？如果是的话，他又怎么会连楼忆娥的基本信息都不知道，还要向第三人索取？

他胡乱编了几句，说曾经借过楼忆娥的书，现在想还给她云云。

最后，他几乎是从合排所逃出来的。

之后他才知道，那一次一共有八个知青办理了回城手续，离开了正方林业局，其中就包括楼忆娥，还有四道岔子储木场的小夏。

张其昌还动过去林业局的知青办查找楼忆娥信息的念头，也是未曾行动先就怯了，找到了楼忆娥的通讯地址又待如何？

楼忆娥的所作所为令张其昌百思不得其解，而且困惑他多年。如果楼忆娥不打算嫁给他，而且对他也屏蔽了所有的联系渠道，为什么又和他度过了那样一个刻骨铭心的夜晚？

要知道，她的离开几乎要了张其昌的性命。

真的如那首名为《你呀你呀》的叙利亚民歌所唱：

> 你把我骗到了井底下，
>
> 割断了绳索就走了。
>
> 你呀，你呀。

第十五章

空翠湿人衣

没用多长时间，四道岔子储木场来了一个在关里教过书的知青的消息就传到了穆镇，而且大家还知道了这个知青能说得出“克己复礼”在《论语》中的出处。对这类消息感兴趣的部门不多，但有一个例外，那就是学校。

这个消息引起了正方林业局第一中学的校长杨万里的注意。宋朝的杨万里是我国文学史上著名的诗人，杨校长很为几百年前的这位同名同宗自豪，也继承了前辈对于文脉传承的热爱与使命。几十年来在教育战线上兢兢业业，虽经历巨大的冲击，但为国家培养栋梁的初衷始终不改。彼时的正方林业局的师资状况，和远在千里的山东省肥城县相似，实际上当时全国都一样，都面临着师资短缺。

几年来，杨万里一直为这件事情困扰，学校这几年也陆续招了几个代课老师，但还是不敷使用。且杨校长又选人严苛，凡进校的老师，必经过他以及众多老师的考核。那个年代风气尚清明，递条子、打招呼要求关照的事情极少发生。

杨校长本就求贤若渴，亦或许是“远来的和尚会念经”的中国谚语影响了杨校长的思维，几天后，张其昌接到了正林一中的通知，说杨校长要会一会这位教过书的知青，如果面试通过的话，就聘请张其昌为知青代课老师。

几天后，张其昌就出现在了杨校长的办公室。场面并非如现在的招聘，现场面试人员一字排开，应聘人员忐忑而坐，校长室里只有杨校长一人。杨校长约莫四十岁年纪，身材高大，体格健硕，一双眼睛炯炯有神。他谈吐不俗，精明干练，言语犀利，辞色稍显峻厉。此刻在他面前的张其昌中等身材，只是一个普普通通的小伙子，看不出有什么山高水长。

杨校长询问了张其昌读书的学历以及教书的经历，转而问道："你在学校都教过什么书？"

"中学的语文、数学、物理、化学我都教过，但不敢说教得好。"

张其昌自认为回答得很谦卑，而且也留了余地，实际上除了这些课程之外，他还带过音乐和体育的课。乡村学校各门课程师资的配备，本就不甚规范，即便如安驾庄镇，也没有那么严谨。碰到有任课老师请假的情况，让别的老师临时代一下课，是经常有的事情。

但张其昌的这个回答，却给他带来了麻烦。之后当他成为这个学校教师队伍中的一员，同事中的一个老师才告诉他，说他犯了一个很大的忌讳，那就是口气太大，中学课程的主科除了政治，张其昌全部囊括了，即使是任职多年的老教师，也不敢夸这个口。杨校长当时就有些不悦，第二天他向其他老师说出了他对张其昌的评价，这个人傲气十足，恐有马谡之嫌。确实，这个世上，自我吹嘘、夸夸其谈，而实则胸无点墨的人也委实不少。

杨校长并没有因为他的不悦而放弃，他还是给了张其昌机会，他说："下个星期之内，学校组织听你三堂课。分别是你教过的语文、物理和化学。你所试讲的课程，按照当时年级的教学进度，由各科的教研室随机抽取。可能是初中的课程，也可能是高中的课程。不过，学校会提前一天告诉你第二天要讲的内容，你有一天的备课时间。”

这个安排，连杨校长自己都感到有些严苛——六天里连续讲三堂课，而且是不同的课程，够这个大言不惭的年轻人受的。其实，杨校长也是为学校负责，他真心希望引进青年才俊，不希望有滥竽充数的人进来。

张其昌倒也没有感觉到压力，规则是预先讲明的，学校要通过听课考查他的教学能力，这样的安排并没有出格。他拿不准的是抽取的课程不能破坏原先的教学进度，他想，如果要他试讲的一篇语文课文原先的进度接近尾声，也就是说，字词已经扫清，主题思想已经阐明，只剩了让学生讨论归纳，这种情况下，难道让他默默地站立一个课时，静听学生的讨论吗？如果说他应该对学生的讨论加以引导，而先前的老师在课堂上的阐发他又浑然不知，又如何引导呢？

他拿不准的还有不知道会抽到什么样的文章，他希望能够让他赶上一篇古文，柳宗元、韩愈、范仲淹等人的文章他都喜欢，柳宗元的《永州八记》，他篇篇背得烂熟，不要说入选语文课本的《小石潭记》，未曾入选的《钴鉧潭记》《石涧记》等文，他也敢在课堂上给学生讲解。再或者他希望碰上鲁迅的文章，那可篇篇都是掷向旧社会的投枪和匕首啊，鲁迅的语言犀利而凝重，读来令人激愤，又使人如饮甘醇。

星期天，张其昌过得很轻松，因为不知道要讲什么，所以也无法备课。见了几个老乡，一天很快过去了。

星期一快接近中午的时候，张其昌被叫到了语文教研室，领到了翌日试讲的语文教材，是高中部毕业班的语文课本，文章的名字是“奇袭白虎团”，文章的体裁是快板书。教研组长告诉他，按教学进度，张其昌的课是这篇文章的第一堂课，从这个意义上说，这堂课犹如一张白纸，尽可以令张其昌展胸中所学，淋漓酣畅地泼洒。

张其昌回到住处，大致翻了一遍课本，不禁跌足叫苦，为什么不是一篇古文，也不是鲁迅的文章，偏偏是快板书？众所周知，快板书的受众是工农大众，是没有受过教育或者是文化程度不高的人群，所以它的语言通俗到了极点，白话到了极点，既然是连不识字的人都能了然的东西，那还有必要在课堂上给高中生解惑吗？而且，语文课讲授到高中阶段，需要大批量认识汉字的时段早已过去，在这篇快板书里，连找到几个生字都难。

如果谈起朝鲜战争的背景，张其昌也约略知道一些，当时的中共高层在出兵朝鲜的问题上是有分歧的，美国在对中国意图的判断上又愚蠢至极，在情报的掌握和搜集上闭塞至极。如果讲这些，似乎又不像语文课的内容。

没办法，张其昌还是站到了讲台上。

张其昌放眼望去，教室里的座位做了调整，全班四十多名同学挨挤在一起，占用了教室内三分之二的空间，后面的座位分为两排，坐满了十五六位老师，当然也包括杨校长。尽管学生们是坐着，但张其昌看得出，大部分的学生都比他高，东北人体格高大，毕业班的同学大都已经成年，几十双眼睛盯在了他的脸上。

张其昌先是读了一段课文。快板书最早起源于山东，但张其昌知道，他不能用山东话来读课文，即使在山东的课堂上，他也不能用山东话读课文，这是对一个语文老师的基本要求。于是，夹杂着山东口音的普通话颇显出了几分滑稽。

张其昌眼睛的余光已经看到了同学们的面部表情，有的同学努力忍着，竭力不想笑出声音来。如果不是后排十几位老师的震慑，估计哄堂的笑声早就喷薄而出了。

张其昌真得感谢这十几位老师的捧场，没有他们的压阵，场面将不堪设想。

张其昌没有继续自己读下去，他叫起了一位同学接着读。一段过后，再换一个同学继续。

但是，总不能一整堂课都诵读课文吧。

大半个课时过后，张其昌叫停，开始讲解，他说："这篇课文表现了中国人民志愿军的机智勇敢以及不怕艰难困苦、不怕牺牲的军人血性，同时也表现了美帝国主义和李承晚伪政权的士兵们的愚蠢和颟顸，请同学们将有关段落分别找出来。"

随手，张其昌在黑板上写下了"颟顸"一词，标注了拼音，大致解释了意思。这是他过往教学的习惯。

下课的时候，他说道："同学们坐在位子上不要动，让老师们先走。"

整堂课，张其昌都没有摆脱别扭的感觉，他知道这不是一次成功的教学示范课，他也不认为这堂课就是他语文教学水平的反映。唯一让他拿得准的就是，这堂课会证明他是上过讲台的人。

鱼贯走出教室的老师们面无表情，彼此之间也没有话语交流，张其昌捕捉不到任何信息。

他已经做好了打道回府的准备，想不到学校很快通知他，继续准备物理课的试讲。

物理课要讲的内容发下来之后，他松下了心，课程是杠杆，是他驾轻就熟的一个科目。所谓的杠杆平衡原理，也就是力矩平衡原理。课堂上，他先从工农大众日常劳动中运用杠杆原理的实例说起，农民用木棍撬起巨石，工人用扳子拧下螺丝，再到庞然大物如万吨水压机的运行，均是应用了杠杆原理。

从概念上讲，一共有三个关键点，分别是力、力臂和力矩。力的概念不用讲，力臂是指支点和力之间的距离，力矩就是力与力臂的乘积。

张其昌讲得轻松，学生们理解得也快，课堂上有了些笑声。最后，张其昌引用了著名科学家阿基米德关于杠杆的一句话："给我一个支点，我就可以撬起地球。"

张其昌让学生讨论这句话，于是众说纷纭，最后的结论是从理论上讲这句话是对的，根据杠杆原理，可以得出这个结论；但是实际上却做不到，该到哪儿去寻找这样的支点呢？

下课了，学生们似乎意犹未尽，围上来叽叽喳喳，说个不停。听课的老师们也表情轻松，离开教室的时候，向张其昌报以会意的微笑。

这是一堂成功的物理教学课。

当日下午，杨校长把张其昌叫到了校长室，告诉他已经被学校录用，原先拟定的化学试讲取消了。他将担任高中一年级的物理课老师，并且，学校还任命他为高中一年级三班的班主任。杨校长还勉励他，说学校很器重他的才干，希望他不负学校的厚望，为正林一中的教学做出贡献。

正像一句戏词里所唱的，张其昌"着我旧时衣"，他又捡起了粉笔，重新站在了讲台上。

张其昌成了穆镇的居民。

穆镇是一座静谧美丽的小镇，是缀在松花江岸上的一颗明珠。

一条东西大道贯穿了整个小镇，往东，直达岗峦起伏的东山脚下，往西，直通客货兼备的码头。松花江流经这里，从西南方向迤逦而来，绕过穆镇的西面和北面，转而往东。经停穆镇码头的客船，上行下行的都有，上行至哈尔滨，下行至佳木斯，沿途还有多站可以驻靠。无数个下午，张其昌和他的学生们到码头上来，坐在最高一级的台阶上，迎着西方的太阳，微眯起眼睛，默默地注视着客船上下的旅客，他们大都肩背手提，携满了行李包裹。码头人声嘈杂，有回首呼儿唤女的，有向岸上迎接的人群打招呼的。不论是上下的旅客，还是迎送的人们，脸上都满绽着笑意。每一天，码头上都在上演着相同的剧目。

靠近山脚的地方，大道北侧，坐落着穆镇的最高行政机关，这里是正方林业局的机关所在地。一幢普通的两层楼房，红砖围就的一个院落。不像现在的新兴市镇，政府建筑高耸入云，人们需仰视才看得见。顺着大道再往镇子的中心走，依次是医院、商场和学校，倒是医院和学校的建筑，都有四五层高，是镇子里较高的建筑，很有些巍峨的气势。

离开大道往北，穿过居民区一排排的红砖平房，就是储木场。满眼都是码放得整整齐齐的楞垛，高度和四至都要超过四道岔子储木场。再往北，就是江边，目力所及之处，江面浩渺，北岸尽是芦苇和茂草，平展的原野一直延伸到天尽头，只在地平线上，才有一痕淡淡的起伏，如果是山峦的话，当在几百公里之外了。有学生告诉张其昌，江北全是平原，也是松花江的泄洪区，汛期水盛的时候，一眼望出去白茫茫一片，那才叫水天一色，几乎让人辨不出哪是松花江的主航道，尽有开到草甸子上搁浅的小船。

张其昌极愿意到这里眺望，他喜欢这里的寥廓与苍茫。

从大道往南，又是另一番景色，多为篱笆筑成的小院，冬天堆筑着半个院落的劈柴绊子，其余的季节，尽是满园的绿色、满园的生机。美人蕉、一串红等花卉，恣肆地开放，体型比关里的都要壮硕，与院子外路边花池的万寿菊、鸡冠花相映。小院的主人都是林业局的职工和家属，态度安闲而优适。两三公里之后，就是菜地和庄稼地，越过菜地，就是一面山坡，满植了马尾松，滴翠的墨绿扑面而来。

快接近菜地的地方，有两条道路在此交叉，一条是从码头方向南下而来，一条是从东北方向即林业局机关过来。汇合处的路西有一座商店，这一带有一个地名，叫作三公里。究竟是从什么地方开始丈量到这里才是三公里，张其昌始终都没有搞清楚：不可能是从东西大道算起，难道是从码头算起，或者是从储木场的江边算起？但也不排除是从东山脚下算起。

不管这个名字从何而来，也不管从哪里算起，之后的几年，这个地方一直是与张其昌和他的学生们的日常生活有着密切关系的一处地点。

正林一中就位于穆镇的中心，东西大道的南侧。

很快，张其昌担任班主任的三班就以全新的精神风貌在年级里脱颖而出。班集体被注入了一种精神，即由纪律性和凝聚力组成的班魂，这种精神一直延续到这个班级毕业。即使在毕业之后的若干年里，这个班级的同学之间也仍然相互关爱，对于班级荣誉的珍重，并没有因为时间的沉淀而消退。

张其昌在管理班级上没有什么特殊的方法，他只信奉一条，那就是以诚待人。以一颗真诚的心对待学生、尊重学生，自然就会得到学生的尊重。

张其昌发现，这里的学生与山东的学生相比，还要更淳朴、更单纯。山东由于历史文化的厚重，形成的历史包袱也重，而这里尚没有统一的地域文化，所以来自于社会的影响也轻。学生的淳朴，几近透明，老师可以洞彻他们的内心。如果他们得到大爱大善的灌输与启迪，那么每一个学生终生都是满满的正能量。

当时因处于特殊的历史时期，读书的风气很受影响，全国的学校都在学工学农。林业局的学校是学工，一半的课时被安排在了教室之外，回到教室之后，学生们也很难静下心来，浮躁之气弥漫。

张其昌尽其所能做着弥补的工作，在学工车间的实际操作中，他常会加进去一些课本上的基础知识，甚至在物理课上，他也试图补上数学课的内容。他不分场合、不分学科，尽可能让学生们对于文化知识多一些涉猎。

他发现浮躁的社会风气表象之下，一股渴望读书、渴望知识的潜流在学子们心中依然那么莹澈。犹如大旱的土地，稍有一点甘霖洒下，都会激起他们的积极反响，都会受到他们的感谢和拥戴。学生们评价老师的好坏，恰恰依据了最最简单最最原始的饥渴原理。

张其昌原先就有晨练跑步的习惯，到穆镇后，他依然坚持下来。经过实地踏勘，他选择了沿学校东侧的大道往南，然后至三公里返回的路线。初时，有三两个学生陪同，没过几天，陪同的学生越来越多，竟有一二十人，蔚然成为一个队伍。

张其昌用实际行动告诉学生什么叫作“留有余地”，他和学生们一起跑步的时候，当然大家都不分轩轾，在距离终点两百米时，张其昌总会冲到前面，不管平常的速度有多快，张其昌总会分配出冲刺的体力，跑出冲刺的速度来。后来，同学们都掌握了这个技巧，再后来学校召开运动会，长跑的奖牌几乎都为三班囊括。

日复一日，每天早晨他们都会从学校跑到三公里，而且一定要冲刺，稍事停留，再慢跑回来。风雨无阻。

早晨出发的时间，是张其昌和学生约定好的，地点就是张其昌在学校的单身宿舍的门口，每天早晨，张其昌打开宿舍的门，就会看到一排学生在他的门前。学生们从不去敲他的门，他们宁可等老师，也不让老师等他们。张其昌曾经尝试早起一会儿，但当他打开门来，依然是一排学生。

冬天的一个早晨，张其昌醒来，凭借房间里比往常更亮的曙色，他判断是外边下了雪，开门后，他看到的还是那么多学生，不比往常少一个，每个人的帽子上都落了一层薄薄的雪，大家没有任何怨嗔，等待他的依然是一双双明亮的充满期待的眼睛。张其昌不禁心头一热，他这才真正体会到教学相长的含义，固然他用自己的行动影响改变着学生，而他的学生也在用他们的行动影响改变着老师。

他也有感觉对不住学生的地方。有一次，学校下达了劳动任务，在一片平缓的山坡上开辟出一块菜地，这是一片多年前采伐过的林地，虽然已经没有了成材的红松，但合抱粗的白桦和杨树还是稀稀落落，再加上丛生的灌木和荆棘，要辟成菜地，并不是一件易事。

照现在的说法，这次劳动就是毁林开荒。

张其昌一声令下，他和学生都投入到砍树的劳动中。这次是全校参与，每个班级都有划分的地块。两天之后，三班的进度就领先了，一直保持到一个星期后结束，三班是第一个完成任务的班级。张其昌很卖力气，他的学生更是投入，没有一个学生请假，不少学生的手上都磨出了血泡，还有一个学生的脚被棘刺扎伤，流了好多血，但依然坚持到最后。

多年之后，张其昌为这件事感到了悔意，倒不仅是毁林开荒破坏了生态环境，他为他的学生在那次劳动中的流汗流血感到惋惜，学生们如此不惜力气，也可能与这是他下达的劳动任务有关系吧。

他由此想到，万不可挥霍别人对自己的信任。

当然，在穆镇的绝大部分时光是幸福而甜蜜的，他和学生们一起看落日，一起在穆镇的那条东西大道上徜徉。

并且，他的社交范围很快就超越了学校校区。

他认识的第一个社会人士是穆镇派出所的户籍民警刘长春。

刘长春原籍山东莱阳，部队转业后被分配到正方林业局，中等身材，浓眉大眼，说话干脆利落，脸上总是漾着笑意，很少见到他有不高兴的时候。他的年龄与张其昌相仿，不过结婚早，其时已经成家。

张其昌母子在林业局落户，经办民警就是刘长春，由于这一层缘故，张其昌初来穆镇时，张文远就嘱咐他得暇的时候去看看刘长春，表达谢意，毕竟，户口簿是由他手中签发出来的。其实张文远与刘长春并无深交，一个在山上，一个在局机关，张文远又是普通工人，平时相逢都难，只是因为去派出所询问落户政策才认识了刘长春，此后去询问落户进展又见过几次面，别无其他交往。

礼物是张文远早就准备好的，二十斤大米。当时职工的粮食供应中细粮不多，四道岔子的大米又蜚声远近，还算拿得出手。

张其昌提着大米上门的时候，才知道刘长春就住在三公里，即张其昌和他的学生们每天早晨跑步时的终点附近。张其昌道明来意，表示感谢，刘长春却道应该感谢政府的政策好，关爱老百姓的民生，还说，他只是具体的经办人员，只是按照领导的指示办事罢了。

一番寒暄之后就热情留饭，刘长春说，反正回去也是吃食堂，在哪儿都是吃饭。张其昌原本不好意思，想想也是，遂不再坚持。

刘长春的夫人聪慧，人长得也出众，竟和刘长春有几分兄妹相，后来熟络了才知道，二人原本是表兄妹，想来，应该也有一段青梅竹马的故事。

这个家庭已经有一个四五岁的女孩了，一家三口其乐融融。

回学校的时候，刘长春回赠了两斤木耳，不顾张其昌的推却，执意要他带回。回校后，张其昌发现，两斤木耳的价值要大于二十斤大米。

之后，张其昌才知道，当时落户的情形，并非如刘长春所说的那样简单。实际情况是当时的林业局领导也有几个亲戚的孩子要落户，比如侄子、外甥之类，遂指示公安局优先解决这几个人的户籍，而政府的政策是解决直系亲属的户籍，像张文远的申请就属于这一类，林业局领导亲戚家的孩子是旁系亲属，只是借这个政策搭便车。

当时每年的落户名额是有限的，如果全部用来解决领导亲戚的孩子户口，当年的名额就会占尽，张文远的申请只能束之高阁，以待来年。

来年，谁知道政策又会发生什么变化呢?

这时候，有一个人动了不平之念，这个人就是刘长春。

刘长春并不反对领导亲戚的孩子落户，他只是反对这个排序。依照领导的意图，按政策理应优先的张文远却有被挤掉的可能。刘长春虽然与张文远没有什么交情，但他感觉这件事从政策、从情理上都说不过去。

他采取的是拖字诀，按现在的说法就是不作为。公安局的领导几次催促，他就是托故不办，他是具体的经办人员，领导也没有理由抛开他亲自填写户籍，只得妥协。

最后的结果是增加名额，所有在案的申请一个批次全部解决。

张其昌听闻此事的经过，已经是事发一年以后，回想仍有惊心动魄的感觉。想不到还有这一番波折，对这位普通的民警，他多了些发自内心的感激，对刘长春的睿智，也多了份叹服。

这时候，刘长春的家快要成张其昌的食堂了。若刘夫人不在家，两个人就自己动手，一次是饺子就酒，酒过数巡，两个人总感到哪儿不对劲，逐一回忆做饭的经过，谁和的面，谁和的馅，最后两个人同时脱口而出“饺子馅里面没有放盐”。之后好长时间，这件事情都是刘夫人讥笑他们的话茬。

一个星期天的上午，刘长春到学校来邀张其昌一起到江边去。老远，他们就看到江边停靠了一只渔船。二人近前看到，船舱里一池清水，游着一条大鲶鱼，粗估得有七八斤重，看来是刚从江里打上来的。

船老大高兴地和刘长春打招呼，原来，船老大是刘长春的朋友，是他捎话把刘长春叫来的。刘长春看了一眼船舱里的鱼，欣喜地对张其昌说：“中午的下酒菜有了，茄子炖鱼。”

说话间，路边又停了一辆汽车，从车上走下两个人来，径直走到小船的旁边。他们对船老大说，他们是正方县政府的人，今天省里来了一位重要的客人，他们开着车沿江几十里都没有找到鱼，好不容易才找到这里，希望船老大能够把这条鱼卖给他们，价钱由船老大说了算。

船老大一脸平静，听完他们的话，并不作声，只朝刘长春的方向努了努嘴，意思是说他说了不算，做主的人在那一边。

两个人又走到刘长春的身边来，一脸诚恳，把刚才的话又重复了一遍，连续表示，价钱好商量，付几倍的价钱都行。刘长春说："这不是钱的事情。我已经答应了朋友，中午要吃这条鱼。"

来人不甘心，继续做工作，其中一人近前，指着他的同伴对刘长春说，这是正方县的副县长，如果能够割爱的话，以后在正方县有什么事情，尽管去找他们，以后大家就都是朋友了。

这是一个极大的诱惑，只凭这一条鱼，就可以结交到正方县的副县长，那县城的事情就好办了，刘长春本就是喜欢结交朋友的人。连一旁的张其昌都忍不住要上前相劝。

刘长春轻轻推开了张其昌，只是一味地摇头，来人见确实没有转圜余地，悻悻离去。那个时候的政坛风气尚属清明，官员并没有动用公家的威势。两个来人在整个交涉的过程中，除了利诱，金钱的利诱、社会关系的利诱，倒没有说出半句以政府的权威逼人就范的话来。

中午的饭桌上，果真是一大盆茄子炖鱼，张其昌见到坐下来的只有三个人，刘长春夫妻二人和他，便想起了刘长春在江边说过的话，不禁问道："还有客人吗？"

"没有了。"

"你不是说答应了客人要吃鱼吗？"

"对啊，客人就是你啊。"

张其昌心头一热，没想到在刘长春的眼里，这个比省里的来人还要重要的客人竟然是他自己。

刘长春似乎天然具有平民意识，虽然"贫贱不能移"放在他的身上不知是否合适，因为毕竟不知道他有没有受过贫穷，但是"富贵不能淫”却当之无愧。他不畏上、不畏权、不畏利，他把对朋友的一句承诺，看得和自己的生命一样重要。

一天，刘长春对张其昌说：“我给你介绍一个朋友，没有认识他以前，我先给你讲一个发生在他身上的故事。”

此人名叫李冉。这个故事发生在他做包工头期间，他的一个王姓朋友离家外出，要月余才能回来，嘱咐他照看家中的老婆孩子，李冉爽快答应。朋友离家后，家中果然出了事情，猪圈里的院墙垮塌，砸死了一头猪。这户人家的日子过得本就拮据，女主人舍不得将这头猪扔掉，自家人又舍不得吃，想换几个钱，于是就叫来了丈夫曾经委托的李冉。李冉来了以后，看了看砸死的猪，听了女主人的诉求，也认为扔掉可惜，当即答应把猪带到工地的食堂去，希图挽回一些损失。于是议定了价钱，叫人抬走了猪。

谁知道工地上的工人见到后就炸了窝，众说纷纭，有的说谁知道是砸死的还是病死的，有的说反正不能吃死猪肉，还有的说谁抬来的谁吃。见此状，李冉二话没说，径自将猪抬回了自己家中，炖了一锅，老婆孩子吃了一顿，余皆扔掉。按照当初与王家议定的价钱，如数付了价款。

月余之后王姓朋友回家，妻子向他提起了死猪的事情，说幸亏李冉和工地上的工友帮忙，才避免了损失。王姓朋友听了，也没有太在意，工友之间，有恩惠都会放在心里，不会挂在嘴上。有意思的是，李冉见到王姓朋友，也没有向他提起当初处理死猪的情景。

半年之后，一个偶然的场合，王姓朋友和工友们一起喝酒，想起了众人的帮忙，许是喝多了的缘故，他不胜唏嘘，说当初要不是大家施以援手，他的损失可就大了。

酒桌上的众人听闻之后，面现羞赧，尴尬不已，还以为他在嘲讽大家，但看他一脸真诚，又不像。这才说，当初大家不是不想帮忙，实在是情非得已。显然，两方的话说不到一个茬口上去。

最后，真相大白，谜底浮出，王姓朋友拿到的猪肉价款，并不是来自工地的食堂，而是取自李冉的家中。

刘长春讲完了这个故事后，问张其昌："这个人你愿意不愿意认识啊？"

故事中的李冉，有功不自炫，施恩不图报，重承诺，讲信用。张其昌顿生好感，心向往之。

见面之后，张其昌和李冉果真说话投机，相见恨晚。李冉是山东平阴人，出身地主家庭，因在家乡混不下去，才来到东北。他好像没读过几年书，但说起历史典故，却如曾博览群书一般。

自此，三个人遂成为好朋友。

之后又认识了几个朋友，有公路段的、检查站的，还有医院的，但都没有如他们三人关系之密切。

此时的张其昌，志得意满。他眼睛里的阶级社会，一共就有两个阶层，一个是农业户口阶层，一个是非农业户口阶层。农民是社会底层，而吃国家供应粮食的非农业阶层则是上层。现在张其昌已经完成了阶级跨越的身份转变，已经跻身上层社会，已经无欲无求。

何况，他有朋友，大家纵谈时政，挥斥方遒；他有事业，有他喜欢的学生，三尺讲台任他驰骋。更何况，这个地方山清水秀，正像王维的诗中所描写的"山路元无雨，空翠湿人衣"，这样的北国江南，到哪里去寻觅？

浸润的不只是空濛的翠岚，还有淳朴的民风和浓烈的人情。

人生在世，夫复何求。

第十六章

只因为那一湾清水

光阴荏苒，日月如梭，转眼间，已是1977年的夏天。

这之前，我们国家经历了大的变故，老一辈国家领导人相继去世，中华民族经历了大悲痛。

但是，正像孔夫子讲的“四时行焉，百物生焉”，四季照常运行，万物照常生长。中华民族没有停下前行的脚步。新的国家领导人励精图治，推行改革之风。一夜之间，“春风又绿江南岸”，整个神州大地又勃发出盎然生机。

很快，传来了恢复高考的消息，传到了武陵源一般的穆镇，打破了张其昌的“上层社会”生活的平静。

乍一听到这个消息，张其昌曾经有过短暂的恍惚，似乎是与他无关的事情。穆镇的日子，平顺而充盈，过去的一切他已逐渐淡忘，自己认为和过去已经做了诀别，不料，只高考的一个消息，就将过往的历史又翻卷上来，他因为高考受过的屈辱与伤害仍历历在目。当初，他曾经引祖龙的诗“坑灰未冷山东乱，刘项原来不读书”用来自嘲和宽解，他也认为，他放下了那段历史，也放下了高考。

他真的放下了吗？

犹如干涸而枯萎的土地，雨后会泛出绿色，萌生出生命的枝芽，张其昌的心也在萌动，童年时期的梦境在苏醒，参加高考是所有读书士子的心结，它是深植于读书人心中的一粒种子，它可以潜伏多年，但一遇春雨，还是会萌发出来。

1977年，邓小平同志给华夏大地上的读书人降下了这场甘霖。

张其昌决定应试，即便不是为了改变身份，只是为了证明自己，他也要应试。

他要抓紧准备，因为只有几个月的时间了，传来的消息说，年底前就要考试。

就像约好了一样，在短短的一个星期里，他居然收到了两封来信。自从来到穆镇，他极少与外界联系，所以也罕有故旧的来函。

一封信来自山东，是他的发小李向东所寄；另一封来自新疆，是他的族妹张亚莉所写。

他先是读到了李向东的信：

其昌兄：

别来无恙。

你不知道我费了多大的力气才找到你现在的通信地址，上穷碧落下黄泉，两处茫茫皆不见。

但是，我不能失去你这个朋友，也不可能将你忘怀。我们自三岁相识，曾在你们家的平房屋顶一起仰望星空，编织童年的梦；也曾在肥城六中同窗共读三年，充实自己也张扬着我们的青春活力；还曾在漕浊河工地月夜踏雪，又一同发下了报效祖国的誓言。每一个场景都是一幅剪影，镌刻在了内心深处，我怎么会忘记？

你高考受挫的时候，我没有给你什么帮助，哪怕是只言片语的安慰，请你理解。当时我确实不知道该如何帮你，或许，出自于我之口的任何语言都会被你理解成炫耀与嘲讽，因此，我当时选择了沉默，自我疗伤应该是你平复自己最好的途径。但是我确实也为你受到的不公平对待而惋惜，兄的胸中所学丝毫不逊色于我们每一个入学的人，兄的报国热忱也不逊色于每一个人，但偏偏造化弄人，工农兵大学生的队伍中没有你，是这个队伍的损失。

我知道，因为亚莉的事情，你可能至今尚有芥蒂，不能原宥我。亚莉的事情是我的错，我不指望得到你的原宥。连我自己都不能原谅自己。

对亚莉的背叛，我几乎是从做出决定的那一刻起，就后悔了。我承认，当时确实受到了家庭的压力，他们所讲的话都很理性，他们所描述的两个不同体制的人在一起生活的不便以及给下一代带来的影响也都很客观。但是我们全家都忽视了这些所谓客观理性的分析都是站在李家的立场，以李家的得失为准则做出的，唯独没有考虑亚莉这样一个活生生的人，没有考虑由于我的背叛会给亚莉造成什么后果，会给她以后的生活道路造成什么样的影响，更不要说给张家造成什么影响。最后的决定是由我做出的，我的自私和卑劣酿成了这件事情，使得亚莉蒙羞，给她造成伤害。我真的对不起她。

罄南山之竹，写不尽我对亚莉的愧悔；竭九江之水，濯不尽我心灵的污秽。升入大学后的很长一段时间，我都被这样一种道义谴责所缠绕，不能解脱，我想，这或许是上天对我的惩罚吧。

我不希望得到亚莉的宽宥，我也没有资格抱有这种希望。她是那么善良、那么单纯，愿老天护佑她一生平安。

这些话，积郁已久，我从没有和任何人谈起，向你倾吐，也稍感轻快。

换个话题吧。我已经毕业一年多，原先在学校所学是理工专业，本以为这一生，科技报国的道路会走到底了，但是才半年的时间，我的工作就发生了变动，我被调到了管理工作的岗位上。在这个岗位上，我才发现“文化大革命”对我们国家造成的创伤是全方位的，干部队伍也发生了断层，我们国家亟须一支有理想有文化又年轻化的干部队伍，我们国家不仅缺乏科技人才，也缺乏重大科技项目的组织者、实施者和管理者。我愿意在这个岗位上，竭尽绵薄之力，报效国家。

目前，我们国家的局面是百废待兴，百端待举，我都有时间不够用的感觉。不知道你的状况如何？你还是过去那个我认识的踌躇满志、昂扬乐观的张其昌吗，还是已经在挫折面前颓丧沉沦一蹶不振了呢？别忘记了我们一起立下的报国誓言。我不愿意失去你这样一位朋友，也不愿意失去你这样一位战友。

促使我给你写这封信的原因还有一个，那就是恢复高考的消息，想必你也听说了这个消息。君非池中之物，积极应试应该是你的不二选择。我当静候你的佳音。

家中老人统此问候。

李向东

1977 年 8 月 24 日

几天之后，张其昌又拆阅了张亚莉的来信：

其昌哥：

见字如面。

很少有人知道我离开安驾庄之后来到了新疆，亦请你替我保守这个秘密，不要将我的信息告诉别人。几年来我不是不想给你写信，但苦于不知道你的地址，无从寄出。

那一年选拔工农兵大学生，你的落选，我不知道我父亲是不是做过手脚，如果是的话，请你看在小妹的面上，原谅他吧。我始终不理解，同为张氏子孙，往上数不了几代，就是同一个老爷爷，有什么深仇大恨，以至于睚眦必报，非得同室操戈。我们的身上都流着同一个祖先的血，本应该相互扶助，相濡以沫。

我不管我父亲如何看待你，也不管你们之间有什么恩怨，你永远是我的本家兄长，永远是那个在上学路上护佑我，在我委屈的时候可以倾诉的哥哥，我的弟弟妹妹尚幼，我和他们之间鲜有深层次的沟通，唯如此，我才分外珍惜与你这位大哥的交流。

当初我离开安驾庄的时候，确乎有天塌下来的感觉，凭什么要让我一个女子承担羞辱，那些指天划日的誓言竟忽然都不算数了吗，还有什么是可以信赖的？我当时真的悲愤之至，走出来之后，发誓此生再不踏入安驾庄一步。随着我在新疆度过的日子、受到的砥砺，我反而对安驾庄思念起来，对家乡的亲友包括兄长思念起来。我与李向东的恩怨，自由我们本人承担，安驾庄何辜，就因为它是我遭受屈辱的地方吗？

李向东，我已经彻底放下了。我不再怨恨他。他当初肯定也受了不小的压力，他做出的决定，起码在他入学的前几年，都会像梦魇一样陪伴着他。我俩交往的那几年里，那些令我痛彻心扉、缠绵悱恻的记忆片段，也同样会咬噬着他的心。其间，没有胜利者。归根到底，女人的幸福还是要靠自己，妇女的解放，也还是要靠自己。

我来新疆，投靠的是我的一处表亲。亲戚工作的地方是生产建设兵团，解放初期由部队整编制转业。他们的户口有些奇怪，既不是我们安驾庄的农业户口，这里实行的是薪金制，按月供应口粮，也不像是城镇户口，因为他们的户口要落到城市里去，还要受到限制。大概他们缺乏劳动力，所以外来的人到这里来落户，难度没有那么大。表哥和表嫂都是这里农场的中层干部，我来这里后受到了很好的照应，当年就解决了户口。我也成了农业工人。我现在就和他们生活在一起，他们是一个大家庭，表哥有三个孩子，硬是让孩子们挤在一起，给我腾出了一间房。一开始连生活费都不要我的，后来我说如果这样的话我就待不下去了，见我如此说他们才收了我的生活费。

日子本可以这样平淡地过下去，西北大漠的空淼，早就稀释了我的愁苦，这里的蓝天白云，也唤起了我对未来新的生活图景的向往。不料，我又有了一个新的际遇。

这件事发生在我到新疆后的第一年，是初冬的一天，接近下午下班的时间。这一天气温倒不是太冷，就是风刮得厉害，让人睁不开眼睛。风沙中夹杂着细碎的雪粒，触碰在人的脸上有一丝丝的湿凉。老远我就看到路边有一堆匍匐的物件，起先我以为是过往的汽车上丢下的行李，走近了看，才发觉不对，是一个人蜷缩在那儿，鹑衣百结，灰白的头发遮盖了大半个脸颊。我这才看清了，是一个老妇人，一条布口袋被她紧紧地拖在胸前。

我叫了几声，她才抬起头来，嘴里嗫嚅着，不知道是哪儿的方言，她的眼珠浑黄，神情呆滞，但无疑，那神情表达的是求助和对陌生人的信任与期待。一瞬间，我从她的眼神里发现了我奶奶的影子，眼神也是这样的善良并充满了对于生活的无奈。人在异乡，本就容易心生恻隐，我打定主意，不会对这件事情视而不见，这样的风雪之夜，寒冷足可以要了老妇人的命。

我问她要不要去医院，她摇了摇头。于是我搀起她来，向连队的队部走去。我本就寄人篱下，更不能不经过主人的同意，再带一个人回家里去。我知道队部里有一间盛放饲草的仓库，暂时安顿她应该没有问题。

我在仓库里安置下老人，打热水给她洗了脸，她的脸上开始有了血色，说话也顺畅起来。看来，她的虚弱主要是冻馁所致，身体应无大碍。我又急忙返回家，向表哥表嫂讲了这件事情，他们都很通情达理，也说救人一命胜造七级浮屠，称赞我做得对。我汇报了占用队部仓库的事情，这已经超出了我做好事的范畴，因为仓库是集体的资产。表哥表嫂也没有反对，我放了心，这件事情等于连队领导也认同了。

表哥的小儿子自告奋勇，提了一罐热粥，和我一起去看老婆婆。

之后的几天，老婆婆的身世逐渐明晰起来。她来自陕南地区，老伴已经去世，她的老伴是见过世面的人，早年跑过马帮，淘过金，反正曾经有过辉煌的时段。老婆婆有儿有女，但老婆婆不愿意与他们住在一起，或许是她习惯了早年与丈夫漂泊四方的生活，也许是她借助这种生活方式来寄托对于丈夫的思念。总之，晚年的她还是不甘于与儿女偎依在一起，虽有短暂的相聚，她还是走了出来。她的生命似乎已经融入了西北大漠，她已经受不了蹴居于一隅一隘的逼仄和窒息。

当时的我，由于李向东，满腔怨愤，正需要驱除旧恶，置换成新爱，真是机缘巧合，祖孙二人由于各自的需求，走到了一起。

我又找到了表哥表嫂，提出来要连队给我一间房子，我要陪伴老婆婆生活一段时间。我怕表哥表嫂误会，赶紧解释，我不是嫌弃家里不好，是可怜老婆婆孤苦无依，目前她身体不好，离不开人。等她的儿子女儿来寻她，我再搬回来。

这一次，表哥表嫂没有那么痛快地答应，只是让我考虑清楚再做决定。但禁不住我再三央求，最后总算应允了。

我开始了和老婆婆一起生活的日子，她对我真的像对亲孙女一样，每天下班的时候，她提前做好了饭，依扉相望。她对于我讲述的和李向东的故事，从不插话，而是用她自己的生活经历，来告诉我女人该如何排解自己的愁怨。我这才理解到，表面上看，是我帮了老婆婆，实际上是老婆婆在帮我疗伤，我付出了善行，但我得到的是大爱。也就是在这一年的冬天，我在心中放下了李向东。

这样的日子持续了不到一年，第二年夏天快结束时，她的儿子就寻了来。她的儿子好像过得不错，是开汽车来的，他对我千恩万谢，对表哥表嫂领导的兵团连队千恩万谢。老婆婆必须要回去了，她再也找不到不回去的理由。分手的时候，我的眼泪簌簌而下，不舍的人反而成了我，倒是老婆婆拍着我的背，不断地安慰我。她说人生聚散有缘有时，每个人都应该往前走，不应停留在一个地方。她说我福泽深厚，前途不可限量，万不要自轻自贱。她还郑重地嘱咐我，她随身使用的物品都装在那条布口袋里，没有一样好东西，就不带回去了，得空的时候，让我清理清理，若有一两样看得上的东西，如梳子发夹之类就留下来，也算一个纪念，以后看到就会想起她来。

几天之后，我记起了老婆婆的话，找出了老婆婆留下的那条污秽得已经分辨不出本来颜色的布口袋，提在手里，沉甸甸的，难道老婆婆还是奇石收藏家？我“哗”倒了一炕，果真有一多半都是石头，有的呈现如土壤一般的黄褐色，有的则黑黝黝的，如陨石一般，但都比普通的石头要沉。确乎如老婆婆所言，里边有一把精致的梳子，做工和材质都为上品。

我将老婆婆采集的石头拿给表哥看，表哥说这哪里是石头，都是狗头金。见我疑惑，表哥解释，狗头金就是天然生成的金块，含有少量的石英等其他杂质。由于狗头金数量稀少，又是可遇不可求，往往比纯金还要贵重，表哥说我发财了。

哥，你可能没想到，我现在比你有钱了。从小到大，我从来都没有追求过金钱，现在，却有一笔财富活色生香地堆坐在了我的面前。

现在这里的人心都有些浮动，不如过去那般沉静，也包括我自己。人心思变，要变到哪里去，人们又说不出来。记得你曾经说过商贾大家陶朱公是肥城人，我会不会也走上经商之路？你面前出现一个做商人的妹妹，该不会吓你一跳吧。以前做梦也不会想到这个问题，现在有了一笔资金，想法可就多了。

哥，别嫌我说话啰唆，谁让你跑到那么远的地方，又让我好几年都见不到你呢。

高考的消息你应该已经听到了，以我对你的了解，你肯定会应试。张家街太需要出一名大学生了，安驾庄也太需要出一批大学生了。你必能不负厚望。

有一事拜托，回安驾庄的时候，去看望一下我的父母。

不必回信，或许过一段时间，我就不在这个地方了。

问伯父伯母好。

小妹　亚莉

1977 年 8 月 26 日

张其昌读完两封信，心头五味杂陈。这两人是同龄人里边，他比较亲近的，但在这两个人之间，却曾出现他不愿意见到的一幕。现在，张其昌释然了，两个人没有走向相互寻仇乃至同归于尽的道路，而是选择了包容理解以及优雅地转身，各自走向了新的生活。

这两个他所亲近的人，又同时向他提起了高考的话题，使他感到了一丝沉重。

当年的高考，黑龙江省与其他省市不同，经历了初试和复试两个环节。正方林业局有关高考的组织工作与数据统计，都归正方县管辖。正方县参加初试的考生共有两千多名，初试结束后，有资格参加复试的考生剩下两百名。

张其昌的名字就在这两百名之内，在参加初试的两千名考生中，张其昌的成绩位列正方县第二名。

初试之后，就该填写志愿了，根据招生办公室公布的报考范围，张其昌填写了自己的志愿：

1. 北京大学

2. 清华大学

3. 北京航空航天大学

4. 南京气象学院

5. 杭州丝织学院

由于将清华大学排在了第二顺序，之后好多年，张其昌都对清华大学怀有愧疚之情。敢于将清华大学排在第二的，大概有两种情况，一种是狂妄，一种是无知，张其昌自认属于第二种情况，他太无知了。他根本就不了解这两所高校在中国教育界的地位以及在世界上的影响。他也分不出这两所高校的区别，他只凭着北大的那一湾叫作未名湖的清水就决定了他的高考志愿顺序。

选择专业的时候，张其昌选择了物理，道理很简单，就因为他在正林一中教授的是物理课程，但这是不是他的最佳选择，他并不清楚。翻阅北京大学的物理专业，有低温物理、空间与大气两个专业，张其昌居住北国几年，已经深惧这里低温的凛冽，很自然地排除了低温物理，选择了空间与大气专业，他幼时就喜欢在田间眺望苍穹，空间与大气专业或许会延续儿时的梦。

五个志愿中，有三处是北京，另两处是江浙，之所以填写江浙的高校，是因为张其昌心中仍隐隐有楼忆娥的影子，而那里，是楼忆娥生活的地方。

张其昌的高考初试地点，就在他任教的中学，复试就没有这个待遇了，考生都集中到正方县县城。头一天的上午，一辆客车满载着考生离开了穆镇，不知道是早饭吃得不合适，还是汽车颠簸得厉害，张其昌几乎呕吐了一路，好多污秽都喷洒在了窗外的车身上，冬日的冷风再从敞开的窗户倒灌进来，整个客车内咳嗽声一片。

大家中午到达正方县县城，先住下，住宿地是学校的教室。考生们下午去熟悉考场，晚上早早睡下，一宿无话。

之后的两天，四张试卷，转瞬即逝。

然后就是等待通知了。这个时候学校已经进入寒假，张其昌又回到了四道岔子储木场。

一天下午，储木场捎话来，说穆镇那边有人打来了电话，通知说张其昌的入学通知书已经到了，是北京大学的。现在通知书还在穆镇邮政局，邮局怕出闪失，要本人去领。

张其昌判断这个消息应该是真实的，没有人会开玩笑。第二天他在穆镇邮局，亲手拆开了北京大学的入学通知书。他真的被录取了，就是他填写的第一志愿的第一专业。他同时知道了自己的高考分数——语文：87 分，数学：109 分，理化：76 分，政治：60 分。政治的分数不高，在他的预料之内，武陵源的短处就是信息闭塞，时事的题目几乎全丢了分。原本以为有把握的理化却考得不理想，倒是数学争气，不仅拿下了满分的 100 分，就连 20 分的选做题也得了 9 分，事后他才知道，选做题全是微积分的内容，而他连微积分的概念都没有听说过，那么这个 9 分他又是怎么得到的呢？

早知如此，他就该报考北京大学的中文系或者是数学系了。

邮局的工作人员告诉他，他是正方县近三十年第一个考入北大的学子，向他表示了祝贺，还有几个邮局的职员围上来，看看他长得什么模样。

出了邮局，他走在穆镇的大街上，身旁照例有几个他的学生陪伴着他，天空中飘着细碎的雪粒，街道像往日一样的安谧。张其昌发现，他的内心竟然出奇的平静，完全没有当年获悉自己成了知青时的欢快和激动。一想到他就要离开穆镇，离开这个他一生中拥有最充实的几年时光的地方，惆怅的心绪弥漫上来。

陆续，张其昌知道了更多的信息，高考复试，张其昌在正方县依然是第二名。这一年，张其昌在黑龙江省的排名是第七名。有人说，曾经在《黑龙江日报》上看到过张其昌的高考作文。

回到四道岔子后，没有人道贺，张家也没有摆酒。山里人朴实且安于现状，他们满足生活的富裕及安逸，他们想不出生活在这样一个神仙境界的地方，有什么理由还要到山外去闯荡，去经受人世间的风风雨雨。

除夕夜，四道岔子照例像往年一样，笼罩在祥和的氛围中。家家的院子门口都挂出了红灯笼，有的人家还在篱笆墙上装饰了一圈彩灯，五颜六色，与天上的星辰相辉映。从下午就开始响起的鞭炮似乎没有停过，夜空里不时闪过“二踢脚”炸裂的光芒。至午夜时分，鞭炮声已经密密麻麻，撼天动地，节奏都分不出来了。

张家的年夜饭，高兴之余，稍有些压抑。陈桂枝的头上已经有了白发，张文远也接近半百之年，这样的年纪，正该是儿孙绕膝安享天伦之乐的时候，但是一家人都清楚，春节过后，儿子就要离开他们，离开四道岔子，到远方去了。不舍又无奈，欣喜又怅惘，正是一家人心境的写照。

半夜过后，室外突然传来了惊呼声，张其昌也循声走到了院子里，他发现江边已经站立了一排人，指指点点，都在望向江的对岸。张其昌望过去，江东已经有两道山梁燃起了火苗，初时，还能看到星星点点的火苗闪烁，很快，火借风势，一道火龙沿着山梁蜿蜒而上，从山脚下直接燎了上去，瞬时间，已成燎原之势，五道山梁全部陷于火龙的肆虐之中。大火燃烧的刮喇声，烟尘腾空的呼啸声，即便隔江还是盖过了鞭炮的轰鸣，同时，灼人的热空气亦扑面而来。

望着半边红彤彤的天穹，江边站立的人群全都惊呆了，这个场景，莫说张其昌来到四道岔子的几年中见所未见，就是上了年纪的当地人也不曾记起在除夕夜目睹过这样的实景焰火。众人分析，一定是有祭拜先人的乡民于午夜时分去烧纸，不慎引燃柴草，导致大火。往常在林区，火光就是警情，就是命令，早就该鸣锣集合众人，前去救火，但这一夜始终没有人出动，一任烈焰扶摇，直将五道山梁烧成一片灰烬。第二天，大山黑黢黢地展现在人们面前。

后来领导解释，没有出动人员救火，一个原因是除夕夜，怕影响了人们节日的兴致；最主要的原因是，江东的那片山梁不是林区，本就是荒坡，保护的力度自然就小了。

这是张其昌有生以来所见到的最为绚丽的“焰火”，之后的岁月，不论是 2001 年亚太经合组织领导人非正式会议在上海举行，在电视里看到的上海浦东以及黄浦江上燃放的焰火，还是 2008 年北京奥运会张其昌目睹的鸟巢的焰火，都比不上 1978 年的春节发生在四道岔子的那一场山火。

别了，张广才岭；别了，四道岔子。

第十七章

晴空一鹤排云上

时光荏苒，日月如梭，转瞬间，在北大的四年本科学习结束了。

准备毕业论文的时候，张其昌的题目是《大气湍流中能量传递由各向异性到各向同性的尺度节点》。

何谓湍流，简言之，就是流体的不规则运动。

人们为什么对湍流感兴趣呢？湍流的载体是流体，流体包含了液体和大气，这两种载体很显然与现代舰船包括潜航器与空中飞行器的问世有关。湍流是由于流体的速度变化而产生的，想象一下，军舰与飞机高速巡行时，陡然遇到一个垂直于前行水平轴线的速度分量，这可不是小事情，直接关系到舰船与飞行器的安全。

尤其是晴空湍流，看上去好端端的蔚蓝色的天空，谁能想到会潜伏着飞行器的杀手，不少飞行事故都是飞行器折戟于人们的肉眼看不到的晴空湍流。

张其昌对湍流的兴趣，源于对当时北京大学校长周培源的景仰，周培源是国际知名的湍流研究学者，早在上世纪 40 年代就涉猎该学科，并且创立了独特的研究方向。由此可见大师级的学术带头人对于芸芸学子的影响力。

湍流是涡旋，涡旋的尺度有多大呢？据已知的研究成果，大的涡旋直径可达一千米，小的涡旋直径仅有一毫米。通常涡旋的能量传递，总是由大尺度涡旋向小尺度涡旋的方向传递，大尺度的涡旋，表现为各向异性，小尺度的涡旋，表现为各向同性，那么在能量的传递过程中，必然存在着这样一个尺度节点，在这个节点上，涡旋开始由各向异性转变为各向同性。这就是张其昌论文题目的由来。

张其昌选择这个题目，有些讨巧的成分，因为这个尺度节点，前人已有定论。多位学者的研究成果，都得出了同样的结论，认为这个尺度略低于湍流涡旋所在的大气层与地面间的距离。既然前人已有结论，为什么张其昌还要郑重地列为题目，把这道饭再炒一遍呢？

张其昌不满意这个结论仅是一个宏观的文字表述，他想用含有几个参量的数理方程来表示。即使这样，也不需要他做太多的工作和进行复杂的运算，前人有的是关于湍流的研究成果，他只需要把别人的方程归纳变换，就可导出他需要的方程、他需要的成果。

公平地说，张其昌的毕业论文，不是一篇具有多少科技含量的文章，但作为本科的毕业论文足矣。湍流的研究文献汗牛充栋，哪儿会有那么多的突破？有见地的更深入的研究，应该是由硕士研究生、博士研究生去完成的。

令张其昌没有想到的是，就是这样一篇平平的毕业论文，却决定了他的命运，决定了他的分配去向，他被分配到了中国科学院大气与空间物理研究所，再具体一点，是其所办刊物《湍流》杂志。

对于毕业分配的去向，事前他茫茫然，没有任何信息。他和其他来自外地的同学一样，早就做好了两种准备，要么留京，要么去外地。如果不能留京的话，他宁愿被分到江浙去，四年的大学生活，也没有磨灭掉楼忆娥在他心里的影子，但他也知道，这个愿望实现的可能是很渺茫的。江浙来的学生往哪儿分呢，难道把他们分配到黑龙江去吗？当时的这一届学生非常诚笃，没有任何人托关系、找门路，大家都在等待，等待组织分配。

现在，张其昌接到了分配通知，他被分到了中国科学院系统，这儿是中国科学的最高殿堂；他留京了，这儿是首都，是中国的政治文化中心。

同时，他也震惊于自己的孤陋寡闻，写作毕业论文的几个月时间，他查阅了无数关于湍流的资料，在接到分配通知之前，居然不知道京城里还有一本名为《湍流》的刊物，而且和其他另两本刊物一起，被视为中国科学院的院刊。

得知毕业分配的结果后，他首先告诉了他的哥哥姐姐，所谓哥哥姐姐，都是来自安驾庄的张家族亲。哥哥就是张其达，即为之前所提及的上世纪 30 年代奔赴抗日前线的安驾庄“张家四杰”之一。1978 年，就在张其昌到北大读书的第一年，张其达被调回了中央监察部工作。兄弟二人相差二十多岁，但丝毫没有影响族亲的情谊，两个人之间有些惺惺相惜，张其昌当然敬佩张其达早年奔赴抗日前线的勇气，而张其达则欣赏族弟的聪颖，能够考入中国的知名学府。两个人都视对方为安驾庄张家的骄傲。

姐姐叫作张秀珍，和姐夫一起，组成了淳朴的工人阶级家庭，姐姐在煤气公司上班，姐夫在中南海上班，负责管道的安装与维修，已经由工人提了科长，直到后来成为处长，始终没有脱离劳动的一线。

这两个家庭，是张其昌在大学读书期间经常光顾的地方。

知道弟弟留京，以后能够常来常往，两个家庭都很高兴。

没等张其昌去单位报到，杂志社先派人来到了学校，一辆吉普车，拉走了张其昌，也捎带上了他简单的行囊。

大气与空间物理研究所位于中关村四条 63 号，与北京大学同属海淀区中关村，相距不超过五公里。读书时节，张其昌曾经来过这条街道，相邻的几个院落都是中国科学院的研究所，多为50年代的建筑，虽不高峻，但每一个院子都郁郁葱葱，透着几分庄严和神秘。每当想起中国的科技进步都与这里相关，那些令国人热血沸腾的科技突破——原子弹爆炸、卫星上天，无不与这一块土地有着千丝万缕的联系，令他不由得对这一处处静谧的院落心生景仰。

他不曾想到，有一天他也会走进这里的一个院子，成为这里的一员。

中关村四条是一道南北方向的大街，63号的大门面对大街朝向东方。院子里共有三座建筑，一座五层的办公大楼，一座类似礼堂的学术报告厅，东北角是一座职工宿舍楼。三座建筑都是坐北朝南。

张其昌被带到了办公大楼的四层，一个门口的标牌标示为404的房间。房间里有四张办公桌，房间的一隅用文件柜隔出了一个独立的空间，放置了一张单人床。杂志社的行政办公室主任告诉他，因为研究所没有单人宿舍，只能临时安排他住在办公室。

晚上下班以后，夜幕降临，各个楼层的办公室里陆续走出了几个年轻人，大家相互问询之后，才知道都是刚分配来的大学生。杂志社只分来了张其昌一人，其他人都分属于研究所的不同科室。研究所已经多年没有进人，这次一下来了七八个新人，张其昌这才知道，他并非唯一住办公室的。

年轻人很快热络，当晚四层楼五个住办公室的人就仓促置备了几个凉菜，小酌了一番，算是庆贺结识，也算是庆贺新生活的开始。五个人三男两女，其中一对是夫妻，大家都很兴奋，充满了对于未来的憧憬。

自这一天开始，有好长一段时间，下班后的办公室楼道里总是飘散着饭菜的香气。

第二天上班后，张其昌被告知，杂志社的副总编辑要见他。

他敲开了副总编辑的办公室，见到了主持日常工作的这位领导。副总编辑叫魏立群，不到四十岁的样子，人很儒雅，戴一副眼镜，文质彬彬。张其昌进入办公室，还没顾得上说话，就不断地有人进出，有的人手持票据要副总编辑签字，有的人是送审稿件，来的人一律称副总编辑为魏总。稍暇，魏总才递给张其昌一个歉意的微笑，算是打了招呼，意思是让他久等了。

谈话起始照例是寒暄，说了一些欢迎的话。魏总说："从两个意义上说，你都应该珍惜。你们这一届的毕业生，并不是每一个人都有留在北京的机遇，据我所知，这一次毕业分配，你们班外地的同学有的就回到了原籍。你来自黑龙江，当然那里是一个美丽的地方，但要论及事业的发展，还是不及首都北京有优势，而你恰恰有幸留在了北京，所以你应该珍惜。"

张其昌没想到魏总如此直率，他说的话正是张其昌心中所想，没有套话，直来直去。

"另一个层面，"魏总接着说，"各单位对于新分配来的大学生，通常都是先安排到基层，了解最基础的工作。这样的安排，不管是从业务上还是思想的磨炼上，都有利于年轻人的成长。在这座大楼里你看到的新人是少数，来我们研究所的大学生大部分都去了基层——去了台站、去了基地、去了观测哨。那里的条件，无论是吃饭住宿还是交通，没有一样能够和城里相比，和机关相比。在基层常常栉风沐雨，即便是星期天回城，也要坐好几个小时的汽车一路颠簸。你的岗位是杂志编辑，没有基层单位，所以你一上班就来到了机关，住进了大楼。从这个意义上讲，你也应该珍惜。万不要以为所有的大学生一毕业就必定有一张宽敞的办公桌在等待着你。"

魏总的话，令张其昌醍醐灌顶，他屏息继续听下去。

"你有没有考虑过，你怎么会被我们杂志社选中呢？"魏总忽然转换了话题，张其昌也摇了摇头，他还真没有想过，这个杂志社他没有一个认识的人，学校的老师们也没有向他透过任何口风。

“你是我们研究所的所长亲自挑中的。”魏总自己揭开了谜底。

“原因是由于你的毕业论文。”见张其昌一脸茫然，魏总反而停下了话头，在自己的水杯里续了点水，又在办公室里踱了一圈，才接着说下去。

“我们杂志社的总编辑是由大气与空间物理研究所的所长兼任的。杂志社多年没有进人，这一次有一个编辑名额，所长自然重视。有一件事情你不知道，我们所长也是北大毕业，是周培源的研究生，他的研究生论文就是湍流主题。你们班这一届的毕业生一共有两名同学的毕业论文涉及湍流，你是其中之一。”

听到这里，张其昌总算听出了一点眉目。

“于是所长就把你们两位同学的论文都要了过来，不瞒你说，包括我，也看了你的论文。平心而论，你的论文中规中矩，作为本科生的毕业论文，合格是没有问题。但从科技含量上讲，恕我直言，委实没有多少新意，不管是宏观表述，还是数理方程的推导，都是在炒别人的冷饭，远远谈不上优秀。即便和另一位同学的湍流论文比，在科技含量上你也不占任何优势。”

张其昌一脸困惑，显然不明白，既然如此，又为什么选中了他。

魏总好像很满意张其昌现出的困惑，呷了一口茶，稍停片刻，继续说下去。

“原因就在于你的论文里出现了一句唐诗，刘禹锡的‘晴空一鹤排云上’。你还记得吗？”

张其昌当然记得，他自己写的论文又怎么会忘记呢。在写到晴空湍流时，有这样一段文字表述：“人们看到晴空，总是会产生‘晴空一鹤排云上’的诗情，却总是忽略了在这美丽景色的表象下，潜伏着对于航空器会造成致命危害的晴空湍流。”他的这段表述意在突出晴空湍流的隐藏性以及危害性，他并不认为自己有任何的炫耀成分。

“初看到你论文里的这段表述，感到很突兀，在科技论文里出现唐诗，是一件奇葩的事情。你在写作论文的时候，肯定查阅了不少文献资料，你可曾找到含有唐诗的湍流文献？我们甚至还有些奇怪，你的这篇论文的指导老师为什么不告诉你，科技论文不能这样写，不合规矩。”

魏总直面张其昌，就像论文答辩时的评审老师一般。

“但是细细品来，无论任何人，只要他读过刘禹锡的《秋词》，看到‘晴空’两个字，无不会联想到‘晴空一鹤排云上’的画面，生出‘便引诗情到碧霄’的意境。你在论文里状写的是晴空湍流，又旨在揭示晴空湍流的隐藏性，所以画面表现出的意境恰好是对晴空湍流隐藏性最好的诠释。这样看来，你在这个地方放上这一句唐诗，又似是自然地流泻，没有任何窒碍与突兀。什么叫作科技论文的规矩，词不达意才是不合规矩，只要是为了阐释内涵，没有什么不能运用的语言。”

“你知道所长的评价吗？”魏总自问自答，“他说由这篇论文看出，你具有一定的数理根底，又有一定的文学基础；具有数理的逻辑思维能力，又有形象思维的人文情怀。而我们招聘的是编辑，特别是科技编辑，尤其需要两种能力的结合。正因如此，你来到了我们杂志社。”

一席话魏总讲得跌宕起伏，但在张其昌听来却是惊心动魄。

魏总谈兴正浓，没有停下来的意思。

“不知道你有没有想过，反正有人问过我，正如我当初来到杂志社的时候也问过总编辑，为什么我们这样一份大型的综合性半月刊，形同中国科学院的院刊，会用‘湍流’两个字来命名？”

张其昌摇了摇头，他的思绪还停留在上一个话题里。经魏总一问，他的思维才转到这儿来，想了想，还是不明所以。

“刊物办在我们研究所，我们研究所是研究大气和空间物理的，而湍流又是研究的内容之一，这似乎是刊物命名的原因之一。但也有反对的意见，湍流是非规则运动，它又称为乱流、扰流、紊流。按政治学的词汇来讲，它不属于流体运动的主旋律。可为什么还是用湍流做了刊物的名字呢？

“早在19世纪30年代，国外的科学家就提出了湍流的概念，距今已经一百多年，期间建立了不少的数学模型，但这个课题至今都没有根本性的突破。如何有效地描述湍流的性质仍然是物理学中的一个重大课题。这也正是人类在认识自然、驾驭自然斩关夺隘的道路上的真实写照。自然科学的突破，好多项目都需要几代人数百年的积累，需要一步一个脚印，扎扎实实，任何浮躁、希图一蹴而就的想法都是不可取的。这也是它作为科学院院刊名字的主要理由。”

不知道这是魏总的个人认知，还是研究所所长的认知抑或是其他人的认知。

由这一次谈话，魏总赢得了张其昌的尊敬，之后，两个人除了领导与被领导的关系，还形成了个人之间的友谊。这份友谊，建立在彼此对于人品、学识、素养与秉性的相互欣赏上。魏总还是张其昌的入党介绍人。两个人的友谊一直持续到张其昌离开杂志社。

张其昌被安排在总编室。

在以后的日子里，他逐渐了解到研究所是一个正局级事业单位，杂志社是副局级事业单位。研究所的所长兼着杂志社的总编辑，但是基本不过问杂志的业务，一应出版发行业务由副总编辑负责。杂志社下设的科室，比如总编室、行政办公室、科技部、发行部等，皆为正处级，杂志社共有二十多人，不算社一级的领导，仅科处级干部已经过半。

他不理解，为什么一份刊物的级别会这么高，而且各个科室严格按照公务员的体制设置。他知道老家所在的肥城县政府机关也才是处级单位，那可是七八十万人的大县啊。

他要是当时知道《红旗》杂志的级别，该会更吃惊吧。

张其昌开始学习并从事编辑的业务，组织选题、组稿、审稿，稿件齐、清、定的具体要求，稿件付排之前的三审制流程，等等。工作一件件地做下去，他才体会到编辑工作的非比寻常。

通常，人们都不会如同看待作家、画家、歌唱家一样，视编辑为编辑家，更多的是视为匠。可不是吗？编辑做的工作大都是删删贴贴、粘粘补补，就像泥瓦匠构筑了大厦一样，编辑则构筑了不朽的著作。这个比喻既对又不对，编辑的一部分工作内容的确属于匠的范畴，但是泥瓦匠是只管盖房而不管房屋设计，所以才称为匠。如果把出书比作盖房，则编辑不仅实施了盖房，还参与了房屋的设计，选题与组稿都属于设计的内容，这就不是匠人所做的工作了。这要求编辑必须洞悉该学科科目下的最新进展，甚至能预见到未来的发展方向，这样的要求恐怕是该学科一线的科学家才能达到。而对编辑的要求却不逊于此。

张其昌心无旁骛，专心于编辑业务。期间，他也认识了《湍流》这份期刊。

《湍流》真的是综合性刊物。

它的一部分内容是我国的科技发展方针政策、党和国家领导人关于科技工作的指示、国家的科技规划以及科学院的实施规划。另一项内容则是科学论文，这一部分内容占了刊物一半以上的篇幅，是刊物的重头部分。论文不只是涉及大气与空间物理学术领域，举凡中国科学院系统，只要是自然科学领域皆可。

《湍流》的第三部分内容带有副刊的性质，包括我国著名科学家的生平介绍、人物传记，重大科学突破的报道，偶尔还会出现科学家的诗作。体现在栏目上，则有《史海钩沉》《辉耀东方》等。

张其昌很喜欢《湍流》的第三部分内容，后来，他在《湍流》担任的第一份管理工作，就是《湍流》的副刊主编。

张其昌年初入职，转眼间已是岁末。晚间踱出办公室，楼道里空空荡荡，他蓦然发觉，当初将饭菜端在一起聚餐的住办公室的五个伙伴已经风流云散。那一对夫妻双双去了美国，后来听说其中一人还成了美国某所大学的终身教授；他相邻办公室的小伙子也不见了，若干年后听闻，小伙子已经做到了北京海关的关长。

他又环顾同班同学，一年时间，三十几人的班级，赴海外的竟然有二十多人，留在国内的寥寥数人大都在北京。古语有“山中方七日，世上已千年”，可他却从未入山啊。他有些怅然。

另一位留京的同学打来电话，说一年来班里的同学大浪淘沙，有能力的都去了国外，留在国内的人应该都是没有能力的了。

张其昌当然知道这位同学的话是调侃，是自嘲。选择出国或是留在国内，完全是每一个人根据自己的家庭状况和自己的人生规划做出的综合决定。我们国家的外交主张就是国家要选择适合自己的发展模式，采用适合自己的政治体制。所以每个人也应该选择适合自己的人生道路。

但是数一数走出去的同学，张其昌承认，他们确乎是更加优秀的。单就这一份到海外闯荡的魄力，到一个完全陌生的环境里去从头开拓的勇气，张其昌就自愧弗如。张其昌经历过两次地域的迁徙，先是从安驾庄到黑龙江的张广才岭，虽然舍弃了家园，显示了破釜沉舟的勇气，但他是投奔父辈而去。后来从张广才岭到北京，那是由丛林到平原，是没有任何荆棘的坦途。而同学们的海外求学路，却没有任何凭借和依仗，前途未知，大家还是义无反顾地走出去了。

他又想起了临近毕业时，系领导照例和班里的每一个同学都谈了话，探询他们毕业后的打算，和张其昌谈话的时候，系领导说了一句话：“还记得你的入学通知书和班里的其他同学有什么不一样吗？”

经此一问，他想起来了，还真的不一样，他的通知书上物理系的后边有一个括弧，内有“师资班”三个字。原来北大的确有办一个师资班的计划，后来不知何故取消了。系领导说：“为什么提起这件事情呢，现在系里还有公派出国培训师资的名额，你有没有出国读书的打算？”张其昌对这件事情有些猝不及防，他想了想说：“我和家里商量商量。”

面对公派出国的问询，张其昌居然如此回答。

北大的学子，多有恃才傲物的毛病，他们并不怎么看重甚至不屑于公派出国的机会，他们认为凭着北大物理系的招牌，完全可以自己走出去。而张其昌却不属于此类，他完全不曾动过出国的念头。他已经有过两次人生的跨越，第一次跨越，他成为知青，由农业户口变为非农业户口，也就是他所谓的两元阶级社会的跨越；第二次跨越，他不认为是阶级的变更，由黑龙江来到了北京，只是地域的变化，但毕竟是首都，也算是一次跨越。经此两役，他感到了疲劳，他想休憩，不想在读书的道路上继续走下去，他应该工作了。

想到年迈的父母尚在黑龙江的林区，出国读书的话，山海相隔，路远迢迢，不要说日常尽孝，即令父母辞世，他都未必能尽人子之责。

所以，当系领导问询他的时候，他的回答“我和家里商量商量”是由衷的。

现在，当张其昌在研究所的大楼里审视过往的时候，他才发现，安驾庄对他的影响是如此深刻，以至于他的处事风格，无不带有农民的特点，他的观念和对世界的看法，也无不带有浓重的小农经济的印记。

他没有完整的人生战略规划，取得阶段性成果之后，不知道下一步应该走向何处，犹如农民起义军在取得军事斗争胜利后不能提出新的政治纲领一样。当他经过两次跨越坐到了北大的教室里，他自以为应该或者说可以喘口气的时候，班级里来自城市里的同学有一些还是中学的应届毕业生却是好整以暇，铆足了劲，准备冲刺。看上去同在一个起跑线上的同班同学，却有着不同的心理状态以及对于未来的不同预期。

四年的本科学习期间，每年的寒暑假，城里的同学都没有放下功课，都在刻苦地学习外语。而张其昌没有在学校待过一个假期，每次都回到了家乡，回到了黑龙江的林场，一是为了亲近父母，每天漫步牡丹江边，优哉游哉，另外就是在乡邻面前夸夸其谈他在北京的见闻，他很满足于看到听众现出的歆羡的目光。在学校里的日子，他也并不是抓紧了每一刻的时光，他甚至曾经连续两个晚上到海淀五道口的工人俱乐部去观看李世济演出的京剧《锁麟囊》，当然，那时的票价只有一元钱。

如此下来，四年之后的毕业之际，面对出国留学的机遇，他做出的回答丝毫不会令人感到奇怪，单就外语一项，他就没有闯荡陌生世界的底气。

四年来，他的骄矜之气也收敛了不少，原先自视甚高，觉得自己毕竟在肥城县和正方县都考过第二名，到北大后他才明白，到了这里千万不要提自己曾是府县的状元，也不要老记挂着自己曾是府县的状元，即便你是一省的文曲星，在北大也有比你更加璀璨的星辰。在张其昌的班级里，他很佩服来自南方的同学，尤其是湖北的三个同学，年龄小，性格单纯，聪明颖悟，做题的速度比别人快了许多。

审视过往，张其昌还忆起了他的低俗和浅薄。那是1978年的夏天，他入学后的第一个暑假，他回了一趟安驾庄。踏上这块曾经养育过他也曾经使他遭受屈辱的土地，他感慨百端，他急于一睹乡亲们的面容和他所熟悉的街道的旧时风貌。天气热，他脱掉了衬衫，只穿了一件背心就走出了家门。

背心为普通棉线织就，纯白颜色，和大部分男人们所着的背心无异。不同的是，他的背心上印着“北京大学”四个红色的大字，如火焰一样，在这小镇的街道上格外惹眼。

他这也算是衣锦还乡吧。

潜意识里或许他想用这火焰一样的红色大字来烧灼某些人的眼睛，那些使得他屈辱地离开安驾庄的人的眼睛。他要用这件背心来告诉乡亲，他是笑到最后的人。他向见到的每一个认识的安驾庄人打招呼，他如“小乔初嫁了”时的周郎一般，雄姿英发。

他所遇到的乡亲也都是热情相向，一如他原先在安驾庄时。肩荷农具的农人步履匆匆，仿佛没有几个人注意到他背心上的字。半天下来，他有些意兴索然。这是在做什么呢？他现在是像过去发迹了的穷小子一般，鲜衣怒马回到故乡，向乡亲们示威显摆吗？

只半天的时间，他就意识到了自己的低俗。安驾庄的街道太厚重了，足以融解他的浅薄；安驾庄的民风太古朴了，足以消弭他的低俗。安驾庄没有任何对不住他的地方，拥有的只是他永远都报答不完的恩情。他一路走来，今天能够坐到北大的课堂里，不正是发端于安驾庄的启蒙及齐鲁文化的滋养吗？

只半天的时间，他就又穿上了衬衫，遮盖了背心上的红色大字。

他没有忘记族妹张亚莉的嘱托，特意去看望了二叔张文灿。相对而坐，二叔还是拒人千里的眼神，只有谈起亚莉，二叔的眼睛里才浮现出温情，那是真真切切的父女亲情。

几年时间，亚莉竟真的没有回过安驾庄。

张其昌的思绪又回到了当下，他现在已经是京城里杂志社的编辑。即便如他的同学所调侃，他们是大浪淘沙滤下来的沙子，但如果和水泥掺杂在一起，组成混凝土的话，也能构筑大厦，形成地平线上的风景。

人的思维当然与其阶级属性有关，张其昌已经感知到了自己的小农意识。他身上表现出来的散漫与惰性，他习性中的随遇而安和随波逐流，他意识中的安贫乐道、恬于进取，尤其是他的知足常乐，在在体现了他的小农意识。

其实，不在于你所属哪一个阶级，要紧的是你是否意识到了你所属阶级的局限性，就拿具有小农意识的人来讲，京城里坐办公室的人群中还少吗?

自此，张其昌从不讳言自己出身于农家，也从不讳言自己的世界观里含有小农经济的意识。

张其昌就带着安驾庄留给他的印记，在京城演出了他以后的有声有色的活剧。

第十八章

东新开胡同

入职杂志社的翌年，张其昌经人介绍认识了一个名叫安依轩的北京女孩。

安依轩是北京一所高校78级的毕业生，专业是无线电物理。她的父母都是商场的普通员工，家中姐妹三人，她是长姐。安依轩除了身材高挑以外，与其他女孩相比，没有什么给人留下深刻印象的地方。大概因为是学理工的女孩，讷于言语，很少有眉飞色舞的时候，与张其昌在一起，大多数的场合都扮演了倾听者的角色。

初始，两个人的关系若即若离，虽然周末也相约看电影，也一起吃饭，但并没有敲定关系这类实质性进展。直到有一次两个人聊天，安依轩谈起了家中父母对她婚事的担忧，父母认为她是老人，如果婚姻不谐，将影响到两个妹妹，因此只要家中有亲友或者同事来，不管人家在什么单位上班，也不管人家的朋友圈子如何，都要向人家提及，嘱托人家替自己的大女儿物色男朋友，语辞之恳切，就像推销自己商店的商品一般。每当听到父母这般向人求托，安依轩都会有一种屈辱的感觉，她恨自己不是出类拔萃的女孩，不能使男孩子众星捧月般地围簇在她的周围，她也恨自己的社交能力平平，不能凭一己之力去结识一个男朋友，非得要父母觍颜相托。

说到这儿，自两个人认识以来，张其昌第一次看到安依轩的眼睛里泛起了泪花。

张其昌受到了感动，安依轩将一个普通市民家庭对于子女婚姻的无奈和不堪和盘托出，将自己在结交男朋友方面的劣势以及所受的屈辱赤裸裸地展现在了张其昌的面前。安依轩要么单纯得如溪水般清澈，要么就是城府极深的韬晦家，通常青年男女交往，都是将自己最绚丽美好的一面展示给对方，以吸引并俘获对方，将自己包括家庭条件在内的劣势掩蔽起来，谓之藏拙。很少有人反其道而行之，而安依轩恰恰成了少数人之一。她以自己的柔弱去撞击一个男性的心扉。

如果这不是安依轩性情的自然流露，而是包藏机心，那么，这是一步险棋。

张其昌没有把安依轩当作韬晦家，他认为自己遇到了一个单纯得如水晶一般的女孩。安依轩的屈辱陈述恰恰激起了一个山东男子汉对于柔弱女子的保护欲望。他下定决心，有他在，绝不会让安依轩再遭受父母告托别人的难堪，并且他要保护这个女人一生。

很快，两个人到海淀区的婚姻登记部门履行了手续。

原先，张其昌曾经听人讲过，在国家机关上班的话，不光面包会有的，住房也会有的，但如何获得住房，他却不甚了了。杂志社的同事告诉他，应该先登记，手中持有结婚证，才证明你有了住房的需求，然后在单位参加排队，按照先后顺序和需求的程度等待单位的分房。同事还说，按照排队的顺序，张其昌的前面大有人在，他并不占优势，但若论需求的性质，别人是改善住房条件，而张其昌是无房户，是结婚刚需，或许会排序靠前吧。

实际上，参加单位的分房排序也是张其昌和安依轩登记的动力之一。

张其昌对于机关的程序案牍事宜一窍不通，既然参加分房排队，总应该写一份分房申请报告，没有人告诉他，他也没有写。

他是四月份的上旬登记结婚的，当月下旬的一天，杂志社行政办公室的主任通知他，要他到研究所的后勤处去一趟。在大气与空间物理研究所的后勤处，张其昌拿到了一把钥匙，他有房了。

他当然很高兴，但也没有感恩戴德，觉得是理所应当。直到若干年之后，社会风气受到侵蚀，张其昌目睹了机关分房过程中的诸多不平事，有领导多占的、有送礼谋利的、有登记结婚多年而分不到房子的，这时的张其昌回首往事，想起他拿到房子的过程，他才意识到，他是幸运的。

他应该感谢大气与空间物理研究所，感谢当时清明的政治风气——清明如青藏高原上方的天空，通明而澄澈。

但他一直没太弄明白，遑论他的前面还有好多排队的人，即便他的需求紧迫，可他连一份分房申请都没有写，研究所的后勤处又是怎么想到他的呢。

他分到了一间平房，位于新街口的东新开胡同。

他分房的凭据就是一纸“房屋租赁协议书”，照后来颁布的《物权法》的规定，他只拥有该房屋的使用权，需按月缴纳租金。从协议书上可以看出，该间平房的产权方是中国科学院，房屋的租金是每月1.72元人民币。那个时候北京市的居民住房大多为公房，房屋的产权要么归属各企事业单位，要么归属各区的房管所。

有了房子，张其昌和安依轩开始了婚假的旅程。之前他们不曾举行任何仪式，不曾拍婚纱照，不曾摆酒席，唯一接受的馈赠是杂志社员工每人五元钱的贺仪。

离开北京的第一站是黑龙江的正方林业局，两个人住在了张其昌的好友刘长春的家中，也曾拜访李冉，只是因故未谐。和张其昌的一班学生拜别之后，两个人才来到了四道岔子。张其昌带安依轩来到储木场，向她指出当初上班的车间，还带她走到牡丹江边，一起眺望对岸的青山，对她述说那一晚除夕夜的天然焰火。也有张文远的工友家属来到家里，道是看看张家的大小子娶回来的北京女孩，最多的赞语是安依轩的普通话讲得标准。回程取道大连、烟台、济南、泰安，回到北京。在大连住的是宾馆，在烟台和泰安时均住在了中科院在地方设置的观测台站，在济南则住在了亲戚家。

两个人都很满意。一行中会见了亲友，饱览了景色，增进了两个人之间的了解。尤其是在泰安时，居住的台站就在泰山的著名景点红庙的上方，恰逢一夜大雨沛然。第二天一早，就见南天门上雪练一般的瀑布飞泻而下，且轰鸣声响彻山谷。此时，满山云雾缭绕，只南天门处的云隙间显出一线蔚蓝色的天空。二人站立的台站空地上，亦不时有岚雾飘过。

这一幕场景，惊得安依轩目瞪口呆，她虽生长于都市，见过大世面，但亲眼目睹这等大自然的鬼斧神工之作，也是深受震撼。张其昌虽是泰安本地人，多次登临泰山，但像这样的景色，以前却从未见到。

因是新婚，两个人过小日子的念头正炽，旅途的一应花费均有记载，算下来，这一趟新婚旅程共花费人民币 645 元。

东新开胡同是一条南北方向的胡同，位于西直门内大街的北侧，是从新街口过来的第一个胡同。过西直门内大街，往南就是赵登禹路。胡同口的两侧各有一家店铺，一家药店、一家蔬菜副食店。除了这两家店铺的外墙曾经涂饰，显出一些时代的特色，再除了胡同深处的一所进修学院，尚矗立着一座四层的楼房，胡同内剩余的房子，都是平房，旧砖旧瓦，且房顶上摇曳着茅草，有的院子的大门都已朽烂，门楣上挂着一副锈迹斑驳的铁锁。整个胡同都淹没在了新街口大片的平房区里。往好里说透出了历史的古朴和沧桑，而实际上就是当时北京市城市建设的现状。

只消从院子里走出二十几步，来到西直门内大街上，就迥然另一番天地，往东走到新街口，街道两侧的店铺鳞次栉比，街道上车水马龙。即使是午夜时分，越过豁口，新街口外大街上早已难觅人踪，新街口的酒馆里还是会传出吆五喝六的划拳声。数步之隔，新老城区天差地别，让人意识到，单就商业网点布局的成熟度，新城区若要赶上老城区，就不是一件容易的事情，更别说在短期内能够实现。

张其昌的房子共十二平方米，外接了两平方米的厨房。外接的厨房完成于哪一届的住户，已经不可考，并且院子里普遍外接了房子。张其昌所住房子的厨房，外接得非常艺术、非常规范，与原先的房子浑然天成，看不出丝毫拼接的痕迹，厨房的高矮四至不用说，就连房顶的覆瓦，也如原房一样，清一色的鱼鳞灰瓦。

姐夫为张其昌和安依轩的新房置备了床和衣柜，都是姐夫的手艺。做饭的煤气罐和灶具是单位配给的，只要能够升起炊烟，一个新的家庭就诞生了。

屋子里还有一台十四寸的熊猫牌彩电，也是这个院子里的第一台彩电。张其昌还在北大读书的时候，有一天晚上，几个同学相携，到一个同学的家里去，这个同学的父亲是知名教授，当时他们家里新买了一台彩电。张其昌始终不能忘记，几个同学初次看到彩电时的惊讶神情，想不到色彩给人的冲击如此之大，张其昌当时遂立下志愿，参加工作以后，穷毕生之力，也要为家里买一台彩电。

张其昌发誓时的郑重程度及坚毅神情，丝毫不逊色于陈胜吴广发出誓夺天下之宏愿时的坚定决绝。殊不料，上班后的第二年，杂志社就以分期付款的方式，给每一个职工都配置了一台彩电，他还没有结婚，这台彩电就已经先行置备了。

张其昌所住的小院不大，共有六户人家，每户住一两间房子，但住南厢房的刘大爷一家有些例外，是三间房。院子正中的一户，只住着一位六十多岁的老太太，整洁干净，连屋子里都窗明几净。不知道什么原因，她家房子的地基要高出其他住户半米，院子里的过道又从她的门口经过，所以她总是居高临下地注视着过往的邻居。她很少走下台阶来到院子里，大部分时间都待在自己的房间里，或者站在门口，鸟瞰这逼仄的院落。张其昌不了解她的历史，也不了解她过往的身份，但他感觉到，她的居高临下不止出自于地缘意义，应该还有历史人文的因素，那就是作为老北京人的自负和由于自身丰富的生活阅历在年轻人面前表现出的超然。住南厢房的刘大爷一家是个大家庭，刘大爷和姑爷生活在一起，外孙女已经上中学。老两口慈眉善目，令张其昌印象深刻的是他们家八仙桌上的一套茶具精美异常，张其昌曾经被邀品茗，感觉荣幸不已。

另外三家都住在院子的东侧，张其昌很快发觉，其中吴大妈和孙大妈两家的关系有些尴尬，很有不相往来的意味。经过聊天，他获悉吴大妈家的女儿与孙大妈家的儿子早先相恋，偏偏吴大妈不同意，逼得两个孩子搬出了小院，在外边租房同居，现在连孩子都有了。按理说，生米做成了熟饭，家长就应该接受既成现实，可吴大妈咽不下这口气，拒绝姑爷上门，而孙大妈则自恃媳妇已经进门，优势在自己一方，所以更不惧怕两家的“战略对峙”，于是就形成了两家冷战的格局。

这样的故事，张其昌在安驾庄就曾经遇到过，大凡有人群的地方，总会不断地上演类似的剧目。张其昌在安驾庄也曾经参与调停，而且深谙其中之道。他知道吴大妈的冷面，是没有多少底气的，只是顾及面子，不好松下来。两家表面看起来深沟壁垒，实则只隔着一层窗户纸。其中的关键人物就是孙大妈，她只需要放下身价，走到吴大妈家，说几句软话，则一天的乌云瞬间消散。

山东人的热心使得张其昌不愿坐视，他和孙大妈进行了一次谈话。

张其昌似乎天生具有几分调停者的才干，他从不把自己的意见强加于人。他充满耐心地娓娓而谈，用一句成语形容，就是“喻以大义，晓以利害”，在这件事情上，为了儿子，为了媳妇，甚至为了孙子，孙大妈都没有理由不纡尊降贵，走到吴大妈的面前去。

自然，两家最终和好，皆大欢喜。自此他又多了两处喝茶的地方，也被这个院子的居民认可成为其中的一员。

他很喜欢说客的角色。他小时候崇拜的战国名人苏秦，表面上看是担任六个国家的宰相，口袋里边装着六颗沉甸甸的相印，风光十足，实际上大部分时间都是风尘仆仆奔走于列国之间，他不就是一个说客嘛。人世间的好多纠纷，看起来疑云重重，实则就隔着一层薄薄的纸，需要有一个人去捅破，这个人就是第三方。后来国家的体制改革和法制建设，大都提倡中介机构和第三方机构的介入，看来，张其昌的意识可谓超前，契合了发展之道。

由于院子里每一家的搭建扩充，公共的地盘越来越小，张其昌十几平方米的住房，除掉木床、衣柜和桌子，也剩不下多少转圜的余地，于是，走出房间，走出院子，走到西外大街上去，成了张其昌和安依轩经常性的功课，特别是夏日的晚饭后。

西外大街是北京市绿化较完美的街道之一，街道两旁的槐树、杨树密密匝匝，一直向道路的中心伸展开去，在中间黄色隔离线的上方会合，几乎笼罩遮盖了路面。按道理说，混凝土的沥青路面的温度应该比两侧的人行道高，太阳落山以后，仍会继续炙烤着道路两侧的行人。但在这条街道上，由于白天绿树的遮挡和洒水车的喷洒，张其昌和安依轩每走过来，都感到凉意浸浸，特别是有西风从西直门方向吹过来的时候，使人感到格外舒惬。两旁的店铺虽是他们见惯看熟了的，但每一次路过，他们还是看得那般津津有味，有如初识。偶尔，安依轩被张其昌轻拽一把，那是让她躲开吊在一根长丝上的槐蚕。他们没有前行的目的地，只是散步，走的路程可长可短，只是要把自己融进灯光织就的夜色里，融进凉意浸浸的夜风里。天色已晚，路上行人渐稀的时候，他们也从来不担心会有歹人出没，80 年代的北京，几乎不存在社会治安的问题。像他们居住的小院，陌生人若进入腹地，该经过多少道眼睛的审视。方圆几公里的新街口平房区，就没有听说过发生盗窃案。

结婚的第二年，安依轩有了身孕，他们晚上散步的方向就改向了西直门，为的是增加运动量，而且坚持了整个孕期。

安依轩快要临产时，他们像其他面临新生命诞生的双职工夫妇一样，必须面对一系列的紧迫问题，产妇坐月子的伺候和新生儿入幼儿园之前的照料。在安依轩的母亲明确表示爱莫能助之后，张其昌北上黑龙江，接来了自己的母亲陈桂枝。他在靠窗的地方支起了一张行军床，陈桂枝没有嫌弃狭窄和简陋，高兴地期待着家庭新成员的降生。

孩子的一声啼哭，抵消了张其昌在积水潭医院产房外的长椅上一夜等待的疲累与焦灼，他们的儿子诞生了，名字早已经拟定，叫作张昊。叫张昊的男孩仅在北京市恐怕就不会少于千人，他们的期许也像其他同名孩子的家长一样，愿这一个“昊”字给孩子带来吉祥，愿孩子的胸襟广阔无边，愿孩子未来的前程如天空一般辽阔无垠。

国家的独生子女政策，使得年轻的父母们认识到，这一个孩子已经是他们唯一的产品，不容残次，故而在独生子女身上倾注了更多的关注与爱护。张其昌和安依轩这一代人，都经历了物资匮乏的童年时代，往事历历在目，他们极不愿意下一代如他们一样，再度过一个困苦的童年，这是他们加在孩子身上的又一重关注。此时“怀疑一切，打倒一切”的大潮早已退去，人们已经有了足够的时间反思，当时因观念分歧导致的父子怒对、夫妻反目都是暂时的，而家庭成员间的爱和亲情才是永恒，这是张其昌和安依轩对孩子的第三重关注。

大床上又叠放了一张小床，是给张昊准备的。张昊从医院回家，就有了自己的独立卧具。十二平方米的房间里，安置了三张床，共同挤下了三代人。尽管院子窄狭，尽管厕所位于院子的外边，需要过马路走到东新开胡同的对面，但都没有影响一家人生活的欢愉，那是一段充满了孩子的哭声也充满了孩子笑声的时光，也是大人们洋溢着快乐和欣喜的时光。

他们并不溺爱孩子，他们知道冷饮会损坏孩子的肠胃，张昊稍大些，懂事了，他们就和孩子商量，一个星期只能吃两根冰棍；为了保护眼睛，三岁以前不能看电视，张昊很听话，答应了。

他们第一次发现张昊具有了私有观念是孩子九个月大的时候，那是在动物园的门口，安依轩买了一根冰棍，递给了张昊，但随即发现今天的冰棍比往常的要大，大概是新换了品牌，增加了分量，她担心孩子吃多了伤身，于是从孩子的手中要过来，咬下了一小块，又递给了张昊。谁知道张昊勃然大怒，“啪”一声将冰棍摔在了地上。

围簇在周围的另外三个人都笑了，这是他们第一次看到张昊表现出男子汉式的愤怒。

另外一次，大概是同时期，张昊在院子里摔了跟头，眉头上顿时隆起了一个大包，他爬起来之后，连续用脚踩踏刚才跌倒的地方，他不认为是自己蹒跚学步重心不稳而摔倒，他认为是地上的凹凸不平所致，他要铲掉地上的不平。铲不平是男人的血性，孩提时代尚且如此，焉知道长大了以后会不会成为一个“仗剑走四方，专铲不平事”的男子汉呢。

张昊天生喜欢独立，自打一岁多学会走路，就不喜人抱；他攀爬新街口新华书店旁边的过街天桥，身子虽歪歪斜斜，也不要人搀扶，顾自往返多个来回，乐在其中。三岁的时候，随张其昌和安依轩去香山公园，已经能够独自走完全程，直达香山峰顶鬼见愁。

自打恢复高考，80 年代第一批入学的大学生走向社会，重视学习、重视文凭已经蔚然成风。不只是学校内的莘莘学子，就连已经走向社会的成年人，也纷纷回炉，寻找提高自己的途径，于是大学里和社会上的各色培训机构如雨后春笋一般涌现出来。人们投入其中的目的各异，有的是为了提高水平增长才干，有的是为了弥补之前没能读书的缺憾，有的则纯粹是为了取得一份文凭。当时不论颁发不颁发文凭，有关机构认可不认可，各色培训机构都是火爆异常。

张其昌也看中了一家培训机构，他当然不是为了文凭，北大的本科文凭含金量足矣，他又已经在中国科学院上班，显然不需要文凭作为进入某个单位的敲门砖。他看中这家培训机构，纯粹是出于兴趣。

这是一家叫作“中华全国律师函授中心”的培训机构。张其昌成了函授中心的第一期学员。

自此，律师这个职业开始进入他的视野。

早先从电影屏幕上，张其昌见识过民国时期律师的风采，施洋大律师为了维护劳工的人身权益英勇献身，他大义凛然慷慨陈词的形象镌刻在了张其昌的心里。他知道的知名律师还有史良女士。他不知道的是做过中华人民共和国代主席的董必武也曾经是民国时期的律师。

后来张其昌渐渐了解到，律师制度是民主与进步的象征，是现代法治社会不可或缺的组成部分，也是国家宪法规定的公民辩护权的实施手段，是国家的审判制度中避免冤假错案的重要制约措施之一。

但张其昌之所以对律师产生兴趣还是由于他少年时期的梦。他所崇拜的以苏秦、张仪为代表的一批战国时期的政治家，以及无数的奔走于列国之间的说客，他们凭借自己的学识，以三寸不烂之舌，化干戈为玉帛，解危难于顷刻，这一群人是士大夫和知识分子的优秀代表。

随着年龄的增长，张其昌也逐渐认识到，他童年的梦，实现的可能越来越渺茫了。当时的国家已经接近统一，只剩了港澳台的地区组织，远非列国格局，中国的大地上已经没有了说客奔走于列国之间的局面，自然，这些传统意义上的说客已经失去了用武之地。

即使能够到外交部工作，与美苏英法等国打交道，虽也算是一个广义上的列国局面，但现代国与国之间的外交，主要依靠的是国家的实力，诚所谓小国无外交，单凭一个人的娓娓陈词，是很难打动另一个国家的。这样看来，要实现说客的梦，几乎还是没有可能。

那么与传统说客最接近，单凭一张嘴就能够消弭纷争、维护一方权益的，就是律师了。尽管有些牵强，但毕竟可以圆一个童年的梦。

而且，还有一个触媒，就是前不久他旅行结婚时探访好友李冉的“因故未谐”。

李冉是张其昌在正方林业局结识的朋友，且为张其昌所看重，因此当张其昌到穆镇后，没有不去探访的理由。他到了李冉的家中才知道，李冉被公安局拘留了。

事情是这样的，李冉带领的一伙人，承包了一处工程，为讨要工程款与发包方发生了纠纷，进而发生了肢体接触，双方都有人受伤。公安局拘留了好几个人，双方都有，李冉作为包工头，自然不能幸免。

事情就发生在张其昌来穆镇的前三天。

那个时候，张其昌还不知道拘留有两种性质，分别是行政拘留和刑事拘留，所以张其昌也搞不清楚李冉的拘留是哪一种性质，或者即便人家告诉了他，他也未必分辨得清。

当时张其昌到了拘留所，希望能够见一见李冉，拘留所答复说需要有检察院的批准；张其昌又找到了当地的检察院，检察院告诉他依照法律规定拘留期间不能会见。张其昌又问什么样的人才能见到李冉，得到的答复是律师在接受当事人家属的委托后，可以见到李冉。

可是当时的正方林业局并没有律师组织。

过后，张其昌才知道，当时中国的律师制度在中断了二十年后，正处在恢复的起步阶段，黑龙江省还算是起步较早的省份，大庆市和呼兰县当时在全国都是较早恢复律师制度的地区。但当时的穆镇还没有律师。

张其昌站立于拘留所的高墙之外，扼腕叹息。与好友李冉咫尺之遥，竟不能谋面，不胜怅惘。

这件事情也成了他后来参加律师函授的动因之一。

函授的时间一共有两年，既然是函授，面授的机会自然是少之又少，而张其昌就连这极少的面授都没有全部参加，但是他完成了布置的全部作业，也参加了所有的考试，不论是学期考还是学年考。

两年后，张其昌拿到了中华全国律师函授中心的结业证书。这个证书管什么用，张其昌不甚了了，他也不想去探询。

就在张其昌在函授中心学习期间，1986 年，我们国家进行了第一次律师资格考试，当时要求考生的学历是法律专业大专以上，其他专业本科以上。当然还有其他要求，比如不曾受过刑事处分等等。

张其昌参加律师函授学习，本没有进一步的打算，他仅仅算是法律专业的“票友”，但读了一个函授，随波逐流，没想到又遇到了律师资格考试的机会。

张其昌符合报名的条件，甚至都不用动用他已经取得的律师函授的结业证书，他决定参加这次律师资格考试。之前他也曾经听说，律师资格考试的难度比较大，法律专业的研究生都不敢夸口笃定拿下，根据第一届律师资格考试的统计数据，取得律师资格的考生占整个报名人数的比例尚不足 10%，这个数据确实给后来的考生造成了一定的压力。

1977 年的高考录取率比这个数据还要低，所以作为过来人的张其昌没有止步，还是报了名。

他不止报了名，还一改函授学习时的蜻蜓点水，开始认真复习，准备应试。第二次的律师资格考试是在1988年，第一次律考的两年之后。张其昌和参加高考一样，提前三个月进入了紧张的备考。

三个月当中的每一个星期天，张其昌都是携书将雏在紫竹院公园度过的。紫竹院是离新街口最近的一个公园，乘车十几分钟即可抵达。在公园里找一张长椅坐下，张其昌即埋头复习资料。三岁的张昊很是听话，也不来打扰他，围着长椅转来转去，但又总不脱张其昌的视线。长椅的周边松阴匝地，夏虫唧唧，张其昌物我两忘，对周围视而不觉，沉浸在书籍当中。

张其昌后来体会到，人的一生，大部分时间是欣赏云卷云舒的悠闲时光，但在人生的几个节点，也必然面临秣马厉兵、登顶夺隘的紧张时刻，有时候，短短的冲刺能够影响到之后的整个人生路程。因此不管你平时如何散漫、如何懈怠，当需要你倾其全力奋起一掷的时候，你万不可犹豫，不可彷徨，不可瞻前顾后，此时，方显出男儿血性。

张其昌认为他的人生节点就有两处，一个是高考，一个是律师资格考试，这两个节点都极大地改变了他的人生轨迹。

张其昌如期参加了1988年的律师资格考试，地点是北京市35中。一共四张试卷，张其昌全部提前交卷。他没有任何思想负担，他不需要将这次考试当作改变人生命运的手段，越是如此，越是轻松，越是把自己当作票友，越是潇洒。其中纯粹由填空构成的一张试卷，两个小时的考试时间，他只用了不到半个小时。

他几乎全凭直觉来判断题的对错。在这个时候，他才感觉出了已经参加工作的人、有一定生活阅历的人，与刚出校门的年轻学生在法律考试上的区别以及占有的无与伦比的优势。他在工作中了解与掌握的国家的方针政策，无不与国家的法律规定相通；就连他小时候读过的历朝历代的公案小说，对于他面前的法律实务试卷也产生了影影绰绰的启发。他这才体会到，知识具有通性。

考试成绩公布后，他这位物理系毕业的法律专业“票友”，取得了律师资格。他不知道这次考试对于他以后的人生具有什么意义，他也不打算转行，因为他这个编辑正做得风生水起。他开始写文章，给北京市的报刊写，给自己编辑的《湍流》杂志写，杂志上发表的大多是科学家传记，还有重大科学事件的回顾与历史审视。他痴迷于文字见诸报端后的喜悦，犹如工人欣赏自己雕琢出来的精美的工件，欣喜程度绝不亚于商人赚得了成桶的黄金。

几年时间，他结集出版了两本报告文学集，内容驳杂，有社会事件的采访，有政府机关的沿革，还有对易经的探讨。期间他参加了一个行业作家协会。

他想，单以写东西论，再过个几年，他或许会混成一个二三流的作家。

看来，取得的律师资格只能束之高阁了。

这一年的年底，张其昌搬离了东新开胡同，单位给他在朝阳区的华严北里小区分配了一套两居室的楼房。华严北里位于去往八达岭的马路东侧，离新街口只有四公里之遥。

他只在东新开胡同居住了四年，也是仅有的与普通的北京市民共同密切生活的四年，之后便一直居住在楼房里，像是被禁锢了起来。多少年之后，张其昌回想过去，几十年的楼房居住历史没有留下什么记忆，倒是四年的新街口居住，那简陋平房的日常生活却时时浮现出来。西内大街的林荫道上密密吊挂的槐蚕应该还在吧，但是，院子里孙大妈刘大爷沏好了茶的招呼声，恐怕再也不能与闻了。

第十九章

泼洗澡水倒掉了澡盆里的孩子

1992年，也就是张其昌走出北大进入社会后的第十个年头，他被《湍流》杂志社任命为总编室主任，任命书的“主任”两个字后边还有一个括弧，内有“正处级”三个字。

也是在这一年，张其昌获得了国家新闻出版署授予的主任编辑（记者）副高级职称资格，同时被单位聘任。

无论是行政级别还是职称，张其昌在77级毕业的同学当中，晋升得都不算慢。

他喜欢上了编辑与记者的工作。他全身心地投入进去，感受到了充实与满足。他体会到只有工作，才能最大限度地激发一个人的生命力，才能令其绽放出绚烂的生命华章，犹如他当初在安驾庄的麻池旁对着风雨长啸一样。

他尤其得意的是副刊主编的工作，在这个园地里，他结识了一大批科学家，这些人不仅有着渊博的自然科学知识，还有着丰富的人文情怀。他们幽默、睿智，风趣到令人捧腹，而心地的澄澈又如可以鉴影的平潭。还有一些社会上的业余作者，也渐渐被副刊这块园地吸引，频频投来稿件，给原先纯由科研人员占据的象牙塔里吹进了一丝来自山野的藜蒿藤蔓的青草气息。很短的时间，张其昌便跟他们打成一片，形成了一个业余作者队伍。在科学院的三大院刊中，《湍流》杂志崭露头角，即便放到系统外，也已经有了一些名声。

关键的是，张其昌取得的工作成果，都离不开魏总的支持。

魏总出身于知识分子世家，家学渊源。他是“文革”前毕业的理科生，虽然整个教育阶段都是在中华人民共和国成立后完成的，但他却有着深厚的古诗词鉴赏能力，且能在任何场合，以诗言志，以诗赋情，所以大凡魏总出席的聚会场合，由他赋诗一首，已成为惯例。

魏总心胸宽广，眼界很高，他几乎把杂志社的每一个员工都看作人才，他极少责备员工，而员工提出的要求，他却极力去满足，即使有时候越轨逾矩。

他经常说的一句话是“眼前见天下无一个不好人”。他说这是苏东坡说过的一句话。

张其昌不知道苏东坡是在什么样的背景下、什么样的年龄段说的这样一句话，可能是在有了一定的人生阅历，思想修为参悟到一定的境界后作为人文情怀的抒发。起码，当时的张其昌还不能理解和领悟。

中国的年轻人离开家庭去闯荡世界的时候，父母通常谆谆告诫，江湖险恶，务必处处小心。显然这一幅诫子图的内容与苏东坡的话相悖。也许苏东坡眼中的世界——对任何人不设防的世界，只有在尧舜时期或者是50年代才会存在吧。

苏东坡当然是大文学家、大思想家，他还自称“上可陪玉皇大帝，下可以陪卑田院乞儿”。这等涵括宇宙的境界，这样豁达自由的话，自有他的道理。但是魏总作为一家杂志社的负责人，秉持“眼前见天下无一个不好人”的驭人原则，张其昌就有些不敢苟同了。

张其昌是总编室主任，魏总出差的时候，整本杂志的稿件付梓，就由他代替总编辑签发。他深知责任重大，亦有如履薄冰的感觉，他虽然也想像魏总那样，把所有的员工都看作人才，但遗憾的是确实有的员工不把自己当作人才。有一次终审发稿时，他居然发现，由编辑自校的一篇五千字的文章中，竟然出现了三十余处错别字。他涵养再好，也做不到如魏总一般，将这位编辑当作人才，如果这篇稿件付印，后果将不堪设想。张其昌拍案而起，此风不纠，刊物将何以为继！

魏总大胸襟大视野的领导者角色，和张其昌的事无巨细、亲力亲为的一线管理者角色相得益彰。

张其昌与魏总相携走过十年，除了工作上配合默契，张其昌更视魏总亦兄亦友。魏总不仅是张其昌的入党介绍人，还是张其昌职务晋升的力荐人。不管从什么角度说，两个人中的任何一个人都不曾想到，有一天他们会分道扬镳。

两个人的分手，没有任何阴谋和倾轧，没有丝毫的功利成分，纯粹因为办刊理念的不同。

分手是痛苦的，除了对于双方友谊的珍重与惋惜，还包含了对彼此所走的新的生活道路的惦念与关注。

这一天，就发生在 1992 年。

春天的时候，张其昌和杂志社的另一名记者去四川采访，踏足成都、绵阳等地。正值沿途油菜花盛开，漫山遍野的金黄色，令两个人震撼不已。直至回京，油菜花带来的兴奋还没有完全消退。

张其昌从杂志社员工们的面色和眼神中发现了一丝变化。他忽然想起了一些国家的政变往往发生在领导人出访之时，莫非在他离京采访的时间里，他主政的总编室发生了什么变化？

之后的一切证明了他的担心完全是多余的，没有任何行动指向他的总编室，他的境界太狭隘了。他发觉，就像他在四川看到的扑面而来的油菜花一样，正有一股改革的春风向杂志社徐徐吹来，春风所到之处，冰雪消融，花苞绽放；改革之风所到之处，摧枯拉朽，一切不合时宜的旧体制、旧观念统统必须让道。

杂志社的这场改革缘起于一个人，就是著名的海外学者童浩亮。

童浩亮是中国籍，长时间旅居海外，在此期间，发表了不少政论文章，除了看得出他对祖国的一腔热忱、对华夏文化的推崇，还看得出他才华横溢、笔锋老到。近几年，他已经蜚声海内外的华人圈。

之前，张其昌和魏总都曾经拜读过童浩亮的文章，两个人都赞叹文章中的观点独到，为其精妙的文笔而折服。因此虽然以前不曾谋面，但双方也算神交已久。

见面后，张其昌发现，童浩亮比他想象得还要英俊干练，即便不谈其腹蕴一腔锦绣，单以外表论，已是大好男儿。

魏总向张其昌介绍了拟议中的《湍流》杂志的改革方案：分三年的时间，逐步减少直至完全取消中科院对杂志的财政补贴和财政供养，三年之后，《湍流》杂志自负盈亏，做到完全自立。让这份杂志走出中国科学院的象牙塔，走向社会，完全面向社会大众，争取做到让打工的人也有兴趣阅读《湍流》杂志。

魏总继而又谈到了童浩亮，魏总说童浩亮是他请来的，是这次杂志改革的设计师。他还说，童浩亮是难得的人才，能请到这样大师级的人物来设计改革方案，是我们杂志的幸运。目前童浩亮的行政关系已经落到了杂志社，如何任命，还没有考虑好，但是他的设计，大家都应该不打折扣地执行。童的眼界很高，恐怕志在逐鹿中原，未必看得上杂志社这座小庙，因此我们应该珍惜与他共处的这一段时光。

之后，魏总将话题转到了张其昌身上："你所在的总编室很关键，关系到我们这次的改革能否顺利施行。有些改革的决策，比如读者群的设定、办刊宗旨的改变，相应的会导致版面的改变，肯定会对现状带来很大的冲击，或许有些事情你当时不一定能够理解。在这里，用得着之前流行的一句话：不理解的也要执行。过后，你会理解的……

要看得更远一些，不要总盯着总编室，以后你要承担更重要的工作，要有勇挑重担的思想准备。”

张其昌从四川回到杂志社时的一丝疑虑看来是多余的，没有任何人觊觎他的总编室主任职务。外来的人并非要讨一两把杂志社的交椅，而是要改变杂志的成色。

魏总描述的关于杂志的改革宏图确实壮阔，令人心驰神往。而且魏总嘱咐他要有勇挑重担的思想准备，似乎暗示他的仕途——如果这也算是仕途的话，还会有更上一层楼的可能。但是张其昌却怎么也高兴不起来。他总感觉魏总的改革蓝图有点像天上的流云，看起来绚烂，但有些不着边际，更不接地气。

张其昌曾经是农民，农民的保守性格使他本能地对所有改变现状的举措产生抵御情绪并且他也提出了质疑。

改革要么来自顶层设计，要么来自基层的创新，而这次杂志的改革却不属于任何一种，既没有上一级管理机构的部署，也没有群众的自发参与。那么，这次改革有没有向大气与空间物理研究所请示过，有没有向中国科学院请示过，他们批准了吗？

现在杂志社每年的人头编制事业费以及杂志补贴有一百多万元，全部由中科院划拨，如果三年后取消补贴，刊物能不能做到自负盈亏？没有人打包票。按理说是拿谁的钱、端谁的饭碗就给谁干活，现在的办刊宗旨由为科学院服务改变成为全社会服务，那么，科学院还有什么理由再给你提供事业经费呢？

杂志社现有人员的安置问题也不能忽视，刊物走向社会，可以用合同制的方式招聘新的编辑记者，那么现有的杂志社人员如何安排，也应该有一个统筹规划。

所有这些问题，都应该由一份可行性报告逐一回答。

而杂志社至今为止并没有进行任何可行性调研。

张其昌向魏总提出这些问题的时候，魏总也有些茫然，似乎他并没有考虑到这些问题，也或许他认为这些问题不应该由他来考虑，他应该只需要负责方向性的问题。

魏总告诉张其昌，他曾经给研究所的所长也就是《湍流》杂志的名义总编辑汇报过杂志改革的事情，总编辑没有表示反对的意见。至于中科院院部，魏总认为没有必要汇报。

张其昌不赞同魏总这种对于童浩亮没有任何保留的言听计从。张其昌虽然欣赏童浩亮，但是远没有如魏总一样，对童浩亮到了顶礼膜拜的地步，农民本身就很少膜拜权威。张其昌认为一个人写得一手好文章，并不等同于他能够管理好一个杂志社并运营好这份杂志。真的要改革，也是要发动大家、依靠大家，集思广益，人人献计献策，才能做好这件事情。都什么年头了，还主张不理解的也要执行，之前的教训难道已经忘记了？

张其昌不厌其烦，一次次地去找魏总沟通，建议他先做一个可行性调研，先把杂志社的改革方案报告中科院院部，等待批准后再进行。魏总起先也是不厌其烦，每一次都耐心地听完张其昌的意见，然后继续说服张其昌，但两个人就像铁路上的两条铁轨，永远扭不到一起去，谁也说服不了谁。

最后，魏总的话就有些重了："我们的分歧并不涉及任何意识形态的成分，改版后的《湍流》杂志，还是一份社会主义的杂志，办刊宗旨依然是拥护中国共产党，弘扬社会主义改革的主旋律。不要那么悲观，天不会塌下来。当然任何改革都会对现行体制造成一定程度的冲击，但我们顾不了那么多，我们只能前行。会有一些人停下来，有一些人落伍掉队，没有办法，这也是改革必然要付出的代价。"

话说到这份上，张其昌不能再接下去了。他成了杂志社唯一的反对派。从魏总的口中说出的重话，使得他想起了多年前悬挂在家中的中堂条幅，由肥城县中的教导主任题写的刘禹锡的名对“沉舟侧畔千帆过，病树前头万木春”，难道现在的他成了岸边的沉船，成了郁郁葱葱的森林中的一段枯木？

魏总和童浩亮都没有放任张其昌的落伍，尤其是童浩亮，他很珍视与张其昌之间由相互欣赏而形成的友谊，他极不愿意因为办刊理念的分歧而导致个人友谊受损。他作为杂志社请来的设计师，杂志社的每一个人包括魏总对他都恭谨有礼，他对每个版面提出改革任务，犹如军师下达作战命令一样，其威严不容置疑，但面对张其昌他有时却能低下身段来，以商讨的口气征询张其昌的意见。这种关系很微妙很尴尬，也很别扭，大家都知道这是为了维护个人之间的友谊。

杂志社又多了几个人的身影，他们都是童浩亮在新闻界的朋友，以当时他的名声和影响力，在京城的新闻界找几个朋友是一件很容易的事情。一个是人民日报社的记者，一个是京城著名杂志的编辑，都是义务来给杂志改革出谋划策的。他们下班之后，顾不上回家，亲自设计《湍流》的版面和栏目，具体到细节，这些人可亲可敬。

但是，张其昌依然固执己见，他又找到了研究所的所长。就因为所长赏识过他的论文，他对所长也颇有好感，因此说话没有绕弯子，直来直去，他重复了一下向魏总表述过的观点之后，为了打动所长，他又做了最后陈述，就像在礼堂里做演讲一样郑重：“魏总和我谈话的时候，曾经谈及意识形态的话题，说道不论我们的杂志改成什么样了，都不会改变杂志服务于人民、服务于社会主义建设的根本宗旨，这一点我和魏总没有分歧。但正是魏总提起的意识形态话题，引起了我对这份刊物的担忧。来自西方的非友好势力一直在盯着我们，试图在文化领域和意识形态领域向我们渗透。在这个非常时期，我们怎么能够自废武功、放弃舆论工具呢？我知道，精简事业单位编制，缩小事业经费开支，是我们改革的方向，即使有一天我们周围窥伺的非友好势力都消失了，我们有了足够的体制自信和文化自信，即便所有的事业单位都可以向社会放开，我认为新闻舆论领域也将是最后放开的，但绝不是今天。所以说，《湍流》脱离目前面向中科院的办刊宗旨，放到社会上去，是一条走不通的路。”

所长原本以为张其昌也就是有些不同意见，没想到他会如此慷慨激昂。从始至终所长都很少说话，一直在听，最后说了一句话：“没有那么严重吧。”

张其昌对《湍流》杂志改版的反对实在是螳臂当车，面向社会的全新的《湍流》杂志已经出版了好几期。编辑、印务以及发行运转如常。

张其昌施尽了浑身解数也没能说服魏总，最后一次和魏总谈话，他已经不再担心杂志的命运，而是忧心魏总的将来：“原先的《湍流》杂志，是由研究所和中科院主办的，服务对象也是研究所和中科院。现在我们改变了服务方向，而我们的工资和办刊费用还是由研究所和中科院提供，这就成了端张三的饭碗给李四干活，这么做必然招致研究所和中科院领导的不满。您别忘了，我们的人事权也归中科院管理，他们既然可以任命您，也可以在一个早晨发一纸文书撤免您。这可是我们工作了多年的一个平台啊。”

魏总笑了，脸上现出了极不以为然的轻松，说道：“这怎么可能呢？我是咱们杂志社也是研究所唯一具有正高编辑职称的人，这种事情恐怕不会发生吧。”

张其昌无语。往常在他眼里的魏总儒雅睿智的学者形象轰然倒塌，变成了一介书生。

地球离了谁都能转，这样一个谁都知道的常识，哪怕你是一个伟人，而魏总居然因为职称的因素认为对他的撤免是不可能发生的事情。

在学术上，魏总称雄一方，可在官场上，就事情的洞彻和练达而论，魏总的单纯天真如孩童。

张其昌的最后一次努力是与童浩亮的谈判，他是为了保住他在杂志上多年经营和精心培育的心爱的园地，他妥协了。他不再反对改版，也不再反对改变办刊宗旨，他提出要求，其他版面和栏目，都按照改版后的设计执行，能否将副刊留下来，按照原先的特色办。

童浩亮答复说："这样恐怕不好。改版后的杂志是一个统一的整体，面向社会大众，所有的版面和栏目都必须统一在这个整体内，依照现在的设计思路，副刊是否保留还在商榷之列，更不要说保留一个只面向中科院系统的副刊了。你还是眼光放远一些，个人服从组织，局部服从全体，放弃副刊吧。"

童浩亮虽然还是商讨的口气，但却不容置疑。

这是压倒骆驼的最后一根稻草。

张其昌的心境一片苍凉。

他萌生了退意。

道不同，不相为谋。

他不想做他不愿意做的事情。

他依凭当过农民和知青在社会的最底层摔打滚爬的经历，察觉到了一艘航船前行的危险，他尽全力想去挽救，都没有达到目的，怎么办？他只能选择跳船。

当年他在安驾庄去意已决的时候，他亲手搭建的砖瓦房以及满院子葳葳蕤蕤的树都没有能够留住他；现在他决定跳船了，正处级的官帽以及主任编辑的副高级职称也被他掷于身后。

甚至，他扔下了铁饭碗，他要自谋职业，他下海了。

离开杂志社的时候，他真想喊出一声来："书生误国！"

他依然坚信，如果历史可以穿越，时光可以倒流，让魏总和他都回到战国或秦汉，他依然可以憧憬"相六国"的梦；至于魏总，或许在诗歌上可以达到屈原的成就，但他不可能“相六国”，甚至都做不了泗水的亭长。

正如他所料，一年之后，魏总被免去了《湍流》杂志副总编辑职务，赋闲在家。

又过了一年，新闻出版署发文，凡报纸杂志的出版发行份额不足一定数量时，一律裁撤。《湍流》杂志，此时已经更名，不再叫作《湍流》，恰在裁撤范围之内，于是寿终正寝。

其实，这个文件执行得并不严格，报纸和刊物的裁撤与否，全由主办单位决定。中科院的另两份院刊，发行数量与《湍流》差不多，但至今仍在出版。

《湍流》杂志真的遇到了湍流。

《湍流》裁撤后，原工作人员星散，都由研究所做了安排。

童浩亮当然不用担心工作，后来听说他应聘了香港的一所大学，给学生授业解惑去了。

张其昌听闻此讯时，已经是局外人，但他并没有为自己的预判应验而沾沾自喜，也没有为他的提前跳船免受覆舟之厄而暗自庆幸。他的情绪中更多的是兔死狐悲的哀婉，毕竟他在这个平台上工作了十年，和他一起的还有众多志趣相投的同事，如今平台坍塌，同事们可还安好?

还有呵护了他十年的魏总，一向心气颇高，陡然遭遇冷落，不知平安否。

在预判《湍流》的结局这件事上，可以说张其昌这个乡下人胜过了城里人。之后，张其昌看到党和政府对公务员的培养，都是先把他们放到基层去锻炼，张其昌由衷地赞佩这一举措。只有经过了底层的磨炼，才能避免这些吏员们有朝一日会做出书生气的事情来。

张其昌还是有些愤愤，他仍不解大气与空间物理研究所以及中科院为什么裁撤了《湍流》杂志。主管单位如果不满意这艘船的航向，不满意这艘船的船长，完全可以换掉船长，重新给它制定航向，没有必要恨和尚及于袈裟，连这艘船都要拆毁。

这真是应了一句话，泼洗澡水连带倒掉了澡盆里的孩子。

第二十章

没有开不了张的油盐店

张其昌只是萌生了离开杂志社的念头，未来的人生如何规划，他并没有一个清晰的蓝图。

前途茫茫，路在何方?

古时候将士出征时，军师往往会授予几个锦囊，嘱咐其在关键时刻、关键节点比如说道路不明或战局扑朔迷离时打开以指点迷津。此时的张其昌也极愿意从口袋里掏出这样一个锦囊来，希冀这个锦囊告诉他以后的人生之路该往何处走。

他知道这是不可能的事情，他的口袋里没有这样的锦囊，而且也没有一个军师来指导他的人生规划。

当他的手伸向口袋的时候，却切切实实地触到了一件东西，那就是四年前他考取的律师资格证书。

前方道路上弥漫的浓雾渐渐透出了一线亮光，这也是一条可行的出路啊。

当初参加律考的时候，听人说，律师资格证书的有效期是五年，张其昌没有看过有关规定，不知道这个说法的出处，亦不辨真伪。说是五年的有效期过后也不是完全失效，但如果执业的话，必须要再参加一次考试，只考查五年之内新颁布的法律法规，这当然也是一件令人头痛的事情，谁愿意再多参加一次考试呢？从这个意义上讲，他也应该在五年之内激活这个资格。

一边是别无可去之路，一边是将要失效的资格，两下夹击，这条道路更加明晰了。

其实也并非没有其他道路。期间，他曾经见过张其达，告知其自己要离开杂志社的意向，当然也带有征求意见的成分。

此时的张其达已经在监察部担任要职，至于具体职务，张其昌不甚清楚，只感觉张其达公务繁忙。

张其达耐心地听完了张其昌意欲离开杂志社的讲述，说了一句话："要我做点什么吗？"不等张其昌回答，继续说道，"如果你还要在新闻出版界做下去的话，我可以给你联系一下。我之前的同事，现在已经是人民日报社和新华社的人事主管，我可以给他们打个招呼，你到时按照程序去应聘。"

人民日报社和新华社当然是新闻从业人员心向往之的单位，张其昌也禁不住有些心动，但他却不愿意为了自己的事情，让张其达动用人际关系。他委婉地说出了这层意思。

张其达笑了笑，说道："你想多了。春秋时期的祁黄羊曾经说过'外举不避仇，内举不避亲'，他曾经推荐自己的仇人担任南阳令，也曾经推荐自己的儿子担任国家的军事统帅，由于荐人得当，他得到了朝野的好评。推荐人才，只要公正无私，不掺杂个人好恶，大可以坦坦荡荡。我看过你写的文章，你有能力在新闻界做下去。77级毕业生是国家的财富，人民日报社是个大单位，北大毕业生到那里去也不会辱没了它。"

张其昌为张其达的赏识而感动。就像他当初在肥城县中读书时与族兄张其亮在一起时的感觉一样，一个人如果有兄长的佑护，是一件多么幸福的事情。

张其昌还是讲出了自己已经成形的想法，说想去做律师，他特别提到了律师资格证书还有一年就要到期，如果不激活的话委实可惜。

张其达听了张其昌的话，沉思了一会儿，他知道按照张其昌目前的履历，如果继续在新闻界工作的话，可谓驾轻就熟。但是，律师则完全是一个陌生的领域，一切都要从头开始。因此，他自然不好轻易表态。

张其达最后的意见是："只要你决定了，我都支持。"

于是，张其昌遂坚定了做律师的念头。

若干年后，张其昌的律师事业小有成就，当他和中科院原先的同事聚会时，常有人夸赞他当初下海的魄力与勇气，视一身官衣如敝屣，以一个非法律专业人士的身份到政法系统的陌生领域去闯荡，勇气可嘉云云，都是溢美之词。

个中况味，只有张其昌知道。

昔日的同事们所描绘的张其昌蹈海之决绝的形象，是谬赞了。

实际上，张其昌下海之后的很长一段时间里，都是一只脚在水里，一只脚在岸上。或者换一个说法，他虽然一直在水里，但却预留了随时跳到岸上来的后路。

下海，是我国特定历史时期的名词。完整意义上的下海，是指公务员或者是事业单位的人员辞掉公职，将人事关系从单位取出来，存放到社会上的人才档案管理机构里，彻底告别铁饭碗，变成一介布衣，然后自谋职业。

按照司法部的规定，张其昌要想做律师，亦必须走同样的道路。辞掉在单位的公职，将档案放到人才中心，然后才能申请律师执业。这一条道路是绝大部分公职人员转行做律师或者是原司法系统的公职人员做律师的必由之路。这样就将律师从国家财政供养的人群中剥离出来，变成了自己解决吃饭问题、自谋职业的人。

为什么律师要自己养活自己，难道国家的财政缺这一点点钱吗？这个道理张其昌也是好多年之后才认识到，那要从律师制度的设立谈起，是一个大题目了。

由于当时中国律师人才还很缺乏，还由于一些人既想尝试在水中搏击风浪的快感，又有些舍不得公职的舒适与名誉感，尚在两者之间徘徊，于是在众人熙熙攘攘辞掉公职下海的大道之旁，又出现了一条小道。

在律师界，谓之兼职律师。

这也是中国改革之路的特色，不一刀切，摸着石头过河，探索前行。

兼职律师，顾名思义就是不必辞掉公职，也可以在一家律师事务所申请执业。还有一种情况，就是兼职律师事务所，但这样的事务所必须有一个挂靠单位，而且挂靠单位要么是法律院校，要么是法律研究机构。兼职律师事务所的人员，可以全部是兼职律师，也可以由兼职律师和专职律师混合组成。

应该说，当初司法部的规定非常人性化。

张其昌在下海的路径上选择了走小道，他成为了兼职律师。

但他不想到别人那儿去打工，他想自己创办一个企业，于是和另外两个律师一起，成立了一家兼职律师事务所。因为北京市司法局当时规定，成立一家律师事务所至少要有三个合伙人律师。他担任了这家律师事务所的主任。

律师事务所的名字叫作北京市新昌律师事务所，显然带有张其昌个人的印记。

律师事务所的挂靠单位是司法部下属的一个局级机构，专司中国律师的国际交流。

这个时候，张其昌搞明白了一件事情，所有的律师事务所以及所有的公证处，不论是司法部所属还是省市所属，抑或是区司法局所属，都没有级别之分，都是同样的法律服务机构，谁也不比谁更权威。

就这样，张其昌开始了他的律师执业之路。

张其昌选择的路径，充分体现了乡下人遇事谨慎的作风，那是安驾庄这片土地赋予他的品格。决策的时候，他可以不拖泥带水，干练果决，但对于具体实施的路径，他却反复推敲，直至形成了进可攻退可守的最佳方案。

这种状态，一直持续到新旧世纪之交的2000年，期间张其昌的档案一直保存在中科院系统，而张其昌以全职的状态在社会上做执业律师。

这一年，司法部出台了新的文件，宣布过渡阶段结束，取消所有的兼职律师事务所。像张其昌这种类型的律师——原单位既不是法律院校，也不是法律行政机构，只有两种选择，要么退出律师队伍，回原单位上班，要么就必须将档案从原单位取出来放到人才中心，与原单位彻底脱离关系。

这时的张其昌已经在律师界混出了一点小名堂，他的大学同班同学也已经做了中科院的副院长。此时的他要回到中科院系统固然没有问题，但是他亲手呵护成长起来的新昌律师事务所已经与他成为一个整体，难舍难分了。毕竟这个平台还关系着十几个人的饭碗，他的离开就意味着平台的解体，他于心不忍。

于是，新昌律师事务所进行了改制，由兼职变成了合伙制。

这一年，张其昌才真正地从体制内脱离。

在长达七八年的时间里，张其昌原先就职的中科院，一直宽容着他，没有向他施加过任何压力。他本就住着中科院分给的公房，律师执业后，有时上下班还坐着中科院的班车，甚至继续在中科院的食堂吃饭。他对中科院感念不已。

正因为如此，多年来凡是中科院的法律咨询，无论是单位还是个人，张其昌都是不厌其烦，且从不言及费用。

中科院对于张其昌的恩惠并不止于此。一切还要从魏总说起。

就在张其昌取得律师执业证书在社会上开始律师执业以后，他发现，他还继续收到原先工作的杂志社发给他的工资，经询问，杂志社的财务人员告诉他是魏总的决定。

张其昌感到了不安，他怕杂志社的人说闲话，怕由此让魏总担责，给魏总招致批评。他已经离开了杂志社，怎么还能再领取杂志社的报酬呢？他要求魏总停发他的工资。

那是一个阳光明媚的上午，在魏总的办公室里，两个人坐在了一起。魏总坐在背光处，张其昌看不清他脸上的表情，魏总说话还是过去舒缓的语调："你事业初创，一切都要用到钱，租赁办公场地要用钱，聘用行政人员也要用钱。这份工资虽然不多，还能解决点问题，起码心理上还是一个支撑。还是继续保留吧。

"你不用担心会给我造成麻烦，我有充足的理由证明这样做的合理性。现在杂志社的经营活动也有好多法律事务，有些事情需要咨询，有些合同需要起草审阅，这都需要专门人士，需要律师服务。我总不会放着你这样一位现成的律师再去寻找别的人吧。你就算是我们杂志社的法律顾问，你领取的那份工资就是你的律师酬金。"

张其昌的眼睛里漫上了一层云雾，魏总的话在他的面前又幻出了一个熟悉的场景——当年轻人离家去闯荡世界的时候，父兄谆谆告诫"江湖险恶，务必多加小心"，那牵挂的目光，即便在你转身而去时仍能清晰地感觉到。

杂志社给张其昌的工资，在魏总离职以后也没有停发，直至杂志注销。

张其昌进入律师业务的楔入点选择了房地产行业。

90年代初期，中国的房地产已经成为市场化比较成熟的行业，开发商从立项到取得土地使用权，再到完成设计规划和施工规划，直至取得预售许可证，每一步都有法律服务的需求。当时已经执业的为数不多的律师，大都会涉及房地产的法律事务，张其昌也没能免俗。

张其昌原先上班的大气与空间物理研究所旁边就有一家房地产开发公司。张其昌还在酝酿成立律师事务所的时候，曾经拜访过这家开发公司，接触的结果就是诞生了一个双赢的合作方案。由房地产开发公司在其办公大楼里拿出两间办公室，无偿作为律师事务所的办公场地；事务所则无偿承担这家房地产公司的法律事务。当然这里所说的法律事务也不是没有边际，诉讼事项不在其中。

此时的张其昌对于事务所未来的业务发展尚没有任何底气，而在京城开办公司的第一项重大成本支出就是办公场地的租赁费用。张其昌对于房地产公司的提议欣然同意。

由于场地是房地产公司无偿提供的，事务所连带也省了水电的费用。

甚至事务所的开张典礼都由房地产公司一手经办。

事务所成立的那一天，张其达兑现了他的承诺。他曾经说过，不管张其昌做出什么样的决定，他都会给予支持。

他出席了事务所成立的仪式，还请来了一位重量级嘉宾。

这位嘉宾是张其昌在北大读书时的校党委书记，后来担任过张其达的领导，如今已经退休。除了他，再加上张其达，还有中央各部委的十几位局级干部以及人民日报社和广电总局等几家新闻单位的记者，都来参加了这场典礼。蔚为可观的嘉宾队伍，令张其昌新成立的小小律师事务所蓬荜生辉。

举办事务所成立典礼的会议室就在房地产公司的大楼内，不大，仅能容得下二三十个人。经办人是房地产公司的办公室主任，他率领着办公室的一众年轻人跑前跑后，端茶倒水。显然，嘉宾队伍的规模也出乎他们的预料。主席台正面只容得下四个人，结果就是，所谓的主席台连嘉宾队伍中的局长们都容不下。

经办人员七手八脚，临时搬来了一些椅凳，在主席台下面凑了几排。先前没有位子的部委局长和记者都坐了下来。

闻讯而来的北京市司法局局长也屈尊坐在了下面。

事后，人民日报社的记者发了通稿，题目当然不是新昌律师事务所的成立，这件事情太小，上不了人民日报。通稿的新闻由头是中国的房地产发展离不开律师的法律服务。

新昌律师事务所成立时，北京市才有一百多家律师事务所，之后十几年的时间，就发展到了两千多家。按照知名律师事务所的三个标准：规模大，人员多，至少百人以上；创收可观，年收入在数亿到几十亿之间；经办过具有全国影响力的案件，新昌所自始至终都没有进入到知名律师事务所的行列。但就其成立时的盛典之荣耀以及规格之高，在京城律师事务所的丛林中可谓绝无仅有。

新昌律师事务所的殊荣，当然不可忽视张其达兑现承诺支持张其昌创业的个人行为，但本质上却是政府的高级领导对于中国律师制度建立的推动和支持。张其昌在后来律师执业的几十年里，每每想到当初的盛典，均惕然自醒，陡生戒惧之心。他唯恐由于他的张扬和轻浮给支持过他的人带来不好的影响，唯恐由于他在执业上的过失辜负了信任他的人。

过后，他曾经和房地产公司的办公室主任有过一次对话。事务所成立庆典之后，办公室主任将拍摄的活动现场的照片冲洗出来交给了张其昌。其中有新昌律师事务所成立庆典的红色横幅下的主席台全景，有张其昌与嘉宾们的合影。当时，办公室主任就嘱咐张其昌，将这些照片放大后装裱起来，悬挂于事务所的显眼之处，让那些来到事务所的客户，第一眼就能看到事务所的背景和实力。

半年之后的某日，房地产公司的办公室主任踱到了张其昌的办公室，发现事务所的墙壁上除了司法局核发的执业许可证和税务登记证之外，别无他物。办公室主任与张其昌相交已稔，两个人说话直来直去，遂有了以下的对话：“张律师，你好比三岁的孩童拥有百万家产，不知道如何使用。你可知道，你手中的这些领导人来出席事务所庆典的照片对于事务所来说意味着什么吗？那是无尽的财产，强过你投放重金所做的广告和宣传。

“市场经济时代，如果没有包装的意识，没有宣传和广告的意识，企业将不可能发展起来，不可能做大做强。北京市的律师事务所有的是，到你这里来的客户也要货比三家，也要挑拣，也要选择，他们凭什么选择你呢？他们无从知道你提供法律服务的真实水平，首先看到的就是事务所的外在形象和背景。酒香不怕巷子深的时代早就过去了。”

办公室主任的话，张其昌以前不是没有听过，他不否认这些话有一定的道理，但他还是不以为然：“我不认为律师事务所等同于企业，法律服务和企业的产品，还是有一定的区别。律师的口碑要靠提供法律服务的品质去树立。拉来的大旗，可以管一时，但如果你的服务跟不上，还是会前功尽弃。与其这样，还不如不要原先的包装，踏踏实实走自己的路，做一个本色的人。

“我哥哥当初带人来捧场，本质上还是对于整个律师队伍以及律师事业的支持，如果我把他们顶在头上当作光环，那不就成了拿他们的名声和影响力来卖钱？我不愿意挥霍他们的威望来换取我的律师业绩。我不愿意做这样的交易。”

两个人面面相觑，都为对方的话语感到惊愕。这是两个完全不同经历的人，一个秉持追求利益最大化的宗旨在市场经济里滚打了十几年，一个在国家机关里接受了十几年正统的循规蹈矩的培训。两种不同的经历导致了两种不同的语系。

办公室主任盯着张其昌，就像看着一个外星人，他不相信社会发展到今天，还有如此愚钝的人。走出事务所办公室门口的时候，他轻轻嘟囔了一句："农民。"

话语很轻，但还是被张其昌听到了。他没有丝毫的气恼，反而笑了，内心里也轻轻地回了一句："我本来就是农民。"

这件事情，张其昌始终都没有开窍，他律师执业二十几年，直至退休离开事务所，从来都没有在办公室悬挂过他与那些领导的合影。

律师执业前，张其昌曾经充分想象过他可能会遇到的困难。他知道，目前的中国社会，法制还不健全，某种程度上还是人治，讲关系的色彩还很浓厚，并且他不像其他法律专业的毕业生，在公检法系统内非师即友，如鱼得水。他不仅踏入了一个陌生的领域，还将会面对众多陌生的面孔，这是他的短板。

他也知道自己的长项，说到底，律师还是与人打交道的一个职业，论到与人打交道，阅历是最好的资源。张其昌混迹的圈子，从农民工人的队伍，到中国最优秀的科学家的集聚地，他与各色人等都打过交道。虽不敢说自己深谙人生之道，但亦可算阅人无数，见多了众生相，已初窥社会门径。他的理科专业以及形成的逻辑思维，比起法律专业的人士还是有一定的优势，对案例的分析与把控彰显出出人意料的简洁与明快。

事务所成立的同时，他与中科院系统的四家研究所签订了常年法律顾问合同。每一家每一年的酬金是五万元人民币。仅这一项法律服务，他便可温饱无虞。

在事业初创的日子里，对张其昌构成考验的并非是事务所的创收，而是精神层面的考验。

长达两个月的时间，张其昌一直枯坐办公室，竟没有一个客户上门。

这对他的精神造成了极大的压力与折磨。

他甚至都产生了“红旗还能打多久”的想法。

张其昌就像老僧入定一般，隔墙就是他曾经工作过的中科院，他努力不向那个方向张望，不去忆起过去在那里工作时的境况。他知道，容不得他感伤，容不得他矫揉，开弓没有回头箭，不论前途如何多舛，他只有前行这一条道路。

这时候，他记起了小时候在安驾庄听到的一句话：没有开不了张的油盐店。

油盐店之所以能够存续下去，就因为老百姓有需求，老百姓离不开日常烹调的佐料，需求就是店铺存在下去的生命力。

同样的道理，老百姓的法律需求也是律师事务所存在下去的生命力。

社会在发展，法制在逐步健全。过去调剂社会矛盾、调剂社会纠纷的方式，也逐步由行政调剂转为法律调剂。市场经济在呼唤着法制社会的建立。

老百姓的私有财产渐渐增加，也产生了被保护的需求，而法律就是最好的武器，律师就是执行人之一。

譬如旷野里矗起了一座小庙，虽然没有巍峨的山门和大雄宝殿，也没有知名高僧来做寺庙的住持，但只要有一份香火在，有暮鼓晨钟从这里荡漾开去，就一定会有善男信女来，拈一炷香，诉说他们的心愿。

善男信女的需求支撑了寺庙的存在。

他的律师事务所就是一铺油盐店，就是一座小庙。

北京的白云观里供奉着多路神仙，其中一座叫作三官殿的配殿，香烟缭绕中端坐着三位大帝，分别是上元一品赐福天官，中元二品赦罪地官，下元三品解厄水官。天官的职能是赐福降祥，济民救苦；地官的职能是赦除迷咎，解释冤愆；水官的职能是解除疾厄，脱人困苦。三种职能当中，赐福和赦罪都需要权力，所以必须由一品的天官和二品的地官来承担，只有最末等的水官承担的解除疾厄、脱人困苦的使命，和律师的职能颇有些相似。

这位水官大概是律师们除了司法部之外的另一个领导吧。

张其昌多次去白云观的重要原因就是参谒三官殿，尤其是参谒这位下元三品解厄水官洞阴大帝。

解除疾厄、脱人困苦不正是律师应该秉持的宗旨吗？

一段时间之后，张其昌没有了当初枯坐办公室的焦灼，变得仪态娴雅，成了渭水之滨执杆钓鱼的姜尚。

再有朋友聚会，他也会把印有律师事务所的电话和地址的名片拿出来，递给人家。

这个时候，他才发现，一些人对于律师的认识，竟是如此偏颇。

接过律师名片的人，绝大部分都会这样回答：“噢，律师啊。打官司的时候找你。”

这些人把律师当成了旧时代的讼师。难道律师只是打官司的吗？

根据北京市司法局的统计，北京市律师创收的四分之三以上皆为非诉讼收入。

何谓非诉讼业务？像公司并购、公司上市、起草审查合同、律师见证等，不胜枚举，这些都和打官司没有任何关系。

一辈子没有进过法院大门的律师，大有人在。

有的人对律师的认识偏颇更甚，说出：“我又不打官司，认识律师做什么？”好像律师会给他带来晦气，带来官司。

难道认识医生就会使人生病吗?

人都愿结交医生作朋友，为什么不愿意结交律师呢?

正是和打官司没有任何关系的非诉讼业务，不久之后使得张其昌的律师生涯大放异彩。

第二十一章

一马离了西凉界

1995年春天的一个下午，快下班的时候，新昌律师事务所来了当天的最后一拨客户。

进来的是两位男士，都是五十岁左右，一个人体魄粗壮，另一个人要精瘦一些，两个人都面有忧色。

客人讲明了来意，两个人分别是一家工厂的书记和厂长，壮硕的是厂长。工厂面临拆迁，两个人是来咨询的。

厂长说，他们从来没有遇到过拆迁的事项，不知道怎么应对，也不知道该如何讨价还价。

他又说，土地没有问题，政府给另外划拨一块，就是拆迁补偿谈不拢，对方给了一个拆迁补偿的数额，800万元。他们想，也不能完全由对方说了算吧，就问能不能再多一些，对方也没有多说，只说了一句，回去再算算。几天后答复的结果是应该补偿680万，原先报的数额是算错了。

“这不是欺人太甚吗？”厂长说到这里义愤填膺。

书记向张其昌介绍了工厂的状况，这是一家以制笔为主的文具厂。起先主要制造毛笔，后来毛笔的市场式微，就往文具的方向发展，什么铅笔盒、练习簿，甚至还有课堂上的教具，他们都会生产。生产形势虽然谈不上欣欣向荣，但是两百多名职工的生计却也没有什么问题。

张其昌关心的不是这些，他关心的是与拆迁有关的两个数据：工厂的占地面积是多少，工厂建筑物的建筑面积是多少。

厂长告诉他，这两个数据好记，都是一万平方米。也就是说，占地面积是一万平方米，厂房和所有办公室的建筑面积也是一万平方米。

书记补充道，他们的工厂是一家市属企业。

张其昌自从做律师以来，在房地产业务中浸润已久，房地产市场里的警句耳熟能详，当时最著名的话语就是“位置，位置，还是位置”。这句话道出了房地产开发的精髓，同样也适用房地产开发中的拆迁环节。

谈到这里，张其昌才接触到问题的核心——这家待拆迁的文具厂所在的位置。

文具厂位于北京市交通枢纽的东侧，拆迁后待开发的项目就叫做交通枢纽东广场综合项目。负责拆迁的单位就叫作东广场综合开发指挥部。

提起北京市的交通枢纽，那是大名鼎鼎。这座交通枢纽集火车站、公共汽车站、长途客车站、地铁站为一体，是一个大型综合性交通项目。它的范围跨越北京市的四个区，是北京市政府倾全力确保的重点建设项目之一。

与拆迁有关的资料都介绍完之后，书记道出了来意：“我们到这里来，就是想问一问，这次拆迁从法律上讲，我们应该管人家要多少钱。上一次我们不同意他们给的800万补偿款，现下也肯定不同意他们欺负人的680万。但是如果他们问我们主张的数额，我们该怎么回答呢？我们总不能说你们看着给吧，我们总要说出一个数来，这就是我们找律师的目的。”

张其昌经过一番计算之后，非常简洁地告诉他们："补偿款低于2500万元，这份拆迁安置补偿协议就不能签。"

书记和厂长对望了一眼，都显出了惊愕的神色，显然，张其昌报出的这个数字大大出乎他们的预料。

"是2500万元？"他们怕自己听错了，又问了一遍。

"是的。"张其昌轻轻点了点头。

两个人小声嘀咕了几句，书记对张其昌说："我们回去和工厂的其他同志商量一下，明天再过来。"

律师事务所成立时，张其昌就定下了规矩，所有的咨询一律不收费，哪怕是含金量很高的咨询。比如今天的咨询所给出的拆迁补偿数额，其中的含金量就不低，包含了律师对于涉及拆迁的法律政策的了解以及对于补偿数额计算公式的掌握。

书记口头上讲的"明天再过来"的话语不知真假，或许他们明天真的会过来，也或许是他们一走了之心头感到歉意的一句应酬吧。

总之，律师不能指望与踏进事务所的每一个人都能达成一份委托代理协议，形成一笔业务。

张其昌提供的无偿咨询大部分都不会形成代理，这是律师必须的付出，也是对社会的贡献。

第二天一早，头天来过的北京制笔文具厂的两位当事人又来了。

厂长说，他们昨天回去以后和工厂领导班子的其他成员商量了一下，大家一致同意委托新昌律师事务所做他们工厂的代表，全权处理拆迁过程中的所有事宜，包括与拆迁方谈判，直至最后签订拆迁安置协议。

很快双方谈妥了委托代理协议的有关条款，有律师服务的内容和范围、律师代理的时间和提供服务的方式、律师酬金的支付数额和支付方式，不一而足。

协议也约定，由新昌律师事务所派出张其昌律师和另一位律师来实施这项法律服务。

委托关系形成以后，书记和厂长才做了郑重的自我介绍。于是张其昌知道了书记姓李，厂长姓蔡。

两个人离去时，心情仿佛天霁云开，一脸轻松，浑没有了昨日来时的压抑。他们知道自今日始，拆迁谈判的担子已经转移到律师事务所的身上了。

之后的几天，张其昌的精力一直倾注在这件代理案件上。与拆迁方约定的谈判日期还有些时日，他尽可以把案前的准备工作做得充分一些，不能打无准备之仗。

实际上，他几天来翻来覆去考虑的只有一个问题。那就是文具厂所在的交通枢纽东广场的开发性质。

按照蔡厂长和李书记的介绍，东广场开发项目属于北京市交通枢纽项目，是其中的一个组成部分。这是拆迁方再三向他们强调的。

若真如此，这个案件就没有什么可谈的了。张其昌清楚，国家的重点交通能源项目、国防军事项目，这些涉及国计民生的建设项目，在征地拆迁上的补偿安置标准，都有专门的文件来规范，几乎没有谈判的余地。北京市交通枢纽工程就属于这个范围。

但是东广场项目真的属于交通枢纽工程吗?

从第一天和文具厂的人员接触，张其昌就产生了怀疑，他没有任何证据来证明东广场项目不属于交通枢纽工程，他只是凭直觉，而他的直觉，来自于反证和反推。

交通枢纽工程竣工在即，有关的征地拆迁工作两三年前就已经开始，如果东广场项目属于交通枢纽工程的一部分，理应在三年前就开始拆迁，为什么要等到现在才开始呢?合乎逻辑的结论就只能是否定的，它不属于交通枢纽工程，它是辖区内政府的二级开发项目，是借交通枢纽的“势”而推出的延展开发。说得通俗一点，这是想搭便车。

那这当然就属于商业开发了。

据此判断，执行的征地拆迁标准也应该遵照商业开发标准。

张其昌面对文具厂的第一次咨询时给出的2500万的安置补偿数额，依据的就是商业开发标准。

要取得东广场项目不属于交通枢纽工程的证据也不难，去北京市计委查阅一下由北京市规划委所做、由北京市计委审批的交通枢纽工程红线图，就是一条最直接的途径。

张其昌不是没有想到，前几天他和另外一个律师已经去过了，结果吃了闭门羹。答复说只接待公检法查阅资料，不接待律师。

当时不独是计委，房管局的房屋登记资料、工商局的公司注册资料、民政局的公民婚姻登记资料，均不提供给律师查阅。

已经颁布的《律师工作管理条例》明明规定了这些单位有义务为律师查阅资料提供方便，可是实际执行起来却是困难重重。

张其昌不愠不怒，他明白现状，律师制度还处在建立的初始阶段，法制建设也在完善过程当中。他不是从国外才回到中国，而是一直生活在这片土地上，也一直目睹着这片土地上发生的变化。

和新昌律师事务所的其他几位律师共同研讨之后，一个思路在张其昌心中渐渐明晰。文具厂这个代理案件的切入点，不在于适用中国的哪一部法律法规，而在于适用中国的哪一项政策。

约定的谈判日期的前一天，张其昌来到了文具厂，和工厂的领导班子成员举行了一次见面会。

工厂已经部分停工，有的车间门口散乱地堆起了木箱和纸箱，木箱有的已经捆扎完毕，有的还敞豁着盖子，露出凌乱放置的机器部件，纸箱里大多是半成品的文具。

厂里的工人不多。厂长介绍说，一部分工人已经放假。

就是这不多的工人依然给予了张其昌礼遇，张其昌仿佛又回到了四道岔子储木场，看到的是工友们友善而淳朴的目光。

文具厂的会议室坐落在一座三层小楼的二层，正南方向一览无余，可以看到文具厂空旷的厂区，阳光很好，会议室里通亮。房屋的东南侧有一棵枝繁叶茂的大槐树，有的枝干竟探到了窗前，给会议室里带来了些微凉意。

时值初夏，天气开始热起来。

文具厂的领导班子一共有七八个成员，除了书记、厂长之外，不外财务、工会和生产销售部门的负责人。他们看待张其昌的目光就像院子里的工友一样，信任而热切。

张其昌从他们七嘴八舌的发言中感受到了一种氛围，就像外边逐渐热起来的天气一样，人群中弥漫着烦躁的情绪。文具厂的拆迁通知已经下达好几个月了，部分车间已经停工，工厂的生产周转资金以及工人们工资的发放开始紧张，他们已经对这样的局面失去耐心，急于想结束目前的状况。现在聘请了律师，他们更是寄予了期望。

张其昌作为局外人，却能够清醒地认识到，这种急躁的情绪对于即将到来的谈判是不利的，好多企业的拆迁签约，就是在被拆迁方几近崩溃的情况下签订的城下之盟。结果当然是损坏了企业的合法权益。

张其昌可不想让文具厂重蹈这样的覆辙。

翌日，张其昌和新昌所的另一位律师在蔡厂长的陪同下，如约来到了拆迁方的办公室。

一个不大的小院，离文具厂不远，估计也是被拆迁腾退的院子。大门已经倾塌，但院内的平房完好。老远就看到两块牌子挂在办公室的左右两侧，一块是“区政府东广场综合开发指挥部”，另一块是“北京市辉远房地产开发公司”。

张其昌早就听蔡厂长讲过，对方是一套人马两块牌子，今天亲眼目睹，果真如此。

他们进入办公室后，见只有一个人坐在椅子上，此人面皮白净，微胖。他的周围站着几个人。其中有人认识蔡厂长，打过招呼后，将坐在椅子上的人介绍给蔡厂长："这是区政府的吴副区长。"

于是蔡厂长恭谨地点头，算是打过招呼了。张其昌等人遂也向吴副区长点头致意。

吴副区长并没有从椅子上站起来。

说起来也不奇怪，副区长在北京虽然不算高级领导，但若放到外地却也是地区专员一级，比县委书记都要高。文具厂的行政级别顶多也就是一个科级，和副区长的级别相差甚远，所以副区长虽然没有站起来，但和颜悦色，已经算是礼遇了。

蔡厂长又将张其昌介绍给对方，听到"律师"两个字，吴副区长眉毛一挑，脱口而出："律师？律师来做什么啊？"

吴副区长的话是真诚的，既不是做作，也不是嘲讽，他真的感到疑惑，没有遭遇过类似的场面。当时，律师对于生产经营活动的介入还很少，所以吴副区长对于律师称谓感到生疏一点也不奇怪。

"张律师这次全权代理我们文具厂，参与文具厂拆迁安置的谈判和签约事项。"蔡厂长补充解释。

寒暄过后，众人落座，谈判开始。区政府一方的人先发言："交通枢纽工程是北京市的重点建设项目，我们都应该大力支持，要发挥正能量，不要起反作用。文具厂的拆迁安置问题，我们已经谈了几个月，同期开展拆迁的单位，都已经搬完了。对于文具厂的拆迁，区政府和北京市政府多次过问，我们都受到了好几次批评。文具厂已经拖了交通枢纽工程的后腿。我们应该顾大局，识大体。先前我们有过一次报价，文具厂不满意，我们可以理解，工厂真的有困难，我们也应该提供帮助。拆迁安置的费用，我们可以再商量，但提高幅度不可能太大，原则不可以逾越。国家的资产不是唐僧肉，谁想咬一口都可以。这个责任我们谁也承担不起。下面你们文具厂来谈谈想法和意见。”

张其昌开口了：“首先我们表明一下态度，文具厂坚决支持北京市交通枢纽工程的建设，也支持东广场综合开发项目的建设。

“要谈拆迁安置的费用，必须先搞清楚开发的性质。据我们所知，东广场综合项目并不属于北京市交通枢纽工程的范围，而是区政府的二级开发项目，是区政府借船出海的延展项目。其性质就是商业开发，与北京市交通枢纽工程有着本质的不同。因此两种性质的拆迁安置所依据的文件以及文件规定的计算标准自然也不相同。

“刚才贵方的同志讲到了国家的资产不是唐僧肉，我们很赞同。但我们必须申明一点，就是将来支付给我们文具厂的拆迁安置费用，绝不是出自国库，而是出自开发商的口袋。开发商拆了我们的工厂，拿去了我们工厂的土地，可以通过开发、通过建设楼房，赢取利润，但是开发商赢取利润不能建立在侵害我们合法权益的基础上。开发商吃肉，不能让我们连汤都喝不上。按照国家的文件规定，开发商应该支付给我们的拆迁安置费用就是我们的合法权益。超出的我们不要，少于这个标准就是对我们合法权益的侵害。

“我们被拆迁方和拆迁方都是市场经济中的平等民事主体，谁也不比谁地位高。我们之间的谈判，与顾大局、识大体没有任何关系。

“还有一个问题需要贵方明确，我们早就听说贵方是一套人马两块牌子，刚才在门口我们也看到了这两块牌子。那么，我们今天面对的是谁呢，是代表区政府的指挥部，还是辉远房地产开发公司？”

“有什么区别吗？你们愿意面对谁呢？”吴副区长身边的人连续问道。

“当然有区别。”张其昌回答。

“两块牌子的职能不一样，代表区政府的指挥部行使管理职能，辉远房地产公司行使开发功能。打一个比方，指挥部就是裁判员，房地产公司就是运动员。我们都知道，一个人不可能既是裁判员又是运动员，如果这两块牌子放在一套班子上，按照现在报纸上的提法就是政企不分。

“刚才贵方问我们愿意面对谁，我们没有选择，也不能选择。我们只能和辉远公司签订协议，我们与辉远才是平等的民事主体。我们要是谈不拢的话，区政府可以给我们协调。”

张其昌发言的时候，房地产公司的人已经按捺不住，几次欲出声制止，都被吴副区长拦下了。作为一个区级领导，在会议室一堆人面前，听张其昌这样一个仅是顶着律师头衔的平头老百姓在这里谈国家政策，场面颇有些滑稽，而区长不仅没有发火，还能够耐心听完，足可见其涵养非一般人可比。

谈判仍是无果而终。根本没有涉及拆迁安置的补偿数额。

谈判的结果也在张其昌的预料之内，他原本就没有指望这一次能够签约。他追求的目标就是把话讲出去，把东广场项目属于商业开发的观点讲出去。在没有明确开发性质的前提下，文具厂提出的补偿数额，开发商是绝对不会答应的。

回去的路上，蔡厂长对张其昌连续说了两句话：

“你说的话，我说不出。”

“你要不做律师，太亏了。”

政企不分，是国家改革开放进行到一定阶段出现的问题，当时的报纸也是刚刚触及这个话题。张其昌此前在新闻出版界的工作经历令他比社会上的人甚至政府系统的工作人员都更早地认识到这个现象。

自这一次双方见面，很长一段时间，房地产公司与文具厂都没有再接触。

之后的一个月之内，区政府在全区的大会上两次点名批评了文具厂，什么“北京市交通枢纽工程的钉子户”，什么“改革开放的绊脚石”等帽子都抛了过来，语气之峻厉，前所未有。

文具厂身处区政府的治下，而行使管理职能的工商、税务等也无不接受区政府的领导。文具厂感受到了压力。

应文具厂的邀请，张其昌出席了文具厂的班子会，他给大家打气：“我们应该自信，自信我们不是钉子户，不是绊脚石。我们索要的只是理应属于我们的份额，我们维护的是合法权益。

“一定要克服急躁情绪，不要幻想短时间之内就能签约，就能取得理想的成果。从现在开始，已经停工的车间要恢复生产，否则我们的工资发放都成问题。我们要有打持久战的思想准备。

“打一个比方，我们文具厂整个拆迁安置的谈判过程，与抗日战争的不同阶段有些类似。开始阶段，对方拿政府压我们，一时间我们感到了被动，感到了压力，这个阶段我们处于劣势。剩下的时间就要将我们的观点和我们理解的政策宣讲出去，讲给区政府听，讲给市政府听，到那个时候，形势就会发生变化，局面就会不同。

“我们文具厂是市属机构，属于北京市二轻局领导，我们应该及时向上级领导机构反映情况，征得他们的理解和支持，由二轻局横向与区政府交涉，纵向再向北京市政府反映。一句话，我们不是孤军奋战。”

张其昌又做了工作部署。他整理了三份书面材料，分别递交区政府、北京市二轻局、北京市政府。

递交二轻局和市政府的材料由文具厂的领导亲自送去，当面向上级部门陈情。

书面材料的基本内容就是向拆迁方提及的，东广场项目是商业开发，区政府的作为是政企不分，既做裁判员又做运动员。

除此以外，致市政府的信函还增加了区政府在东广场项目中搭便车、夹带私货的表述。

在致区政府的信函中，张其昌指出依照国家政策拆迁安置文具厂，不仅关系到几百名工人的合法权益，更关系到北京市安定团结的大局，请有关领导务必注意，不要使局面发展到几百名工人到政府部门去请愿的地步。

所有的信函，自然皆出自张其昌之手。

对于案件中主要法律关系的洞悉与抓取，对于事件整体的把控与节奏的掌握，这是张其昌自恃有别于其他律师的优势。

正如张其昌的预判，接下来很长一段时间，双方都处于相持的局面。但区政府在大会上开始不再批评文具厂，二轻局也开始站出来为文具厂仗义执言。

期间，市政府开了两次协调会，都没有结果。

有意思的是，在整个事件中，不论是区政府东广场综合开发指挥部，还是辉远房地产开发公司，自始至终都没有同意过文具厂主张的东广场属商业开发的观点，也从来没有拿出交通枢纽工程的红线图来驳斥文具厂，更没有将文具厂起诉到法院，走强制拆迁的路子。个中因由，颇值得玩味。

直到整个事件解决以后，辉远房地产公司的人才私下告诉文具厂，如果辉远房地产公司承认了东广场属商业开发，那些早先依据交通枢纽工程的拆迁安置标准安置了的单位怎么办呢？

真是同在一个屋檐下，多少不平事。

就这样过了一个年头，又过了一个春天。

最后一次市政府协调会是在两位主管副市长参加的情况下举行的，一位是主管城建的副市长，一位是主管文教及商业的副市长。城建副市长姓张，文教副市长姓李。

主持会议的人让文具厂一方先讲诉求。

张其昌像在文字材料里表述的一样，表示支持东广场的综合开发项目，认为东广场的开发性质属于商业开发。依据北京市房地产开发的有关法律法规，文具厂能够接受的最低拆迁安置补偿数额为两千五百万元。这还是在顾全大局的情况下做出的让步。

张其昌的发言一共不超过五分钟，简洁明了。他没有再提区政府政企不分的话题，因为到了这个阶段，已经没有必要把区政府再扯进来了。

辉远房地产公司的发言比张其昌要激动，他们主要强调如果支持了文具厂的主张，先前安置的那些单位执行的标准都比文具厂低很多，怕的是群起效尤，形成连锁反应，局面就不好控制了。至于文具厂对东广场开发的性质认定正确不正确，所提出的补偿数额合理不合理，房地产公司都回避了，就是强调文具厂主张的安置标准比别的单位高，不公平。

双方发言的时候，两位副市长一直在认真听，双方都结束发言以后，张副市长说话了："听听李副市长的意见。"

李副市长也只有一句话："就 2500 万吧。"

张副市长随即说道："好，照李副市长说的办。签约吧。"

房地产公司的人有些着急，还要说话，张副市长将手一抬，制止了。又补充了一句："散会。"

持续了一年多的这出活剧，终于落幕了。

两年以后，在一个偶然的机会，张其昌第一次看到了北京市交通枢纽工程的红线图以及规范该工程拆迁安置的 61 号文。红线图内的范围自然没有东广场。但 61 号文里边规定了两个安置标准，红线图内的市属企业，每平方米建筑面积的补偿额是 1400 元，乡镇企业的补偿标准是 700 元。按这个文件来看，房地产公司是自己将文具厂划到了交通枢纽工程的红线内，又将文具厂的市属企业降格为乡镇企业，才给出了680万元的报价。

房地产公司委实贪婪得过了头。

假如房地产公司在其第一次报价800万元而文具厂要求再增加些时，按照文具厂市属企业的性质，对其一万平方米的建筑给出1400万元，那文具厂一定大喜过望，立马签约走人，哪还会有后来的2500万元。

房地产公司真应该好好反省一下在这个案子里的操作，算计别人过了头就会适得其反。

后世的拆迁就好多了，依据的法律法规均张榜公布，补偿的计算公式也挂在墙上，一切都公开透明。不似当时的辉远房地产公司，不仅将交通枢纽工程的红线图藏起来，对规范拆迁的61号文也秘而不宣。

事后张其昌忆起这件案子的代理过程，感慨良多。他和区政府的吴副区长只接触了一次，虽然吴副区长有些趾高气扬，但他还是很感激吴副区长耐心地听完了他说的话。他也能够理解吴副区长居高临下的姿态是由于其区长的位置，并非其故意作态。身兼了裁判员和运动员也不是他的过错，而是当时没有理顺的体制将他推到了房地产公司一边，而公司的宗旨又以追逐最大利润为目标，他不为房地产公司说话那才怪了。

房地产公司在拆迁上付出的越少，最终赚取的利润就越大。这是一个普通老百姓都知道的常识。

张其昌更感谢两位副市长。他们认可了张其昌的工作，认可了律师在经济活动当中发挥的作用。两位副市长没有囿于自己主管工作的范围，而是从大局出发考虑问题，同僚之间又能够互相尊重，互相支持，令人钦敬。

多年之后的一个傍晚，张其昌在长安大戏院邂逅了已经退休的张副市长。那一晚戏院上演的剧目是京剧《武家坡》，开场前两个人意外相遇，对视的一瞬间，张其昌送出了一个友善的微笑，张副市长略一沉吟，说出了一句话："好像在哪里见过？"恰在此时锣鼓声响起，没容两个人继续对话，舞台上的大剧开幕了，旋即观众席没入了暗色当中。

这次意外谋面令张其昌想起了当年代理的文具厂拆迁案件。时隔多年，重新回首，历练愈多，胆气愈挫，他竟隐隐有些后怕，当初手中什么证据也没有，只是凭着对于政策的了解，竟一马当先，一路勇猛地冲杀过去，冲向了区政府，又冲到了市政府。也是因当时他刚入律师行不久，诚所谓无知无畏，现在想起来，颇有些盲人骑瞎马的感觉。

张其昌心驰神游之际，伴随着舞台上的西皮导板，一句唱词陡然传来，高亢激越，苍凉辽远："一马离了西凉界。"

全场响起了轰雷似的喊好声以及掌声。

满堂彩。

第二十二章

扶不起来的刘阿斗

一天，张其昌一个东城的朋友找了来，说是遇到了官司，特地来找律师请教。

这个朋友姓万名斛，几年前和几个人在河北丰宁的坝上草原开了一家度假村，取名叫作丰宁蓝天度假村。度假村开张后，由于几个合伙人一直闹纠纷，也没有好好经营。万斛就是这家度假村的法定代表人兼总经理。

度假村开始做基建的时候，因为离主干道有一段大约500米的距离，需要修出一条可以行驶汽车的便道来，遂委托了一个小施工队，包工头是当地的一个农民，名叫刘甫东。干完活后，因为双方对工程款的数额认定有分歧，一直没有结算和支付，一拖好几年。

现在就是这个叫作刘甫东的人将丰宁蓝天度假村告到了丰宁县人民法院。

张其昌问万斛，当初为什么没有结算？双方的分歧在哪儿？

万斛说，施工前双方签订了合同，约定的工程价款是11万元，等到了结算的时候，刘甫东却说除了约定的合同款，还有9万元增加的工程量。事实上也确实有增加的工程量，但没有那么多。万斛让他拿出证据来，但是度假村这方签字认可的只有2万元，剩下的7万元都是刘甫东自己的主张。双方谁也不让步，这件事情一直延宕至今。

现在刘甫东的诉讼主张依然是11万元的合同款，9万元的增加工程款，外加2万元的利息，一共22万元。

万斛介绍完情况后，问张其昌："这个官司能赢吗？"

"何谓输？何谓赢？"张其昌反问道，"有些官司不好论输赢，或者说无所谓输赢。人家给你干了活，难道你不应该给人家工程款吗？在本案里边，11万元的合同款，还有我们已经认可的2万元的洽商增量，这都是我们应该给人家的。如果法院判决将这笔钱给付对方，我们不算输，对方也不算赢。

"就像借款官司也是这样，借了款就应该还。还款的人不算输，收款的人也不算赢。"

张其昌这些话也是有感而发，他看不惯有些律师将胜诉率挂在嘴上，一味吹嘘自己水平高，说打官司的胜诉率能够达到百分之百。

这其实是欺骗人的把戏，是招揽案件的噱头而已。有的官司本身就没有输赢之分，何谈胜诉率。

律师的职责是提供法律服务，不论需求方在官司中处于何等地位，是强势方还是弱势方，是主动方还是被动方，都是律师提供服务的对象。

张其昌又回到了案子上，继续对万斛说："我们当初没有认可的工程增量，现在还是不认可。如果对方当时请审计部门来做工程量审计，或许他还可以弥补这一块，现在时隔多年，他就是想做也来不及了。至于对方主张的利息，由于款项没有结算，他计算利息也没有法律依据。"

万斛又说："不是说有诉讼时效的提法吗？能不能让法院驳回。"

张其昌笑了，说道："你想一点钱都不给人家吗？也够黑的。当事人知道自己的权益受到侵害之日起一定时间内不去主张权益，谓之过了诉讼时效，后果是丧失了胜诉权，但仍可以立案。但按照你刚才所讲，人家年年都到度假村讨账，照这个样子，过多少年也过不了诉讼时效。”

最后万斛说：“你替我跑一趟呗。”

“你自己去打吧。标的又不大，法律关系也不复杂，你的一张嘴也不输于律师。”

“你是不是大律师看不上小标的，话说在前面，我不会少给你律师费的。”万斛自恃与张其昌熟稔，说话自然也不斟酌。

“我知道你还没有去过张北草原，那可是一望无垠，风吹草低见牛羊，你就不想见识见识？

“还有，从怀柔去丰宁的路上，有一家饭店，家养的柴鸡、自家地里种的茄子和西红柿，别提多新鲜了。在城里你甭想吃到。

“我给你派车派司机。”

还有什么可说的呢，张其昌的丰宁之行是非去不可了。

到了丰宁坝上，果然是水草丰茂，一片草原风光。白色的毡房点缀在草原上，与天穹浑然一体。其实这些毡房并非牧人的居室，都是开办度假村的投资商所置，用来招揽游客的。万斛用来蛊惑张其昌的“风吹草低见牛羊”的景象也寻觅不到，牧草虽然茂盛，却也藏匿不了牛羊，顶多算得上“浅草才能没马蹄”。

官司开庭的那一天，原告刘甫东几乎与法院的每一个人都打了招呼。张其昌猜想他要么作为当地人确乎人情熟络，要么就是官司缠身经常出入法院。当张其昌看到这个农民向法院工作人员一一躬身微笑时，似乎从他身上看到了自己过去的影子，隐隐生出了几分同情。

丰宁县人民法院并没有因为刘甫东是当地人而有所偏袒，果如当初张其昌回答万斛的咨询时分析的一样，法官当庭判决度假村给付刘甫东工程款 13 万元整并承担诉讼费用；驳回刘甫东的其他诉讼请求。

张其昌心情很轻松，与随行司机在丰宁多停留了一天，回程的路上又在怀柔境内的道旁找到了万斛所讲的那家饭店。午饭是在院子里吃的，树荫下微风习习，鸡鸭从饭桌旁经过，一只小狗眼含期待一眨也不眨地盯着吃饭的人们，企望着丢到地上的“佳肴”。望着周围的菜地，与饭店主人攀谈了几句，张其昌忽然想起了孟浩然的那句“开轩面场圃，把酒话桑麻”，大概就是这样的场景吧。

张其昌以为这个案子已经结束了。

不料回到北京以后，他又接到了丰宁县人民法院的电话，告知原告人不服法院的一审判决，已将此案上诉到承德市中级人民法院。

于是又有了张其昌的承德之行。

承德中院的主审法官叫刘芳，是一位女士，她的年纪比张其昌要小得多，脸庞白皙，戴一副眼镜，很有些书卷气。

刘甫东宣读了起诉状之后，张其昌的答辩也很简单，说一审判决认定的事实清楚正确，适用法律无误，请求二审法官维持原判，驳回上诉人的上诉请求。

刘甫东情绪激昂，在法庭上他讲了当初泥泞中开挖道路的诸多不易，讲了他被工人们逼要工资、有家不能回的酸辛，还讲了度假村老板心肠之黑以致拖欠工程款至今。

张其昌心中明白，原告所言固然属实，但之所以会造成今天的局面，与原告的狡黠和贪小便宜是分不开的。倘若原告不是为了多算一些工程量，当时就据实结算的话，他早就拿到工程款了，何至于拖到今天。

刘芳告诉刘甫东，原告这些带有感情色彩的陈述与本案无关，法庭只能依据证据作出判决。

张其昌这时候的考虑已经超越了当前，依他对度假村财务状况的了解，即使刘甫东不上诉，刘甫东在一审判决中主张的权益也未必能实现。

此时的度假村已经停业，且负债累累，债主远不止刘甫东一家。张其昌知道当初度假村的原始投资均已到位，也就是说债权人对度假村的债务主张不可能涉及股东本人，他们只能眼巴巴地盯着度假村本身，而度假村除了几间房子和租赁来的仅剩几年的土地使用权以外，别无他值。倘若有人全盘接手，度假村还能换得几个钱，诸多债权人也能按比例兑现一部分权益。但即便在这种情况下，刘甫东作为小额债权人，也是要往后排。如果没有人接手，等到度假村的土地租赁到期，债权人的权益几乎再无追回可能。

这个前景，张其昌看得透亮。他想帮一下这个农民，不想看到刘甫东干了工程以后又血本无归。

法庭调解阶段，张其昌提出了一个方案：他让刘甫东放弃一部分权益，在一审判决的基础上再让一让，同时他再做一做度假村的工作，争取让对方直接支付调解约定的工程款。张其昌向刘甫东介绍了度假村的财务现状以及将来刘甫东有可能面对的局面。张其昌告诉刘甫东，现在就拿到一部分钱攥在手里边比画一个更大的饼却吃不到让你看着要好得多。

调解必须得到万斛的授权，于是张其昌给万斛打了一个电话。

万斛对于度假村以后局面的洞悉和张其昌一样雪亮，应对却完全不同，话说得也十分不客气："我只让你替我打官司，没有授权你调解。你记着，法院判多少都不怕，我要让他一分钱都拿不到。"

看来并不是所有的人都良善敦厚，也不是所有的人都有恻隐之心。

法庭这一边的刘甫东也当即否定了张其昌的建议，说就是因为不同意一审判决才上诉，现在还要让他降低要求，绝对不可能。

调解不成，只能判决。法官当庭宣判，驳回上诉，维持一审原判。

刘甫东愤愤不平地离开了。

虽然这只是一件小案子，张其昌却一直记在心里，也时刻关注着以后的进展。果如他所料，之后的度假村一直没有人接手，八年之后土地租赁到期，所有债权人的权益都打了水漂。

判决当天，刘甫东离开法庭之后，书记员也走了，依照惯例也出于礼貌，张其昌没有马上走，他要等法官先离开。而刘芳并没有要离开的意思，还问了他一句："你们今天还回北京吗？"

"我们明天回去。"和张其昌一起来的司机回答道。

"那就不着急了，聊两句吧。"

法官和律师庭下交流也是常见的事情。刘芳先开口："张律师今天在法庭上的表现，让我们见识了北京律师的风采。"

"哪里哪里，刘法官客气了。贵院秉公审理，给我们留下了深刻的印象。"

"我不是恭维，也没有必要恭维。我们见的律师多了，什么样的人都有。有的律师咄咄逼人，一方面给对方看，一方面也给法官看。唯恐别人小看了他。有的律师夸夸其谈，几乎让别人插不上话，其实并不是谁说的话越多道理就在谁的一边。

"张律师今天的话并不多，但都很有分寸，都说在了节点上。

"都说北京的律师讲政治，顾大局。今天的案子虽不涉政治，但今天我看到了张律师的顾大局。律师不能只盯着自己代理的这一个角色，还有配合法官完成审理活动的义务，其中也包括对于对方当事人的尊重。你刚才和委托人的通话我听到了，你讲给刘甫东的关于度假村的实际状况我也听到了，我认可你的建议的确是为了刘甫东好。

"一个律师，在忠于自己代理人的前提下，对于弱势一方尤其还是对方当事人，还能有一些悲悯情怀，不容易，值得尊重。"

实际上，律师应该不应该对于对方当事人产生悲悯情怀在法学上是有争议的。

法学教程告诉人们，律师只能忠于自己的委托人，只能维护委托人的权益，当然这里界定的是委托人的合法权益。律师不能把诉讼的双方都放在一起衡量公平，公平的尺子是拿在法官的手中的，是否公平由法官来丈量。法庭上，理应对自己委托人不利的话不说，对自己委托人不利的事情不做，但是这一执业准则有时就会面临与律师良心的冲突。法庭上一切都靠证据说话，如果对方当事人丢失了证据或者是自己的委托人藏匿了有利于对方的证据，而律师又明明知道对方冤屈，将何以处之？他当然没有权利也没有义务对自己的委托人进行道德说教，也不能超越代理权限承认那些委托人不承认而实际上又存在的客观事实。他只能尊重证据原则。

如果自己的委托人是借款方，而出借方又丢失了所有的证据，委托人告诉了自己实情又要他在法庭上不要承认，他应该怎么办呢？

张其昌的原则是敬谢不敏，敬而远之，不接受代理，不挣这份钱。

他要是知道万斛压根就不打算偿还工程款的话，他也不会代理这件案子。

可万斛的行为也没有违反任何法律。

张其昌此前从来没有和任何一个法官进行过今天这样的沟通，他没想到在这里竟然遇到了一个和自己观点相近的人，一个欣赏自己的法官。

“我评论了律师，我想听听律师对于法官的评价。”刘芳说道。

“这个题目太大，几句话说不清楚。今天的庭审，您不论是公平的掌握还是审理过程的把控都是合情合理，我除了佩服，没有意见。还是说一说我们律师自己吧。您知道作为律师最悲哀的是什么吗？”

见刘芳为自己的话题吸引，张其昌继续说下去：“律师最悲哀的不是打输了官司，不是干完活以后委托人赖账致使拿不到律师酬金，律师悲哀的是得不到法官的理解。我们认真地做了开庭前的准备，认真地搜集了证据，认真地分析了案件中的法律关系，可我们在法庭上陈述的时候，有的法官却一句也不听，顾自和别的法官交头接耳，或者翻阅案卷材料。那态度分明是说，不管你说什么反正判决的权力在我这里。这种无言的轻蔑让我们律师感到悲哀。”

刘芳没想到这个话题令张其昌如此激愤，打圆场道：“个别的，个别的，大部分法官还是尊重律师的。”

这时候，司机插话了：“我有个建议，反正我们今天也不回去，下班以后能否请刘法官赏光和我们一起吃个饭，继续聊天。官司已经结束了，我们也不算违反纪律。”

刘芳想了一下，答道：“官司结束了，我也不能吃你们的饭。这样吧，你们远来是客，让我来做东道主，一会儿我给我先生打个电话，让他过来，他一定会很高兴认识你们的。”

饭店就在河边，离承德中院不远，是刘芳的先生定下的，三个人赶过去的时候，刘芳的先生已经等在那儿了。

刘芳的先生也姓张，名叫张化腾，身材颀长，气概英武，张其昌猜他有过从军的经历，经询问，果真是部队转业，现在任市人大的办公室副主任。

张其昌和张化腾一见如故，论了本家，更亲切了几分。两人谈起平时的志趣爱好，张其昌原本是军迷，张化腾又出身部队，话题上也贴近了许多。细聊起来，两个人居然都是粟裕的粉丝。

张化腾说，按照粟裕自己的说法，最难打的战役是豫东战役，可张化腾认为，最能体现粟裕的指挥艺术和军事家胆魄的战役还是孟良崮。

张其昌也有同感。

共同的志趣与见解进一步拉近了他们之间的距离，两个人惺惺相惜，相见恨晚。

自不用说，饭局上的话题基本上为他们两个人把持，刘芳和司机几乎不能插话。未等终席，相互之间的称谓就发生了改变，张律师成了张大哥，刘法官成了弟妹。

自此，两个家庭遂成为朋友，年年有来往，几十年不断。

刘芳是张其昌结识的第一个法官朋友，也是唯一的法官朋友。

这一餐饭，也是张其昌生平和法官吃过的和官司有点关系的唯一一餐饭。

由于法官和律师两种职业的特点，两类职业人员本不应过从甚密，因为两种职业设立的本意就出于相互制约而维护法律公平的考量。张其昌坚持不交法官朋友、不和法官一起吃饭，并不是他对国家的立法准则有多么深刻的理解，也不是他认真学习并模范遵守了司法部颁布的有关律师执业纪律。这么做完全出自于张其昌的自觉和本能，出自于他崇尚的知识分子的清高刚直。他不屑于靠和法官拉关系来追求诉讼上的优势与主动，他认为这样做是轻贱了自己。国家设立了律师职业，他完全可以依法堂堂正正地执业，不必仰赖别人的脸色。

他对平等也有自己的理解。

或许有的法官自恃身为国家工作人员，不能平等地看待身为老百姓的律师。但张其昌则认为，读书人在知识的海洋里，在几千年的中国文化典籍中，神游于天地之间，无论是王侯将相，还是凡夫俗子，都是平等的交往对象，这样的认知令很多读书人虽为一介布衣依然可以胸怀天下，这种精神层面的胸襟本就是对于不平等的藐视。

中国的读书人，一代一代传承了藐视不平等的倨傲，天然地形成了抵制与不平等同流合污的免疫力。

回到北京以后，事务所的文秘告诉张其昌，在他出差承德期间，司法局的律管处曾经打来电话，高度评价了新昌律师事务所代理的北京市文具厂拆迁一案。律管处的工作人员说这个案子非常典型，彰显了律师介入生产经营活动的必要性和不可或缺性。为了扩大律师队伍的影响，律管处已经将这个案例推荐给了电视台的法制频道，希望律师事务所能够主动与电视台联系，商讨录制律师访谈节目事宜。文秘还出示了律管处留下的电视台法制频道的联系电话。

听到汇报后，张其昌说了一句“以后再说吧”。这件事情就撂下了。

过了有二十几天，电视台的法制栏目组给新昌律师事务所打来了电话，说是新昌律师事务所代理的文具厂拆迁案不仅得到了律管处的推荐，北京市政府的市长办公室也给电视台推荐了这个新闻素材，电视台已经将这次律师访谈节目列为选题，纳入播出计划，请新昌事务所的经办律师尽快去电视台录制节目。又再次留下了联系电话。

听闻后，张其昌告诉文秘，答复电视台就说经办律师去外地出差了。

二十几天之后，电视台又一次打来了电话。这一次电话那一头的人显然有些不耐烦，说如果事务所再不来人的话，电视台可就要把这次访谈节目的选题撤下来了。

张其昌依然告诉文秘，对电视台说经办律师还没有回来。

之后，电视台再没有来过电话，这件事情遂销声匿迹。

但这件事情在新昌律师事务所内部却引发了争议。事务所的另外两个合伙人首先发难：“即便你是躬耕南阳的诸葛亮，三顾茅庐之下，也该出山了吧。律管处打过一次电话，电视台催过两次，也算是三次邀请了，可你还是推诿，真不知道你是怎么想的。”

“上电视台做节目有什么不好？有多少律师事务所都排在电视台的外边花广告费欲做节目而不能，我们事务所对这白白送上门的机会却弃之不用，不可理解。哪一个企业不想做大做强？要想做大做强，离不开广告宣传，离不开包装推展，电视台就是绝佳的平台。如果我们录了节目，往大处说，是宣传了律师队伍，往小了说，是扩大了我们新昌律师事务所的知名度，我们的律师业务必然要上一个台阶。这是我们事务所在北京的律师界崛起的极好机会。”

因为顾及张其昌在律师事务所内的创始合伙人身份以及念及他平日在事务所待人的笃厚与友善，其他合伙人对张其昌的指责还是有所保留的，没有说出太刺耳的话，可在张其昌的背后，他们仍发泄了类似的不满——

“抹不到墙上去的灰泥。”

“扶不起来的刘阿斗。”

合伙人律师的这些话，张其昌不是不理解，他完全理解；他不是不认可，他也完全认可。那为什么还固执己见呢？

在这件事情上，张其昌不可思议的固执似乎连他自己都不能理解。

他也在苦苦思索。

他有“小富即安”的想法，他知道这是小农意识。他虽然不是什么炙手可热的大律师，但是论到经济收入，已经不低于工薪阶层，相较于还在机关工作的同班同学，他已经非常满意。对于未来，他也不曾有过规划，个人既没有成名的欲求，对律师事务所也没有做大的奢望。

他对人戏称自己的新昌律师事务所是胡传魁的队伍，在京剧《沙家浜》里，胡传魁的那句唱词“十几个人七八条枪”已经成为经典。新昌律师事务所注册了八位律师，也就是拥有八本律师执业证，加上行政人员，也就是十几个人，这不就是和胡传魁的队伍一样的规模吗？

当初和新昌所同时期注册的事务所，有不少已经发展到了上百人，有的分所做到了外埠，有的甚至做到了国外。而新昌事务所始终维持着中小事务所的规模。对于其他律师事务所的崛起，张其昌处之泰然，内心不曾泛起过丝毫歆羡的涟漪。

律师事务所做到一定的规模，合伙人可以从中分红获得收益，小规模的事务所则相反，需要合伙人承担事务所日常经营的费用。多年来，张其昌一直自掏腰包维系着新昌所的运行，正因如此，也形成了他在事务所的绝对影响力，新昌事务所的企业文化也深刻烙上他的个性印记。

张其昌的管理风格有点像“作坊”管理，新昌所颇像安驾庄的生产队。事务所没有设立中层一级的机构，人事关系极其简单。张其昌用山东人的诚信影响着事务所的每一个人，或许律师之间还有些龃龉，但这些人对张其昌却没有任何芥蒂。办公室的文秘换了一茬又一茬，但没有一个人衔恨而去，都是多年之后依然与张其昌保持着电话联系。

张其昌将律师事务所办成了一个大家庭。

有的律师劝他广招人马，因为多一个人就对事务所的经营成本多一份贡献，按照马克思的说法，也就是多一份剩余劳动价值。但张其昌不为所动，他担心人多了以后会使事务所人际关系变得复杂，为了事务所家庭式的氛围，他宁愿维持着事务所作坊一般的规模。他又不是韩信，用兵多多益善。

他还有些迂腐。

有一天早晨，由于天气的变化，他临离开家门才换了衣服，开车到了单位以后才发觉，驾驶证和行驶证都装在了原先衣服的口袋里，也就是说，刚才一路上算是无证驾驶。于是他又打车回家，取回了驾驶证件，再打车回到单位，晚上下班再开车回家。

有同事就指责他迂腐，说回家取证件完全是多此一举，晚上回家遇到交警检查证件的几率几乎为零。张其昌解释说不单是担心交警，也不是他对交通法规有多么敬畏，就是自己心里过不了这个坎。早晨是忘了带证件，属无心之过，下午已经发觉了，也知道无证驾驶违反交规，怎么能够明知故犯呢？他受不了面对交警时那一刻的尴尬，一个整天把法律条文挂在嘴上的人，将何言以对警察。

他似乎还有些读书人的清高，中国传统知识分子的孤傲。

但是他又很实际。要站队的话，他应该算是儒家学说的信徒，儒家是主张积极入世的。张其昌也热爱国家，热爱生活，热爱这个色彩绚丽的世界，热爱这个让人热血沸腾的时代。他也想作为一个普通劳动者为我们华夏大厦的建设而添砖加瓦。他从来都没有不切实际的想法，他崇尚原生态，排斥包装，从没有标榜过成为律师是因为热爱法律，他坦言这就是一份普通的职业，按江湖的说法就是糊口的饭碗。如果要说他热爱的职业，他曾经从事过的中学老师、中学班主任，才是他的最爱，才是他视为神圣的事业。

张其昌对自己的以上剖析，似乎都是他排斥到电视台做节目的原因。

但也不尽然。他感到还是没有找到根本的原因。

他虽然不是演说家，但他并不畏惧在众人面前说话。他曾经参加过海淀区法院举办的规范审理示范庭审，当着台下数百名海淀区的法官，他依然在台上侃侃而谈。如果到电视台在镁光灯下几个人相拥而坐，他还不至于怯场。

究竟是为什么呢？

细细想来，他还是有些惧怕，惧怕兜头而来的名和利，改变了他目前的生活。

他是惧怕名和利，而不是淡泊名和利。淡泊名利是只有名士才有的情怀，只有名士才有这样飘逸的风骨做出这般风雅的事情。张其昌则不然，他是一个普通的老百姓。

那他惧怕什么呢？

他惧怕的是丢失了自我。

何谓自我，自我就是一个人的童真、童趣，一个人还记得起来的乡愁、记得起来的初心，一个人的志趣爱好，一个人自有生以来形成的价值观、形成的生活习惯。除了身体外在表征以外的所有区别于其他人的形而上的特征都是一个人的自我。

就像人们无法在世界上找到两片相同的叶子一样，也无法在偌大的地球上生活的几十亿人口中找到两个完全相同的人。人类社会绚烂的文明，就赖于每一个人不同于他人的自我，犹如生物个体多样性的遗传基因维持了生物界的绵绵不息，人类个体的自我属性也是人类文明的遗传基因。倘若世界上千人一面，万口同声，那不都成了机器人，哪还会有鲜活的人类社会？

张其昌的志趣爱好是什么？早在安驾庄的少年时期，张其昌就勾画了未来的幸福生活的蓝图，一生中要有三样东西相陪，说起来简单，就是一套鲁迅全集、一份参考消息、一张乒乓球案子。读鲁迅的书，他汲取知识，依靠鲁迅的脊梁来抗御生活逆境中遭遇的压力；读参考消息，他借此了解世界和国家大势，满足他对知识的渴求，也满足他对军事题材的痴迷；打乒乓球，则没有任何理由，就是喜欢。

青年时期的张其昌还真的实现了他对幸福生活的构想，当他在新街口拥有了第一套住房时，十几平方米的房间里他居然放下了两个书柜，他购置的第一套书就是鲁迅全集。后来住房条件改善，他拥有了一间比较像样的客厅以后，他摒弃了惯常的设计，没有在客厅里摆放沙发，而是安放了一张乒乓球台。即使在北风呼啸的冬日，他也可以足不出户便装打球，不必到室外寻找健身器材，亦免却换衣之累。有人进客厅后感觉突兀，他解释房间的设计是为了满足自己的所需，不是给别人看的。参考消息由单位订阅，从不间断。

张其昌的生活习惯是什么？他习惯朝九晚五的上下班作息，下班以后，与一家人共一张餐桌，其乐融融。他不喜应酬，从来不曾为了招揽业务而宴请客户，也从来不接受客户的饭局邀请。

他主张每一个人都应该在心中划出一块不容他人踏访的禁地，他给这块禁地起名为心灵的港湾。疲惫的时候在这里休憩，迷茫的时候在这里沉思，受伤的时候在这里舔舐伤口。

这处禁地具有超强的屏蔽功能。我们所处的时代瞬息万变，生产方式瞬息万变，新观念新潮流瞬息万变，科技的发展创新又日新月异，当代几十年的生产力足可以抵得上历史上几千年的总和。有些地理位置闭塞、与世隔绝的民族甚至在几十年里完成了几千年的制度变革。每天都有海量的各种各样的信息铺天盖地地涌来，致使人们应接不暇目眩神迷。

这种情况下，传统的价值观念和生活方式受到了强悍的冲击。在这种大潮之下，有的人被淹没了。

并不是所有的人都能成为弄潮儿。

怎么才能屏蔽社会的纷繁与喧嚣，躲开万花筒一般的色彩的蛊惑；如何在不求助别人的情况下，利用自身的自我修复功能而独善其身，心灵的港湾不失为一种方法。

这处港湾空灵而幽邃，它既可以广袤辽阔如草原如大海，亦可以如一汪清潭。置身其中，一任港湾中清新的空气浸润包围着你，如沐浴于清泉中，涤去疲惫与污垢。不需要禅机，只需静下来，万虑俱息，放下肩头的重负，自然身心轻快，会感到大放松、大空邃。

空邃就意味着原先的价值观念没有受到挤压，自我本身没有改变，依然故我。

张其昌由于所从事职业的缘故，看到了太多名利对于人的腐蚀、对于人们初心的践踏。有多少对本属同林鸟的夫妻，灾难降临的时候没有各自分飞，但在骤然而至的财富面前却轰然解体。

后世的反腐大潮中裸露在人们视线里的贪官们，在家里数钱数到手发软，到了这个地步，身体只剩了一副躯壳，代表童真与初心的灵魂早就没有了。

一个人到世界上走了一遭，却丢掉了自己，这是多么悲哀的事情。

张其昌曾经设想过他到电视台做节目的场景，节目播出之后如若一夜成名，与房地产以及拆迁有关的业务定会如雨后春笋一般，届时律师代理的业务纷至沓来，签律师代理的合同也可以签到手发软。到那时候，他的头上将多一顶名律师的桂冕，新昌律师事务所也将跻身京城的名律师事务所之列。

这种名利双收的情况下，张其昌还能继续往日的生活吗？

他还能春夜独坐书斋阅读鲁迅的著作吗？

他还能够于每日的晚间与家人共处一张餐桌享受这温馨的时光吗？

当他腰间的囊橐鼓胀起来以后，他能保证自己不涉足灯红酒绿的场所，不拿邂逅的年轻异性与自己的妻子比较进而产生遐想吗？

他的心灵港湾呢？会不会也遭受污染，会不会不复存在？

诸般可能，张其昌都拿不准，他不确定自己会做出什么选择，他不知道自己会走到哪条路上去。并不是所有的人都会在名利面前倒下，但也确有相当一部分人宁愿丢失自己也心甘情愿义无反顾地沉浸其中直至淹没。

张其昌选择了躲避。

原谅他吧，原谅他的不思进取，不识时务，不识抬举。

原谅这个来自乡下的读书人。

第二十三章

鹡鸰在原，兄弟急难

新昌律师事务所并不临街，所在写字楼的大门口也没有悬挂招牌，但还是有络绎不绝的客户前来拜访。

这天，一个当事人一进事务所的门口就埋怨事务所不好找，害他在周围的楼群里转了好几个圈子，并且指名要张其昌接待。

来人很儒雅，通报姓名之后张其昌得知此人姓梁，是大学中文系的教授。梁教授说是经人介绍慕名找到这里来的，还说介绍人说这里的律师品格高洁，边说着边环顾事务所的办公环境，大概觉得算不上堂皇，不禁有些怀疑陋室里是否如朋友所讲也有着嵚崎磊落的律师。

梁教授思路清晰、语言缜密，他来咨询家庭遗产继承事宜。

梁教授说话很坦率，他上来先发了一通与其咨询事宜不相干的议论："实不相瞒，来新昌律师事务所以前，我已经去过了几家事务所。现在社会上的一个重要现状就是信任缺失，患者到医院看病，医生给出的咨询意见或者处置方案，你拿不准他是根据你的病情提出的还是为了医院的创收提出的。曾经有一个中年人因为心脏不舒服去看医生，医生看他是一个企业的老板，有一定的经济能力，居然一口气给他做了十七个支架，最后这个患者不堪重负，竟没能走出医院的大门。

“这种情况下，人们再去看医生，对医生的话必然半信半疑，要么回来自己翻书，把自己进修成半个医生，要么就多挂几个号，多跑几个医院，反复比较对照，选出最佳方案。

“同样的道理，人们到律师事务所咨询法律事宜，也面临这样的困惑，当事人也拿不准律师给出的意见是否是维护当事人权益的最佳方案。那怎么办呢，于是人们只能重复患者去看医生的方法，恶补法律知识，把自己进修成半个律师，或者多咨询几家律师事务所。

“这样做的结果就是提高了社会上办事的成本。”

很少有来律师事务所咨询的当事人先给律师上课的，梁教授是第一例。梁教授侃侃而谈的时候，张其昌没有插言，一直在听。或许梁教授有过类似经历，是有感而发；或许他是由于职业的缘故，把普罗大众都当作了他的学生；或许他是在提醒律师——我熟谙社会人情世故，不要蒙我。

梁教授议论完之后，张其昌不得不表明一个态度：“您放心，我们的意见，肯定是为了最大限度地维护您的合法权益而给出的。”

梁教授这才开始讲述他的家庭遗产纠纷。

梁教授出身书香世家，父亲生前是一家博物馆的馆长。梁教授兄弟三人，他是老大，二弟是一家航空公司的高管，他和老二的家境都还算丰裕，唯独三弟的日子过得紧紧巴巴，两口子都在工厂上班，老三媳妇前几年还下了岗。梁教授的母亲早年病逝，父亲生前名下有两套房产，囿于长支长孙的观念和对于梁教授独生儿子的喜欢，已经把其中一套房子过户到了梁教授儿子的名下。梁教授的父亲于去年过世，目前另一套房子由老三居住。梁教授的父亲生前还有名人字画多幅，也于多年前由梁教授和老二分别持有。梁教授的父亲去世后，兄弟三人曾经议及遗产继承事宜，结果不欢而散。老三说他现在居住的房子虽然是老爷子的名字，但是他别无住房，必须由他继承，另外如果两个哥哥非要把这套房子拿出来分割的话，那么老爷子原先过户到孙子名下的那一套也应该拿出来，那也是老爷子的遗产。还有已经在老大和老二手中的老爷子的字画也应该拿出来一起分割。

现在的问题是如何界定梁教授父亲的遗产。

其实这是关于遗产继承的很简单的一个案例。张其昌当即就做出答复："所谓遗产，就是指本人去世时在其名下的财产。说到房子，老爷子生前过户到孙子名下的那一套，根据不动产的法律规定，已经不能算作老爷子的遗产，这套房子与本纠纷无关。算作遗产的只有老三居住的那一套。

"至于字画，老爷子生前已经由你们弟兄持有多年，老爷子晚年也没有往回索要，按照您的叙述，这些字画老爷子也没有编辑目录索引，字画的数目早已难以确认，因此这些字画可以视为老爷子生前已经赠予了你们兄弟二人，这就算做出了处置。字画不能视为遗产。

"如果老爷子没有其他有价证券、公司股票等，那么他的遗产就只有他名下的一套房子以及现金资产。"

"别的律师事务所差不多也是这个意见。"梁教授说。

"我父亲生病期间的一部分自费药都是我付的，应该有五万多元，还有安葬老爷子的墓地花的十万元是我们家老二付的钱。这些钱是不是也应该从老爷子的现金资产中扣除？"

"理论上讲应该扣除。"

"为什么是理论上讲，难道法律不是这样规定的吗？"

"法律的规定不能穷尽每一个细节，法律没有规定的地方就按照约定俗成办理。您刚才说的自费药和购买墓地的费用从老爷子的现金资产里扣除，就是依照了约定俗成。"

"我父亲生前的时候，我和老二每次去看望从不空手，营养品都是我和老二买的，从没见老三买过东西。

“老三的人情很淡……”

梁教授似乎对其三弟还有诸多指摘，张其昌示意制止了他。

“遗产怎么分割呢？”梁教授转换话题问道。

“老爷子没有遗嘱，那就只有法定继承。你们弟兄三人平均继承。”

“那一套房子是 120 平方米，周围的房价是 5 万元一平米，不算我父亲遗留的现金，光房子已经价值 600 万元。我们每个人可分得 200 万元。”

“理论上讲是这样。”

“怎么又是理论上，难道这不是法律赋予我们的权益吗？”

“您考虑过现实的可能性吗？这套房子如果由老三继续住下去，他必须付给您和老二每人 200 万元，您刚才也说过，他一贫如洗，如何付得出？极端情况下，你们也可以把房子卖掉，老三手持 200 万元，也可以租房子度日。但是您愿意把自己的小弟弟逼到这个地步吗？

“所以说，法律赋予您的权益不一定都能实现，而且有的人未必想去实现，因为除了法律层面，还有道德层面。”

“道德层面怎么解释？”梁教授插话道。

“按照中国的传统价值观，您在梁家是老大，现在老爷子走了，长兄如父，您负有让梁氏家族发扬光大的责任；在弟兄们之间，您也有照顾弱小，济有余而补不足的责任。您还负有让梁氏家族的下一代相亲相爱、互相扶助的义务。

“大至一个国家，都要走共同富裕的道路，东西部地区之间、不同民族之间、不同省份之间，发达地区都承担着对不发达地区的扶贫责任。小至一个家庭，弟兄们之间，更应该互相扶助、共同富裕。你们弟兄三人的家庭境况相差甚远，您和老二都有几套房子，老三只有老爷子名下的这一套房子，您和老二每人增加 200 万元是锦上添花，而让老三拿出这笔钱却是伤筋动骨，扶贫的话也可以先从家庭成员做起啊。

“从公平的角度说，您和老二也都算既得利益者。老爷子的字画价值不菲，老爷子生前过户到孙子名下的房子也价值不菲，虽然从法律意义上它们都不能再算作遗产，但毕竟原先都是老爷子挣下的财富。老三说的话虽然在法律上站不住脚，但是您不能罔顾这法律之外的事实。有句话叫‘人心里都有一杆秤’，焉知道老爷子这样的安排不是在考验你们兄弟的智慧，不是在考验你们兄弟的道德节操？

“什么是兄弟，南北朝时期的文学家颜之推曾经说过‘兄弟者，分形连气之人也’。什么意思，就是说只是外形是分开的，其他方面神韵相连，和一个人一样。他还说过‘二亲既殁，兄弟相顾，当如形之与影，声之与响’。说得多好啊！形与影能够分开吗？声与响能够分开吗？如果它们不能分开，兄弟们便也不能分开。”

“你说的是《颜氏家训》？”梁教授机械地回了一句。张其昌提到颜之推的时候，梁教授脸上现出了短暂的迷茫，他的思绪还没有转过弯来，刚才两人好端端地正说着法律赋予公民的继承权益，梁教授还在计算着他的继承所得，怎么一下子话题转到了颜之推的身上。

况且，一个律师在中文系教授的面前大谈历史人物，谈论《颜氏家训》，这不是班门弄斧吗？梁教授自不甘示弱，他接着张其昌的话，谈起了颜之推在《颜氏家训》中对于兄弟的描述：“兄弟者，分形连气之人也，方其幼也，父母左提右挈，前襟后裾，食则同案，衣则传服，学则连业，游则共方。”

随着梁教授的背诵，《颜氏家训》中描述兄弟们幼时共同生活的画面逐渐展开，童趣洋溢，温馨浪漫，迥异于刚才争产时的冷峻与漠然。

这是两种截然不同的氛围。

张其昌并没有就此结束话题，他又问了一句：“您应该读过《棠棣》吧？”

“《诗经·小雅·棠棣》？”

“是的。”

梁教授是教授中国文学史的，他怎么可能没有读过《棠棣》呢。

《棠棣》是我国先秦时期的文学作品，是歌颂兄弟情谊的诗歌。语言朴实无华，好多句子至今仍为人们传颂。其中“凡今之人，莫如兄弟”，“兄弟阋于墙，外御其侮”，这些脍炙人口的句子，自三千年前流传至今，依旧字字铿锵。

当你遭遇死亡威胁的时候，兄弟最为关心；当你丧命被埋葬荒野的时候，只有兄弟才会寻找；当你遭遇危困，兄弟会赶来救难；如果遇到外来侵略，即使兄弟二人正在家中争吵，也会放下分歧共同对外。

张其昌尤其欣赏其中一句“鹡鸰在原，兄弟急难”。鹡鸰本是生活在水边的一种小鸟，当它困于陆地或者高原的时候，它就会发出鸣叫，呼唤同伴前来救援。诗中用这种小鸟来比喻兄弟情谊，给人带来无限的遐想。

梁教授说，他当初给学生讲述先秦文学作品的时候，讲过这篇文章。棠棣是一种木本植物，一些参考文献里为什么用棠棣之花来比喻兄弟有过解释，说是因为棠棣花开，每两三朵彼此挨挤相依，故令作者产生联想。为此梁教授特意到植物园去细看了开花的棠棣，果如文献所言。

梁教授说，他当初在学校里讲授这篇作品的时候，就像在看别人演的话剧，虽然也感叹文章的华美和比兴的精准，但内心不曾有过波动，而今天和张其昌再一次探讨棠棣，却有了不一样的感触，他也成了剧中的人物。

张其昌说：“《棠棣》不应该只是放在大学的文学史中，应该放在幼儿园学前班的启蒙读物里，最起码也应该放在小学的阅读篇目里。难道不应该这样吗？没有兄弟的团结就没有家庭的和睦和团结，没有家庭的团结就没有全国各民族的团结，没有各民族的团结就没有国家的强盛。若如此，我们国家怎么能够屹立于世界民族之林？”

两个人完全沉浸于对《棠棣》的探讨之中，梁教授初来事务所的时候还是一脸官司，说起自己的弟弟来还是愤愤不平，现在则是逸兴遄飞，浑忘了来律师事务所咨询的初衷。

他就像参加了一场学术研讨会，兴奋地离开了新昌律师事务所。

一个月以后，梁教授带着他的两个弟弟又来到了事务所，说是他们已经拟定了一份遗产继承的协议书，要求新昌律师事务所给做一份律师见证。

张其昌看了看协议书的内容，果然梁教授和他的二弟都放弃了继承权，那一套老爷子遗留的房子由老三独自继承。

张其昌给他们做完律师见证之后，告诉他们还是应该走一趟法院的程序，因为房子要过户到老三的名下，有多种途径——有转让、赠予和继承。其中继承的话也有公证继承、遗嘱继承、协议继承，诸种方式都会有费用发生。在所有的方式之中，法院的判决书是最经济最简洁的。这个时候去法院，不是去争产诉讼，而是将协议书变换成判决书，这是为了过户而采取的技术手段。

这样去法院自然就用不着再聘请律师了。

兄弟三人唯唯受教，再三致谢方才离去。

张其昌注意到了一个细节，三人离开的时候，经过事务所的门口，尽管只有一层矮矮的门阶，老三还是轻轻扶了一下梁教授。张其昌感到了宽慰，他想梁教授兄弟这一代，还有下一代，家庭里的情谊恐怕都不会撕裂了。

孔子给他的学生子路所讲的“兄弟怡怡”大概就是这个样子吧。

没过几天，新昌律师事务所的其他合伙人和张其昌之间遂有了以下对话：“张律师，我们目睹了你接待梁教授的全过程。我们对你给当事人出具的咨询意见有不同看法。本来，法定继承是人家的合法权益，梁家三兄弟每人继承遗产的三分之一，这是法律规定的，谁也提不出异议，到法院一判决了事，多么简洁。可你却偏偏给人家讲什么《颜氏家训》，讲《诗经·小雅·棠棣》，鼓励人家协商解决，最后弄出一份协议书来。这样一来，梁家三兄弟是和睦了，可是你知道不知道这样一来却制造了新的矛盾，梁教授和老二放弃了继承权，他们的配偶会满意吗？他们的子女会满意吗？

“还有，人家离婚纠纷当事人到事务所来咨询，你也是给人家讲京剧《白蛇传》里撑船的老艄公的唱词‘十年修得同船渡，百年修得共枕眠’，试图唤起当事人对曾经拥有的爱情的记忆以及对于婚姻的留恋。这也未尝不可，毕竟中国人有‘宁拆十座庙，不破一桩媒’的说法，可是人家明明告诉他们的婚姻已经死亡，你还要人家冷处理，要人家再观察一个时期，你甚至还说过即使婚姻只剩下一个躯壳也不一定非得要拆除。你这是什么话？维持死亡的婚姻本身是不道德的。只有上世纪二三十年代的封建卫道士才会持这样的观点，现在已经是 21 世纪了。

“我们律师事务所不是居委会，我们有调解的义务吗？我们没有事业经费拨款，我们律师是自食其力，自己挣自己的饭钱。我们如何赚律师代理费，其中，诉讼代理是最简洁也是当事人最没有异议的，到了你这儿都协商了、都和解了、都不到法院去了，我们律师吃什么？拿梁教授的案子为例，如果是诉讼代理，600 多万的标的我们律师事务所可以收到代理费几万元到几十万元。可你愣是将诉讼变成了协商，将诉讼代理变成了律师见证，事务所只收了几千元的见证费。你是事务所的主任，你该不会主张事务所的创收越少越好吧。你入行早，有一定的案源基础，已经衣食无忧，不太计较每一个案件的收费，可是新入行的年轻人若都像你一样，他们何以为生？”

事务所合伙人不只一位，几个人哓哓嘈嘈，话也并非出自一个人之口，但腔调却颇为一致，都表达了对张其昌的不满。

有些话说得很重，称得上掷地有声，令张其昌不得不认真地想一想，他真的做错了吗?

稍加思忖后，他回复了大家的质疑:“要回答你们的问题，我想还是从梁教授第一次来我们事务所提出的疑问说起。他说现在的社会信任缺失，他拿不准到律师事务所后律师给出的咨询意见是不是最大限度地维护了当事人的权益，并且是否以最小的代价和最少的成本为原则，而不是出自于律师事务所的创收考虑。我肯定地答复了他，并且以我自己的实践得到了他的认可。我认为我的咨询意见最大限度地维护了他的权益，他的最大权益并不是他法定继承的200万元，而是梁氏家族三兄弟以及下一代几十年和睦相处、相互帮扶的家庭文化的建立。我又让他付出了最小的成本即付出了几千元的律师见证费。我兑现了我对他的诺言。起码通过这件事情，他认可了新昌律师事务所，这件事也给律师行业增添了一点正能量。

“我要重申，不管律师能不能吃上饭，我们新昌律师事务所给当事人出具的咨询方案，绝对不能仅出于律师事务所的创收考虑，即使这意味着我们要过一段清贫的日子，我们也不能逾越这条红线。我们鄙夷有的医院为了创收而对患者过度治疗、过度检查，我们不能在对这些不道德现象口诛笔伐的时候自己也这样做。信任缺失的问题如何解决，要靠我们每一个人的实际行动。

“兄弟之间、父子之间因为财产纠纷所起的争执，我向来不主张闹到法庭上去。陌生人对簿公堂，结案后一拍两散；家庭成员对簿公堂，造成的心理伤害和亲情撕裂几十年都不好愈合。所以对于这一类纠纷我总是建议调解、建议协商解决，而在这一方面我们国家有着得天独厚的优势，我们民族拥有几千年的文明史，我们的祖先给后代留下了足够多的智慧，也包括像《棠棣》这样的作品，使得我们在处理家庭财产纠纷的时候，能够选择法律之外的途径。

“不要羡慕国外的律师，一百年以后，中国的律师也不会和国外的律师一模一样。并不是说我们国家的法制建设进行得慢，我们赶不上，而是我们设定的终极目标本就不一样。我们国家走的道路是具有中国特色的社会主义道路，我们要做的也是具有中国特色的律师。什么是中国特色，我们被赋予了维护社会安定团结的义务，律师主管部门赋予了我们承办大案要案要汇报的义务，这些义务外国律师没有，这些担当外国律师也没有。我们新昌律师事务所履行了这些义务，我们运用中国传统文化宣扬的价值观化解了梁教授一家的遗产继承纠纷，令他们免却了诉讼之累，避免了诉讼产生的不良后果，这就是对于社会安定团结的贡献，这就是我们新昌律师事务所对于律师业务中国特色的诠释。

“我们不是生活在真空里，我和你们一样，知道唱高调解决不了吃饭的问题，我比你们更加关注事务所的创收，我也想带领全所的律师一起致富，但致富应该有道。大家任何时候都不能忘记我们的初衷，忘记我们的职业道德。只要我们这样做了，律师个人及其所在的律师事务所就会赢得口碑，律师行业就会得到认可，到那个时候才是我们律师大展身手的时代。到时整个国家都富裕起来了，咱还用担心律师会独守清贫吗？如果律师置当事人的权益于不顾，玩弄心机，只想着从当事人的口袋里往外掏钱，即使能够得逞一时，也不会长久，早晚会砸了自己的招牌。拿梁教授的案子来说，你们只看到了事务所收了几千元的律师见证费，却不知道，他们学校有一项上千万元的课题，正需要有一家第三方机构介入予以监管，他们学校已经决定聘请新昌律师事务所作为课题的常年法律顾问机构，每年五万元，几年下去，不也是几十万元嘛。

“正所谓失之桑榆，收之东隅。善良，最终是会得到回报的。

“至于婚姻纠纷的咨询，我还是坚持冷处理。按照法律规定，感情破裂是解除婚姻关系的唯一前提，但是感情破裂非常抽象，没有什么定量的核定标准，完全是感性的。每个人有每个人的认知。有的夫妻确实不和，虽然同住于一个屋檐下，双方冷漠到过一日如度三秋，确有那种不分开毋宁死的感觉，这种情况应该解除婚姻关系。但也存在着另一种情况，由于自己身份地位的变化，眼睛中的世界也发生了变化，觉得昔日的配偶不再美丽、不再贤惠而且变得一无是处，只是因为出现了更加美丽、更加年轻、更加充满诱惑的异性。在这种情况下，不是配偶发生了变化，而是他自己的心地发生了变化，这种变化导致他眼睛里望出去的世界也悉数改变。于是一句轻飘飘的‘我们之间已经不存在爱了’就成了提出离婚的借口。要知道婚姻的内涵不只是爱，还有家庭的义务——互相帮扶的义务。不能只在困顿潦倒的时候互相帮扶而一方发达之后撒手而去。《诗经》里所谓的‘执子之手，与子偕老’说的就是这个道理，不仅要在皓腕如玉的年轻时候两手相牵，鹤发鸡皮的垂暮之年两人也应该相携相扶。所以我一直主张婚姻当中的任何一方一定不要因为一时的冲动轻易说出分手的话，应该三思，多忆一些过往的旖旎风光，再来决定是否到了必须离婚的地步。”

听完张其昌一番话，众人无语，或许有人心里还是不服气，但也不再争辩，于是散去。

第二十四章

单骑走山东

有朋自远方来，不亦乐乎。

这是张其昌的老乡孔夫子说过的一句话，现在已经成了中国对外交往的名片。

山东人大多好客，张其昌也不例外，今天到访的客人尤其令张其昌高兴，他就是张其昌往日在黑龙江正方林业局的草莽之交，昔日的穆镇派出所民警刘长春。

屈指算来，张其昌离开穆镇已有二十年时光，头十年张其昌回去得还算频繁，每次都能与刘长春相聚，彼此的变化还能洞悉，不至于有陌生的感觉。最后一次见到刘长春已是十年以前了。第十一个年头再去拜访刘长春时，家居依旧，却换了新的主人。张其昌伫立于柴扉之外，不胜怅惘。当时他被告知刘长春已回到了故乡山东莱阳，当了民营企业家，接手了一家专供出口的蔬菜加工厂。

之后的很多年，张其昌每次回穆镇，还是会习惯性地踱到刘长春的旧居前，驻足一会儿，以慰渴念。

没想到，现在刘长春就站在了他的面前。

刘长春年轻的时候人就长得帅，十年不见，岁月并没有在他的身上留下多少痕迹。他还是浓眉黑发，眼睛炯炯有神，腰杆笔挺，想来是拜部队生活所赐。

有人说接待客人的最高礼遇是在家中设宴，张其昌接待刘长春也是在家中，设宴谈不上，只有普通的饭菜。用来佐酒的也不是精致的肴馔，而是关于穆镇的说不完的话和松花江畔的风花雪月。

近十年的时间，两个人虽然没有通过信函，没有打过电话，但刘长春居然知道张其昌做了律师，也知道他的其他近况。看来两个人有一个共同的信息交换平台，那就是穆镇，不管其中一个人走到哪里，都别想挣脱另一个人的视线。

聊天时，他们自然谈起了李冉，那个令张其昌动了考取律师资格念头的朋友。刘长春说，李冉在哈尔滨延寿县承包了一片两千亩地的山林，栽植的红松已经有碗口粗细，郁郁葱葱已成气候。李冉还在哈尔滨注册了建材公司，生意做得有声有色。刘长春说，如果他和李冉都算民营企业家的话，他只能算小老板，李冉已经算是大鳄了。

获悉朋友发迹，张其昌由衷地高兴。

饭后，张其昌问道：“这一次到北京来，有什么事情要办理吗？”

刘长春不慌不忙地讲出了此行的来由，并说正有事要征求张其昌的意见。

刘长春有一个要好的朋友叫刘湘彤，两个人要好到什么程度呢，刘长春从黑龙江调回到故乡山东莱阳，全赖此人之力。此人在胶东半岛的一座海滨城市里担任一家大型国企的老总，管理着上万人，这一家国企每年的纳税额，在这座滨海城市的纳税企业排名中从没有低于过前十。刘湘彤在地方上也是响当当的人物。谁知道祸起萧墙，前些日子他们单位一个因为贪腐被刘湘彤处理过的干部向海关举报，说这家企业上半年进口的一批铝锭报备材料不全，性质应属走私。适逢当时国家正在打击走私，高压之下，概莫能免，于是身为企业法定代表人的刘湘彤就进了海关的学习班，举凡有走私嫌疑的人都在这个学习班。学习班的待遇有点像党的双规，里边的人被切断了和外部世界的一切联系。刘湘彤已经进入学习班一个星期，上万人的企业人心浮动，流言四起，已经影响到生产。

刘长春说，他敢以自己的身家性命为刘湘彤做保。刘湘彤一身正气，绝对不会把公家的哪怕是一个铜板装进自己的口袋。

刘长春说，他想看看能做点什么事情，来洗清刘湘彤的嫌疑，让他尽快走出学习班回到企业，免得企业遭受大的损失。

刘长春讲述的这件事情的背景，张其昌是知悉的，当时沿海一带特别是东南沿海一带，走私猖獗，已经严重地影响到了我们国家的经济秩序。打击走私、遏制走私狂潮是国务院总理亲自主抓的运动，颇有雷霆万钧之力。但是走私的主体都是私人或者是私有经济企业，他们之所以敢于铤而走险，是因为走私有着巨额的利润。可国企的负责人为什么也要这样做呢，国企的利润是统归国库的，他们既没有走私的必要，更没有走私的动力。

刘长春的观点和张其昌一样，他坚信刘湘彤是受了小人的暗算，绝对不可能走私。

张其昌问道："你打算怎么办呢？是去海关总署还是去中南海？"

"我在北京两眼一抹黑，我能到哪儿去。再说现在海关也没有给刘湘彤下结论是走私啊，我即使到了海关总署，人家也会答复让我耐心等待，要相信国家的政策。但问题是我根本等不下去，一想到刘湘彤在学习班里度日如年，我就坐不住。"

刘长春是那种能够为朋友两肋插刀的人。他说："别人我不认识，我只能找你啊。"

"找我，我一个平头老百姓？"张其昌笑了。

"你可不要说平头老百姓，当年孟尝君手下的鸡鸣狗盗之徒还能办大事呢，何况你还是京城的大律师。当知青的时候，你不是崇尚仗剑走四方的游侠吗？怎么进了京城胆魄反而越来越小了呢？”

经刘长春一捧，张其昌真有些飘飘然，大约也是喝了酒的缘故，他感觉热血上涌，被城市的岁月几乎磨蚀殆尽的山林知青的豪气又充溢胸间。

可是被酒气熏蒸而生的豪气消褪也快，他冷静下来细想，一个问题横陈当前——如何介入这件事情。如果此事已经进入了法律程序，他当然可以堂而皇之地以律师名义接受当事人家属的委托，可现在当事人只是进了一个学习班，作为律师凭什么过问呢？张其昌很是踌躇。

刘长春提醒他：“你不是有个哥哥在监察部吗？”

要张其达过问？张其达怎么过问？要他给山东半岛的海关打电话？有些突兀吧；要他给海关总署打电话，说是接到群众的反映，山东海关反走私反过了头，把国企的负责人抓到了学习班里，已经影响到了企业的生产，希望海关总署过问一下。能打这样的电话吗？反走私是当前国家主抓的工作任务，即使出现偏差，也是支流末节，不应该由监察部过问。况且，学习班本身不就是在甄别是否触及走私吗？山东的海关在处理这件事情上没有任何过错啊。

不独是张其达不会打这样的电话，张其昌也不会向他提出这样的要求。

张其昌在考虑，怎么才能够见到山东半岛的那位海关关长。

思虑再三，张其昌决定管一管这件事情。他相信刘长春，刘长春是他的挚友，他也相信刘长春描述刘湘彤的那些话。为了一个正直的国企老总，为了这个企业的上万职工，为了这座滨海城市的税收，他决定单骑走山东，会一会这位掌管刘湘彤命运的海关关长。

此行的性质有些像说客，接近于张其昌童年时期的梦想。

刘长春告诉他，海关并不在刘湘彤的企业所在的城市，而是设置在另一座更大的滨海城市。

送走了刘长春，张其昌第二天就来到监察部，他没有找张其达，而是找到了张其达的秘书。

秘书当然知道两人的关系，知道张其昌在张其达心目中的印象和分量，也知道张其达对这位族弟的喜欢与关注。早在新昌律师事务所成立的时候，秘书就跟随张其达出席了事务所的开张典礼。他知道张其昌的职业，也了解他的人品，知道他不可能办出不靠谱的事情来。

两个人没有多余的寒暄，秘书直接问道："有什么事情吗？"

张其昌简要地讲述了刘湘彤的遭遇，他提出了一个要求：能否让地方上的人引荐一下，让他见到半岛上的那位海关关长。

秘书沉吟了一会儿，说道："打个招呼不难，用什么名义呢？"

用什么名义的问题，张其昌早就考虑过了，早先张其昌曾经借用张其达的名头，实实在在地为他解决了一个难处。

一次弟兄两人聊天的时候，张其达说道："你是我的弟弟，也算是监察部的家属，如果你出差在外遇到不好解决的困难，可以寻求监察部系统的帮助。"

就在张其达说过这个话的第二年，张其昌出差到湖北武汉还真的遇到了困难，他施尽了浑身解数，也买不到从武汉回京的票，无论是火车还是飞机，都是一票难求，而北京的事务又迫在眉睫。这时他想起了张其达说过的话，于是一个电话打回了北京，随之张其达告诉了他一个电话号码。

张其昌在武汉的宾馆里拨通了这个电话，话筒里传来了一个女性的声音："这里是湖北省纪委书记办公室电话，我是她的秘书，请问，你……"

"我是北京张其达的弟弟，我现在遇到了困难，亟须一张回京的车票，软卧硬卧均可，不知道能否代买一张，票款我会让来人带回。"

电话里那一头详细地记下了张其昌的姓名以及所住宾馆的房间。又问了一句："还有别的事情没有？"对方似乎不相信此人将电话打到省纪委书记的办公室，就只是为了让她代买一张火车票。

"没有别的事情。"

"需要派车送站吗？"

"不要。"

张其昌清晰地记得，那一张火车票是276元钱。

张其昌将武汉的这件事情讲给了张其达的秘书，秘书随即拨通了山东的电话："李秘书长，你好。有件事情相烦，我们张副部长的弟弟出差去你们那儿，回程车票不好买的话，请提供帮助。"

张其昌记下了李秘书长的姓名和电话。

张其昌问秘书，要不要把这件事情跟张其达说一声，秘书摇了摇头。

一天之后，张其昌抵达了这座胶东半岛的海滨城市。

之前，刘长春曾经征求过他的意见，在这座城市里是否需要做一些准备工作，张其昌说什么都不需要，只是预订的宾馆不要过于简陋，要与他北京来客的身份相符，他要在这座宾馆接待客人。

待到住进来之后，他才发觉宾馆的奢华还是出乎他的预料之外。这座城市虽是国际知名城市，但在上世纪90年代末，五星级酒店还很罕见，不似后来的遍地开花，如今连小县城里都能找得到五星级酒店。而当时张其昌住的这一家就是五星级酒店。酒店房间带一间会客室，张其昌在酒店大堂看到的门市价是一晚3800元。

这里的餐费也很高，早晨的自助餐标准是128元，中午和晚上的自助餐标准都是380元。他在酒店所有的消费都是签单，而且是无限额。但他自嘲山猪吃不了细糠，第二天他就走到街边踅摸小吃，六元一碗的海鲜面，顶着一撮豆角末，掺杂着几粒蛤蜊肉，味道比酒店里的饭菜要鲜美得多。

到达这座城市的当天，张其昌就和李秘书长通了电话。张其昌说要去拜访，李秘书长说他会到来。

当天晚上，李秘书长就来到了张其昌所在的酒店，张其昌没有向他讲述刘湘彤的事情，只说他有事情要见海关关长，麻烦李秘书长帮忙联系预约。

第二天一早，大概是机关单位刚上班的时间，李秘书长就打来了电话，说预约的事情已经办妥，只是要等一个星期，海关关长在外地开会，一个星期以后才能回来。

还要等待一个星期，这颇出乎张其昌的意料。这里的房价实在太贵，他知道，这笔开支会落到企业的头上，上万人的企业或许不会在意这点费用，但他感到了心疼。他是农民出身，习惯简朴。

等待就是煎熬。他知道自己肩负使命，为了完成使命，煎熬是必须承受的。这座城市里他也有亲属，以前他也来过多次，知道有许多风景名胜，也有许多历史人物故居，任何一处都可以帮他消磨半天时光。但他此刻没有心思，哪儿都不想去，心中念念在兹的都是刘湘彤的事情。

他发觉自己委实没有诸葛亮“安居平五路”的闲豫心态。

晚上，他走出了酒店，走上了海滩的大堤，大堤就是马路。城市一侧灯火通明，大海一侧则深邃而幽旷，不像白天望出去白茫茫一片，可以一直望到海天相连的尽头。岸边不远处有一只大的客船，舷窗里的灯光排列整齐、错落有致，勾勒出了大船的轮廓；旁边还有几艘货轮，虽只有寥寥几处灯光，却也可分辨得出都是庞然大物。

张其昌忽然忆起了松花江畔的合排所，在那个两江交汇的港湾里，他也曾眺望过夜晚的江面，那时望出去的只是几盏渔火。

这是两个不同的夜晚，他看到了两种不同的场景。这是江和海的区别，是陆地文明和海洋文明的区别。

以陆地文明为主的中华文化确实需要开放了，需要接纳海洋文明，需要融合海洋文明。

一个星期之后，海关关长回到这座城市的当天晚上就在自己的办公室接见了张其昌。李秘书长将他带进了海关，待张其昌进入关长办公室后，秘书长就退了出去，房间里只剩了两个人。

两个人隔着办公桌相对而坐，关长脸上不显喜怒，打过招呼后，他望着张其昌，静俟其开口。

张其昌先是自报家门，说自己是刘湘彤的朋友，不代表任何人，只以一个公民的身份向关长陈言。张其昌说："我个人完全清楚走私的危害性，它掏蚀我们的国库，侵害我们社会主义公有制经济的堤防，全国人民都支持国家打击和遏制走私，并赞佩有关部门也包括海关采取的举措和做出的努力。

"走私是我们国家打开国门奉行改革开放政策以后出现的问题，改革开放是新事物，我们也在探索，在摸着石头过河。外贸政策的制定、监管制度的制定都有一个过程。所以我们反对和遏制走私，在政策上也应该有所区别，要将那些走私惯犯和偶尔触及红线的人区别开来，要将那些以攫取最大利润为目的的走私重犯和出发点是为了搞活经济只是由于制度与监管不健全而误触红线的人区别开来。

"尤其是对于国企更应该慎重，我们国企的干部队伍中，真正懂经济的并不多，刘湘彤主政的企业历年来都是该市的纳税大户，对城市建设做出了贡献。一个好的领导干部可以带活一个企业，一个不懂经济的干部也可以拖垮一个企业。所以说一个懂经济的领导干部出了问题，我们还是应该采取教育为主、惩罚为辅的方针，按照人民内部矛盾来处理。

"刘湘彤涉嫌的问题我不清楚，涉嫌的程度我也不清楚，企业的人告诉我说是进口材料的文件报备不全；我到您这儿来也不想打听什么消息，我完全信任海关所做的调查以及最后所做的决定。我也是中共党员，在大是大非面前，我有维护国家利益、维护法律尊严的觉悟。如果事实证明刘湘彤的企业真正涉及走私、触犯刑律而刘湘彤又有所抵触的话，虽然我是刘湘彤的朋友，我也一定会站在海关一边说服他配合海关的调查、接受法律的惩处。”

整个谈话不超过半个小时，关长自始至终没说一句话，最后礼貌地将张其昌送出了办公室。

回到了酒店以后，张其昌心情大好，一个星期窝在这里的郁闷一扫而空，他很满意自己向关长陈情的措辞，尤其满意偶触红线和误触红线的提法，他觉得这样形容得体而到位。他的观点应该会为关长所接纳吧。他在房间的窗前望着夜空下的海面，有点点波光闪现，他想到了古代侠士的弹剑作歌，他现在也有了类似的豪气。

大约是张其昌回到北京十天以后，胶东半岛传来了消息：刘湘彤已经离开了海关的学习班，回到了他原先的领导岗位。

张其昌自然感到高兴，毕竟他为此付出过努力，但高兴之余，他却没有了那一晚离开关长办公室之后的豪气，反而感觉一丝歉疚浮上心头。

那是对张其达的歉疚，他的山东之行是否玷污了张其达的官箴？

张其达铮铮铁骨，是刚正不阿的人。他的儿子与别人发生经济纠纷，他坚持让儿子走法律诉讼的途径；他女儿的婆婆因住房纠纷与单位发生冲突，女儿要他干预也遭到了他的训斥与拒绝。实际上张其达参加工作多年又在领导岗位，门生故旧不少，儿女们的事情，他只要和下属打个招呼，都可以轻松地平息，但他独独不开这个口子。他严厉禁止儿女们以他的名义从事任何经营活动。

那么，他也应该不会同意亲属做说客吧。

张其昌想，他是不是挥霍了兄长对他的信赖和爱护？

张其昌又自己宽慰，也许刘湘彤本来就无事，连红线都没有触及，他的山东之行本就是多余的。

可是他仍旧无法释怀，最终影响到关长的究竟是他自认为得体和到位的陈情言辞，还是因为他是张副部长的弟弟？

这份歉疚挥之不去。

就为了这份歉疚，他和刘湘彤有意保持了距离。刘湘彤提出来要和他签一份常年法律顾问合同，他拒绝了。张其昌说，企业的法律事务大多发生在其所在的城市，他在北京离得远，服务肯定跟不上，如果光挂一个名，徒惹企业里其他人议论。

他甚至连刘湘彤送的茶叶也不收。他认为只要不接受刘湘彤的任何馈送，他就不算拿张其达的名声做交易，就不会影响到张其达的官声。

他的固执引起了刘湘彤的不解与不满。多年之后，刘湘彤离开了原先工作的企业，成了这座城市的政协副主席，在一次包括刘长春在内只有三个人的聚会上，刘湘彤向张其昌表达了不满："听长春讲，你也是性情中人，喜欢交朋友，当初你单枪匹马来山东，解除我的困厄，颇有侠义风范，这一点，我是感激的。但我就是不理解你为什么刻意和我保持距离，我想稍微表示一下谢意都不能，难道你看不起我的人品吗？"

至此，张其昌才将心中对张其达的歉疚说出来，刘湘彤听后哈哈大笑，连声说："酸腐，酸腐，多念了几年书，就是毛病多。等以后去北京，我也去拜访老大哥。如果老大哥知道你曾经帮助过一个国企的负责人，使他做到了现在的政协副主席，你怎么知道他不会表扬你呢？"

刘湘彤继续说："人情和关系在中国有其独特性，以后法制健全了，也不能说就完全没有了人情。关系也不都是和腐败、和黑幕联系在一起，有时候也有正义之举。我给你讲个故事吧。

“有一个年轻人从烟台拉了一车苹果到安徽去卖，进入安徽一个县城，汽车抛锚了。他不得已将车送到了修理厂，工人将轮毂从轴盘上卸下来的时候，发生了崩裂，造成一名修理工身亡。当地的公安人员说人命关天，扣押了送修的车辆和货物，还拘留了开车的年轻人。司机的父母获悉后，急忙赶到事发地，要求放人放车。公安人员说人命关天，谁敢徇私，谁敢放人，谁敢放车！夫妻两人又去寻找当地的律师，可当地的律师听说是和公安打交道，也借故推脱不愿意接受委托，只出主意让他们找找关系。两个人在当地一个认识的人都没有，往哪儿去找关系？情急之下，他们忽然想到了孩子的大伯曾经在部队服役，五湖四海应该都有战友，于是他们又急急忙忙返回山东，找到了孩子的大伯。这时夫妻两人已经憔悴得不行，看到兄长后泪如雨下。孩子的大伯闻讯后也是吃惊不小，忽然想起自己在部队当团长的时候，部下一个营长的老家好像是安徽出事的那个县，大伯打过去电话询问，果真没有错。昔日的部下已经成了这个县检察院的检察长，爽朗的声音自电话那头传了过来，这位部下嘱咐老领导放心，他一定过问此事。检察长了解了事情的真相后，好一顿训斥公安部门，说你们口口声声人命关天，那也得要关联得上才行啊，开车的司机和修理工的死亡有半毛钱的关系？老百姓都看得出来这是一起意外事故，你们却扣车扣人，还有王法没有！公安的人也赶紧解释，说他们也知道将开车的司机和修理工的死亡扯在一起有些牵强，但因为死者是本地人，他们想着拘那司机几天，让他掏点钱也是对死者的补偿，没打算追究他的刑事责任。四个小时以后，年轻人就被放出来了，第二天一早开着车离开了县城。”

刘湘彤讲完这个故事，继续说道：“这是一个真实的故事。故事中年轻人的大伯就是我，那个开车的年轻人就是我的侄子。这一次我动用关系，是匡扶正义。正是因为法制渠道还没有完善，才迫使人们去寻找关系。我弟弟一开始也没有打算托人，也想在当地找有关部门直接解决，可是人家不理啊，最后没有办法才找到我这里来。我打电话没有搞利益交换，我占理，我堂堂正正。”

刘湘彤的话头转而指向了张其昌：“你那一次帮我也没有搞利益交换，你占理，你也堂堂正正。”

自这一次聚会，刘湘彤和张其昌前嫌尽释，成为了肝胆相照的朋友。

第二十五章

祸兮福所倚

按照鲁迅的说法，2003年是张其昌“华盖”罩顶的一年，流年不利。

年初开始，就有“非典”病人死亡的消息从南方零星传来。“非典”是非典型肺炎的简称，既然称为非典型，就是说人们对这种肺炎的致病原因以及传播途径还没有完全认识清楚。由于“非典”具备的两个特性——较高的人际传染性和高死亡率，一时间引起了全民的恐慌并引起了世界卫生组织的关注。

在之前的一段时间里，相关部门主张对于传染病等灾害信息的报道有所管控。

因为有时候灾害信息的传播在人群中引起的次生灾害比如社会动荡与混乱所造成的损失，比原本的灾害造成的损失还要大。所以媒体有时会延迟报道，或者选择性地过滤消息。

这种灾害信息披露的方式叫内紧外松。

后来相关部门发现这种信息管控也有弊端，传染病的信息披露如果不能让老百姓适时知道，人们不了解传染病的危害性以及紧迫性，那又怎么及时行动起来加以预防呢？另外，谣言止于智者，也止于知者，只有让老百姓知道了真相，才不会谣言满天飞。

经过不同的灾害信息管控实践，到2003年“非典”到来之时，我们政府已经采取如实通报的方式了。

虽然有死亡，但南方毕竟遥远，北京人除了惦念南方的同胞以外，整个社会的生产生活秩序还没有受到大的扰动。

到了三月份，北京防控“非典”的形势骤然紧张起来。开始是每天增加几个病例，且大多为外来输入性病例，因为北京的医疗资源配置全国最好，外地的病患当然会优先选择北京。至当月中旬就增加到每天几十例，而且多为本地发病，“非典”已成蔓延之势。

医院成了重灾区，有消息在北京市传播：有的医院已经有多名医生护士感染；有的健康人士去医院探望病人却不幸被传染。一时间人们谈医院而色变，致使一些重度发病的患者甚至不敢去医院。

中医专家开出了以板蓝根为主的清热解毒、预防“非典”的方剂，电视里告诫人们最有效的方法就是强身健体，增加身体的免疫性。还有就是经常开窗通风，多增加户外活动。

除了政府的强力部门和公共服务系统，北京市的大部分单位和所有的学校都处于放假状态，或者以在家办公的形式工作。

这一年是张昊的高考年，学校也已经放假，张昊在家里复习备考。张其昌和安依轩则响应电视里多增加户外活动的号召，每两天去一次颐和园，几乎和上班一样规律。

他们会把车停在颐和园的北宫门，然后沿宫墙往西走，至如意门入园。两人一般会顺着颐和园的西堤一直往南，西堤在过去几乎就是颐和园的西部边界。当时，游人心目中的颐和园就是昆明湖和湖北岸的万寿山。这一年，北京市政府正在颐和园进行一项大的工程，即开发恢复耕织图园区的工程。如果将耕织图园区算在内的话，西堤才是颐和园的腹地。

耕织图园区位于西堤的西北侧，清朝由乾隆皇帝题词立碑赐名，由延赏斋、玉河斋、澄鲜堂、蚕神庙以及耕织图碑廊等建筑组成。乾隆先是将清廷内务府的织染局从皇城的地安门搬到了此处，以体现他男耕女织、重视农桑的治国理念。昆明湖西的织女图与湖东岸的镇水铜牛恰又附会了牛郎织女的故事，偌大的昆明湖水面则被演绎成了浩渺的银河。再加上广植的桑柳桃榆，北国的皇城里竟然再现了江南水乡。

可惜西方列强并不懂得珍惜佳人，1860年，英法联军一把火焚毁了北京的三山五园，耕织图园区也遭到了毁灭性的破坏，被夷为平地，虽然后来的慈禧太后在遗址上建设了水师学堂，但也终未能重现耕织图园区的生气，此处遂成为藜蒿荆蔓的滋生之地。

2003年，北京市政府恢复耕织图景区的工程已接近完工，景区大致有了模样。

张其昌和安依轩要么穿行于柳堤桑岸，要么就坐在西堤的石凳上眺望昆明湖的水面，大半天的时间不知不觉就过去了。期间张其昌欣赏了不少景区的题词匾额，虽然都是王公贵族的酬唱以及对于皇室的歌功颂德，但也不乏清新俊逸之作。张其昌尤其记住了乾隆的一副对联“湿岸生春芷，新波下野凫”，这副对联完全没有一代帝王的肃穆之气，只透着一位村塾饱学秀才的可近可亲，活脱脱描绘出了耕织图园区春日的景象。

也只有在这样的大半天里，张其昌夫妇二人才会暂时忘记景区外“非典”肆虐的现实世界。

也只有在这样的氛围里，人们才能体味咀嚼“命运共同体”的内涵。在瘟疫面前，谁也不能独善其身，谁也不能构筑自己的安全藩篱。区域的安全边界同时也就是个人的安全边界，城市里每一个人的安危都和自己息息相关，因为每一个患病的人都是对自己潜在的威胁。只有在这一刻，人们才会放下心中的魔障，放下对于邻里的仇视与不满，代之以出自内心的牵挂。

人们从来没有这样关注外界、关注他人，这样虔诚地祝福这个城市的每一个人。

大自然就是如此神奇，瞬时之间压抑了人的恶念，激发了原本的良善。

遭遇“非典”是整个北京市的“华盖”运，还不算是张其昌个人的“华盖”运。

五月的一天，张其昌开车送张昊参加高考体检。体检的医院在南城，在一个胡同里边，父子俩七拐八拐方才看见医院的大门。医院附近素来停车难，几经寻觅，张其昌看见一处通向拆迁废墟的小路上停了一辆车，于是他也尾随其后，然后停好车去了洗手间，张昊则自己去体检。

北京马路上如厕也难，又是一番寻觅，十分钟后返回才发现情势大变，原先停靠的那一辆车已经不见了，另有一辆对面驶来的车顶在了他的车前，司机正在叫骂。看来张其昌的判断有误，停车的小路并非是死胡同，他堵了人家的道，自然理亏，于是一叠声地说对不起，欲赶紧移车。对方司机骂声不断，在他的道歉声中忽然走到近前，挥起拳头倏然击向了他的腮部。

飙然一击，令人猝不及防，很有些武侠小说中的高手风范。

当然，这一拳不很重，肯定不如《水浒》中鲁提辖击向镇关西的那一拳，但却是实实在在地击在了张其昌的脸上，热辣辣的。他一时间懵然不知所措，完全不能理解此人何来那么大的火气。此人四十余岁，看起来并非一脸横肉，也是体面模样，车里面还坐着他的妻子儿女。张其昌两鬓染霜，此人应该看得出张其昌的岁数比他要大，但是他还是挥出了拳头。

更甚者，在张其昌未回来之前，此人还掰坏了他车的后视镜，拔掉了车右前方轮胎的气门芯。

这是张其昌成为北京市民近三十年来第一次挨打，也是他告别童年进入社会后的第一次挨打，包括之前在特殊的年代里都不曾有人同他动手。

腮部热辣辣之余，张其昌第一个想到的竟是蒲松龄笔下的邵九娘。

邵九娘是《聊斋》中的一个人物，一个善良的女性，又有一副美丽的面孔。当媒人踏破门槛的时候，她拒绝了那些富家公子，甘为人侍妾，而且婚后屡遭大妇挞楚，却逆来顺受。一日，被大妇用烙铁烙坏了脸，她揽镜后竟大喜，说是“烙断了晦纹”，自认为从此该告别霉运，踏上顺遂的坦途了。

照无产阶级的斗争哲学来看，邵九娘遵循的当然是奴才哲学。不幸的是张其昌想到邵九娘时也同时记起了邵九娘说过的那句话，对方那位老弟的一拳是否也打断了张其昌脸上的晦纹，自此他也应该走出“华盖”运了吧。

张其昌知道这有些阿Q精神，有些唾面自干。但是他又能用什么来调适内心的失衡呢？面对生活在同一个城市的这位同胞，他要与对方免冠徒跣撕扯于地吗？他要与对方打一个头破血流，为人身侵害对簿公堂吗？他做不到，也不想做。

这一刻，他宁愿相信中国传统文化所阐释的善与恶、福与祸、通达与困厄对立统一的哲理。他宁愿相信因果报应的说法。

后来的事实证明，落到他脸上的一拳并没有击断他的晦纹，他还没有走出“华盖”运。

不知道为什么，有一只喜鹊对张其昌家的居室阳台产生了兴趣，先是早晚驻足于阳台的栏杆上，进而发展到穿过敞开的阳台窗户，进到封闭的阳台里边来。有几个晚上，张其昌不曾注意，关闭窗户时竟将喜鹊关在了阳台里，这只鸟雀留宿了。

一天早晨开窗时，他发现喜鹊蹲伏在阳台那里半天都不飞出去，张其昌童心忽起，伸出手去，想把它抱起来放飞到窗外，就在他抓住喜鹊的两只细腿时，喜鹊的脑袋弯下来，倏然在他的胳膊上啄了一口。时值夏天，他的上臂是裸露的，肌肤上顿时被撕裂了一道口子，血迹渍了出来。

张其昌忘记了，这毕竟是禽鸟，不可以与之讲道理。它可以随意侵犯你的空域，但你不可以近它的体侧，哪怕你满怀善意。它本能地对接近它的任何物体都存在着提防之心。

安依轩为他包扎好伤口之后提出了一个问题——需要不需要打狂犬病疫苗？张其昌认为狂犬病只是发生在哺乳类动物身上且只在哺乳类动物之间传播，禽鸟的身上不可能携带狂犬病病毒吧。安依轩说还是小心些为好，打个电话问问别人吧。

张其昌拨通了一个过去杂志社的同事的电话，同事支吾了半天，最后说宁可预防过度，不可没有预防，建议还是打预防针吧。

张其昌决定还是找一个权威的单位咨询，他把电话打到了防疫站，对方的答复竟然和杂志社同事的答复相似，对方避而不答张其昌提出的狂犬病传播载体的疑问，为安全起见还是建议注射狂犬病疫苗。

此时张其昌已经住在了德外大街，离他的住处最近的可以注射狂犬病疫苗的医院就是位于西直门的人民医院。

注射疫苗的时间要在创口形成的24小时之内，几经咨询和延宕，当天晚上，张其昌还是来到了人民医院。

他没想到有那么多人都来注射疫苗，几十平方米的大厅里排了好几列队伍，有的等待诊断，有的等待取药，有的等待注射。

张其昌站在等待注射的队伍里，虽然排队枯燥，但也无可奈何，只能等着最前面的一位注射完毕，随着队伍的前移，挪动一个身位。

正在这个时候，一个穿花格子上衣的妇女，有四十多岁，突然插进了注射的队伍，正好站在了张其昌的前面。

张其昌的后面，队伍并不长，也就两三个人，所以花格子妇女插队的意义并不大。

其实只要她说一句有急事，投给后面的人一个歉意的微笑，可能也就没人计较了。可她偏偏旁若无人一般插进队伍里。

张其昌忍不住了，说了一句“到后边排队去”，见对方没有反应，他又说了一遍：“到后边排队去。”

周围开始安静下来，虽然张其昌的话并不严厉，声音也不高，但众人不语的寂静显然形成了威慑，前面的花格子妇女终于受不住了，讪讪地退出了队伍，排在了队尾，其实就是后移了两个身位。

张其昌如果知道后面将要发生的事情，他一定会懊悔自己的举动，万万不会制止花格子妇女插队的行为。

此时，又有一个人站在了张其昌的身侧，向他问道：“哪儿是队尾？”

张其昌头都没回，抬起胳膊向后一指，随口答道：“后边。”

收回胳膊的时候，张其昌感觉到他的手触碰到了一个人的衣袖。这个时候，他的身后传来了一句话语：“别动手动脚好不好，一辈子没有摸过女人的胳膊啊！”

张其昌循声回过头去，迎面看到了花格子女人挑衅的目光，目光中蕴含着捕捉到战机的激动以及复仇的快感。

张其昌感觉到一盆污秽兜头泼来。真是现世报，来得何其之快！张其昌有些懊悔刚才的多事了。他是自取其辱。

周围又再次安静下来，没有任何人说话。张其昌犹如吞食了一只苍蝇，感到恶心和反胃，但理智告诉他，他只能保持静默和无言。他知道任何反击都只能招致更不堪的挑衅。

虽然张其昌自幼生长在农村，见惯了妇姑勃豀、农人争斗的粗俗，但却不曾想到在北京这样的首善之区，会遇到这样一位拿自己的身体当作武器的女性。这是只有社会底层的妇女才会使用的自卫武器，但却是极为下作的武器。

花格子妇女的行为颠覆了几十年来张其昌心目中形成的妇女形象。他心目中的女性，他的祖母、他的母亲、他的姐妹，都是美丽而善良的，他接触到的所有女性，在他心里都如月光一般皎洁和柔美，即使是面容不甚姣好的女性，他也能发现她们身上的生动。他自认是女权主义者，但是花格子女人的一句话使他关于女性的形象认知轰然倒塌。

怎么还会有这样的女人？

他宁愿忍受不相识的司机给他的迎面一拳，也不愿意忍受花格子女人泼给他的一头污秽。

他完全不记得自己后来是如何注射了疫苗，又如何顶着屈辱回到了家中。之后他将这件事情埋在了心中，不曾向任何人提起。他还是不愿意破坏心目中异性的美好形象。

最难熬的日子终于过去了，2003年的上半年结束了。六月份，联合国世卫组织宣布解除了北京市的“非典”疫情控制，摘掉了北京市头上的“非典”疫区的帽子。北京市的人民终于松了一口气。

这时候，张其昌夫妇接到了一份邀请，是承德的刘芳和张化腾夫妇发出的。邀请函中说北京的“非典”肆虐了几个月，张其昌他们的日子过得肯定备受煎熬，还是到承德来散散心吧。承德有木兰围场的草原可以骑马驰骋，有避暑山庄和外八庙等诸多景点可以游览，承德的山山水水期待着他们，承德的人民欢迎他们。

张其昌和安依轩欣然应约。

在木兰围场，张其昌没有骑马，他只是贪婪地嗅闻着青草的气息，那气息和他小时候在安驾庄的庄稼地里闻惯了的气息相近。他眺望着远方的蓝天白云，感受着身边年轻人骑马追逐的欢腾，一切是那么祥和安谧。

只有经历过劫后余生的人才能体会到，最最平常的景色和最最平常的日子恰恰蕴含着无比的美丽和无限的幸福。

夜色中的篝火唤起了他小时候在窝棚里守夜的记忆。那时，秋风呜呜地吹响，窝棚外就是璀璨的星空。眼前篝火上架起的烤全羊飘溢的脂香弥漫了整个草原，而记忆中守夜的窝棚里飘溢的烤玉米的香气也几乎弥漫了整个大地。

几天的承德之行，刘芳和张化腾夫妇一直作陪。游览外八庙的大佛寺时，适逢佛教节日，有佛乐响起，经询问才知道是寺庙为捐资的香客奏乐，以示答谢之意。

此时的张其昌心情大好，慨然出资，站立于一众僧人之前，香烟氤氲之际，耳听着专为他而奏的梵音，一时间进入物我两忘的境界，只觉我佛有大慈悲、大怜悯；只觉五方揭谛、四值功曹均环伺于空际，注视着人间，谛听着人间。

张其昌心头一片澄明。

寺里的执事循例也让张其昌在善缘簿上题写一个愿望，他没有片刻思忖，信笔写下了一句话：“愿北京市今冬明春无非典。”

并非是张其昌的心境有多高，心系整个北京市。而是他明白，即使只为了自己的安全，也必须祈祷北京市的安全。

他祈祷北京市的安全，自然就祝福了北京市的所有人民。毫无疑问，他虔诚的祝愿与祝福当中，就包括了那位给过他一拳的司机老弟和泼过他一头污秽的花格子老妹。

耳边佛乐萦绕，张其昌尚在恍惚中，有人碰触了他的胳臂一下，同时传来了一句问话：“先生，可否借一步说话？”

张其昌循声回头，见是一位中年男士，比张其昌岁数要小，白净面皮，中等身材，说话间眼睛里溢出笑意。张其昌从对方说话的口音判断，此人是南方人无疑。

于是张其昌跟随此人往斜刺里走了几步，在一处石阶的角落旁停下来。两个人相对而立，张其昌等待对方开口。

“冒昧打扰，非常抱歉。我没有别的意思，此处为佛地，我有心结个善缘。”对方开口说道，话语绵软亲切。

“我刚才翻看了一下寺庙善缘簿上香客们的题词，全是为自己为家庭求财求福求禄求子嗣。独先生的愿望与众不同，没有为自己祝福，而是心系一座城市。先生的胸襟令人钦佩。我是经商之人，素喜结交朋友，如果我到北京的时候到府上或者单位去拜访的话，先生该不会介意吧。”

张其昌万料不到会遇到这样一个人，听到这样一番话。他望着此人，对方确乎一脸诚恳，没有造作没有掩饰。于是张其昌感谢了对方的称赞，亦表示不胜欢迎、后会有期云云。

双方交换了名片，二人均是恭敬地接过，郑重地放到口袋里。之后，两人拱手别过。

歇息的时候，张其昌掏出了口袋里的名片，他这才知道刚结识的朋友名叫邱炳焕，名字的下方印着四个小字：执行总裁，单位名称是威集集团。

这个单位张其昌早有耳闻，是一家生产海工设备的上市公司，名闻遐迩，张其昌曾经买过这家公司的股票。按照当时的股票价格，市值已近六百亿。

回到北京后的第三天，邱先生果然来到了新昌律师事务所。这一次两个人省却了初识的寒暄，竟有些像是久别重逢的老朋友。邱先生介绍了威集集团，这是一家在深圳注册的公司，接着又介绍了公司的主营业务以及在北方运营的现状，最后表达了与新昌事务所合作的愿望。

张其昌当然喜之不胜，他的新昌事务所虽然已经生存了十几年，但说来惭愧，他们提供法律服务的单位中还没有一家上市公司，更不要说像威集集团这样知名的上市公司。张其昌如实地介绍了新昌事务所，他说不论是拥有律师的数量还是事务所的创收水平，新昌所在北京都只能算作中小律师事务所。

张其昌的言外之意想问邱先生，何以看上了中小规模的新昌律师事务所。

邱先生显然读懂了张其昌的疑问，笑了笑回答道："坦率地说，我在大佛寺的善缘簿上看到你的留言时，我还以为你是北京市政府的人。我们公司在全国开展业务，当然需要得到各级政府的支持，所以结交政府官员亦是我们上市公司领导层的工作内容。认识北京市政府的朋友也是我此行的议程之一。

"后来当我从你递给我的名片上得悉你并不是政府官员之后，并没有减少我对你的兴趣。你作为一名执业律师，身居江湖而能够心系庙堂，这一份境界和心胸令人佩服，单从这个角度就值得结交。另外你又正好从事法律服务，在市场经济中，哪一家上市公司能够离得开法律服务呢?

"其实我们倒不缺政府官员朋友，所到之处，我们都会受到政府官员的欢迎，哪一地的官员都希望我们的项目在他们的辖区落地，以促进他们辖区的 GDP 增长。而我们公司的目的是要获得项目的利润，所以双方都是各有所求、各有所得。说句白话，双方都有功利的成分在，朋友的情谊就打了折扣。这样的友情远不如因为气质相投钦慕对方而相互结交的那种单纯牢固。"

最后邱先生离开的时候，与新昌律师事务所签订了一份服务合同，将威集集团在北京的一宗购销合同的货款提存委托给了新昌事务所。

提存业务是社会上的第三方机构提供的中介服务。比如说两家单位签订了购销合同，两方分别产生了支付货款和交付货物的义务，但是双方都担心有风险——付款方担心支付了货款接收不到货物，发货方担心发送货物后收不到货款，双方的担心导致了谁也不愿意首先履行义务。这种情况下就产生了提存业务，即付款方先把货款汇至一个双方共同认可的第三方账户，等到发货方履行了义务后，再由第三方将货款支付给发货方。这种提存业务是在市场经济发展的初期信用制度尚未完善时的无奈之举。尤其是对于首次合作的交易伙伴而言，双方均不知道过往的交易信誉，这种提存制度确也规避了很大一部分风险。

既然是为了解除一方对于另一方市场信誉的担心而采取的举措，所以提存地的选取也就是第三方机构的选取，信誉过硬就成了第一标准。好家伙，人家把钱存在你这儿，你要卷款逃跑了怎么办。

现在，邱先生将威集集团的货款提存委托给了新昌事务所，就意味着他对于新昌事务所的信用给出了极高的评价。张其昌高兴之余，亦感觉到肩头的沉重，他又多了一份替人看守财富的责任。

新昌所会从提存业务里获得哪些收益呢？首先，提存款在新昌所的银行账户上的活期孳息按照提存的惯例归了事务所，当然这是小头，更大的收益还是提存双方后续的潜在法律服务需求。

既然信誉是提存选择的第一标准，为什么邱先生不选择信用更高的银行呢？实际上，很多企业的提存业务也确实选择了银行。企业的信用，不仅包含了法定代表人的个人信用，更体现在承担提存业务的企业的资金实力上，如果出了问题，得能够赔得起，就这点而言，若论资金实力谁又能比得上银行呢？

当张其昌向邱先生问起这个问题时，邱先生给出了自己的解释。他说看不惯银行的盛气凌人，银行拿出的提存合同都是制式合同，不允许当事人改动一个字。按照银行的规定，如果交易双方违反合同，这笔提存款将永远沉淀在银行的账户上，谁也取不出来。我们和银行都是平等的民事主体，凭什么银行总是一副高高在上的姿态？银行固然资金雄厚，可是银行行长或者银行的工作人员携款跑路的难道还少吗？在这种现状下，还不如寻找一个自己认可的个人和单位，他不信一个靠诚信执业的律师事务所会冒着被吊销执照的风险、冒着触犯刑律的风险而打提存款的主意。将来即便市场制度完善了，企业的信用制度健全了，个人的品行在交易中的作用也不可能被抹杀，毕竟无数个人的信用才构成了企业的信用。

一句话，他还是基于对张其昌的信任，才选择了新昌律师事务所。

三方签订的提存合同里，约定新昌律师事务所的主要责任有：

一、提存款存放于新昌律师事务所的银行账户内，且只能存放于该账户。

二、严禁以任何理由动用、挪用该提存款。

同时合同还约定了交易双方发生分歧时该提存款的处置方法，总之不会永远沉淀在新昌所的账户上。

这一笔提存款的数额是2000万元，合同中约定发货方履行义务的时间是半年，也就是说，如果不出意外的话，这笔钱将在新昌所的账户上存放半年。

令张其昌想不到的是，这笔业务竟然给他带来了烦恼。

2000万元汇入新昌所账户后的第三天，就有人找上了门，来人是一家企业的经理，他是来向新昌律师事务所借款的。按照他的描述，他所在的是一家中等规模的企业，注册资金一亿元，生产经营还算有模有样。只是现在公司的生产遇到了一点特殊情况，需要2000万元资金周转半年。这家公司提供的担保是公司所属的办公大楼，对方还出示了随身携带的房产证，按照权属证件上载明的面积，办公大楼市值 4000 万元。

公司给新昌律师事务所开出的条件是——

借款的年化利率是 10%，如逾期还款，则利率翻倍。

同时他们还将与新昌律师事务所签订一份每年费用 10 万元的常年法律顾问合同。

按理讲，这家公司开出的条件很有诱惑力，单以利率论，目前置于新昌所账户上的提存款，只有 0.35% 的活期年化收益，这家公司给出的利率已经是原先的 30 倍。这次借款是硬性担保，风险可控，而且借款数额和期限都在新昌所的能力范围之内。

面对这些条件，张其昌似乎没有拒绝的理由。

但张其昌竟一口回绝，且不屑于作任何解释。

两天以后，又来了另外一位借款人。同样是一家颇具实力的公司，同样有说得出的硬性担保，更是给出了年化收益 20% 的借款利率，比第一个借款人翻了一番。对方还表示借款划转的同时就可以支付利息。利息可以汇至新昌所指定的任何账号，包括张其昌的个人银行卡。

这明显又多了一重诱惑。

张其昌仍是一口回绝。

他有些恼怒，怀疑是开户银行泄露了客户的信息，要不，这些借款人怎么会知道新昌所的账户上有这笔闲钱呢？因为银行和税务是联通的，为了说明这笔款项的属性，提存款到账的同时，新昌所就向银行提供了提存合同的复印件，知悉这笔款项详情的只有银行。

两天以后发生的事情果然证明了张其昌的猜测。

第一个借款人又来到了新昌所，相偕陪同的还有新昌所开户行的银行行长。张其昌曾经和这位行长有过一面之缘，还算认识。行长说："你不就是担心这件事有风险嘛，我以我所在支行的名义为这次借款提供担保，你总该放心了吧。"

先前张其昌面对借款人只是拒绝，不动声色，这次他实在忍不住了：“你们以为我是担心风险，其实我压根就没有动过出借的念头。我们事务所与提存人签订了提存合同，合同里我们向客户承诺在任何情况下我们事务所都不会动用或者挪用这笔款项。这个承诺，是一座金山也撼动不了的。律师要凭借对于客户的承诺执业，要凭借信用在江湖上混，我们事务所怎么可能会拿自己的饭碗开玩笑呢？”

继而张其昌又转向银行行长：“你们银行是我们事务所的开户行，有保护客户信息的义务。事实证明正是你们银行泄露了我们事务所的账户信息，这种行为违反了你们的行业规矩。这使我们不得不考虑我们是否应该换家开户行。

“另外我以一个律师的身份善意提醒你，银行不能为他人的借款提供担保，这直接违反了你们总行的规定。如果你执意这样做，恐怕你银行行长的位子就坐不住了。”

两个人悻悻地走出了新昌律师事务所。

说来也奇怪，从此以后再也没有人来提借款的事情。

半年以后，提存合同履行完毕。之后威集集团凡在北京的法律业务一概委托新昌事务所。

至此，新昌律师事务所方才开始接触企业并购甚至是国际并购一类的前沿高端的法律业务。

到第二年的年末，新昌律师事务所银行账户上的提存款就已经超过一个亿了。虽然活期存款的利息收益很低，但毕竟每天都在产生孳息。如果把财富看作流水的话，张其昌似乎听到了哗哗的声响，看到了一股汩汩的清泉在流向新昌事务所。

他首次体会到，不用太辛苦，不用太恣睢，也可以有收益，也可以生活下去。

而他这一次的机遇就缘于承德大佛寺的进香。

他一生多次瞻仰过庙观，都与宗教信仰无关。他拜过如来佛，拜过观世音，也拜过张三丰，更拜过碧霞元君，那是他心目中的泰山老奶奶。他唯独没有拜过财神，因为他知道财富绝对不是拜来的。

他一生从来没有刻意追求过财富，但财富却没有远他而去。

他知道人的善良和诚信未必一定能带来财富，但善良和诚信必然和财富相通，就像他这一次的无心之举一样。

从这一天开始，新昌律师事务所的经营方才由必然王国进入到了自由王国。

第二十六章

灯火下楼台

改革开放的几十年间，中国人的个人财富急剧增加，其中尤以不动产为甚。“房地产”这三个字，影响了一代北京人。

新旧世纪之交的这一年，张其昌的住宅面积骤然由原先的 60 平方米变成了 146 平方米。这个过程纯系一段机缘，是缘于别人的一念之差。

一切要从安依轩单位的福利分房说起。这也是安依轩单位最后一次福利分房。

安依轩的单位，是一家国务院部委所属的司局级单位，位于西城区的德外大街。这一年，单位大院里的宿舍楼落成，分房成了全体员工翘首以盼的一件事情。大家都知道，这是最后一次机会，以后的住房将要融入市场经济，再不会有单位分房这样的事情了。

房改已经开始，这一次的福利分房也不是完全无偿取得，个人要缴纳一定的购房费用，才能拿到私人产权的权属证明。不过职工都清楚，算上每个人的工龄、级别以及职称，这笔购房款还是大家能够承担得起掏得出来的，不会成为额外的负担。

翘首以盼的职工中也包括安依轩，她还从来没有享受过单位的福利分房。

单位发下来表格让职工填写，其中有职工的个人信息，再就是家庭信息、现有的住房数据，其中也包括配偶的工作单位以及享受单位福利分房的情况。

表格的后面注明：一定要如实填写，如有隐瞒不实等错讹，一经查实或经人举报，单位将取消该职工的分房资格并将此事记入信用档案。

安依轩和张其昌的家庭住房只有位于华严北里的一套 60 平方米的单元房，由张其昌从中国科学院分得。安依轩把这些情况都如实填到了表格上。

几天后，单位的分房小组约谈了安依轩，告诉她现在她有两个选择，其一是将现在居住的单元房交到安依轩的单位，折合成分数，再加上安依轩已有的分数，参加新宿舍楼的分房排队。其二是不交旧房，按照安依轩的分数，只能在北京市的任何一个区域分得一间平房。

两个人这时候已经知道，新宿舍楼最小的单元也有 84 平方米，相较于现在居住的 60 平方米，还是有不小的改善。如果采取第二种方案，则解决不了改善居住条件的问题。

商量之后，两个人决定交回现有住房，参加新宿舍楼的分房排队。

张其昌对于安依轩单位的这一届领导佩服得五体投地，在分房过程中，他们将公平和透明做到了极致。每一项个人信息折算成分数的标准、待分配房源都公开放在了桌面上，没有任何藏着掖着的地方。

离分房的日子越来越近，安依轩的单位里人心浮动，人人都在议论分房的事情。听说有几个职工填报的住房信息不实，被举报后取消了分房资格。

分房的前一天晚上，张其昌踏勘了新宿舍楼，这是一座 22 层的塔楼，每一层 8 个单元，共有 176 个单元，面积最大的户型是 146 平方米，最小的是84平方米。设备层在11层，这一层的好处是房间的层高多了30厘米，缺陷是大量的管道裸露在外影响观瞻。地下室两层不在分配之列。

看了房子的设计之后，张其昌对这家单位的领导又多了一重钦佩。面积小的房型都放在了朝向好的阳面，面积大的房型都放在了阴面，领导们由于职级等因素获得的分数高，肯定会分得大户型，普通群众会分得小户型，但是现有的设计将小户型放在了阳面，这也是另一种平衡吧。

张其昌站在顶层，推开了楼道里朝北的窗户。北三环的车水马龙映入眼帘，呼啸声亦扑面而来。仰望夜空，群星璀璨。

大家事先已经获悉，这次分房采取自己选号的方法，即北京市后来的经济适用房的选房原则，轮到你之后，你可以在所有公开而又没有被别人选中的房源中任选一套。在不是排在最后的情况下，你就会面临诸如面积、楼层、朝向等多种选择。

张其昌从事律师业务多年，也涉猎房地产业务多年，他当然知道在福利分房的情况下，同一幢大楼里衡量不动产价值的第一要素非面积莫属。他和安依轩商定，如果有选择的话，先选择面积大的房型，不论楼层，不论朝向。

两个人也做了一个客观的估计，安依轩是普通员工，没有职级，只有高级职称的加分，再加上交回的住房，她的排序不可能靠前也不可能太靠后。两个人期望能拿到90多平方米的户型，如果运气好超过了100平方米，那就喜出望外了。

至于最大的146平方米的户型，次之的128平方米的户型，两个人想都不曾想。

分房期间还有一个说法在单位盛传，说司局级的住房标准是120平方米，处级或者是拥有高级职称的职工的住房标准是90平方米，超过标准的部分除了支付房改款以外，还要交付超标的款项。大多数人认为普通员工若拿到了146平方米的大户型，需要交纳的超标款就达30万元人民币。

选号的时间定在了上午，地点是五四大街沙滩附近的一处会议室。

张其昌和安依轩都来到了会议室，其他的选房家庭也几乎都是夫妻同至。人们的脸上洋溢着兴奋与激动，俗话说安居乐业，住房就是老百姓的天。

选号开始了，主席台上出现了一张标有176个房号的白板，每一个房号的下面都是空格，选房的人按照积分的顺序依次上台，在自己选定的房号的空格里打一个钩，这套房就有了新的主人。

大概每个家庭都做了腹稿，没有人迟疑，没有人彷徨，都是上台就画钩，画完就下来，一户也就用时几十秒钟。

谁都没想到速度如此之快，气氛骤然紧张起来。

选房开始的时候并没有波澜，亦没有出人意料之处，积分最多的领导层依次选择了146平方米的大户型。很快这个户型只剩了一层的一套。

也就在这个时候，意外出现了。后至的选房人都没有选择一层146平方米的户型，也没有选择任何一层的128平方米的户型，而直接选择了东南朝向的107平方米的户型。

东南朝向和西南朝向在房地产里有一个术语，分别称为金角和银角，看来人们的住房观念实在差异很大，竟然有人为了朝向而牺牲40平方米的面积。

后续的选房人似乎受了此人的影响，也都直奔金角而去。

马上就要轮到安依轩了，张其昌的心开始提了起来。146平方米的大户型离他的距离竟然如此之近，几乎唾手可得。他在60平方米的两居室居住了十几年，欲布置一间书房而不能，之前仰望这套四室两卫的大户型如同云霓，而今竟然近在咫尺。

张其昌的期望值开始改变，原订计划必须调整。就像他所崇拜的军事家粟裕在一瞬间捕捉到了孟良崮的战机一样，张其昌也在这激动人心的瞬间意识到了一次难得的机遇。

排在安依轩前一位的选房人画完钩后，白板上那一套大户型下面的空格依然空白，在张其昌的授意下，安依轩走上台去，毫不迟疑地画了一个钩。

全场掌声雷动，人们如释重负，这块烫手的山芋终于有人拿了去，这个需要多交 30 万元超标款的包袱终于从所有人的肩上卸了下来。

安依轩赢得了这套 146 平方米的大户型，有赖于这套房，张其昌才实现了在自家的居室内置放一张乒乓球台子的夙愿。

第二天，安依轩的名字就传遍了单位。议论中无所谓褒贬，人们只是感到新奇——一个普通老百姓住上了司局级才能享受的大房子，这个人又傻到甘愿拿出 30 万元来，而且还是一套别人都不要的一层的房子。

但也仅仅是一两天的时间，人们好像回过味来，不断地有人到安依轩的房子里来探视，并且说着一样的话，我们家排在你们前面，本来这套房应该是我们的云云。

安依轩一笑置之。

这些人不知道他们的一念之差意味着什么。

交购房款的时候才知道，哪里有什么 30 万元的超标款，算上两个人的工龄等其他购房参数，这套房只交了十几万元就取得了私人产权。

只是在十几年之后，北京市西城区当然也包括德外大街的房价就达到了每平方米十几万元，张其昌和安依轩超过预期多取得的 50 多平方米的住房面积价值几何，委实是一笔不小的数字。

一层常为人诟病，张其昌对此也不认同，他反而认为一层妙处多多。

一层接地气，利于养生。一层夏天凉爽，不用开空调。一层的自来水另辟管道，不似高层需依赖楼顶的蓄水池，免去了二次污染之虞。一层不用坐电梯，省却了拥挤的烦恼。尤其重要的是，人终归要到达耄耋之年，总有那么一天，人们会视一步台阶为万仞高山，这个时候就会体会到能够平步踱到院子里是一件多么幸福的事情。

事后，张其昌曾经对这次分房的经历进行过复盘。

毋庸置疑，那个需要多交30万元超标款的传言的确阻挡了一部分人。对于工薪阶层来讲，并不是每一个家庭都能轻松地拿出30万元的积蓄，当然也有人拥有这笔积蓄甚至积蓄远超这个数目，但却不愿意露富、不愿意冒尖、不愿意让人知悉而选择了隐忍，两种情况都导致了这套大户型迟迟无人去选。

这个单位的职工几乎是清一色的知识分子，知识分子阶层一向崇尚简朴、淡泊物欲，既安于住房的现状，也缺乏对将来房价的前瞻，这也是一些人出现一念之差的原因。

张其昌的选择则得益于他的房地产知识和市场经济意识，更主要的还是他对取舍的认识与掌握。在单位分房的初期，能够将分到手中的房子再交回单位的员工本就寥寥，而将配偶从别的单位分得的房子交回的只有安依轩一人。没有舍就没有得，正是两人交回了张其昌从中科院分得的住房，安依轩才得到了排队的机会。

时隔多年，安依轩和张其昌谈论起这件事情，依然会眉飞色舞，回忆起事态的跌宕起伏，历历在目。不必挥洒汗水而仅仅运用知识和智慧获得资产，这是张其昌生平唯一的一次。

成了威集集团的客户以后，张其昌的律师业务逐渐做大，手头也有了些积蓄，他终也不能免俗，和其他人一样将积蓄投在了房地产上。

他先是为张文远和陈桂芝买了一套居住的房子，又和新昌律师事务所的其他合伙人一起购买了办公用房。

这些也还都是刚需，他尚没有任何投资的意识。

直到又出现了一次购房的机会，这次是缘起于朋友的撺掇。

一次，几个家庭包括张其昌夫妇受邀到南戴河度假，其中有一个朋友在这里有住房。大家在这个朋友的家中，浅斟慢酌，一瓶茅台从中午一直喝到了晚上，直喝到一轮银盘似的明月从海平面升了起来。

这时有人谈起了当时颇为流行的集体养老的话题，说道最好朋友们买房买到一起，晚年的时候可以互相照应，也免却了儿孙辈的负担。众人正在酒意阑珊之际，晚年的事情尚还遥远，但当下朋友聚会带来的曼妙的意境，却是仅与家庭成员之间聚会中不曾有过的体验。

一时间众人纷纷赞成，委托了热心人先行考察，去选定地点和项目。

张其昌夫妇回到北京后没有几天，消息传来，项目选定了。

这是一处位于昌平区小汤山的带有温泉的房地产项目。先期考察的人向其他人邀功，说是费了不少的力气，踏遍了北京市东南西北四个方位的多个开发项目，最后选定了这一处。他说并不是没有比这更好的项目，而是这里的性价比最高，最适合他们这伙人。

说白了，就是他们能够买得起。

这个项目的房子严格来说不能算作别墅，因为别墅一般指独栋，而这里的房子最好的户型也是联排。档次再低些就是叠拼了，上下两户相叠，左右又和其他户型相连。无论是上叠还是下叠，都是两层，下叠赠送一层地下室，上叠赠送一层阁楼，实际上每一种户型都成了三层。加上赠送的面积已经接近 200 平方米，而总的价款都不过百万。贷款的话，首付几十万元即可拿下。

他们看中的就是这种叠拼。

若干年之后，有些人还埋怨先期考察房源的人，说是把大家带到了沟里边，说还是那种联排的户型好，下可以接地、上可以触天，不像叠拼，下叠够不着天、上叠接不到地。当初只要多付出几十万，就可以买到这个小区里最好的联排了。

埋怨的人说的这些话都是实情，可是为什么当初就不愿多掏出几十万呢？事实是他们确实掏不出，这些人只有能力购买叠拼，看似偶然实则为必然，有着相同的购买力的人走到了一起。

于是他们意识到这些人是同一个阶层的人，这个阶层就是中产阶级——北京市一半以上的家庭所在的阶层，也就是在城区的住房以外还能够拿出几十万来购买另一套房子的阶层。

当初张其昌曾经以为取得了知青身份，有了城镇户口就进入了上层社会，到北京后他才意识到了自己的幼稚。现在他找到了自己的阶级定位，他已经忝列中产阶级。

签订购房合同的时候，小区所在地还是一片废墟，交付了购房款之后，大家不禁有些后怕，不知道开发商的实力如何，万一携款跑路怎么办。因为在这之前不是没有出现过烂尾楼，于是隔几个月他们就到那个地方瞄一眼，看到了开挖的大坑，看到了竖起的脚手架，担惊受怕地过了三年，终于熬到了交房的那一天。

时间已经是2007年的春天。

他们当初的担心并不是杞人忧天，事实证明这家开发商的实力的确不济。到二期工程的时候开发商已经债务纠纷不断，法院的诉讼也接二连三，以至于二期的房产证多少年都办不下来。

他们又是幸运的，他们赶上了一期，顺利地拿到了产权证。于是各家又开始忙着装修，到秋天入住的时候方才发现，虽然开发商没有什么名气，但聘请的来自台湾的设计师的水平实臻一流，在小区里给他们勾勒出一幅美图——小桥流水、亭台楼榭、花木扶疏，流连其间，直以为置身于江南水乡。

因为小区的名字中有一个英文单词 house，他们就取其谐音，称小区为耗子，之后建立起来的微信群的名字也是耗子，非特定指向人的称呼则是耗友。

到此时，朋友圈方才凑齐了全家福，可以一窥每一个家庭成员的真面目。

朋友圈一共有七个家庭。其中有一个自幼在北京长大的人提议，按照老北京的习惯，大家都过了中年，男人们可以称为爷，女人们可以称为奶奶。于是七个家庭序了年齿，排了座次。张其昌成了二爷，安依轩成了二奶奶。此时，只有大爷和二爷过了五十岁，三爷以下都是四十岁的年纪。

张其昌很喜欢这处房子。七个家庭购置的都是叠拼，三处下叠，四处上叠，而张其昌的房子就是上叠。

房子的中间有一个中厅，贯穿了三层，蕴含通天彻地之意。在同样面积的户型里，张其昌更喜欢复式结构，喜欢起伏，喜欢楼梯带来的错落。家中若有小孩子的话，在楼梯上爬上爬下，会给家中带来无尽的生气。自幼从电影上看到的场景尤其令他记忆深刻——女主人曳一袭长裙，从楼梯的高处缓缓而下，那油画一般的画面，早就成了富贵人家的象征。现在居室的楼梯层阶虽然不多，一层的厅堂也不宽阔，但毕竟不是摄影棚，安依轩从楼梯上款款而下也不是表演，是他们的日常生活，即便如此，也算再现了油画的场景。

张其昌中意的另一个地方就是阁楼。温泉池就设置在阁楼上，放满一池泉水，躺在里边，任滑腻的泉水摩挲着全身，头顶正上方是两扇天窗，都是方形，虽然不大，但足可以窥见天际的风云。

张其昌喜欢两种天象，一种是满月时分，浸泡在温泉池里，可以看到一轮金黄色的圆月悬挂在头顶的上方，月朗星稀，夜空澄碧。这是他自幼在安驾庄见惯了的景色，当年在守夜的窝棚里望出去，视野比现在要宽阔得多。每当这个时候他都会忆起家乡，忆起那一片土地。

另外一种天象就是天空中飘雪的时候，雪花纷纷扬扬，飘落在天窗的玻璃上，瞬间融化，继而又有雪花落在上边。整个天空白茫茫的。所有的思绪都随这飘逝的雪花而去，张其昌进入忘我境界，直感到大沉寂、大安邃，整个世界都进入了梦乡。

独处固然可以带来无尽的遐思和安谧，但张其昌最企盼的还是耗子窝朋友圈的聚会。

大爷的单位是国家安全局，究竟是什么级别，他自己没讲过，别人也不曾询问，只知道他曾经担任过一家出版社的社长。大奶奶也是另一家新闻单位的领导，两个人都是当年从北京到黑龙江插队的知青。有一次谈论起来，大爷和张其昌插队的时候居然只隔着一道岭。张其昌说他曾经和山岭那一侧的知青对过歌，不知道是不是大爷和大奶奶。大爷说隔一道岭的话没有错，但隔的是张广才岭，绵亘八百公里，指不定你和谁对的歌呢。

三爷和四爷都是协会的秘书长。三爷的协会名字很长，协会成员都是轨道交通设施设备的供应商，但又不包括生产整车的几个大厂，像株洲机车车辆厂、青岛四方机车车辆厂。尽管如此，还是有好几百个协会成员。四爷的协会也有好几百个成员，都是北京市的汽车销售商。

只要三爷和四爷同时在场，诸位爷和奶奶们总是拿高铁和汽车两个行业来对比。两个行业同样是从空白起步，国家同样给了市场换技术的政策，而且高铁起步更晚，可是高铁行业硬是通过引进吸收，凭实力做到了世界前列，成了中国高新技术的一张名片。可汽车行业呢，中国的市场是对外开放了，可换来的技术呢，到现在连发动机还要进口呢。难道说有聪明才智之人都跑到高铁行业去了？

每当这个时候，三爷总是笑眯眯的，享受着人们对高铁的赞誉，享受着众位爷和奶奶们的恭维。四爷虽然不说话，但心里却不服，我是卖汽车的，中国的汽车制造技术上不去，和我有半毛钱的关系吗？

时间一久，四爷开始避开和三爷同时出场，他多数时间选择了出外讲课。

五爷是耗子窝里唯一的公务员，在国家计委后来更名为国家发展改革委员会的一个部门里担任司长。六爷是一家公司的财务主管。七爷是银行系统的员工，先是做人事工作，后又被改派去管理金库。

奶奶们的工作没有那么复杂，四奶奶六奶奶都是公司的财务人员，三奶奶五奶奶都是报社的记者，七奶奶则是报社所有驻外记者站的负责人。

这些人从事的行业不同，就职的工作单位各异，即使在一个单位，彼此之间也没有职务升迁的竞争，也就是说人与人之间没有功利关系。这是耗子窝能够长期保持凝聚力的重要原因。

这个圈子里的人从来不打牌，不玩麻将。

聚会的内容就是喝茶、品酒、吃饭、聊天。

基本上每个周末都聚会，就像上班一样准时。

没有实行过 AA 制，多年来轮流做东。也没有制定过做东的值日表，都是随意随性。谁家遇有喜庆的事情，比如涨了工资、股票翻了番、孩子考上了好学校等等，就会连续做东。有时候也会出动几辆车，把人拉到很远的地方去——去怀柔的泉水人家，去定陵的一个小村子吃春饼，但更多的时候是在小汤山镇上的饭馆吃饭。由于三爷提出吃饭的地方必须要有带桌布的餐桌，这个要求滤掉了小汤山镇绝大部分的饭馆。

几经探索，大家觉得还是在家中设宴最好。

如果有说得出的理由就更好了，比如整理家务的时候从墙角旮旯翻出了一瓶尘封的好酒；家在江南的亲友送来了一篓稻田里自养的黄鳝，色泽鲜明，缠绕蠕动，引人围观；采撷了一筐碧绿的马齿苋，绿色、有机，等等。

总之，主人用来招待客人的食材，都是家中最好、最稀有、不舍得独自享用的。

餐桌上，酒是永远的主题。刚开始大家品的以白酒为主，且主要是茅台。别看都是普通的北京人家，居然家里边都能拿得出陈年的茅台，而且不止一瓶两瓶，甚至是一箱两箱。大家喝的茅台以 90 年代的居多，80 年代的只喝过一瓶，至于五六十年代的茅台对他们而言只是一个传说，一众人可望而不可即。

以至于有一次六爷埋怨七爷："你看什么金库啊，要看酒库多好啊，我们也能将传说变为现实。"

后来健身养生的提法渐渐倡行，有研究说欧洲人比中国人吃的肉多，但得心脑血管疾病的却比中国人要少，为什么呢？就因为他们喝红酒多的缘故，红酒有软化血管的作用。于是耗子窝的餐桌上红酒又成了主角。

三爷是红酒鉴赏的专家，与专家日日在一起，慢慢地大家都成了专家，都知道了红酒的产地有新世界和旧世界的划分，不同的葡萄酿造后会释放出不同的单宁因子，不同的酿造方法和不同的储藏方法会直接影响到红酒的馥郁芬芳。再后来每个人都说得出成套的红酒理论。

大家在耗子窝里重新发现了别人，重新发现了自己，重新发现了世界。同样的一个题材，当你独立思考时，它呈现了一个固定的画面，可当大家聚在一起七嘴八舌议论的时候，你会突然发现，这个题材多出了好多不同的视角，就像一面多棱镜，每一个棱面都散发出不同的异样的光彩，这时你的面前就会出现一个新的世界。

这时你脑洞大开，思维不再木讷，语言不再涩滞，好像变了一个人，变得灵动，变得活泛。

这时候的你充满了自信，遍观周围的人，都是可亲可爱。人都有向善向美的本性。一群善良的人聚在一起的时候，人人都愿意把自己善良的一面展露出来，把自己内心深处健康向上的东西展现出来。这些元素叠加之后就形成了一个美好的世界。

耗子窝朋友圈的文化形成与文化建设，融入了每一个成员自身独有的元素符号。

大爷平常的话语不多，但却是耗子窝文化的奠基者，正是由于大爷严于律己、宽以待人的处事原则，形成了耗子窝兄友弟恭的伦理风气。出外就餐大爷买单最多，后来当大爷患病的时候，即便他已经没什么食欲，但还是默默地注视着一桌子兴高采烈地吃喝的兄弟姐妹们，一脸的满足。他对这些异姓兄弟们的爱与呵护，不仅写在了脸上，还镌刻在了心上。

大爷和耗子窝朋友圈的缘分只有五年，2012年，大爷因病遽然去世，耗子窝的爷们和奶奶们痛彻心扉，号啕失声。

二爷张其昌是耗子窝里唯一出身农家的人，农民有质朴爽朗的天性，山东人又喜欢结交朋友，所以二爷在耗子窝里与大家相处没有障碍。倒是二奶奶，成长于北京市井底层，兼之家庭中又非充满了浓厚的亲情，所以待人接物就显出了几分小家子气。她在别人的餐桌上啜吸，如饮甘醇，轮到自己家做东，要拿出最好的东西招待别人，又有些迟疑和不舍。但这也只是很短的时间，二奶奶很快就融入了圈子，到后来居然也有了些大家风范。可见古人说的“近朱者赤，近墨者黑”的话的确没有错，环境的力量竟是如此之大。

四爷具有北方人的古道热肠，又是性情中人，秘书长的职业练就了他的亲和力和非同寻常的鼓动能力，他擅长在短时间之内改变局面并控制局面。耗子窝里男人们称爷、女人们称奶奶就是四爷的主张。一次在小汤山的一家饭馆吃饭，恰逢邻桌一众儿孙辈为一个老太太祝寿，老太太鹤发慈眉，很有些《红楼梦》中贾母的风度。许是老太太儿孙绕膝的一幕唤起了四爷对于已过世母亲的回忆，他站起身来，端着酒杯径直向邻桌走去。没说几句话，四爷就叫了一声妈，这一声，亲切自然，没有丝毫的矫揉造作。直感动得老太太热泪盈眶，非要当即认四爷为干儿子不可，并指令全部儿孙辈都拿起酒杯，一起到四爷这桌来敬酒。一时间老太太的儿孙们面面相觑，四爷这一桌的人更是瞠目结舌。而四爷却顾自和老太太拥抱在一起，热泪纵横，不胜唏嘘。

四爷的知识非常博杂。他虽然是汽车销售商协会的秘书长，但他出外讲课的内容却是中国的经济大势以及房地产的前景展望，邀请函雪片一般飞来，可见他所讲内容的受欢迎程度。

三奶奶和五奶奶都出身于革命干部家庭，三奶奶的父亲是1931年参加革命的西北红军，解放后做过西北一个省的宣传部长，后又到北京担任过《红旗》杂志的副主编。五奶奶的父亲曾担任过驻朝鲜大使，后又担任了我国西南一个边陲省份的省委书记。人说三代才能培养出一个贵族，但只一代张其昌就看出了她们与他人的不同。三奶奶和五奶奶都继承了父辈对于所从事的事业的信仰，两个人又都表现出了对于名利的淡泊。奶奶们大多是职场中人，议论当中难免涉及工资的上涨和职务的升迁，而这两位奶奶竟似不食人间烟火一般，对这个话题漠视得令人吃惊。她们所着衣服也不甚注重样式，但比较看重材质，粗一看没有什么特别，细看才会发现其中的典雅。放在女人堆里，两位奶奶算不上天生丽质，但由于自幼生长的环境的浸润，气质颇为优雅，自有睥睨众人的气场。

七奶奶成长的家庭又与他人不同，她的曾祖父和外曾祖父都是清朝的末代举人。如果说三奶奶和五奶奶脱俗的书卷气有一部分是来自她们就读的高校中文系，那么七奶奶的聪慧则是由于自幼就濡染了家中的翰墨书香。七奶奶人长得出众，偏又生了一颗七窍玲珑心，举手投足之间，比常人多了一份灵动与飘逸。七奶奶善解人意，人多的场合难免会出现分歧，有时候还会出现争论，出现尴尬，七奶奶常常用轻轻巧巧的一句话就能将紧张消弭于无形。七奶奶又具有超强的外交能力，一次众人到外边去吃饭，所到餐厅位于毗邻公园的二楼，大家上去以后，都看中了靠窗的座位，抬头就可以俯瞰公园里的红花绿树。但询问餐厅的大堂经理，却被告知靠窗的坐席都已经订了出去，只能给他们安排一个靠里的位置。众人不甘心，连续派出了两位爷去交涉，而且理由充足——预订者的约定时间尚在一个小时之后，那时说不定他们已经吃完饭离开了。但无论怎样交涉，大堂经理都执意不允。这时候七奶奶走了过去，未闻高声，亦不见媚态，轻描淡写之间竟然获得了大堂经理的应允。

最令其他奶奶们羡慕的是她驾驭自己先生的自如程度，任何时候，哪怕七爷正在高谈阔论，只要七奶奶一个眼神望过去，都能令七爷立即停下给予回应。就算七奶奶长得好看，但长得好看的女人未必都能让自己的丈夫心甘情愿地倾倒在自己的石榴裙下。七爷也算是响当当的人物，年轻时外派到塞拉利昂，被当地的酋长看中，非要招他当驸马，就因为他英俊潇洒、玉树临风。即使在耗子窝的一众爷中，七爷剑眉一竖也是不怒自威，真不知道七奶奶究竟采用了什么样的手段，竟让一个刚烈的七尺男儿对她如此言听计从。而且七爷对此也甘之如饴，眼神中幸福满满。

七奶奶和七爷都是心地善良之人，每当众人蹉跎了半天，一身疲倦，中午的饭还没有着落的时候，七奶奶总是说："到我们家吧，我们年轻，应该多张罗。"一次两次之后，到第三次时，别的奶奶们就看不下去了，就会站出来邀请众人。正是桃李不言，下自成蹊，这时候人向善向美的本性就得到了激发。

某种意义上说，七奶奶一家是耗子窝的灵魂，是耗子窝凝聚力的核心。

几位爷曾经私下里交流过，平日里在家独对妻子的时候，也许是几十年的柴米油盐销蚀了刚结婚时的激情，也许是有了些许的视觉疲劳，丈夫往往看不出已届中年的妻子有什么动人之处。但当这些四十多岁的女性聚在一起，而这些人又已经具有一定的经济基础，无温饱之虞、无幼儿拖曳之累，再加上一副善良的心地和恬适的心境，丈夫们才发觉阅历形成的气质足可以抵消身段的变化，造物主加诸女性身体的美丽正在自然地释放，他们的妻子依然是仪态万方、风情万种。

有文学家说过，十八岁的姑娘即使在伸手不见五指的夜里也能发光，所指自然是她们逼人的朝气。殊不知在丈夫的眼中，不管多大岁数的妻子都会发出异样的光芒。

耗子窝的朋友聚会，酒是重要的主题，但这些人从来不酗酒，也从来不劝酒。

最长的一餐饭，从晚上六点一直吃到了第二天的凌晨两点，长达八个小时，其中主要的内容就是喝酒。有一次，一共品尝了十三种酒。但没有人醉酒，喝酒最高的境界就是微醺，脑际比平时更加空明，语言更加流畅，虽然脸上现出红晕，脚步略有迟缓，但绝不会失礼逾矩。

如果是夏秋之际的月圆之夜，众位爷和奶奶们便会走到小区的院子里来，踏月而行。这时候月色如水，树影婆娑，天上银河高渺，四下秋虫唧唧，酒意尚未退去，有时候踏月而行就变成踏歌而行，此番场景令人几疑回到了魏晋。正应和了桃花源中人的那句话“不知有汉，无论魏晋”。

魏晋时期的人是什么样子呢?

魏晋时期的知识分子有其独特的风骨，他们为了对抗污浊的朝政，也为了自我保护，选择了把酒言欢、挥琴长啸的生活方式。甚至有人放浪形骸到了极致，比如竹林七贤之一的刘伶竟然做出了裸身见客的事情，还说出了这样的话："我以天地为栋宇，屋室为裈衣。诸君何故入我裈中？"

这种极端的行为当然不可取，我们今天所处的时代与魏晋也有天壤之别，但是魏晋文人纵情山水、放情肆志的风骨仍是值得我们歆羡。

耗子窝众位爷最夸张的"放浪形骸"就是穿了大裤衩子，赤裸着上身，仅此而已。

耗子窝的朋友圈有过一次扩容，但夭折了。

那是在大爷去世以后，四爷当时又经常出外讲学，周末的聚会就缩减到了五个家庭，十个人，依旧欢声笑语，于是引来了一个人。此人是住在七奶奶楼下的邻居，是部队的一个大校，出于好奇，也为喧哗吸引，遂成了不速之客。他看到桌子上狼藉的杯盘与菜肴，看到众人孩童一般赤诚的笑脸，不禁露出了惊讶和羡慕。六爷说话了："想入伙吗？纳投名状来。"

见大校疑惑，他继续说道："不记得林冲投奔梁山时王伦提的要求吗？"

大校大惊："那可是杀人越货的事情啊。"

六爷赶紧解释："哪能呢，我们的投名状是两箱茅台，年份嘛，十年以上就行。"

大校满口答允，于是众人就企盼着大校前来入伙，但最终也没有等来。或许他把六爷的话当了真没有筹足两箱茅台，也或许他的工作发生了调动，后来的日子竟很少再看到他。

众人惋惜，错过了这位芳邻，错过了潜在的八爷。

又一日，六爷兴冲冲地走进来，说见到了大校的夫人，风姿绰约，估计是文工团的。

几位爷的眼睛顿时亮了起来。大校的年龄在五十岁左右，他的夫人即使年轻也应该有四十来岁了，这个年龄的女性还能当得起"风姿绰约”四个字，该会美丽到何等程度啊。正想询问，六奶奶说话了：“给我们介绍一下，让我们也看看什么是风姿绰约。”

六爷赶紧闭嘴。众人又惋惜，不只是错过了潜在的八爷，还错过了有可能成为一道风景线的潜在的八奶奶。

这次不成功的扩容就此结束。

耗子窝的聚会，谈论的话题大多是油盐酱醋，有些题材还被大家反复咀嚼，而且不厌其烦，因为话题并不重要，有时只是为了佐酒。

一次众人又谈起高铁和汽车业的差异，五爷罕见地发表了意见：“汽车业目前的状况也不能全怪汽车人，我们国家汽车行业的指导方针也有些问题。我们当初是有些急功近利，将车价定得那么高，一辆顶配的桑塔纳居然卖到二十多万元，虽然短时间之内增加了税收和财政收入，但也产生了负作用。只要引进一个国外的著名品牌，披一件合资的外衣，企业就可以赚得盆满钵满，吃得脑满肠肥，在这种情况下，谁还有动力去创立民族品牌，谁还会把拥有自主知识产权的核心技术当作追求的目标呢？我们的初衷是避免中国的市场被外国品牌占领，但结果却导致了我们的企业丧失了竞争的血性。”

听完五爷的这番话，四爷最受感动，他终于碰到了明白人，终于有人将责任揽了过去，替汽车业的工人和广大技术人员说了句公道话。

四爷夸赞五爷见解独特，高屋建瓴。

耗子窝有一个现象，只要五爷受到了众人的夸赞，五奶奶必然出来打压。她说五爷是耗子窝里唯一的公务员，容易产生骄矜之气，不能让他翘尾巴。五奶奶遂把话岔了开来：“你们知道孔夫子是如何评价公务员的吗？”

众人摇头，五爷更是一脸茫然。五奶奶继续说：“在古代中国，将具有渊博的知识和高尚品德的人称为士，士也是知识分子的楷模和崇尚的目标。有一次孔子的学生子贡就问孔子，什么样的人才能称得上

'士'呢?孔子回答道，出使外国，能够不辱君王的使命，可谓士。子贡又问，什么样的人是次一等的士?孔子回答道，宗族称赞其父慈子孝，家乡人评价他兄友弟恭，这样的人也能称为士。子贡问，再次一等呢?孔子回答道，那就是普通的小人物了，但只要做到说话算数、行为果断，也勉强算作士吧。"

众人都在认真听，但也都是一脸疑惑，因为五奶奶的话里并没有涉及公务员。这时，五奶奶才将包袱抖了出来："子贡是个啰唆的人，问起来没完，他最后问道'今之从政者何如?'孔子回答道'斗筲之人，何足算也!'也就是说，孔子认为公务员都是气量狭小的人，不值得一提，当然算不上士。"

五奶奶说这段话的出处是《论语·子路第十三》。

众人开始议论，按照五奶奶所讲的孔夫子的话，做外交工作的人都是第一等的士，这没有分歧。次一等的标准也不高，只要做到父慈子孝、兄友弟恭就行，那么在座的都可以算作士了。可唯独作为公务员的五爷称不上士。六爷为五爷鸣不平，说公务员的五爷不算士，但是父慈子孝、兄友弟恭的五爷应该是士了吧。五奶奶说看在六爷的情面上，算五爷半个士吧。

大家知道这是五奶奶调侃，是五奶奶对五爷的另一种爱。五奶奶是在告诫五爷不要忘记做公务员的初衷——要做老百姓的公仆而不是骑在老百姓头上的老爷。

要是所有公务员的夫人们都像五奶奶一样就好了。

五奶奶是学中文的，有的是典故，抽冷子就拿出一个来给五爷上课。五奶奶说："有一句成语叫作'草偃风从'，是根据孔夫子的一句话而来的。孔夫子的原话是：'君子之德风，小人之德草。草上之风，必偃。'意思是说君子的德行就像风，老百姓的德行就像草，风吹向哪一边，草就跟着向哪一边倒。按照孔夫子的这句话，如果社会上风清气正，那必然是君子当道；如果社会上世风日下，人心不古，那么执政的人包括公务员队伍，就该好好反思反思了。”

五爷肃然，说道“受教”。

聊天的话题无边无涯，有时候也针砭时弊，述说社会上的不良风气，谈得多了，不免沮丧，不免愤慨。每当这个时候，总是三爷站出来引领话题：

“莫沮丧，莫愤慨。我们每天接触的信息，不外乎两大类，一类是令人高兴催人奋进的，比如我们国家取得新的科技成果、体育界运动员奋勇夺冠之类的消息。另一种是令人气愤甚至是扼腕叹息的，比如官吏贪腐造成国家财产损失、自然灾害造成人员伤亡等。两类信息都是海量，如果你沉溺于任何一种，都会被淹没。我们愿意多听到哪一种呢？当然是令人高兴、催人奋进的。小的时候，我刚学会写字，父亲给亲戚写信，就让我执笔。父亲总是说：‘告诉他们，我们好着哩，一切都好着哩。’实际上我知道，那时候日子过得很难，但父亲就是主张报喜不报忧，现在看来父亲当时是对信息做了过滤，没有把我家日子的难处告诉亲戚。

“有人说我们的理想社会只存在于新闻联播当中，意思是说新闻联播报喜不报忧。我不赞成这样的说法。所谓的忧，我们没有回避，灾害的相关信息以及社会的不良现象新闻中都有披露，当然更多呈现的还是催人奋进的消息，难道不应该是这个样子吗？人不能老叹息，要奋进，不能老诉苦，要往前看。新中国刚成立的时候，一穷二白，积贫积弱，但是我们民族就是凭着一股不服输的精气神，一路走过来，直到今天，中国已成为了世界第二大经济体。精气神从何而来，正面信息的激励作用不可忽视。

“我这样说，并不是让大家学做鸵鸟，将头埋在沙子里，无视外边的世界。但大家不要忘记，我们议论官员贪腐，议论老人倒在马路上没有人扶，是为了总结经验教训，更好地前行。绝不应该导致对于前途的悲观和对于国家实施的改革开放政策的怀疑。

“有道是魔由心幻、境由心生，如果你对我们的体制充满了自信，对我们的文化充满了自信，你眼睛里望出去的世界就是一片光明，否则你看到的将是满天阴霾。”

掌声响起，众人都说受教。

大家都没想到，这番话居然出自于一个党外人士之口。三爷的父亲曾经担任过西北一所大学的校长，三爷在家中弟兄里亦排行老三，父兄皆是中共党员，独他没有加入。他对共产党的信仰以及他的见解，耗子窝里的党员都自愧弗如。甚至五奶奶都说出了这样的话：“只要三爷还在党外，共产党就不能声称‘野无遗贤’。”

有一次张其昌和三爷交流看新闻联播都看什么。二爷说随着年纪的增长，心思越来越重，不知从什么时候起，每当有国家领导人出访，心中总有一种惴惴的悬望，直到他从新闻联播里听到“已经结束访问回到北京”，一颗心才踏踏实实安放下来。

三爷说他也有这种想法，询及身边人，皆然。

张其昌的惦念并非无来由，他曾经看过一个作家的文章，说作家的老家有亲戚写信来，让他在北京帮忙给找个工作。他回信说无权无势无资源表示为难，亲戚说你们和中南海是邻居，只一墙之隔，和邻居打个招呼不就行了吗？当时看完这位作家的文章之后张其昌付之一笑，后来细细回味，作家亲戚的话还真是朴实，百姓们与中南海真可算是一墙之隔的邻居。国家领导人作为大家庭的家长，当然会得到每一个成员的惦念。

在耗子窝做东必须有说得出的理由，所以耗子窝聚会频频也是好事连连，但是所有的好消息都不如六爷宣布的事情给大家带来的冲击大。

六爷所在的公司上市了。

六爷作为公司的财务主管属于公司高管级别，所持的公司股份上市之日的市值就已经过亿。

一夜之间成为亿万富翁的故事发生在了众人身边，发生在了耗子窝。

六爷很慷慨，说要请客，让大家提方案，还说不妨解放思想，放开思路，不要考虑经济因素，把方案想得大一些。于是大家开始议论，基本思路当然是耗子窝组团出行，关键是去哪儿，去月球显然不现实，欧洲倒是不错的地方，只不过耗子窝的成员已经去过多次。中东很有文化吸引力，但被伊斯兰的恐怖分子搅得不安生。东南亚也是好地方，距离近，文化也有相同的渊源，可是大家也都去过了，并且马航的飞机也不靠谱。议论来议论去，意见统一到了国内。

最后议定的基本方案是：找一处山明水秀的地方，住一家五星级酒店，每个人持一张无限额签单消费的卡，每个人住一间房间，即使夫妻也不要住在一起，因为耗子窝的成员已经达到了可以肆意奢侈消费的水平。七爷提出来他每天都要享受足疗服务。

六爷全都答应，还额外承诺，大家如果吃烧饼的话，可以像相声里说的那样：买两份驴肉，一份夹在烧饼里，另一份放在盘子里。

最后六爷说："钱从哪儿出？"大家说："你这不是开玩笑嘛，你是亿万富翁，你要请客，当然是你出钱。"

六爷说："中国的股票是过山车，现在的市值是一个亿，说不定过一段时间以后就被腰斩，或者是再被腰斩，都有可能。另外现在公司刚上市，高管持有的股票禁止流通，即使过了解禁期，公司高管如果抛售股票，很容易动摇投资者对于公司的信心。所以一个亿的市值是仅存于纸面供你看的，很难全部变现。"

最后方案改为：六爷请客的地点还是小汤山，半年之内每个周末的聚会吃饭，都由六爷买单。

虽然不能出国，不能到国内的某一个五星级酒店去，大家还是很高兴，很长一段时间议论的话题都是六爷公司的上市。大家说现在耗子窝开的车还没有一辆奔驰和宝马，建议六爷淘汰现在开的富康，换辆传说中的豪车让大家见识见识。六爷说换车的念头他的确动过，但不是换自己的车，而是想给儿子换辆新车，可儿子说要用自己挣的钱换车，不会用父亲的钱。

大家隐隐有些替六爷发愁，这笔钱还是花不出去。时间一久，这件事情就被淡忘了。

大家开始时不时到五爷的家庭影院看电影，到三爷的音响室欣赏音乐。

三爷和五爷都是下叠，都有一个 40 多平方米的地下室。五爷置备了一套家庭影院，三爷置备了一套音响。耗子窝周六的聚会吃饭如果是安排在中午的话，那么晚上不是在五爷家就是在三爷家。

三爷的专业本是机械制造，但他的音乐造诣颇高，不逊于音乐专业的人。除了声乐达不到开演唱会的水平，对各种乐器的掌握以及对诸如民乐、管弦乐等都有独到的理解。每当众人欣赏音乐碟片的时候，三爷经常做一些音乐知识普及，长此以往，众人感觉好像也能听出一点门道。

这一晚，张其昌到三爷家去迟了片刻，照例是各位奶奶在楼上喝茶聊天，各位爷在地下室听音乐。张其昌果然也有了长进，还没有落座，已经听出来，那气势磅礴的乐曲正是捷克作曲家德沃夏克的《第九交响曲》。

《第九交响曲》一共四个乐章，张其昌落座时正值第二乐章开始。第二乐章叙述的故事是传说中的印第安人领袖海华沙带领部族人民穿越美洲荒野的壮丽旅程。这是一个充满忧伤孤单的主题，苍凉凄美，撼人心魄。

听着动人的旋律，张其昌的思绪竟然飘到了京剧的舞台上，京剧《野猪林》中林冲的一曲高拨子“一路上无情棍实难再忍”，高亢中带有悲愤，激越中带有苍凉，与《第九交响曲》的第二乐章是何其相似！

有一段时期，张其昌观看了许多戏剧和歌舞，也包括一部分西洋歌剧。尤以2008年看得最多，2008年北京举办第二十九届世界奥林匹克运动会，外地院团纷纷进京参演，以示庆贺。戏剧多在梅兰芳大剧院、长安大戏院和国家大剧院的戏剧厅演出，歌舞类多在天桥剧场、保利剧院和民族大剧院演出。

2008年和2009年，张其昌连续看了两次甘肃省歌舞团演出的大型民族舞剧《丝路花雨》，算上1979年这个剧目第一次进京，张其昌这是第三次欣赏《丝路花雨》。他也意识到，省一级院团的演出水平，未必低于中央级的院团。甘肃省歌舞团的《丝路花雨》，将画工神笔张和歌伎英娘悲欢离合的故事演绎得美轮美奂，复活了沉睡千年的敦煌。这一台舞剧在世界各地上演了一百多场，艺术家们的足迹遍及二十多个国家和地区。

而对于京剧的认识与理解，张其昌尚属肤浅，但也有门外汉的见解。京剧的板腔与声调主要就是二黄和西皮，其他都是衍生。二黄和西皮迷人的旋律，京剧娓娓道来的叙事风格，赋予了这个剧种无限的魅力。最近几年，有的京剧演员喜欢在最后一个音节上加重力度，做暴喝状，做响遏云霄状，自然会赢得观众的掌声。但张其昌对此颇不赞同。他最早是从一位豫剧老艺术家那里听到这种唱法的，戏剧门类本就有其相通性。老艺术家是艺术创新，是豪气的自然流露，是辉煌阅历的阐释，可到了别人运用这种唱法时，大都成了东施效颦。如果目的是为了赢得廉价的掌声，迎合观众，就是走了媚俗的路子，破坏了京剧的叙事之美。程派的唱腔，无论是青衣还是老生，都没有暴喝，听众就像在听邻家的老太太讲故事，徐徐道来，依然可以把观众感动得涕泪滂沱。

张其昌还喜欢昆曲，这缘于几十年前楼忆娥的那一曲“赏心乐事谁家院”，不知道是被昆曲本身吸引还是对于演唱昆曲人的思念，总之在张其昌的心中，昆曲的旋律始终挥之不去。近些年白先勇编导的青春版《牡丹亭》唱红了大江南北，整出戏演完需要三个晚上，张其昌乐此不疲地到场观看；院团连续几年来京，张其昌年年捧场，原因除了戏好看，还在于这个院团来自于苏州，来自于楼忆娥的家乡。张其昌拿到了苏州昆剧院的节目单，翻遍了团员的名单，从艺术顾问到乐队成员，再到场记，不厌其烦地查寻，试图搜寻到与楼忆娥有关的一点点蛛丝马迹，但每次都没有结果。每次在剧场里听到“赏心乐事谁家院”的唱段，他总会潸然泪下，个中缘由只有他自己知道。一次，在国家大剧院戏剧厅门口，一群人围在一起挑选昆曲的碟片，有人向张其昌询问哪个院团的节目好，张其昌显出内行的样子，信口侃侃而谈，说道全国一共四个昆曲院团，分别是南京（江苏省昆剧院）、上海、北京和苏州，最好的是苏州。其实除了苏昆，他还看过北昆的节目，上海和南京的他连看都没有看过，居然得出了苏昆最好的结论。他刚说完，就听背后响起了一声讥笑，说道“未必吧”。张其昌回头望去，众人围簇在一起，他不知道说话的声音来自何人。他只觉得声音有几分熟悉又似乎很遥远，他有点疑神疑鬼，但还是毫无头绪。

张其昌正在神游，六爷的一句话使他回到了耗子窝：“服务员，上咖啡。”

此时，《第九交响曲》的四个乐章已经播放完毕，三爷在替换碟片。三爷不愧是发烧友，现在连高档的音响设施都已经采用了晶体管，而三爷竟然置备了一套电子管的功放，据说价值不菲，有返璞归真的效果。三爷说这就像如果有人想重现珠落玉盘的声响，就得用琵琶或者是磬来演奏才能达到极致。幽暗淡雅的壁灯的微光中，数个电子管的亮色随着音乐的起伏跳跃闪烁，增添了些许迷幻的色彩。

不一会儿脚步声响起，有人从楼上走了下来，是五奶奶。她的手中端着一个托盘，托盘上有几杯咖啡，中间立着一支点燃的蜡烛。由于手中托着器皿，所以五奶奶走得很慢，袅袅婷婷，款款而下。

望着楼梯上的五奶奶，张其昌的脑际倏然出现了一联佳句："笙歌归院落，灯火下楼台。"

这是诗人白居易的著名作品《宴散》中的一句，也是我国诗歌史上描绘富贵气象的典范。这里的富贵景象，并不是温饱型，而是上层社会中贵族的生活状态。

欧阳修曾经评价：此善言富贵者也。

鲁迅曾经评价：唐朝人早就知道，穷措大想做富贵诗，多用"金""玉""锦""绮"字面，自以为豪华，而不知适见其寒蠢。真会写富贵景象的，有道："笙歌归院落，灯火下楼台。"

就是说，现在耗子窝的众爷和奶奶们已经过上了过去的农耕社会里王孙贵族们的生活。

或者也可以说，现在中国的中产阶级已经过上了农耕社会里王孙贵族的生活。

张其昌还曾经看到过另一副对联："酒鼎沸廊下，茶烟袅厨中。"

这是描绘中国农耕社会里中产阶级生活景象的诗句。

现在的中国社会，除了极少数有待脱贫的人口以外，所谓底层的普罗大众早已经将酒与茶视作日常的普通消费品了。

也就是说现在中国社会的底层阶级也已经过上了农耕社会时中产阶级的生活。

中国的上层社会过的是什么样的生活，张其昌等耗子窝众人不曾接触不曾见识，亦不敢妄议。

只是底层和中层这两大阶层，已经占了中国人口的绝大部分，他们的生活水准，都已经超越了过去的同等阶层。

回溯中国过去几千年的历史，还没有任何一个时代发生过这样翻天覆地的变化。

何谓盛世？并非躺在肉山酒海上醉生梦死，如果这样，离衰亡也就不远了。

盛世是凤凰涅槃的过程，是绝境中崛起的过程，必然伴随着新世界诞生的阵痛，伴随着血与火的考验。

躬逢盛世，亲历变革，幸矣。

第二十七章

近乡情更怯

几年下来，随着新昌律师事务所为威集集团提供的法律服务越来越多，张其昌与邱炳焕私交甚笃，两个人之间的谈话内容已经不限于公司业务了。

一次饭后茶叙，由于喝了酒的缘故，很有些天马行空，聊着聊着就聊到了彼此的家庭。张其昌说夫人安依轩是做科技工作的，儿子张昊已经大学毕业，在一家央企上班，一年里有大半年被派驻国外。邱炳焕说他有一儿一女，目前都在美国读书，夫人是两家上市公司的董事长，在商界的名望和业绩都要远超邱炳焕。

邱炳焕谈起他的夫人很是自豪，或许是酒后，竟毫不掩饰对于夫人的崇拜之情。张其昌想，要么他的夫人的确优秀，邱炳焕的钦慕之情是由衷的；要么就是积威之下，虽远隔千里，邱炳焕都不敢有轻慢言辞。

“我的妻子早年从新疆去了深圳，她在新疆的时候受了不少苦。她在山东也待过，那儿是她的老家，她说起过一个地名叫作安驾庄……”

张其昌心头一震，酒意顿消，凝神听下去。

“多年来，她从未张罗着回老家，我也从没问她这其中的缘由。遇有新疆和山东的投资项目，她也只驻足在省城而已。”

张其昌极想得知邱炳焕夫人的名字，但涉及友人眷属，又不好贸然开口。他希望这个名字从邱炳焕的口中自然流露，偏偏这个话题戛然而止。

张其昌还是没忍住：“尊夫人的名字是……”

“章亚莉，文章的章，亚洲的亚，茉莉花的莉。”

太巧合了吧，从新疆去的深圳，老家是山东的安驾庄，名字又叫章亚莉。只是将张姓换了谐音，十有八九，此人定是张其昌的族妹张亚莉无疑。

如果这是真的，那么相识多年此时端坐在张其昌面前的邱炳焕就是他的妹婿了。张其昌感到难以置信，邱炳焕又捡起了刚才的话头：“夫人对于我的交往从来不过问，前些日子我向她谈起了我们认识的过程，她倒饶有兴致，还让我向你转达她的邀请，请你在方便的时候到深圳做客。要知道她有一个庞大的朋友圈，政商界的都有，我还没有见她以私人的名义邀请过客人。我的朋友里边还没有人享此殊荣。”

邱炳焕的话更加坚定了张其昌的判断。看来张亚莉也是刚刚才知道了邱炳焕和张其昌已经结识的消息。既然张亚莉没有立时点破，自有她的考虑，最终这一层纸应该由她捅破。如果兄妹二人都已经了然，独独瞒着妹婿一人，那就是对于邱炳焕的不敬了。

果然几天之后，张其昌就收到了一封信，寄信人正是张亚莉：

其昌哥：

你好。

或许你已经猜到，我现在隆重地向你介绍，邱炳焕就是你的妹婿。当然我也是刚刚才知道你们早就是朋友了。这也应了中国的一句老话：不是一家人不进一家门。

多少年以来，我有意识地对安驾庄的人做了信息屏蔽。这其中的动机连我自己也说不清楚，我初开始离开安驾庄时还可以说是一腔怨愤，但到了深圳以后为商业大潮所裹挟，很快就放下了旧时的恩怨。我就像工厂里的传送带一样，一直高速运转到了今天，直到我组装出了两个上市公司。

请你原谅，我对你也隐瞒了我的去向。在新疆当我被风雪阻滞于茫茫大漠的时候，我多么想靠在兄长的肩膀上大哭一场，后来我在深圳的商界混出了一点名堂，到北京开会的时候，我本来是有机会去拜访你、去看望嫂子和侄子的，但几次拿起电话，我都退缩了。或许你以为我已经易容并且漂白了身份，实际什么都没有发生。你妹妹对于自己的容貌还是自信的，我的经历正如你所了解的如一页素笺，没有任何见不得人之处。至于张姓改了章，是在新疆时所为，后来想改过来已经不可能了。

我自以为往事都已经放下，现在看来不然。我至今不愿意直面兄长，不愿意触及往事，怕还是担心见到你会连带想起李向东吧。

我最近又办了一件或许会令你很意外的事情。因为一个商业项目，我在山东济南盘桓了几日。我的朋友圈有一人和李向东的朋友圈有交集，赖此人我了解了一些李向东家庭的内幕。为了孩子出国留学的事，他们夫妻两人发生了争吵，好像是女方说李向东混到了省委副书记，竟还供不起孩子读书，而李向东则回应，谁说当了省委副书记就一定能供得起孩子出国留学。就在这个时候我才知道，至少有七八个政商两界有头有脸的人物环伺窥测于李家周围，试图把李家急需的钱送进去。

于是我就办了一件连我自己都吃惊的事情，我以你的名义往李家的账户上汇了一百万元。

你想不到吧，一个被李向东遗弃的女人做了一件这样的事情。

我倒有点佩服李向东，当上了省委副书记依然拿不出孩子出国留学的钱，他虽然囊中羞涩，但腰板还是直的，没有走到贪官的行列里去，我这样做也算是替安驾庄人保留一丝清白和风骨。

至于为什么用你的名义，你应该清楚。他不接受别人的钱，也不会接受我的。他或许会以为我居高临下怜悯他、嘲讽他，事实当然不是如此。你则不同，他知道你不会求他办任何事情。他花你的钱不会有负担。如果日后他还了你这笔钱，就算是我给侄子张昊的红包了。

嘱咐你一遍，任何时候都不要说出这笔钱的内幕。

如果你最近抽得出时间的话，烦你回一趟安驾庄去看看你二叔，我的父亲，他身体好像越来越不行了。

我已经让炳焕发出了请你来深圳的邀请，从现在开始只要我去北京，就一定到家看望嫂子。

顺祝夏安。

亚莉

读了张亚莉的信，张其昌决定回安驾庄一趟。因为事务所一位律师的咨询，将他的行程羁迟了一天。

事务所的刘姓律师接待了一位外埠当事人，按照刘律师的描述，此人进到事务所的时候几近崩溃，在律师的安抚下才慢慢平静下来，叙述了他的遭遇。

当初，他们一共五个自然人，注册了一家叫盛运的公司，从事的业务中包括出借款项，赚取利息。几年下来公司已经积累了一定的资金，前不久一家甲方公司接触他们，说甲方公司要增资，需要借款，只需在工商系统走一个程序，使用款项也就一个月的时间，走完程序后马上返还。甲方公司给出的月利息是 3%，换作年息的话就是 36%，应该说这个数字还是蛮有诱惑力的。盛运公司以前也做过类似业务，都没有出过问题。但这一次因为借款的数额较高，甲方公司的增资额是 6000 万，已经是盛运公司的全部家当了，所以五个自然人股东也非常重视。大家评估了风险，查阅了甲方公司的工商档案，得知该公司已运行多年，不像是新近包装起来的皮包公司，于是决定接下这宗业务。为了慎重起见，双方在借款合同里约定，甲方公司在任何情况下都不得挪用该款；甲方保证公司没有任何在案的诉讼官司；最主要的一条措施是在甲方公司的开户银行做了一个备注——自盛运公司的款项汇至甲方公司账号始，甲方公司支配资金的凭证除了原先的公司财务章和法定代表人印章，另增加一枚盛运公司股东的私人印鉴。也就是说没有盛运公司的同意，甲方公司想挪用也挪用不了。

盛运公司规避风险的措施似乎还算周全，但是蹊跷的事情还是发生了。

盛运公司 6000 万元的出借款上午 9 点汇至甲方公司账户，同日 9 点 30 分该城市的中级人民法院就有一宗经济纠纷案件立案，被告就是甲方公司，原告主张的标的是 8000 万元。同日 10 点中级人民法院下达了对甲方公司予以财产保全的裁定。同日 10 点 30 分，法院的执行庭到达银行，冻结了甲方公司的银行账户。

事情来得猝不及防，盛运公司的五个股东如雷轰顶。

新昌律师事务所的律师都参与了讨论，大家都认为这件事情有些蹊跷。即使不是律师的人看这件事情，也会认为有些怪异。但大家又说不出症结究竟在哪儿。

冻结盛运公司出借款的涉事方有三个，分别是在中级人民法院立案的原告和被告，另外就是法院。

先说原告，法律规定了自然人以及法人有提起诉讼的权利，在没有证据证明原被告相互勾结利用虚假的材料立案以前，原告的行为没有可指责之处。

被告也就是甲方公司，在中院立案的诉讼案件中是被动的，人家起诉了，甲方公司只能应诉。甲方公司曾经承诺过公司没有在案的诉讼，但是谁也不能保证以后不会发生诉讼啊。这种情况下，甲方公司也只能对盛运公司摊开双手耸耸肩，道一声对不起，套一句古话叫作“城门失火，殃及池鱼”，谁让你的借款撞到了我财产保全的枪口上了呢。

再说法院，所有的举措诸如立案、财产保全的裁定以及冻结银行账户，全部都有法律依据，无一不是按章而为。唯一的疑问就是速度之快、效率之高，在一个上午之内，能够将立案、财产保全的裁定下发以及冻结银行账户三件事情全部完成，这在张其昌二十余年的执业生涯中还从来没有遇到过。但是速度快效率高不应该成为过错啊，法律只规定了每一个程序的法律行为至迟不能超过多少时间，可从来没有规定最快不能少于多少时间。

讨论到最后，众人几乎都有相同的预感，剧情的发展一定会是原告胜诉，甲方公司的冻结账户被执行，盛运公司的出借款被人吞下，连一点骨头渣子都不会吐出来。盛运公司虽然采取了规避风险的措施——在甲方公司的开户行增加了一枚印鉴，但这只能限制甲方公司的人，却不能限制法院的冻结行为，因为那是以法律的名义。

当然甲方公司不会否认与盛运公司的债务关系，但是面对一个几近破产的公司，你能奈他何！

尽管没有头绪，刘律师还是有点恋恋不舍，希望能把这个案子留下。张其昌问刘律师：“既然你想代理这个案子，你准备从哪儿入手？如何定性？如果你定性为非诉讼代理，你准备找谁交涉？如果你定性为诉讼代理，你准备起诉谁？是民事诉讼还是刑事诈骗？”

刘律师嗫嚅了半天，说还没有考虑好。

张其昌有些不高兴了：“连一个基本的思路都没有，凭什么留下人家的案子。不管有枣没枣，先打一杆子再说，不管能不能办成，先把当事人的代理费收进来再说。这样的事情，我们新昌律师事务所不干。

“君子有所为，有所不为。我们道行浅，搅不动这潭水，让道行深的人去搅吧。”

回山东的行程由此耽误了一天。

张其昌第一站先来到了济南。他要见一见李向东，帮助张亚莉把戏演完。不巧的是李向东前一天刚刚出差，去上海参加一个会议，电话里嘱咐张其昌回程时务必在济南盘桓几天。

在济南的宾馆里，张其昌邂逅了一个以前在北京结识的肥城老乡，此人姓孙，好像是一个公司的经理。孙经理告诉他，晚上有一个肥城籍的老乡聚会，如果没有其他安排的话，希望他能参加。张其昌左右无事，旅邸寂寥，慨然应允。

聚会的地点毗邻大明湖公园的东门，虽在公园之外，但亭台楼榭，小桥流水，风光胜似公园。

聚会的召集人是孙经理，自然是他先到场。张其昌到达的时候，除孙经理外，已有一位刘姓女士先行落座，她自称是北京一家小学的老师，孙经理补充介绍，实则是小学的校长。

人到齐了以后，孙经理一一介绍。后到的五个人都有职衔，一位是济南知名大学的校长，也姓孙，好像是孙经理的本家。另外的四个人有两位处长、两位副处长。

饭桌上座位的排定就依了这些人的职级，孙校长是正厅级，毫无疑问坐了首座，以下依次是正处、副处，没有职级的刘老师和张其昌忝陪末座。孙校长环顾全场，颇有些一览众山小的架式。

孙校长有五十多岁年纪，额头很宽，又白又亮，头发略显稀疏，眼睛炯炯有神。虽然是在座职级最高的领导，依然平易近人，逐一和众人握手。当介绍到北京的刘校长时，孙校长的眼睛顿时亮了，他是极愿结识朋友的人。但听说刘校长是北京一家胡同小学的校长后，眼睛里的热情就暗淡了些。因为他结识的都是高级知识分子如博导之类，谈笑皆鸿儒，很少与小学打交道，朋友圈也鲜有小学的老师，所以迟疑之间，伸出去的手又不由自主放了下来。待介绍到张其昌，听说是律师，不仅没有职级，连体制内都不算，应该是自己挣饭吃的个体户，更不属于他着意结纳的对象了，于是也没有握手。

孙经理说了几句开场白，不外是肥城人文荟萃，今天到场的各级领导都是肥城的财富云云。

饭桌上分成了两个圈子，孙校长和四位处长们谈笑甚欢；孙经理、刘校长和张其昌聊在了一起。孙经理怕冷落了北京的两位客人，几次示意他的本家孙校长，也照顾些这一边的客人，无奈孙校长谈兴正浓，要么视而不见，要么压根没有注意到孙经理的示意。

张其昌对于孙校长等人的对话有些迷惘，因为他们相互之间又有别于职级的另外的称呼。他们管正处级叫正县级，副处级叫副县级，管正厅级又叫地市级。他们在聊天时喜欢这样称呼别人，也喜欢别人这样称呼自己。山东都是大县，每一个县都有上百万人，或许是这种称谓能够使人联想到麾下统帅的人数之众。

谈起省政府的小道消息，自然孙校长就成了主讲，因为别人不可能接触到那么高的层级，特别是当孙校长说起前不久和省长一起吃饭的事，处长们都显出了歆羡的神色。似乎在说，孙校长能够一睹省长的风采，聆听教诲，是多么大的荣幸啊。

聚会结束，送走了众人，孙家的两位本家走在了最后，似乎都有话要讲。孙校长颇有点埋怨孙经理不该招呼不相干的人参加老乡聚会，降低了聚会的层级。孙经理说："我正要给你说这件事情，你听我给你解释。前些日子你不是告诉我有两件事情要办，让我替你物色有关的人脉嘛。一件事情是学校有重大立项需要跑教育部，今天在座的北京的那位刘校长就是绝佳的人脉。别看她是小学校长，可这个小学不简单，小学位于北京市西城区新文化街，紧挨着人民大会堂，很多高干子弟都在这所小学读书。开家长会的时候，领导们也和其他家长一样坐在台下听这位校长讲话。我这么跟你说吧，这所学校的新生报名在人民大会堂签到，运动会在鸟巢召开，表彰会在钓鱼台国宾馆举办。当然本身这些场所除了国务活动和外事活动以外，平常时间也是对公众开放的。可你想，这样的一位校长如果想见教育部长，指不定谁要先和谁预约呢。

"另一件事情，你说过虽然和省委的李向东副书记同为肥城老乡，但没有什么深交。今天在座的张律师虽然没有什么来头，但他却是李向东副书记的发小，都是安驾庄人。李副书记不止一次说过，能够使他倒笈相迎的客人，只有一人，就是这位张律师。"

孙校长听后，沉思良久，扼腕叹息："失之交臂，失之交臂。"

第二天，张其昌坐上了从济南开往安驾庄的长途客车。

道路两旁的村庄和田畴不断地从车窗外向后掠过，不断有新的景色扑面而来。张其昌兴奋而不安，唐初诗人宋之问的名句"近乡情更怯，不敢问来人"正是他此时心情的写照。

听同行的人讲已经进入了肥城老城地界，张其昌睁大了眼睛，努力地望向窗外，想寻觅到哪怕一丝当初读书时所在的肥城县中的影子。当年，县中就在公路边，钻天的白杨，宽阔的操场，现在都没有了踪影。公路两边都是连绵的店铺，数不尽的汽车修理厂，数不尽的超市和饭铺。不知华灯初上的时节，南关到北关的一街灯火还有吗？

张其昌受到了安驾庄的欢迎。他虽然没有混上个一官半职，谈不上功成名就衣锦还乡，但他毕竟是村子里恢复高考后第一个考上北大的人，乡民们还是可以拿他来激励年轻学子的。没有人叫他张律师，人们还是像过去一样称呼他张老师，村子里还有好多年轻人都是他的学生。

安驾庄村委会的成员也有他的学生。

村委会设宴招待张其昌，包括张其昌熟稔的上一届已经退休的班子成员，足有十几个人，济济一堂，屋子里笑声聒耳，称兄唤弟，好不热闹。

张其昌发现，国家和政府建设新农村的方针政策在安驾庄贯彻得很好，几乎人人都能说得出“金山银山不如绿水青山”。他们还表达了对于撤销边远山区小学校的不满，说山村里的小学校哪怕只有十几个学生，但是飘扬在学校操场上的那面国旗，就像山村里升起的炊烟一样，也是一方文化。这些富有诗意的见解，让张其昌再一次领略了家乡人的睿智。

自然也有人提起新的话题，有人说张其昌在外边走南闯北，见得多了，关于安驾庄今后的发展，总该会有些建议吧。张其昌推辞不过，于是说道：“诸位对于建设新农村、建设新城镇的理解比我要深刻，如果非要我谈一点建议，未必有新意，还是老生常谈的话题。现在新农村新城镇发展，最简单最有效的就是发展乡村旅游，把城里人吸引到乡下来，把城里的资金吸引到乡下来。安驾庄要发展旅游，最大的优势就是交通方便。安驾庄地处通衢，汽车一踩油门就可以到达；同时这也是最大的劣势，搞旅游最忌讳一览无余，安驾庄缺乏像桃花源那般幽邃神秘的景致。所以我们要找出一条符合安驾庄的旅游路子来。

“北部山区可以搞水果采摘，平原地区可以搞蔬菜采摘。但这些也是别的乡村开展旅游普遍采用的方法，没有特色，缺乏画龙点睛之笔。我认为安驾庄可以让餐饮业打头，安驾庄具有这个优势。安驾庄的名菜‘四大件’闻名遐迩，仅‘两大件’就有四十八道菜，顶级的‘四大件’能弄出八十四道菜，我小时候就曾经见识过。离开安驾庄几十年，我还从来没有品尝过比安驾庄的‘四大件’更美味的菜肴。这是一笔巨大的财富。想象一下，村镇东头公路两侧，酒肆林立，酒旗飘扬，引四海嘉宾，接八方食客，该是何等繁盛的景象。

“仅一餐饭还留不下客人，要让客人在安驾庄度一个周末或者更长的时间，还需要更多的文化配套设施。据考证，安驾庄已经有四千多年的建镇历史，几乎和中华文明的历史一样长久。可是镇子里能够反映历史文化沉淀的印记很少，数人合抱的大树一棵也没有，百年以上的老屋也仅存镇子上的那座教堂了。我建议能不能把镇子里原先拆掉的南皋和北皋两座门楼恢复起来，那曾经是安驾庄的地标性建筑，应该是建成于明清时代，是安驾庄钟灵毓秀的风水所在。还有，村镇整体规划的时候，还应该添加一处池塘，把水库里的水通过村东的灌渠引到村子里来。一所名镇怎么能够没有一池清水呢？水是财富的象征。”

一个人的插话打断了张其昌的发言：“钱从哪儿来呢？”

现任的总支书记明显对这个人的插话表示了不满：“这个问题就不应该冲张老师提出了，这应该是我们自己解决的问题。我们都知道只有栽下梧桐树，才能引得凤凰来，难道我们连栽种梧桐树的钱都要从别人那儿筹措吗？

“我认为最好的梧桐树就是安驾庄领导班子的自强自立，不等不靠不要的独立自主精神。江苏的华西村、北京的韩村河，哪一个先进典型不是自己奋斗出来的？我们当然欢迎外部投资，可是投资的人最看重的就是这个地方有没有投资价值。就像新中国成立初期，清明的政治和老一代国家领导人的人格魅力吸引了多少国外的人才回国啊。据我所知，全国各地安驾庄籍的成功人士多得很，有的已经成为上市公司的董事长，人家愿意不愿意到我们这里来投资，我们应该首先检视自己，我们有没有让人家来的思想准备，具备不具备让人家来的条件。”

张其昌深表赞同，同时感到了宽慰，有这样的班子，何愁引不来凤凰。

在安驾庄的日子里，有两个人向张其昌咨询，这两人都是本家的子侄辈。一个人问，他既可以取得肥城新城的户籍，也可以取得泰安市区的户籍，究竟落在哪儿好呢？另一个人的问题是，他既想到县城落户，因为孩子上学的条件要好一些，但是又舍不下安驾庄的户籍。这些年政府给农民的实惠越来越多，而且看得出以后会更多，他应该怎么办呢？

两个人的咨询，张其昌都没有给出准确的答案，他不了解具体情况，不愿意信口开河。但他却受了极大的震动，曾几何时，他因为取得了知青身份，由农业户籍变成了非农业户籍而欣喜若狂。现在，他的子侄辈却拥有了这两种户籍自由选择的权利，甚至进而增添了徘徊于两种户籍之间难以选择的烦恼。这仅仅是几十年间的变化。

他又想起了母亲陈桂枝当年在哈尔滨遇到的困惑，城乡两个家庭的孩子都当了知青，两个家庭却产生了迥然不同的喜与愁两种感触。现在张其昌似乎隐隐有了些理解，阶级差异、城乡差异是产生困惑的根源，真正的理想社会就是消除这些差异。这也应了那句著名的话，无产阶级不能解放全人类，就不能最终解放自己。

再推而广之，如果把地球上的人类看作一个大家庭、一个命运共同体，那么这个大家庭的持久安康必然是建立在所有民族都摆脱了战争与饥饿之后。地球上任何一个地区的战火都有可能殃及和平的国家，哪怕是拥有超级霸权的美国，也不能保证他们国家的大楼不会遭到飞机的撞击。

离开安驾庄的前一天，张其昌看望了二叔张文灿。之前听说张文灿久病，缠绵于床榻，已经足不出户半年多了。张其昌进门的时候，张文灿正坐在堂屋的椅子上打盹。见到张其昌，他还是从椅子上努力地站了起来。张其昌惊异二叔容貌的变化，年轻时的英气不复存在，脸上的皮肤依然白皙，但已经添了不少皱褶，松动如棉。张其昌从小见惯的二叔阴冷的眼神，也已经难觅一丝踪影。

二叔在张其昌的心中是复杂的存在，某种意义上说，是二叔一手把他从工农兵大学生的队伍里拽了出来又不经意间把他送进了北大。他曾经恨过二叔，但现在面对形容枯槁的老人，他心中所存的只是晚辈对于长辈宗亲的依恋。

诚如以前的见面，两个人绝口不提当年的事情，二叔说他快要不行了，希望张其昌和张亚莉姐弟能够互相照应互相扶携。二叔还说张其昌是安驾庄张氏宗族的骄傲。

张其昌的眼睛湿润了，二叔终于夸奖了他，从二叔看他的眼神里可以看出，二叔终于将他认作了自己的子侄。

第二十八章

天泽路 60 号

别看新昌律师事务所只是一个小小的民间机构，也存在着权力之争。

建所之始，按照司法局的规定，必须有三个召集人，也即是三个合伙人。新昌所除了张其昌，另两位合伙人分别是王律师和钱律师。议定律师事务所章程的时候，关于事务所的主任一项，拟定了由三位合伙人轮流担任，两年轮换一次。首届主任由张其昌担任，以后依次是王律师和钱律师。钱律师大概很希望递出去的名片早日添加上主任的头衔，他觉得这是一件很风光的事情。而按照现在的规定他要四年之后才能实现这个愿望，于是执意要求将主任一职的轮换改为一年一次，另外两人本就不怎么看中主任这个头衔，又加上钱律师坚决要求，也就同意了。

讨论合伙人如何承担事务所的经营费用时，张其昌提出了两个原则，其一是按照创收比例提取，谁创收得多谁就贡献得多，其二是主任多承担一些。这个建议另外两人也没有异议。

一年下来，新昌所的经营费用，包括房屋租金、行政人员工资和办公器材消耗一共 20 万元，张其昌一人承担了 13 万元。

一年将尽，张其昌正要将主任一职交给王律师时，想不到的事情发生了，王律师坚决不接。王律师说，主任一职一年一次轮换，有点像《西游记》中孙悟空的主张“皇帝轮流做，明年到我家”，这个提法虽然貌似民主，却有些滥民主和伪民主。事务所主任轮换得太勤，不利于政策的连续性和事务所的发展，也不利于事务所做出长远的规划。另外通过事务所一年的运营可以看出张律师堪当此任，没有私心，处事得体，可以继续做下去。

王律师的话固然令张其昌感到意外，但觉得更意外的却是钱律师。本来依据事务所的章程，再过一年他就可以担任事务所的主任了，不料王律师却抛出了这样一番说辞，他不认为王律师的话是出自内心的，他认为是另外两个人在演戏，是合谋发动的政变，生生地截断了他的主任之路。他知道即使再过一年，王律师也不会同意他做主任，还会推荐张其昌。

钱律师认为自己受到了暗算，却又无力改变局面，于是愤而出走，另立山头去了。

新昌所又找了另外一位挂名合伙人，自此事务所的经营成本，一直由张其昌和王律师两个人承担。张其昌在主任的位子上一坐竟是二十多年。

二十多年的合伙，也自然成就了张其昌和王律师的交情与友谊。

王律师的全名叫作王亮，北方人，确切讲是燕赵人，不仅体格健壮，性情亦很豪爽。他小张其昌十岁。在和张其昌的相处中，他对张其昌毫无节制的信任，有时竟招致张其昌的不满。

事务所的年终决算，最后都是经张其昌核准后，发到每一个律师的手中。这时每一个律师都会认真地核对自己的律师业务数据，核对自己的收入和曾经发生的支出，大家最关注的当然是结余的数字，那也是年终分红的数额。即使是非常细微的差错，也会被当事律师指出来，对此，张其昌从来就不认为这是对于他个人权威的挑战，他认为这是每一个律师维护个人权益的自然之举。

有一个人例外，那就是王亮。由张其昌核过的王亮的律师业务数据，每一年发到王亮的手中，他都置之一旁，从不核对。事务所的经营成本账目只对合伙人公开，由张其昌整理之后，只供王亮一人核查，王亮也是像对待自己的律师业务数据一样，依然置之一旁。

张其昌向王亮表示了自己的不满，他说："你这是不负责任，不仅对自己的个人权益不负责任，也使得事务所内合伙人的监督制度形同虚设。"

每当听到这样的话，王亮总是笑一笑，说道："你办事，我放心。"

合伙人集资购买办公用房的时候，王亮将存折递给了张其昌，告知了密码，再不过问究竟从存折里划走了多少钱。

多年来，两个人从没有发生过龃龉。

但就在最近，张其昌的一个举动，令王亮几次欲语又止，他最后终于忍无可忍，当面向张其昌问了出来。

惹得王亮不快的举动就是张其昌到北京外国语大学招聘了一名法语专业的硕士研究生，给出的月薪是15000元，并跟对方签订了两年的合同，让此人做自己的律师助理。

新昌律师事务所的律师大多都有自己的助理，为什么张其昌就不能招聘一个自己的助理呢？王亮认为张其昌的动机不纯，他提出了几个疑点要张其昌给出解释。

其一，张其昌没有涉及法国的律师业务，也没有涉及法语的律师业务，整个新昌律师事务所都没有涉法业务，为什么要招聘一名法语专业的助理？

其二，新昌律师事务所招聘的其他律师助理，包括招聘的工薪律师，工资均在8000元左右，鲜少过万，而张其昌给这位助理的月薪远远超出了其他人，加上保险等费用，年薪已经超过了20万元，而且是给一个没有业务需求的人。

其三，张其昌招聘的助理是一位女性，一个靓丽的年轻女孩。

上述两处的不可理解与一个靓丽的女孩结合在一起，不由使人对张其昌的动机产生怀疑。王亮非常认真地对张其昌提出了规劝："我们相处多年，一向无话不谈。你给人的印象一直是老成持重，不会办出不靠谱的事情来。但招聘助理这件事，确实令人匪夷所思。要我说，如果你要赶时髦，想寻求婚姻外的感情寄托，我建议你在同龄人的圈子里寻觅，共同语言还能多一些。你不要冲小姑娘下手，这位助理的年龄比你们家张昊的年龄还要小。你谈不上英明一世，但算得上清白一世，光风霁月，莫要在快退休的时候污了清白的名声，毁了晚节。我说话直，冲撞得罪莫怪。但是你必须要能够说服我。"

张其昌怎么才能够给王亮做出解释呢，他认为自己当然坦坦荡荡，王亮的担忧是无中生有，但他做的事情又确实一两句话说不清楚。

此事说来话长。

还要从他小时候的梦说起——他向往的战国时期苏秦挂六国相印的梦。

长大了以后他已经认识到，所谓的苏秦挂六国相印，并非是苏秦承担了六个国家宰相的全部职能，比如规章制度的制定、官员的拔擢与任命。而完全地履行宰相的职能，苏秦只在燕国做到如此。其他国家的相印之说，更多的含义是一段时间外交权限的委托。犹如现在的美国，国务卿一职的设立主要是处理外交事务。

中国历代的知识分子从苏秦挂六国相印的故事中受到的影响和启迪，大多是读书人对于国事的参与和服务，很少有人注重其中的权力因素。

张其昌在这个故事中也是受到了参与和服务这一理念的影响，那怎么才能为六个国家提供服务呢？现在的时代，挂六国相印已经是不可能的事情了。如果硬要附会的话，那么联合国秘书长的职位倒是与此有些相似，他参与了世界上多个国家的政务并且提供了服务，可惜联合国又偏偏规定了安理会五个常任理事国的官员不能担任这一职务，也断了张其昌在这个途径上圆梦的路。

张其昌从事律师工作，多少也与他的梦有关系，向其他国家提供法律服务，也是对其他国家事务的参与。新昌律师事务所前后曾经办理过涉及美国、新加坡和德国的律师业务，加上中国，也才只有四个国家，距离苏秦的挂六国相印还是有一定距离的。当然他还曾经为港澳台提供过法律服务，但港澳台都是地区，不能算作国家。

即使他提供法律服务的国家达到了六个甚至超过了六个，那就能算圆了模仿苏秦的梦吗？尽管他痴迷梦想，但也知道这不过是自欺欺人罢了。如果这也算的话，那就是对于苏秦这样一位伟大的政治家、谋略家的亵渎。

因此，真正要圆他少年时期的梦，他就应该切实地参与国家的政事，他的执政见解能够被当局所接受。即使他不能面谏国家领导人，他的关于政务的策论也要能够引起当局的重视与采纳。只有如此，才算是走了一回苏秦走过的路。哪怕只是在一个国家得以实践，按照苏秦的业绩只算挂了一个国家的相印，那也是圆了少年时的梦，此愿足矣。

中国人只有在解决了温饱之后，才能有展望梦想的余裕，有实现梦想的底蕴。张其昌的律师事务所也是做到了一定的规模，他不再为创收费尽心思时，圆梦的念头便逐渐强烈起来。

既然是要用一个国家代替六个国家，那这个国家就应该具有一定的分量，而且还要是他不讨厌的国家，他将眼光投向了联合国安理会的五个常任理事国。

最后，他选择了法国。

他生平从未踏上过法国的土地，由于历史原因，他没有读完中学，没有学习过世界史，当然也没有学习过欧洲史和法国史。他所有的法国历史的认知全部来自其读过的法国小说，比如雨果的《悲惨世界》，大仲马的《基督山伯爵》和《三个火枪手》等等。更加要命的是他不懂法语，一个单词都不会。

在当代社会，各个国家尤其是发达国家的政府智囊如过江之鲫，海量信息几乎堵塞了他通向当局的言路，在这种情况下，他一个异国的民间人士竟然想对法国的政局说三道四，竟然也想往塞纳河里投掷一枚石子，意图激起一丝涟漪。

他这是圆梦吗？是痴人说梦吧，是异想天开。

所以当他的合伙人王亮律师要他为其行动做出解释时，他真的很费踌躇。从何说起，从少年时期的梦谈起吗？拿出40万人民币，耽搁两年的时间，就为了圆一个梦，如此奢华的梦，谁会相信呢？说给风听吧。

既然解释是苍白的，讲述的故事又是那般荒诞不经，就让事实来证明吧。

张其昌招聘的助理叫刘晓霞，是个学霸，也是一个靓丽的女孩。张其昌知道，由于他不懂法语，不管是有关法国政治历史资料的收集，还是和法国人直接打交道，没有一个法语的专业人才，一切都无从谈起。招聘刘晓霞的时候，他很费了一番心机。他先是找了一位相识的社科院的资深研究员，这位研究员曾经在法国生活了大半辈子，张其昌邀请他参加了招聘助理的全过程。文字测试时，张其昌要求刘晓霞将一份法国议员在国会上的发言翻译成中文，将那位研究员的一篇评点法国时政的文章翻译成法文。口语测试时，研究员和她交谈了半个小时，谈话内容涵盖政治、哲学、历史、文化。最后研究员给出的评价是刘晓霞在法语专业的各个层面均为上乘。

王亮所诟病的给刘晓霞的高薪，其实是他不了解行情。京城里的法语人才一直是稀缺的，张其昌给出的20万元年薪对于一流的法语人才来说并不算高，有的企业给出了更高的数额，如果不是刘晓霞急于就业，新昌所未必留得住她。

刘晓霞长得靓丽，这不是她的过错。当今的社会已经越来越注重颜值，尤其是和浪漫的法国人打交道。虽然张其昌并不打算使用美人计，但靓丽总不会是一个短板。

刘晓霞初到新昌律师事务所的时候，也曾有过疑虑，就像王亮疑虑的一样，她发现事务所并没有涉及法语的业务，而且她的工资也确乎高于其他的律师助理。询及张其昌聘用她的初衷，此时的张其昌已经汲取了向王亮讲故事的教训，知道从小时候的梦开始讲起不仅冗长而且很难使人信服，于是他改口说自己自幼就热爱法国文化、热爱法国历史，现在做律师已经功成名就，想沉下心来做一点有关法国的学术研究。

这一番说辞冠冕堂皇，无懈可击，刘晓霞居然相信了。她也表示一定努力工作，全力配合张其昌实现进行法国相关的学术研究的夙愿。

王亮对张其昌的解释半信半疑，这也促使他盯紧了张其昌和刘晓霞的一举一动，他是张其昌的哥们儿，他有义务维护哥们儿的声誉。但接下来的日子发生的事情使他感觉到，他可能真的误解了相处多年的兄长，张其昌是真的在做学问。

一年多的时间里，张其昌几乎是恶补有关法国的政治、经济、社会、人文诸方面的知识，时间跨度从19世纪直到现代。政党社团方面，他搜集了法国近一个世纪以来所有政党的相关信息，包括传统的左翼政党社会党和传统的右翼政党共和党，以及崛起中咄咄逼人的国民阵线。选举制度方面，他详细列出了党内初选与精英协商两种候选人产生方式的异同。他涉猎之杂、资料覆盖面之广、要求之精细，有时候连刘晓霞都难以应对。

一年以后，一篇有关法国政局的策论已现雏形，题目定为《一个中国人眼中的法国时局》，下设十个章节，既有法国的内政如税收和劳工政策的论述，亦有法国的外交如法国与欧盟、法国与德国、法国与英国、法国与俄罗斯等单独的章节阐释。

他的设想是每个章节以汉字统计三千字左右，整篇策论不超过三万五千字。

最关键的当然是第一个章节，如果接触到这篇策论的人连读下去的耐心都没有，那后面部分写得再好也是枉然。犹如电视台播放的连续剧，如果前面的一两集抓不住观众，就别指望后来会有高收视率。

他拟的第一个章节的题目是“黎塞留与法国当今的选举制度”。

黎塞留是法国 17 世纪初期的天主教红衣主教。张其昌第一次接触这个名字还是在读大仲马的小说《三个火枪手》的时候，小说中，并列男一号的是法国国王路易十三的卫队成员阿多斯、波尔朵斯、阿拉宓斯以及达尔大尼央，似乎他们都是小说作者大仲马眼中的正面人物，作为他们对立面的红衣主教黎塞留自然就谈不上形象高大身披五彩光环了。

可当张其昌读了一些有关黎塞留的史料之后，对这位红衣主教顿时肃然起敬。如果拿他来和中国的历史人物做对比，用得着《三国演义》中徐庶走马荐诸葛时说过的一句话——“此人可比兴周八百年之姜子牙、旺汉四百年之张子房”。大政治家的卓越之处并不仅限于他当世做了什么、影响几何，还在于他的建树、他定下的规制在他去世之后的几百年里依然发挥着影响。所以才有姜子牙兴周八百年之说。红衣主教黎塞留自 1624 年被任命为内阁首相，担任阁揆十八年，直至 1642 年逝世于任上，用一生的心血辅佐法国国王路易十三成就了在欧洲的霸业，留下的政治遗产还维持了路易十四之后法国两百年的欧洲霸主地位。

可以说黎塞留是欧洲历史上最伟大的政治家、外交家和战略家之一，在欧洲，能够和黎塞留齐名的仅有德国的铁血宰相俾斯麦。

黎塞留堪为人称许的还有一件轶事，在其生命结束的弥留之际，神父问他："要不要宽恕你的敌人？"他一生因为严于执法，当然树敌无数，而他却坦然回答道："除了公敌之外，我没有敌人。"

有几位政治家能够说出这样的话？

可以说，17世纪乃至18世纪的法国，因黎塞留而辉煌。

张其昌在策论开首的第一章就引述了黎塞留的业绩，这当然是为了唤起法国人的民族自豪感。另外张其昌还有一些心理层面的考量，如果有外国人撰写了一篇有关中国的文章，里边提到了中国的著名历史人物，比如诸葛亮、岳飞等人，中国人会感到很亲切，就像外国的歌舞团到中国来演唱一首中国的民歌会激起更热烈的掌声一样。黎塞留在世界上都声名卓著，国内自然也不会缺乏崇拜者，法国人看到中国人对于黎塞留的称许，或许也会击节赞叹。张其昌需要的就是这份共鸣。

论及法国的现代选举制度，张其昌则是以旁观者清的视角对其进行了剖析与批判。法国的民主选举，早先刚刚诞生的时期曾经是革命的，代表了先进的政治制度，但愈是发展到后来特别是近现代，弊端愈显露出来。选举中，候选人比拼的本应该是执政理念和执政能力，但在党派利益的驱使下，却成了比烂之争和抹黑之争。谁都想在关键时刻抛出一枚重磅炸弹，意图一剑封喉、一击致命。在这种氛围下，一些有能力有作为的政治家要么忌惮于近身撕扯的肉搏，要么惧怕在选举中折身于莫须有的污名，而对选举敬而远之。

结论是，这种选举制度产生的领导人会越来越平庸，不可能产生像黎塞留这样的政治家。国家领导人更换的频率过快，也不利于国家项目的长远规划和政策的连续性。

张其昌还指出了法国的党内初选的弊端，由于党内初选被披上了民主的神圣光环，被初选推举出的候选人不论其选况出现了多么糟糕的局面，其党派竟然都无法将这个人替换下来。这个人明明已经“鲜血淋漓”，再往前走将“必死无疑”，却毫无退路，只能继续走下去。

张其昌得出结论，在这种制度下，法国传统的左翼和右翼轮流执政的局面即将被打破，新生的年轻的小党派有可能会取得选举的胜利。

张其昌每当写完一个章节，刘晓霞就随即译成法文，一个多月的时间，完成了整篇文章。他吩咐刘晓霞将第一章的全文和另外九个章节的题目放置在一个邮袋里，寄往下述地址——北京市朝阳区天泽路60号。

这是法国驻华大使馆的官邸。

自然，他还附上了一段留言：

尊敬的大使先生阁下：

撰写此文章的人是一位热爱法国文化、热爱法国历史、热爱法国人民的中国人，倘若此文章还没有陋劣到使您不忍卒读，还愿意给我一个充分展示的机会，则本人将不胜感激。

北京市新昌律师事务所律师张其昌

为什么张其昌会选择天泽路60号？因为距离张其昌最近的法国政府部门就是法国驻华大使馆。

只寄出了第一章而不是全文则是有意为之，他的用心，连刘晓霞都猜出来几分，显然张其昌有所图，想和对方谈判。

就如买卖双方坐在一起，有货的一方先拿出一块样品来，看对方是否满意，有没有购买的意向，如果满意的话双方再来商谈价钱。

张其昌也有类似的意思，他先拿出了第一个章节，想以此看看法国人赞同不赞同他的观点，认可不认可他的价值。如果法国人还想看到全文，他也想谈一谈价钱。

难道张其昌想用文章来换钱？他确有此意。他的本意并非落在钱上，而仅是证明法国人是否愿意出钱，进而证明他的谏言具有谋士的水平，这也是他梦圆的一个标志。

如果他寄出了全文，法国人也不回复的话，他连法国人看没看都无法得知。即使法国人给了回复，称赞他为中法友谊做出了贡献，他也拿不准这是法国人的敷衍搪塞呢，还是真心称许。如果这也叫圆了梦，那和他当初认为的做律师为多国提供服务就相当于挂了多国相印，不是一样的自欺欺人吗？

所以，仅是为了证明自己的价值，他也要向法国人索要一点报酬。

这样做，他知道也会面对另外一种结局——法国人看了第一章以后不再索要剩余的章节，游戏到此结束。那样的话他也就结束了圆梦之旅，提前回到现实中来。

张其昌还意识到了另一个问题，他既要往外国大使馆送资料，又要从外国人手中拿钱，这是一个很敏感的事情，国家安全部门公布的一起起间谍案件，不都是上演了相同的剧本吗？即使不给外国人送资料，单是接受外国人的钱，也足以引起安全部门的注意。因为现实中确有西方国家出钱给中国人中的异见人士，希图让他们搞和平演变，或者颠覆我们的国家政权。安全部门不得不防。

张其昌做的事情虽然具备拿资料换钱的外部特征，但是和间谍行为却是风马牛不相及。他的文章大半部分都阐述法国的外交关系，其中从法俄关系讲到了法德、法英关系，独独没有中法关系的论述，更没有中国的政治经济描述，遑论军事秘密。

尽管如此，他还是向自己律师事务所的主管部门北京市司法局做了报备，就像给法国驻华大使写的短信一样，他也向司法局陈述了自己自幼热爱法国文化和历史，业余时间写了一篇关于法国的学术文章，企望对中法友谊做出贡献。

刘晓霞估计，法国大使是不会看张其昌的文章的，最有可能阅读的也就是大使馆的文化参赞。张其昌说管他呢，只需等待就行。

两个星期之后，新昌律师事务所接到了法国大使馆的电话。接听电话后的刘晓霞给张其昌的汇报很简洁，只有一句话：文章很受欢迎，亟愿看到全部。

张其昌指示刘晓霞告诉法方人员，文章的作者希望面见使馆工作人员，有事情要谈。地点既不要选在法国大使馆，也不要选在新昌律师事务所。他让刘晓霞在长安街上的写字楼里租赁一个场所，要求就是不要太寒酸。

双方很快确定了所有的事情，见面地点是长安街一所著名的俱乐部，一间会客室的租金是每小时一万元。张其昌说，一个小时足矣。

当天，张其昌换上了一身浅蓝色的唐装。这间会客室的装饰风格恰是中式，与张其昌的衣服竟也相得益彰。刘晓霞年轻靓丽，又加上知性女性的气度，自然无论穿什么样的衣服都不会被漠视。

下午两点，法国人准时出现在会客室门口。寒暄之后，互道姓名，并且互递了名片。法方来人是大使馆的一秘胡安先生，看来刘晓霞原先认为法方会由文化参赞出面的猜度也不对。她在对方不注意的情况下悄声告诉张其昌，大使馆的一秘比文化参赞的身份还要高。

胡安先生很斯文，操一口流利的汉语，如果不是他那张欧洲人的面孔，张其昌几乎感觉不到他是外国人。他说他代表法国驻华大使馆感谢张其昌做的工作，大使馆经过核查，发现张其昌并非中法友协的会员，作为一名普通的中国人，能如此热爱法国、关注法国并衷心祝愿法国的强盛，实属难得，令他非常感动。他还引用了中国领导人经常说的一句话“国之交在于民相亲”，相信法中友谊一定会地久天长。

当胡安先生得知张其昌并不懂法文，甚至连一个单词都不会的时候，他表现出了惊讶。之前大使馆收到的文件，中文法文两种版本都有，胡安曾经在中国留学，也算中国通，因此中文的造诣不低，他对两种版本的文稿都很赞佩。中文稿件中的遣词造句，观点的犀利与老辣，引经据典反映出的知识博杂，与他看到的张其昌的形象倒还相符。但他却没想到那漂亮的法语文法却出自面前这样一位年轻的女孩，这点令他颇为惊讶。

大使馆的一秘是和社会的各阶层打交道的人，自然精明，当张其昌提出相约面谈的时候，他就知道对方有所要求，于是他很坦率地进行了询问。

张其昌说，他所在的单位是咨询机构，他所做的工作即撰写的关于法国时局分析的文章是在事务所立项的课题，类似的课题还有一些。按照事务所的规定，这样的咨询都会收取一定的咨询费，他不知道此事会不会令法方为难。张其昌表明了咨询的费用为五万欧元。

张其昌的表述有对的地方也有不对的地方，他把律师事务所说成是咨询机构，这没有错；相应收取的费用叫咨询费，也没有错。他说单位里类似的课题还有一些，却是扯谎了，是在壮自己的门面。事务所接受某个公司的委托给出咨询意见的情况是常见的业务，甚至以国家的名义寻求某一事项的咨询意见的情况也是有的，但像张其昌这样泛泛地谈及一个国家的整体政治层面，却不是律师事务所的日常业务。即使政府有此类需求，也只会就一个单一的事项寻找国际知名的智囊机构，断不会将目光投向一个名不见经传的律师事务所。

胡安先生说他很理解张其昌索要咨询费的想法，他认为也很合理，付出了劳动就应该获取报酬。只是这份咨询不是法方委托的，是张其昌自愿做的工作，自愿提供给法方的，所以法方没有名目提供咨询费。他说张其昌提出的咨询费的数额并不高，张其昌文章的价值要远远高于索要的数额。他提出是否可以用变通的方法来回报张其昌所付出的劳动，比如法方可以邀请张其昌以访问学者的身份到法国去讲学和交流，他可以带助理，期间发生的交通、食宿等费用但不限于这些费用都由法方承担，这些费用要大于张其昌索要的五万欧元。他还说今后法方有关社科方面的课题也会交由张其昌的事务所来做。

胡安先生给出的方案应该说很有吸引力，不仅反映了其人情通达，还体现了外交官的变通与斡旋能力。无奈张其昌固执得很，坚持表示一码归一码，以后的合作以后再说，单就这一桩事情还是得让他给事务所有一个交代。

期间，胡安先生询问了刘晓霞就读的学校以及有没有到法国留过学，两个人是用法语交流的，张其昌对其内容不得而知，但猜情度势，应该是让刘晓霞劝说张其昌采纳胡安先生的意见。

虽然双方没有达成一致的意见，但道别的气氛依然融洽。胡安说他回去再请示大使先生，双方保持联系云云。

一个星期之后，新昌律师事务所接到了法国大使馆打来的索要银行账号的电话。

五万欧元到账的当天，刘晓霞将开具的发票以及完整的中法文两种版本的策论寄了出去。

演绎少年之梦的活剧终于落下了帷幕，此时距离刘晓霞入职新昌律师事务所的时间已过去一年零八个月。

当晚，张其昌从他所住的德外大街漫步走上了马甸桥，他伫立于桥中央的人行道上，望着桥下的车水马龙。那一刻，华灯璀璨，星空几不可辨，张其昌感慨系之。

可见，中国的影响力日隆，国际地位与往昔确实不可同日而语，一个普通的中国人的观点也能引起法国当局的注意。

遍观京城，各级政府的智囊星罗棋布，数不尽的专家学者都是学富五车、才高八斗，有几人能从法国人的手中抠出五万欧元来？张其昌胸中升腾起一股豪气，他终于看到了掷向塞纳河的这枚石子激起的涟漪。

刘晓霞与新昌律师事务所两年的合同到期之后，她成了法国大使馆的雇员。这个结果张其昌和刘晓霞都很满意。刘晓霞还是把新昌所当作娘家，闲暇时经常过来。胡安先生践行了他当初的承诺，希望张其昌继续保持对于法国事务的关注与热情，希望继续合作，后来他有两项业务找过张其昌：一项是法国国会的一个社科类课题的招标，问张其昌有没有兴趣；一项是法国与利比亚外交政策的相关咨询。张其昌都婉拒了。

他不是没有自知之明，他清楚自己的底细，客串一把票友，没有出丑，没有演砸，已经是上天对他的眷顾了。当今的世界大势绝不是凭一己之力可以撼动的，更何况他还只是一介平民。

此时的合伙人王亮，终于相信了张其昌讲述的少年时期的故事，消除了对张其昌的误解，并且为他昔日的唐突向张其昌表达了歉意。不过他也为张其昌算了一笔账：聘请助理的费用 40 万元，购买法国的学术资料等其他办公费用接近 10 万元，也就是说为了圆梦的总投入接近 50 万元。收入的五万欧元换算成人民币大约 40 万元，扣掉税金，尚余 30 多万元，总体亏损接近 20 万元。

好奢华的梦啊。

王亮说，到此为止吧。联合国目前一共有 190 多个主权国家，你如果要把这些国家的相印逐一地拴到你的腰上，不止你的腰受不了，我们新昌律师事务所也要关门大吉。

张其昌答复谨遵教诲，他还要顾及弟兄们的饭碗，不会再做下去了。

历史的车轮前行到了2017年，法国进入了选举季，第一轮选举中传统的左翼大党社会党推出的候选人阿蒙以及传统的右翼大党共和党推出的候选人菲永双双沦陷，阿蒙的得票率只获得了屈辱的6%多一些，菲永则身陷“空薪门”丑闻。只有年轻的政党前进党和极右翼政党国民阵线进入了第二轮，国民阵线又再次陷入第二轮选举永远不胜的魔咒。结果，前进党的候选人，与他的政党一样年轻的马克龙横空出世，当选为法兰西共和国新一任总统。

一个中国的普通平民误打误撞，几年之前竟精准地预测了法国的这次大选。

大部分人所不知道的是，马克龙的竞选办公室主任就是曾经做过法国驻华大使馆一秘的胡安先生。

第二十九章

一霎时把前情俱已昧尽

这是张其昌退休之后的第一个春节。

所谓退休，仅是从领取退休金的意义上说起，律师的工作还在继续。如果身体条件允许的话，据说可以一直注册到七十岁。

过了六十岁以后，张其昌就做了几个改变。他不再出庭，只做着几个单位的法律顾问。他发现法官的年龄越来越年轻，有的比他们家张昊的年龄还要小。年轻人说话未免冲一些，法庭上的话语权又掌握在法官的手中，律师的发言与本案案情有关与否最终都由法官判定。面对这样的现状，顶了一头灰白头发的张其昌认为他在这个年纪被年轻人抢白几句或者自己正常的发言被法官喝止都是很别扭的事情。既然世界已经是年轻人的世界，就让年轻的律师出庭吧。

他也不再担任律师事务所的管理工作，一应事务全部委托给王亮，他这才真正体会到了“无官一身轻”。他可以一两个星期都不到事务所去，而事务所依旧运转如昔。

办理退休手续的时候，大部分工作是事务所的文秘完成的，但有一些必须由他个人出面，这使他有机会接触到社保局的工作人员。在办事窗口，工作人员翻看了他递上的档案之后，说他的工龄只能从大学毕业的1982年算起，之前的知青经历因为缺乏原始证据不能计入其中。还告诉他，档案中的高级职称由于在律师工作中没有得到聘用，所以对于退休金的计算已经不起作用。

张其昌心有不甘，读大学连同当知青的时间，毕竟可以算八年的工龄。他问什么样的材料才能证明他的知青经历。工作人员告诉他必须要县处级以上的机构出具证明才行。他又找了另外一个值班的工作人员咨询职称的细节，被告知只要高级职称曾经被聘用，在退休金的核算中也会有所反映。

于是张其昌做了两件事情，他先是让黑龙江省正方林业局里他的学生帮忙办理一份材料，即由他曾经任教的正方林业局第一中学给他出具一份任知青代课老师的证明，然后加盖了当地人事部门的公章。为了保险起见，他又到哈尔滨市的松花江林业管理局的人事部门加盖了公章，松花江林业局算是厅局级的机构，张其昌认为这足以证明他的知青经历了。第二件事情由他自己办理，他的高级职称聘用文件是由中科院下发的，于是他到了中科院，也顺利地开出了证明。

半个月之后，张其昌又来到了社保局的办事窗口，他递上了两份新的证明材料。工作人员留下了中科院的证明，退回了黑龙江省的材料。张其昌询问缘由，工作人员告知说人事部门的证明不行，必须是知青部门出具的才行。

张其昌说不出话来了，知青早已经是几十年前的名词，任谁都知道现在的中国大地上早已没有知青机构。工作人员让他做的是一件不可能办到的事情，是一道无解的题。

张其昌没有生气，他已经到了耳顺之年，一生经过的事情、见过的人太多了。他只是不忿工作人员不该消遣他。不过他也换位思考了一下，现在的公民信用制度还没有建立起来，拿一个萝卜刻一个章子，什么样的证明材料做不出来？社保局的人手又少，无法一一核查每一份证明材料，为了守护全国纳税人的资产，社保局在拿不准的情况下宁可委屈个体。

高级职称的证明材料倒是起了作用，以后的几次退休金调整都为他退休金的增加做了贡献。

半退休的张其昌日子过得很是舒惬。他习惯了上午茶和下午茶，上午茶是绿茶，下午茶的花样则多一些，或者是普洱、安化黑茶，或者是红茶以及半发酵的乌龙，他常会静坐一个小时，使用广东人常用的精致茶具，小口地抿、慢慢地品，此时的他身心俱弛，仿佛时间的流淌也放慢了速度。

大院里的活动室每周有四天的乒乓球活动，张其昌也很期待，不上班的日子他通常都会出现在那儿，球友都是退了休的人，当然不会计较输赢，但大家运动起来依然认真而卖力。除了享受打球的过程，张其昌还企盼着运动结束后的淋浴，他喜欢一身的汗水被荡涤而尽的舒爽。

周末，他照例是去小汤山，和一众爷及奶奶们相聚。

端得是“不羡鸳鸯不羡仙”的日子。

稍感不足之处，就是家中太冷清了些，他本应该是含饴弄孙的年纪，却是膝下空乏，无孙可绕。在大院里看到别的爷爷奶奶带着孙辈，他常投去羡慕的眼光，而这些带孩子的老人又反过来羡慕他的闲暇与超脱。一边是“忙并快乐着”，一边是“闲并快乐着”，究竟是谁更羡慕谁呢？如人饮水，冷暖自知。

于是张其昌分外喜欢别人家的孩子，尤其是牙牙学语的稚童。每当看到孩子清澈的眼神，听到那稚嫩的童音，他的眼睛都会被牵绊，他的脚步都忍不住停滞。有一次，一个带孙子的奶奶向他讲起，说孩子们嬉闹的声音特别尖利，张家又是住在一层，会不会有吵闹的感觉，言语之间颇含歉意。张其昌回复说不妨事，在他看来孩子的嬉闹声就是最好的音乐。

张其昌夫妇盼望下一代的心情不是没有向张昊透露过，无奈张昊就是不接话茬。这一年张昊已经二十八岁，一表人才，又是名校毕业，张其昌猜不透为什么他至今依然孑然一身。张其昌也想不通，过去的农耕社会，牧童与村姑尚且能够沟田野合，擦出爱的火花，现在都市里的单身男女却踽踽独行而无视异性的存在。

又一次提起这个话题的时候，张昊说道："我们的国家在世界上都主张不同的国家应该根据自己的国情采用不同的政治制度，主张文化的多样性，在婚姻问题和生活方式上为什么就不能让我们自己选择呢？仅是为了满足儿孙绕膝的愿景就向我们提出要求，你们是不是有点自私呢？"

张其昌由于所从事职业的缘故，自认为和不同层次的人都能够倾心交流，再复杂的案情也能够理出头绪。但现在面对儿子，他意识到了隔阂，父子之间竟然也有沟通不了的话题。他想起了"医生不给自家人诊病"的老话。

这个春节，他想和儿子交流都不可能了。张昊所在公司的项目部正在阿联酋紧张施工，因工期所限，需要春节后才能回国。张昊早就给家里打了招呼，他们项目部的经理也向员工家属进行了通告。

这是张昊有生以来第一次没有和他们一起过春节。

为了保证城市的空气质量，城区采取了禁限燃放烟花爆竹的措施，没有了连绵不断的爆竹的轰响，没有了不时出现在云际的闪亮，春节的气氛淡了一些，但是农历新年的温情早已经根植于中国人的血脉之中，尤其对于在这团圆的日子里还有成员未归的家庭来说，那一份浓浓的思念就是年味。

虽然都住上了现代化的高层住宅楼，但每家还是会在门口贴上红色的福字，小区里也到处可见嬉闹的孩子，声音尖利而欢快。

张其昌永远都不会忘记这个时刻，除夕的下午 4 点整，在这个普天同庆幸福祥和的日子，他收到了来自阿联酋的张昊所在的施工单位发来的短信——

顷间，我公司驻阿联酋施工人员在从工地返回驻地途中发生严重车祸，受伤人员正在抢救中，请家属做好赴阿联酋的准备与安排。

为在节日里这条消息给您带来的不安表示万分的歉意。

阿联酋项目部经理　栾树理

下面是一长串联系电话，有项目部的电话，有中国驻阿联酋大使馆的电话，有我国外交部紧急事务处理小组的电话。

一瞬间，张其昌有些怀疑这则消息的真实性，但他也知道今天并不是西方所谓的愚人节，中国人也没有在愚人节开玩笑的这份幽默，更没有人敢于在中国的春节开这种玩笑。

他多么希望这是一个玩笑，但他知道这不过是自欺欺人。天有不测风云，一场塌天大祸降临到了他的头上。

他和安依轩强作镇定，强抑惶恐，彼此向对方显出坚强的样子，两个人共同解析短信所包含的信息。

短信里说遭遇严重车祸，这显然不是一般的事故。短信并没有提当场有没有人死亡。那句“受伤人员正在抢救中”也不排除抢救不过来的情况。而让家属做好赴阿联酋的准备，通常可以理解为料理后事。

两个人都不敢相信这个可怕的推测，也不敢碰触这个推测，这个推测告诉他们，如果正视现实的话，他们的张昊多半已经遭遇不测。

两个人像掉进了冰窟里，互相安慰的话已经成了多余。他们没有吃年夜饭，也没有看年年必看的央视春节联欢晚会。

张其昌来到了张昊的房间，房间里有张昊用过的物品，还充溢着张昊的味道。张昊从小就使用的钢琴静静地躺卧在那儿，顶端放置了一辆高铁的模型，墙壁上挂着几幅张昊儿时的照片，桌子上有张昊日常使用的电脑，床头上扔了几件凌乱的衣服，一切都仿佛张昊早晨刚刚离开房间一样。

张昊当然也曾经顶撞过他和安依轩，两代人因观点不一致也发生过争执，这些都变得模糊起来，此刻浮现在他眼前的全是张昊小时候的呆萌。随着他们的儿子一年年长大，不断地将运动会获得的奖状递到张其昌和安依轩的手上，也将一份份的喜悦带给了这个家庭。张昊下班进家后的一声“爸爸”，那张充满英气与活力的脸在他面前一晃，任张其昌工作中积攒了多少阴郁和雾霾都会一扫而空。

今后，还会有人在他面前呼唤“爸爸”吗？

张其昌小时候在安驾庄时，村子里有的家庭没有子女，也有的成年男性一直没有成家，小伙伴们统称这些人为“绝户”，很有些看不起的意思。为什么看不起，小伙伴们并不十分了然，只是认为家庭中的人就应该一代一代地传承下去，突然中断了传承，就是不圆满。后来外延到将只有女孩的家庭也称作“绝户”，因为女孩嫁出去以后，这个家庭的姓氏就将终结。国家的计划生育政策推行以后，一家一户只能要一个孩子，张其昌也和全国大多数人一样改变了观念，他认识到不论是男孩女孩，都是家庭的传承和宗嗣的接续，他们的身体里都流淌着父辈的血，令父辈的生命得到延续。

对此，张其昌还曾经与他的父亲张文远交流过。张文远身患痼疾住院的时候，张其昌去探视，交谈中他发现了父亲对于人生的留恋以及对于死亡的恐惧。张其昌就开导父亲，说死亡并不可怕，从某种意义上说，一个人去世以后生命并没有消失，因为下一代人的身上流淌着他的血液，遗传了他的基因，生命在这个意义上得到了延续。他还举了鲁迅的例子，说鲁迅曾经在文章里坦露，一生中所做的最对不起父亲的事情，就是在父亲弥留之际，将已经走到了奈何桥的父亲又唤了回来，打破了父亲最后一程的宁静，徒增了父亲离世时的痛苦。

他告诉父亲张文远，战胜死亡恐惧的武器之一，就是子嗣。因为有子嗣在，尽可以坦然地离去。

现在张昊如果遭遇不测的话，他不仅成了儿时小伙伴们口中的"绝户"，而且当他有一天离开这个世界的时候，再也不会有人身上流淌着他的血液，传承着他的基因，更谈不上延续他的生命，那时他会惧怕死亡吗？

他扫视着德外大街上这套普通单元房的房间，中国人有句老话叫作"破家值万贯"，在他看来，单是满满一柜子的书就已经价逾千金。他喜爱的书桌是水曲柳做就，他与木纹肌理的每一次接触都是对大自然的一次亲近。墙壁上挂着他去伊朗旅游买回来的丝织挂毯，画面上黑色的森林浓郁得几乎要滴出水来，他每每望见森林边缘那座宁谧的小木屋，浮躁的心便会沉静下来。房间里的每一件器物都承载了他的兴趣爱好，浸润了他对生活的热爱。

这一切，有一天将会由陌生人随意抛掷。

想到这里他感到了无边无际的苍凉。

他真切地感受到了千千万万的失独家庭曾经遭受的那种撕心裂肺般的疼痛。

他不甘于苍凉气氛的窒息与压迫，他要寻求解脱以纾解郁闷，他渴望共鸣。

什么样的场景以及对于人生的感喟能与他的失子之痛共鸣呢？中国的传统文化是一座宝库，尽可以寻找到疗伤的方剂。这一刻他想起了京剧《锁麟囊》讲述的故事，主人公薛湘灵因为水灾由豪富之家的阔太太变得一无所有，沦为他人之佣，而且父母、丈夫以及孩子音信俱无，生死不明。其遭遇之惨，尤甚于单一的失子之痛。

张其昌找出了一张碟片，很快京剧的旋律在房间中如水一般流淌起来，他耳边响起的是程派名家张火丁的著名唱段“一霎时”：

一霎时把前情俱已昧尽，
参透了酸辛处泪湿衣襟。
我只道铁富贵一生铸定，
又谁知人生数顷刻分明。
想当年我也曾撒娇使性，
到今朝哪怕我不信前尘！
这也是老天爷一番教训，
他教我收余恨，免娇嗔，且自新，改性情，
休恋逝水，苦海回身，早悟兰因。

张其昌听着如泣如诉的唱段潸然泪下。这一刻，他想若是能换得张昊安康，他宁愿舍弃所有的财产，哪怕如薛湘灵一般一贫如洗为他人之佣。

难道是张姓族人或者是他自己的行为有亏，损了阴骘，报应在了张昊的身上？可在张其昌的记忆里，安驾庄的张氏家族从没有出过作奸犯科之徒。他的祖父和曾祖父以及祖父的兄弟们都是善良的农民，代代耕读传家。祖父曾经养过一条黄狗，这条狗跟随他几十年，死后也是一抔黄土掩埋，没有落到汤锅烹煮的下场。

他本人儿时确曾虐待过一条蛇，斩断过蛇的尾巴，不过那时候他是从犯，况且年幼无知，尚可原宥。成年后到了北京，他唯一抱愧的是伤害了一只蝴蝶。那次他爬香山，快到达鬼见愁的峰顶时，一群蝴蝶飞了过来，领头的一只五彩斑斓，体形硕大，老在他的前后左右盘旋，本来有美相伴是一件雅事，但他当时不知出于什么顽劣心态，竟在驱赶时下手过重，致跌落草丛再也不起，估计性命堪忧，其他的蝴蝶也顿时散去。他当时就产生了悔意，但从刑法学的角度讲，他是过失伤害，没有毁伤蝴蝶性命的故意。

这两件事情都不至于报应到张昊身上去吧。

他想起了父母张文远和陈桂枝，两个人给了他一生的呵护，为了他可以做出任何牺牲，他又是怎么做的呢？形式上看，他做得中规中矩，他将两个人接到了身边，给他们买了房子，有病送他们去医院，日常里到他们的住处探望。二人故去后，他给两个人买了墓地，每年的清明节会在镌刻着先考先妣名讳的陵墓前长跪不起，他虔诚地祝愿他们在另一个世界里幸福，如果真有另外一个世界的话。

他自己知道，他并非完人，他的内心是自私的。父亲住院的时候，他担心药费花得太多会影响他和安依轩的生活水平，因此拒绝了医生使用进口药的建议。如果采纳了医生的建议，会挽救父亲的生命吗？

还有母亲，原本他是每星期都去探望的，但母亲怕影响他的工作，执意要他隔周去一次，于是他听从了，直到母亲去世以后他才恍然有所悟。之前每次分别时，母亲的眼睛里有多么的不舍，他为什么就不能每周去一次？为什么当父母离开之后他才意识到，他原本可以做得更好？

但这一些也不会导致张昊的厄劫，张文远和陈桂枝在另一个世界里如果有知的话，只会佑护张昊平安。

他还是困惑于宗祧的概念，他不愿意背负由他这儿中断张氏宗祧的声名。

他从书架上取下了《辞源》一书，他要看一看“宗祧”一词的出处以及所含意义的界定。于是他看到了《礼记·祭义》所载：“筑为宫室，设为宗祧，以别亲疏远迩，教民反古复始，不忘共所由生也。”

《礼记》是西汉时期的著述，距今已经两千年，但是这一段话说得却很通俗，再通俗一点的解释就是说：盖起大房子，来当作民族的宗庙，以供人们凭吊和祭祀，通过宗庙来教化人们认识到自身和其他人的区别，告诉人们共同的祖先是谁。

我们华夏大地上的黄帝陵和炎帝陵不就是这段话里提到的宫室或者说大房子吗?

张其昌这才知道，所谓宗祧绝不是一家一户一支一脉子嗣的承续，它首先是姓氏所从属的家族，根源却是整个民族。只要有中华民族的存在和繁衍，生活在这块土地上的人就不必担心宗祧的中断。

中国历史上，经历了无数的战祸与饥荒，从远古时候算起，男丁们能够代代相传的少之又少，否则地球上早已经人口爆炸。中华民族最危急的时候，全国只剩了一千多万人口，但仍发展到了现在的十几亿人，成了世界上的第一大民族。

正是由于无数人放弃了一支一脉的传承，才成就了中华民族的繁衍和崛起。抗击外敌入侵时，无数的先烈义无反顾不怕牺牲，没有人因为担心留不下后代而踟蹰不前。伟大的政治家周恩来总理，将一生的心血都献给了中华民族，他一生无儿无女，他可曾介意过一支一脉的传承！带领中国人民得解放的毛泽东主席为了中华民族的事业牺牲了家族中的大部分成员，他可曾考虑过毛氏家族的传承！

中国政府执行计划生育的年代里，为了国家的利益、为了民族的利益，无数的家庭响应了政府的号召，放弃了自己姓氏血脉的传承，这些人对于中华民族的崛起也是居功至伟。

自然界里有一种叫作岩羊的动物，当它们遭逢强敌追逐，需要跨越沟壑，而沟壑的宽度又超越了岩羊腾空跨越的距离时，便会出现不可思议的一幕，有的岩羊会先行跳下，后面的岩羊会踏着先行者的脊背瞬间腾跃到对岸。个体的牺牲换来了族群的安全。

难道人还比不上动物界的岩羊吗？

何必介意宗祧，何必介意一支一脉的传承，只要中华民族得以繁衍，得以强大，个体生命就会永在。

此时，张其昌方觉心头稍宽。窗外显出曙色的时候，他才蒙眬睡去。

第二天上午，他是被安依轩推醒的，安依轩指着手机上的短信让他看，还是项目部的栾树理发来的——

伤员均在救治中，家属已不必赴阿联酋。祝新春快乐，阖家幸福。

安依轩说："这应该是好消息吧。"

手机上除了拜年的问候还有两则消息：正月初五法国大使馆举行招待会，邀请他参加；正月十六，安驾庄召开村民代表大会，邀请他作为嘉宾列席。

他眯缝着有些肿胀的眼睛望向窗外，瓦蓝瓦蓝的天空，太阳照在北面楼房的玻璃窗上，映射得他家的房间雪亮。

新的一天早就到来了。新的一年也开始了。